DER WELTEN-EXPRESS

Der Welten-Express

Erster Teil der großen Trilogie

Anca Sturm

Der Welten Express

CARLSEN

PROLOG

Zu einer Zeit, als die Märchen zu Metall wurden und Fabriken sich übers Land erhoben, lebte ein kleiner, aber außergewöhnlicher Junge in sehr, sehr armen Verhältnissen. Zu seinem Glück besaß er drei Dinge: Tapferkeit, Tatendrang und Talent. Er wurde zum Erbauer der ersten Eisenbahn und lebte glücklich bis an sein Lebensende.

So zumindest steht es in den Geschichtsbüchern.

Das ist aber nur die halbe Wahrheit. Denn so erfolgreich er am Ende auch war, er vergaß nie, wie es sich anfühlt, außergewöhnlich talentiert, aber furchtbar arm zu sein und deshalb keine Chance zu haben. Daher beschloss er, eine Schule zu gründen für all diejenigen Kinder, deren Potenzial der Welt verloren zu gehen drohte.

Weil er sich aber mit den Schulregeln keines einzigen Landes anfreunden konnte und weil er es schrecklich fand, die ganze Schulzeit lang nur ein und dieselbe Stadt zu sehen, beschloss er, dass die Schule sich bewegen und nirgendwo zu Hause sein sollte. Oder vielmehr: überall.

Und kein Außenstehender sollte jemals von dieser Schule erfahren, damit ihre Schüler in Sicherheit und Freiheit leben konnten.

Wer hätte so etwas bauen können, wenn nicht er, mit seinem wirklich *äußerst* außergewöhnlichen Talent? Denn außer seiner Tapferkeit und seinem Tatendrang besaß er noch eine Fähigkeit – ein Geheimnis, so groß wie die Welt: In seinen Adern floss Magie, pur wie flüssiges Gold.

Im Geheimen entwarf er also eine Dampflok mit vierundzwanzig Waggons – ein magischer Zug, so einzigartig wie die Schüler, die er beherbergen würde. Und weil der Zug jedes Land auf jedem Kontinent der Welt befahren sollte, nannte er ihn den

WELTEN-EXPRESS.

DER WELTEN-EXPRESS – DIE WAGENREIHUNG:

Lok

1. Lagerwagen
2. Gepäckwagen
3. Hausmeisterwagen
4. Küchenwagen
5. Speisewagen
6. Teebar
7. Bibliothek
8. Unterrichtswagen *„Heldentum“*
9. Unterrichtswagen *„Strategie & Zuversicht“*
10. Unterrichtswagen *„Benehmen“*
11. Studierwagen
12. Studierwagen
13. Aufenthaltswagen der Pfauen

14. Clubwagen
15. Schlafwagen der Pfauen (Mädchen)
16. Schlafwagen der Pfauen (Mädchen)
17. Schlafwagen der Pfauen (Jungen)
18. Schlafwagen der Pfauen (Jungen)
19. Aufenthaltswagen des Personals (mit Lehrerzimmer, Krankenzimmer, Pausenraum)
20. Direktoratswagen
21. Schlafwagen der Lehrer
22. Schlafwagen des Personals
23. Letzter Waggon
24. Aussichtswagen

182 Jahre später, im Hier und Jetzt.

Der verlassene Bahnsteig

Mit ihrem Namen fing es an: Flinn Nachtigall war kein typisches Mädchen. Sie hatte einen dieser sonderbaren Namen, den Mädchen und Jungen gleichermaßen tragen können, so wie Charlie oder Puck.

„Hätte ich dir doch nur einen anderen Namen gegeben", klagte ihre Mutter oft, als wäre ihr Name daran schuld, dass sie so anders war. „Irgendetwas Normales wie Isabelle oder Laura."

Aber Flinn wollte keine Isabelle oder Laura sein. „Isabelles mögen Pferde und alles, was rosa ist", sagte sie dann, „und Lauras gehen immer zu zweit aufs Klo."

Es schien nur diese zwei Möglichkeiten zu geben für ein Mädchen in ihrem Alter. Es gehörte sicher nicht dazu, altertümliche Wörterbücher zu lesen oder Bumerangs zu benutzen. Aber wenn man wie Flinn mitten im Nirgendwo wohnte, in einem einsamen, alten Haus auf dem Land, hatte man nicht viele Möglichkeiten, sich mädchenhaft zu benehmen.

Da half es auch nichts, dass sie jeden Morgen zwei Stunden mit dem Bus zur Schule fuhr. Denn aufstehen zu müssen, während ihre Klassenkameraden noch schliefen, hatte ihr nur dunkle Augenringe und damit blöde Scherze über ihren Nachnamen eingebracht.

Gerade war Flinn ziemlich aufgewühlt, denn die Sommerferien waren erst seit drei Wochen zu Ende und sie hatte sich in der Schule schon zehn lahme Witze anhören müssen, angefangen bei „Nachtigall, ich hör dich trapsen" bis zu „Es war die Nachtigall und nicht die Lerche!".

„Eine für meinen Namen!", sagte Flinn und schleuderte ihren Bumerang mit einer gezielten Bewegung über das Feld hinter dem Haus. Das gebogene Holzstück surrte davon und fegte eine rostige Metallbüchse vom Zaun, ehe es in hohem Bogen wieder zurück zu Flinn flog. Mit einem lässigen Sprung fischte sie den Bumerang aus der Luft.

Es war später Nachmittag, die Sonne stand tief über den Feldern und das einzige Geräusch weit und breit war das metallische Knallen, wenn Flinn eine weitere Dose zu Boden schoss.

„Eine für die Aasgeier", sagte sie und zielte mit zusammengekniffenen Augen auf die nächste Blechbüchse. Aasgeier war ihre Bezeichnung für all jene Leute, die jeden, der nicht durchschnittlich war, auf hundert Meter witterten. Vor allem für ihre Mitschüler.

Flinn blieb in der Schule, diesem großen klinkerverputzten Kasten, stets allein. In *Fräulein Schlechtfelds Haus für Wohlergehen* ging es ihr nie wirklich wohl. Sie war es gewohnt, dass ihre Mitschülerinnen in einer Ecke saßen und unüberhörbar über ihr Äußeres herzogen: über das kupferfarbene Haar, das schulterlang war und immer ein wenig zerzaust, denn Flinn sah nicht ein, warum sie es jeden Morgen – jeden! – kämmen sollte. Oder über ihr blasses Gesicht mit den hellen Sommersprossen. Oder über ihre müden Augen, die oft so ausdruckslos dreinblickten, dass noch niemand bemerkt hatte, von welch funkelndem Bernsteingold sie waren. (Zumindest hoffte Flinn, dass es Bernsteingold war und nicht Lehmbodenbraun.)

„Dann freunde dich halt mit den Jungs an", sagte ihre Mutter, wenn Flinn sich zu Hause darüber beklagte. Sie hatte keine Ahnung davon, dass Jungs in der Schule grundsätzlich nicht mit Mädchen reden – und mit Flinn schon gar nicht. „Pass dich ein bisschen an!"

„Ich bin doch kein Chamäleon", murmelte Flinn empört und schleuderte ihren Bumerang auf eine weitere Dose. Ein paar Kolkraben flatterten erschrocken auf, als die Büchse scheppernd im Getreidefeld landete.

Flinn war nicht gut im Anpassen. Sie war weder Prinzessin noch Wildfang. Sie war irgendwas dazwischen. Ein Mädchen, das sich zwar nicht dreckig machen wollte, aber im Sommer wie Winter weite Holzfällerhemden und klobige Boots trug. Ein Mädchen, das ganze Wörterlisten im Kopf speicherte und am Ende doch nur die Schlagfertigkeit eines Stummfilmdarstellers besaß.

Sie war ein Mädchen, das zwar gern ein Junge gewesen wäre, sich aber zu Tode schämte, wenn sie für einen gehalten wurde. Das geschah oft, denn Flinn war hoch aufgeschossen und schmal für ihr Alter. In der siebten Klasse der *Fräulein-Schlechtfeld-Schule* waren alle Mädchen dicker als sie.

Lückenfüller, so hatte ihr großer Bruder Jonte sie früher genannt.

Aber das war lange her. Ohne ihn war es kaum auszuhalten, irgendwo zwischen den Fronten zu stecken, im Niemandsland.

Sich einzubilden, wie ihr Leben verlaufen würde, wenn Jonte noch hier wäre, ihre Familie reicher, ihre Mutter glücklicher, das war das Einzige in ihrem Alltag, was *nicht nur* trostlos war, sondern auch ein bisschen gut.

„Und noch eine", sagte Flinn, „für Jonte!"

Weil er ihr so fehlte. Weil er nur noch eine Erinnerung war, fast schon so verblichen wie die Etiketten auf den Metallbüchsen.

Zwei Jahre konnten eine verdammt lange Zeit sein, wenn man versuchte, nicht zu vergessen, wie die Stimme von jemandem geklungen oder wie sich seine Umarmung angefühlt hatte.

„Du könntest wenigstens auf die Flugenten zielen", sagte ihre Mutter jedes Mal, wenn sie Flinns Künste mit dem Bumerang beäugte. „Das wäre ein billiges Festmahl."

Als ob Flinn je auf ein Tier anlegen würde! Sie zielte am liebsten auf die Dose mit der Aufschrift *Entenragout*.

Peng!

Wie immer ein sauberer Wurf. Sehr sauber sogar.

Aus reiner Gewohnheit drehte Flinn sich zum Haus um. Es

war ein großes, altes Ungetüm mit sieben schäbigen Zimmern und einer Veranda aus Holz. Mit seinem Wild-West-Charme wirkte es völlig fehl am Platz hier im Norden Deutschlands.

Flinn fühlte sich in den niedrigen, breiten Räumen stets so klein und unbedeutend wie eine Maus zwischen den Dielen. Durch die offene Hintertür sah sie ihre zwei jüngsten Brüder in der Küche auf den Stühlen herumklettern. Sah ihre Mutter mit ihnen schimpfen. Sah Jannik, ihren dritten Bruder, auf dem Sofa rumhängen und wahrscheinlich irgendeine Castingshow gucken. Flinn seufzte. Es war niemand mehr da, den ihre Wurfkünste hätten beeindrucken können. Wie auch? Das hier war ein altes Haus, zwei Kilometer und mehrere verfallene Scheunen entfernt von Weidenborstel – ein Ort, der nach Jontes Meinung genau so aussah, wie er klang.

Andererseits standen in Weidenborstel sechs neu verputzte Dorfhäuser um einen frisch angelegten Weiher. Flinn war sich sicher: Dort gab es selbst gemachte Marmelade zum Frühstück und die Familien wohnten gern auf dem Land. Kein Wunder, denn bei ihnen blühten Rosenbüsche und Kraniche nisteten in der Nähe. Hier aber, vier Felder davon entfernt, gab es genau fünf missmutige Einwohner – Flinn, ihre Mutter sowie ihre drei Halbgeschwister. Hier gab es nichts, absolut nichts bis auf die Erinnerung an Jonte, den ehemals sechsten Bewohner.

Einen Vater hatte es hier nie gegeben, nicht Jontes, nicht den ihrer drei jüngeren Geschwister und auch nicht ihren eigenen. Flinn vermutete, dass keiner von denen hier am Ende der Welt hatte wohnen wollen.

Flinn räumte den Bumerang erst weg, als es bereits dämmerte und ihre Mutter „Abendbrot!" in die Stille hinausrief. Flinn wünschte, sie würde *Abendessen* sagen und nicht *Abendbrot*, weil das nach dicken Brotscheiben mit trockenem Aufschnitt klang.

Als sie schon fast auf der Veranda war, kam Flinn ein Gedanke. Sie ging noch einmal zurück und griff nach der letzten Dose mit dem *Entenragout*-Aufkleber. Auf dem Weg zum Haus wölbte sich das Metall kühl in ihrer Hand. Flinn fühlte sich seltsam hoffnungsvoll.

Ihre drei Brüder – allesamt jünger als sie – aßen wie immer schon, bevor alles angerichtet war. Flinn stellte die zerbeulte Dose mitten auf den Tisch.

„Was ist das?", fragte ihre Mutter unwirsch. Seit Jonte nicht mehr da war, hatte sie keine Geduld mehr mit ihren Kindern.

Flinn betrachtete ihr langes sandfarbenes Haar, den rauen Wollpullover über ihren Schultern und ihre matten blauen Augen. Wahrscheinlich würde sie hübsch aussehen mit etwas Glanz darin.

„Ich habe eine Ente getroffen", antwortete Flinn. Sie wusste, dass es sinnlos war, einen Scherz zu machen, aber sie konnte nicht anders: Sie suchte im Gesicht ihrer Mutter nach einem Schmunzeln, einem Grinsen, irgendeiner Regung. Irgendwann musste sie doch mal lachen!

Ihre Mutter fegte die Dose vom Tisch. „Kannst du nicht *ein Mal* vernünftig sein?"

„Nicht, solange du es nicht bist", sagte Flinn leise. Sie sah das dreckige Geschirr, das sich in der Spüle stapelte, sah die Farbe, die von den Wänden abplatzte wie das Leben vom Gesicht ihrer Mutter.

„Warum ist es keine echte Ente?", fragte Jannik mit wehmütigem Blick auf die Dose. Sein kurzes Haar war so hell wie die Getreidefelder außerhalb des Hauses. Flinn fand, dass er aussah wie eine jüngere Version ihrer Mutter, nur weniger erschöpft.

Plötzlich tat er Flinn leid. Hätte sie doch bloß nichts gesagt.

„Weil ich mir lieber den Arm abhacken würde, als ein unschuldiges Tier zu töten", erklärte sie sachlich. *Und überhaupt würde dann das ganze Kochen an mir hängen bleiben,* fügte sie im Stillen hinzu.

Jannik prustete los, Brotkrümel flogen über den Tisch.

„Du bist so ein Weichei!", sagte er.

„Idiot", sagte Flinn. Sofort war jede Art von Mitgefühl verschwunden, auch wenn sie wusste, dass sie ihm unrecht tat. Jannik plapperte nur das nach, was man ihm vorsagte. Manchmal glaubte Flinn, Jonte und sie wären die Einzigen in dieser Familie, die ein funktionsfähiges Gehirn besaßen. Und jetzt, zwei Jahre nach Jontes Verschwinden, war sie die Einzige.

Flinn nahm sich eine dicke Scheibe Brot und ging wieder hinaus in den lauen Herbstabend. Die Holzstufen knarrten laut unter ihren Füßen, doch niemand rief sie zurück. Seit Jonte spurlos verschwunden war, schien Flinn für ihre Mutter sowieso nur noch eine weitere potenzielle Vermisstenanzeige zu sein.

Wie jeden Abend machte Flinn sich auf ihren gewohnten Weg durch die Kornfelder. Das Brot zerbröselte sie wie eine Spur, die sie später am Abend nach Hause führen sollte. Hinter ihr stürzten Raben sich in Scharen darauf. Nicht, dass Flinn die Tiere gemocht hätte – sie hörte einfach nur gern ihr Krächzen, weil es die Leere übertönte, die Jonte hinterlassen hatte.

Wenn sie nur eine Möglichkeit fände, ihren Halbbruder zurückzubringen, ihre Mutter würde ganz sicher wieder die Alte werden. Wenn es nur einen Hinweis gäbe, nur einen.

Nun, einen hatte sie. Den Bahnhof!

Als wäre Flinn eine Weltreisende, zog es sie immer wieder dorthin. Jeden Abend. Jede Nacht.

Flinn rannte die letzten Meter und sprang die zerplatzten Betonstufen hinauf auf den Bahnsteig. Der Weidenborsteler Bahnhof hatte nur noch diesen einen, den Bahnsteig 2.

Flinn wunderte diese Nummer nicht, denn eine Nummer 1 war etwas für Gewinner. Und niemand aus ihrer Familie, der hier je in einen Zug steigen würde, war einer.

Die Bewohner der hübsch verputzten Häuser in Weidenborstel schienen den Bahnhof längst vergessen zu haben. Schließlich war hier schon seit Jahren kein Zug mehr durchgefahren. Und ganz sicher würde auch nie mehr ein Zug hier halten. Flinn, die beinahe jede Nacht hier saß, seit Jonte verschwunden war, konnte es den Zügen nicht verdenken. Die einzige Bank war rostig, das Gleisbett von Gestrüpp überwuchert. Die Bahnhofsuhr war vor Jahren stehen geblieben – an jenem Neujahrsmorgen, als Jonte nicht nach Hause kam.

Klirrend kalt war es damals gewesen und niemand hatte Flinn geglaubt, dass Jonte die ganze Silvesternacht einfach nur hier auf dieser frostigen Bank gesessen und die Sterne beobachtet hatte. Aber Flinn wusste, dass es so gewesen war. Weil Jonte das schon immer getan hatte, Jahr um Jahr.

Er war zwar erst dreizehn gewesen, also genauso alt wie Flinn jetzt, aber um Lichtjahre mutiger als Flinn. Mutiger, sorgloser und freier. Der Bahnhof war sein Ort zum Träumen.

Bis zu diesem Neujahrstag.

Drei Wochen nach seinem Verschwinden war eine Postkarte von ihm gekommen. An den vielen Poststempeln, die Jontes Schrift überdeckten, konnte man sehen, dass die Karte schon viel eher abgeschickt worden war, gleich am zweiten Januar. Doch sie hatte einen weiten Weg zurückgelegt – von Oslo über Kopenhagen, was Flinn kaum glauben konnte. Und dann hatte die Karte von Hamburg aus noch fast eine Woche bis zu ihnen nach Hause gebraucht. Die Post vergaß gern, dass es auf den Feldern um Weidenborstel überhaupt noch Menschen mit einem Briefkasten gab.

Seit diesem Tag hatte Flinn Jontes Angewohnheit übernommen, nachts hier herumzustreunen. Sie hatte tausend Theorien aufgestellt, was passiert sein könnte. War Jonte entführt worden? War er in ein Zeugenschutzprogramm aufgenommen worden? Mittlerweile kam sie nur noch hierher, um wie Jonte zu träumen – vom Leben irgendwo anders, wo das Gras grüner, das Lachen lauter, die Chancen größer waren. Sie wäre ihrem Halbbruder gern gefolgt, hätte sie doch nur gewusst, wohin. Von ihrer Familie würde sie bestimmt nicht vermisst werden. Die vermisste sie nachts, wenn sie hier am Bahnsteig saß, ja auch nicht.

Nachtwind kommt auf,
wenn man drauf beharrt,
nimmt verlässlich und bald
der Express dich auf Fahrt,

hatte Jonte geschrieben. Sollte das ein Rätsel sein? Wenn ja, auf Fahrt wohin? Flinn seufzte. Es war laienhafte Lyrik. Mehr nicht.

Flinn fand das typisch für Jonte, die Polizei fand das sonderbar. Die Karte wurde zu Untersuchungszwecken in ein Labor gebracht. Doch niemand hatte etwas damit anfangen können – außer Flinn. Wie konnte es sein, dass sie als Einzige den petrolfarbenen Zug auf der Vorderseite sah? Diese eleganten Wagen in dunklem Blaugrün, dort, wo der Rest ihrer Familie nur eine alte, ausrangierte Draisine erkannte? Aber mit einer quietschenden Holzplatte auf Rädern war Jonte ganz sicher nicht abgehauen, das musste sogar die Polizei einsehen.

Flinn holte die Karte aus ihrer Hosentasche hervor. Die Ecken waren schon ganz abgestoßen, denn sie trug die Karte mit sich herum, seit die Polizei sie ihrer Mutter ohne Ergebnis zurückgeschickt hatte. Das war vor über einem Jahr gewesen. Flinn sah noch immer diesen Zug, wo andere nichts sahen. Und was für ein Zug das war! Kein bloßer Regionalexpress mit zerkratzten Fenstern und auch kein steriler ICE. Nein, es war der schönste Zug, den Flinn je gesehen hatte. Ein altmodischer Zug mit einer richtig alten Dampflok. Die cremefarbenen Dächer der Waggons glänzten im Sonnenlicht und der makellose Lack trug Aufschriften in eleganten Lettern. Leider konnte Flinn sie nicht entziffern.

„Krah!"

Flinn schreckte auf. Wieder hatte sie Stunden hier verbracht, ohne es zu bemerken. Tiefdunkle Nacht war aufgezogen und die Raben sahen aus wie glänzende Klumpen Nachthimmel. Sie starrten Flinn mit schief gelegten Köpfen an. Flinn seufzte. Mit einer schnellen Bewegung warf sie das letzte Stück Brot zum Ende des Bahnsteigs, dorthin, wo der bröckelnde Beton jäh in wilden Sträuchern endete. Die Raben flatterten hinüber, ein heiser schreiender Schwarm.

Als das Gewirr aus Flügeln und dunklen Schnäbeln sich wieder aufgelöst hatte, saß da ein Tier. Kein Rabe, sondern groß, schlank, weiß. Und irgendwie *undeutlich.*

Flinns Herz setzte einen Schlag aus. Der Schreck zuckte wie ein Stromschlag durch ihren Körper und lähmte sie. Mit tauben Gliedmaßen beugte sie sich vor, gerade weit genug, um an dem Metallpfeiler vorbei, der sie verbarg, einen Blick auf das seltsame Tier zu werfen. Nur wurde das dadurch nicht schärfer. Im Gegenteil, seine Konturen blieben unklar und liefen aus wie eine Zeichnung, die jemand mit zu viel Wasser mitten in die tiefblaue Nacht gemalt hatte.

Flinn schauderte. Sie glaubte nicht an Magie, an Geister oder

Spukgestalten. Aber dieses Wesen musste definitiv die Art Erscheinung sein, deretwegen man nachts nicht auf einem einsamen Bahnsteig sitzen sollte. Oder war es eine Halluzination? Flinn rieb sich die Augen. Das Wesen war noch immer da.

Also gut. Ruhig Blut.

Das Tier regte sich nicht. Stumm saß es da und blickte hinüber zu den weiten Getreidefeldern. Vermutlich hatte es sie noch gar nicht bemerkt. Die Chancen dafür standen ganz gut, denn Flinn trug ihr dunkelstes Holzfällerhemd. Und Wind, der ihren Duft hätte hinüberwehen können, ging in dieser lauen Nacht auch nicht.

Dann, urplötzlich, rührte sich das Etwas. Flinn zuckte unwillkürlich zusammen, als das Tier seinen unscharfen Kopf in ihre Richtung wandte und sie direkt ansah.

Bevor Flinn sich auf die Zunge beißen konnte, japste sie auf – ein hoher Ton, der nicht zu einem Mädchen wie ihr passte.

Das Tier zuckte zurück. Einen Moment lang war es schwer zu sagen, wer von beiden erschrockener war. Dann erhob sich das Wesen und machte einen langsamen Schritt auf Flinn zu – eine undeutliche Bewegung, die sich mit dem Wind vermischte, der plötzlich aufkam.

Oh nein, dachte Flinn, *neinneinnein!* Ruckartig sprang sie auf. Sie wollte wegrennen, sie *musste* wegrennen. Mit diesem Ding wollte sie nichts zu tun haben. Was, wenn das in Wahrheit der Grund für Jontes Verschwinden war? Was, wenn es keine blöde Draisine gewesen war, sondern ein … ein was auch immer das war?

Komm schon! Ihre Füße gehorchten ihr nicht, sie waren plötzlich unbrauchbar und verhedderten sich schon beim ersten Schritt.

Das Tier kam näher, mit geducktem Kopf, wie auf der Pirsch.

In Flinns Kopf hämmerte es. *Das war's, das war's, das war's.*

In ihren Ohren begann es zu rauschen und es pfiff wie von weit her. Kühler Wind strich Flinn übers Gesicht.

Nachtwind kommt auf … hatte Jonte geschrieben.

Das nebelhafte Tier hielt inne. Es schien zu lauschen, Flinn fest im Blick. Da erfüllte das Pfeifen mit einem Mal den gesamten Bahnsteig. Flinn zuckte zusammen und presste sich die Hände auf die Ohren. Was war hier los? Das klang wie der alte Teekessel, wenn ihre Mutter sich mal wieder nicht aufraffen konnte, ihn rechtzeitig vom Herd zu nehmen. Nur lauter, tausendmal lauter.

Jetzt wandte das Tier sich ab, zurück zu den Gleisen. Doch bevor Flinn den Moment zur Flucht nutzen konnte, bebte der Boden unter ihren Füßen und etwas Mächtiges, Schweres rauschte in den Bahnhof. Ein diffuser Lichtkegel rollte über sie hinweg und ein Luftstoß, stark wie in einem Windkanal, riss sie von den Füßen. Dann verebbte der Wind und das Pfeifen wurde verschluckt von einem schrillen Quietschen. Metall schrammte auf Metall und mit einem Ruck, den Flinn körperlich spüren konnte, hielt das Ungetüm. Unter lautem Zischen stieg Dampf unter ihm auf wie schnaufender Atem. Sofort war der Bahnhof eingehüllt in rauchigen, dichten Qualm. Flinn lag auf dem Bahnsteig neben der Bank, hustete und rang nach Luft.

Und dann herrschte mit einem Mal Ruhe. Gespenstische Ruhe, nach dem Lärm von eben.

Flinn wartete eine Sekunde, noch eine, dann rappelte sie sich so schnell wie möglich auf. Sie rieb sich die schmerzenden Ellbogen, hob den Kopf – und blickte auf einen Eisenbahnwaggon. Ihr erschrockenes Ebenbild starrte davon zurück. Überall vor ihr waren dunkle, spiegelnde Fenster, acht in jedem Waggon des hohen, schlanken Zuges mit petrolfarbenem Anstrich und flachen cremefarbenen Dächern.

Flinn blinzelte, kniff die Augen zusammen und öffnete sie wieder. Nein, kein Zweifel. Der Qualm brannte ihr unter den Lidern, aber das hier war definitiv ein Zug.

Der Zug.

... wenn man drauf beharrt ...

Ganz langsam, als wäre die Situation zerbrechlich wie Glas, blickte Flinn auf die Postkarte hinab. Sie hatte das dicke Papier vor Aufregung fast zerknüllt, aber – das war Jontes Zug. Eindeutig. Der Zug, den offenbar nur sie hatte sehen können. Flinn hob den Kopf und atmete zitternd ein. Er sah wirklich *genauso* aus! Da waren die gleichen altmodischen Holzplattformen zwischen den Waggons, die gleichen Verzierungen an den Außenlampen. Jetzt konnte sie auch die goldenen Buchstaben auf dem Lack lesen: ein *WE* und das stilisierte Rad eines Pfaues, beides von einem Rechteck eingerahmt.

Flinns Herz machte einen Salto. Dieser Zug war das Schönste, was sie je gesehen hatte.

Doch bevor sich noch die letzte Schwade Dampf verflüchtigt

hatte, schlug irgendwo am vorderen Teil des Zuges eine Tür zu. Der Knall hallte durch die Nacht und riss Flinn aus ihrem Staunen. Mit Entsetzen bemerkte sie, dass der Zug ganz langsam wieder anrollte.

Nein. Oh nein!

Ihr Herz blieb stehen, viel zu lange, dann überschlug es sich fast.

Das unscharfe Wesen war nicht mehr am Bahnsteig zu sehen. War es etwa eingestiegen? Hatte der Zug es hier abgeholt?

Und Flinn?

Blieb sie hier zurück, aus Angst vor unerklärlichen Dingen wie diesem? Oder aus Angst vor dem, was sie jenseits der Getreidefelder erwartete? Wollte sie das wirklich? Hier bleiben?

Flinn ballte die Hände zu Fäusten. Dieser Zug war ihre Chance, vielleicht ihre einzige. Ein Ruck ging durch ihren Körper. Sie dachte an Jonte. An die große, weite Welt, die es irgendwo gab, irgendwo, nur nicht hier. Sie dachte an all das wirklich Wichtige – und bevor sie es überhaupt bemerkte, rannte sie los, bekam das Geländer der letzten Plattform zu fassen und schwang sich auf die unterste Stufe. Gerade noch rechtzeitig, bevor der Zug den Bahnsteig hinter sich ließ.

Flinn klammerte sich an das kühle Metall des Geländers und schnappte nach Luft. Ein letztes Mal blickte sie zurück zum verlassenen Bahnsteig. Die Bahnhofsuhr hatte sich bewegt, nach vielen Jahren zum ersten Mal. Es war jetzt zwei Uhr zweiundzwanzig.

Im nächsten Moment bog der Zug nach links und die Uhr war nicht mehr zu sehen.

Jetzt gab es kein Zurück mehr.

... nimmt verlässlich und bald
der Express dich auf Fahrt.

Flinn drehte sich zu der eisernen Tür um, die ins Innere des Zuges führte. In der oberen Hälfte war ein kleines, quadratisches Fenster eingelassen. Bläuliche Dunkelheit gähnte ihr von dort entgegen.

„Sei furchtlos und kühn!“, murmelte Flinn und atmete tief durch. Mit einiger Anstrengung öffnete sie die Tür und trat ein.

Madame Florett

Kaum hatte Flinn den Waggon betreten, schlug hinter ihr die Waggontür zu, mit solch einer Wucht, dass es Flinn vorkam, als hätte sie gerade ihre gesamte Vergangenheit ausgesperrt.

Sie stand in einem langen dunklen Flur. Der heulende Fahrtwind war verstummt. Einzig das unablässige Rattern der Räder auf den Schienen und ein fernes Rauschen waren zu hören. In der plötzlichen Stille fühlte Flinn sich fremd und geborgen zugleich. Irgendwie war es *heimelig* – eins der Wörter aus ihren alten Wörterbüchern. Nur, dass es jetzt Bedeutung bekam.

Sie brauchte eine Weile, bis sich ihre Augen an das dämmrige Licht gewöhnt hatten, aber selbst dann war nicht viel mehr zu erkennen als zugezogene Rollläden auf der einen Seite des Flures und geschlossene Türen auf der anderen. Der Boden war mit Teppich ausgelegt. Die Wände schienen mit Holz vertäfelt zu sein. Der Gang war leer. Keine Stimme, kein menschliches Geräusch war zu hören.

„Hallo?", fragte Flinn vorsichtig und erschrak, als neben ihr ein leises Flattern zu hören war. Doch sie blieb allein und alles war wieder still bis auf das Rattern der Räder unter ihr.

Wo war sie? In einem Schlafwagen?

Flinn hatte keine Ahnung von Zügen und von Luxuszügen wie diesem schon gar nicht. Ihre Familie hatte sich ja nicht einmal eine Fahrt mit der DB Regio leisten können. Doch sie war sich ziemlich sicher, dass sie beim Schaffner ein Ticket kaufen sollte, bevor sie ohne eins erwischt wurde. In ihren Hosentaschen tastete sie nach Geld und fand einen Zehn-Euro-Schein. Das musste reichen, wenigstens für ein paar Stationen.

Vom Holpern der Räder getragen, wagte Flinn sich den Gang entlang. Ihre Fingerspitzen glitten vorsichtig über den Lack der Holztüren und der Vertäfelungen dazwischen. Ein warmes Gefühl der Vertrautheit stieg in ihr auf. Der Waggon war zu Ende, ohne dass jemand ihr begegnet war.

„Sei furchtlos und kühn!", murmelte Flinn noch einmal, stemmte sich gegen die nächste Eisentür, in die ebenfalls ein quadratisches Fenster eingelassen war, und trat hinaus auf die kleine Außenplattform, die am Ende und Beginn eines jeden Wagens befestigt war.

Augenblicklich schlug ihr kalter Fahrtwind entgegen, nieselnass und trüb vom Dampf der Lokomotive. Fröstelnd schlang Flinn ihre Arme um den Oberkörper und schob die Füße über den Verbindungssteg zwischen dieser Plattform und der des nächsten Waggons. Der Steg war nicht mehr als eine bloße Metallplatte mit Geländer, die vorwurfsvoll klapperte und schepperte. Nicht gerade das, was sie von einem Zug wie diesem erwartet hätte. Andererseits hatte sie nicht erwartet, dass es diesen Zug überhaupt gab. Jontes Zug. Oder vielmehr: den Zug von Jontes Postkarte.

Zitternd vor Angst stemmte Flinn sich gegen die schwere Eisentür des nächsten Waggons und trat ein. Auch diesen Waggon durchquerte sie, ohne jemandem zu begegnen.

Es schien, als wollte der Zug kein Ende nehmen. Immer mehr Wagen voll dunkler, schmaler Gänge, immer mehr alte, windumtoste Verbindungsstege dazwischen. Und weit und breit keine Menschenseele!

Flinn durchquerte gerade den sechsten dieser schier endlosen Gänge, als sie plötzlich, aus heiterem Himmel, mit jemandem zusammenstieß. Jemand eher Großem.

„Autsch!", ertönte eine raue Stimme. „Pass doch auf, du verdammter Pfau! Daniel hat gesagt, wenn die Beleuchtung mal wieder ausfällt, sollt ihr in eurem Abteil bleiben."

„'tschuldigung", sagte Flinn schnell und fügte in der Hoffnung, damit als unverdächtig zu gelten, hinzu: „Ich suche eigentlich nur den Schaffner."

Tatsächlich schwieg ihr Gegenüber. Flinn glaubte zu spüren, wie er sie im Dunkeln musterte. Dann sagte die raue Stimme: „Du meinst Madame Florett."

Es klang halb wie eine Frage und halb, als wäre Flinn in Schwierigkeiten.

„Ähm … Ich weiß nicht. Ich denke schon. Wenn sie die Tickets verkauft?" Flinn versuchte, den Mann – es schien jedenfalls ein Mann zu sein, zu dem die Stimme gehörte – im Dunkeln auszumachen, doch alles, was sie erahnen konnte, war, dass er ziemlich viel Raum einnahm. Flinn schluckte. Er musste ziemlich groß und kräftig sein.

„Moment mal … bist du etwa *gerade eben* eingestiegen?"

„Ja", erwiderte Flinn. Sie verstand nicht, warum der Mann so ungläubig klang. Ein Bahnhof, ein Zug – warum sollte sie nicht eingestiegen sein?

„Und jetzt willst du ein Ticket *kaufen?*" Seine Stimme wurde immer fassungsloser.

„Na ja", sagte Flinn irritiert, „schon. Schwarzfahren käme wohl nicht so gut, oder?"

Der Mann hielt inne. Flinn blieb gerade genug Zeit, ihre etwas unbedachte Antwort erst zu bewundern und dann zu bereuen, da sagte ihr Gegenüber: „Ich werd verrückt!"

Im nächsten Augenblick blendete sie ein helles Licht, so stark, dass Flinn vor dem gleißenden Lichtstrahl zurückwich. Erschrocken presste sie die Augen zusammen. „Hey!"

„Sorry." Der Mann senkte die Taschenlampe und Flinn erkannte in ihrem Widerschein, dass er nicht so alt war, wie seine Stimme klang. Fünfzehn vielleicht, aber nicht viel älter.

Das farblose Licht seiner Taschenlampe warf unruhige Schatten auf sein kantiges Gesicht und seine Augen funkelten aus dunklen Höhlen. Er stand vor ihr wie der Wächter zum Tor der Unterwelt, und im Vergleich zu ihm kam Flinn sich plötzlich sehr, sehr jung und sehr, sehr fehl am Platz vor.

Der Junge ließ seinen Blick über ihre leider äußerst nichtssagende Erscheinung huschen und Flinn fragte sich beklommen, ob er sie vielleicht für einen Jungen hielt. Einen ziemlich mickrigen Jungen im Vergleich zu ihm.

„Nur noch mal zur Sicherheit: Du willst ein Ticket kaufen? Du hast noch keins?“

„Ja. Nein. Ich bin ein Mädchen“, platzte es aus Flinn heraus.

„Was sonst?“, fragte der Junge. Er schien nicht verblüfft zu sein über diese Tatsache. Seine Stimme klang tief und ruhig.

„Du meinst … du hast mich nicht für einen Jungen gehalten?“

Der Junge hob die Brauen, sodass Flinn einen kurzen Blick auf seine dunklen Augen erhaschen konnte. Sie funkelten spöttisch.

„Du bist reichlich komisch“, sagte er. „Hast du dich schon mal im Spiegel gesehen? Deine Augen …“ Er brach ab, als wäre ihm gerade bewusst geworden, dass er im Begriff war, einem wildfremden Mädchen ohne Fahrschein Komplimente zu machen.

Flinn hätte gern nachgefragt, was mit ihren Augen war, verkniff sich das aber. Sie war sowieso keins dieser Mädchen, die nach Bestätigung suchten – schon allein deshalb, weil sie ja eh nie welche bekam.

Außer gerade eben.

Also, fast.

„Tja, dann haben wir jetzt wohl ein Problem“, sagte der Junge.

„Wieso?“, fragte Flinn.

Der Junge lachte düster. „Weil du hier kein Ticket kaufen kannst. Das geht nicht.“

Flinn erschrak. Die glänzenden Mahagoniwände fühlten sich plötzlich bedrohlich an, das Holpern des Zuges feindlich.

Würde er sie jetzt aus dem Zug werfen? Mitten in der Nacht, mitten im Nirgendwo? Flinn hatte schon von Fällen gehört, in denen das passiert war. Und dann?

„Aber in Weidenborstel gibt es keinen Fahrkartenautomaten. Wo hätte ich denn eines kaufen sollen?"

Der Junge schwieg eine Weile. „Du hast keine Ahnung, wo du hier bist, oder?" Er schien fast ein wenig amüsiert oder fasziniert, aber Flinn fand die Situation weder belustigend noch begeisternd.

„Kann ich nicht einfach nur ein Stück mitfahren?", fragte sie verunsichert.

„Nein. Ein Stück?"

„So weit wie möglich", erklärte Flinn.

„Nein", entgegnete der Junge wieder. „Madame Florett reißt mir den Kopf ab."

Flinn bekam es mit der Angst zu tun. „Bitte", sagte sie leise. „Es gibt da *Gründe*. Weshalb ich wegmuss … und woandershin. Ich muss jemanden suchen."

Sie dachte an die Traurigkeit ihrer Mutter, die an Flinn klebte wie eine zweite Haut, und an Jonte, der irgendwo in der Ferne war, dort, wo es sie hinzog, und fand, das hätte sie nicht schwammiger ausdrücken können. Doch der Junge schwieg bloß, statt sie gleich am Hemdkragen zu packen und nach draußen zu werfen. Einen langen Moment war es still. Flinn spürte ihr Herz in ihrem Brustkorb so heftig pochen, dass sie Angst hatte, das Echo würde den gesamten Zug erfüllen.

Dann sagte der Junge mit gequälter Stimme, als täte er etwas wider besseres Wissen: „Okay. Aber wir müssen leise sein. Komm mit!"

Er schwenkte die Taschenlampe in die Richtung hinter sich.

Flinn traute sich kaum, etwas zu fragen, und schon gar nicht, erleichtert zu sein, denn wohin würde er sie jetzt bringen?

Nach etlichen weiteren Wagen voll dunkler Gänge landeten sie in einem langen mondhellen Waggon, den ein einziger großer Raum ausfüllte.

Hier waren die Rollläden nicht heruntergezogen. Überall standen Sessel, Hocker und Getränkedosen herum. Flinn stieß mehr als einmal gegen einen Stapel Bücher, weil der Lichtkegel der Taschenlampe immer nur einen Meter voraustanzte und die Nachtlichter an den Wänden kaum mehr als eine Notbeleuchtung waren.

„Nachts sind alle Waggons ab diesem hier tabu", erklärte der Junge, „und ohne Licht gibt's kein Backgammon."

„Kein was?" Flinn wusste nicht, was das für ein Raum war, den nachts niemand betreten sollte, aber sie ahnte, dass hier tagsüber viel los war.

„Gibt es denn hier keine, na ja, *normalen* Sitzreihen?"

Der Junge lachte – ein freundlicher, holpriger Klang. Wie eine Straße voll Kopfsteinpflaster, glänzend im Mondlicht.

„Nein, du Scherzkeks, warum denn auch?"

Flinn verstand nicht, was an ihrer Frage so komisch war. Sie fragte sich ja bloß, wo sie den Rest der Reise sitzen sollte – vorausgesetzt dass diese ominöse Madame Florett ihr eine Fahrkarte verkaufte. Es konnte ja nicht der ganze Zug nur aus

Schlafabteilen und einem riesigen, unordentlichen Raum bestehen.

Doch die endlos langen Flure hatten sie jetzt endgültig hinter sich. Alle folgenden Wagen bestanden aus großen, weiten Räumen und waren ebenfalls äußerst unkonventionell eingerichtet. Überall stieß Flinn gegen Bänke und Tische, stolperte über Bücher und sah kaum, was es eigentlich war, was da an den Wänden hing oder mit merkwürdigen Flattergeräuschen über ihrem Kopf rumorte. Es gab doch wohl keine Fledermäuse an Bord, oder?

Umso erleichterter war Flinn, als der Junge endlich in einem Wagen stehen blieb. Es war der verwinkelteste von allen. Sie waren jetzt im vorderen Abschnitt des Zuges angekommen, wo man die Lok rhythmisch schnaufen hörte wie ein metallisches Ungetüm. In dichten Wolken zog der Dampf an den Fenstern vorbei. Es war, als hüllte er den Zug ein wie eine Daunendecke und filterte die Gefahren der Nacht heraus, die womöglich hinter den Fenstern lauerten.

Mit dem Strahl der Taschenlampe deutete der Junge auf eine Art Laken, das wie ein Ballon, aus dem man die Luft gelassen hatte, in einer Ecke zwischen zwei Regalen hing.

„Das ist mein Lieblingsplatz", sagte der Junge und wies auf das Laken. „Hier kannst du schlafen. Morgen früh stellen wir dich Madame Florett vor, also mach es dir besser nicht allzu gemütlich. Sie steht zeitig auf."

Die Gefahr, es sich allzu gemütlich zu machen, bestand sowieso nicht, denn bei näherer Betrachtung stellte sich das Laken als provisorische Hängematte heraus, die auf dem Boden schleifte. Flinn fragte sich, wie jemand diesen Platz mögen konnte.

„Danke“, sagte sie dennoch – und meinte es auch so.

Der Junge nickte und warf einen Blick auf seine Uhr. „Schon okay. In ein paar Stunden sind wir durch Hamburg durch und dann liegt schon ziemlich viel Strecke zwischen deinem Biederwurstel und …“

„Weidenborstel“, sagte Flinn.

„Oder so. Und dann ist ja auch noch Daniel da, wenn du Glück hast. Also mach dir keine Sorgen.“

„Mach ich nicht“, log Flinn. In Wahrheit schlug ihr das Herz bis zum Hals, so laut und heftig wie das metallische Rumpeln vorn in der Lok.

Der Junge nickte erneut. „Gut. Dann bis morgen.“ Er wandte sich wieder Richtung Zugende.

„Wo gehst du hin?“ Irgendwie wäre es Flinn lieber gewesen, er wäre geblieben.

„In mein Abteil natürlich“, sagte er. „Ich brauch auch ein bisschen Schlaf.“ Er war schon fast an der Tür, da blieb er noch einmal stehen. „Ach ja, ich bin übrigens Fedor.“

„Ich bin Flinn“, stellte Flinn sich vor.

Als Fedor die Tür aufstemmte und den pfeifenden Nachtwind hereinließ, rief Flinn noch einmal nach ihm. „Fedor?“

„Ja?“

Flinn blickte ihn ernst an. Sie schluckte. „Wo bin ich hier?“

Fedor sah überrascht aus, doch dann grinste er – was sein Gesicht um Jahre jünger wirken ließ. „Am besten Ort der Welt", sagte er, dann schlug die Eisentür hinter ihm zu.

Ein einzelner Windhauch wirbelte durch den Waggon und strich Flinn über die Stirn, während sie sich bemühte, in der schlaffen Hängematte eine halbwegs bequeme Position einzunehmen.

Und so, in Gedanken an Fedors optimistische Aussage, lag sie da, den Klang des Zuges im Ohr, sein Schnaufen und Rauschen, und das Holpern der Gleise unter sich. Bei jeder Bodenwelle hob und senkte sich der Zug, als atmete er tief ein und aus. Flinn spürte jede Bewegung, als wäre sie ein Teil von ihm.

Als die Morgendämmerung erstes Tageslicht durch die winzigen Fenster sandte, schlief Flinn endlich ein, nicht ahnend, dass in weniger als zwei Stunden alles auf den Kopf gestellt werden würde, was bisher ihr Leben ausgemacht hatte. Und noch einiges mehr.

„Nicht zu fassen! Das ist die größte Unverschämtheit meiner gesamten Laufbahn! Eine Zumutung ist das!"

„Ich bin doch gar nicht so groß", murmelte Flinn und blinzelte in das blendende Tageslicht hinein. Und ins Gesicht einer großen, hageren Frau, die eine lederne Schutzbrille übertriebenen Ausmaßes auf dem Kopf trug. Es sah aus, als hätte sie überdimensionale Insektenaugen über ihren normalen, funkelnden Augen.

„Wer! Sind! Sie! – Kulikow, wer ist das?"

Fedor, der Junge von gestern Nacht, musste irgendwo in der

Nähe sein, denn seine kratzige Stimme schallte durch den Waggon: „Ich kann das erklären, Madame Florett …“

„Das hoffe ich sehr, Kulikow! Das hoffe ich wirklich sehr.“

Das war also diese Schaffnerin, der laut Fedor keine Möglichkeit mehr blieb, Flinn hinauszuschmeißen. Vorausgesetzt, Hamburg lag schon hinter ihnen, was Flinn inständig hoffte.

Madame Florett sah mit ihrem zweireihigen Hosenanzug eher wie eine Mischung aus Schaffnerin und Geheimagentin aus. Ihr knallroter, perfekt geschminkter Mund und die passend lackierten, spitzen Fingernägel wirkten auf Flinn wie Zeichen großer Angriffslust. Mit schneidender Stimme rief sie: „Kulikow, bewegen Sie Ihren Hintern hierher!“

Als sie ihren Kopf in Fedors Richtung drehte, wippte ein blonder Pferdeschwanz herum. Er war so seidig und so glatt, dass er tatsächlich aussah wie der Schweif eines Pferdes, und so straff nach hinten gebunden, dass das Haar sich über ihrem Kopf spannte wie eine zweite Haut.

„Ich kann das auch selbst erklären“, beeilte Flinn sich zu sagen und richtete sich so schnell auf, dass sie aus der kippenden Hängematte fiel wie ein Sack Kartoffeln.

Der Pferdeschwanz wippte zurück. Madame Florett bedachte sie mit einem geringschätzigen Blick, als handelte es sich bei Flinn um ein Versehen auf ganzer Linie. Dann richtete sie den Blick wieder auf das Ende des Waggons.

„Es liegt auf dem Boden herum wie eine Qualle! Ein ambitionsloses Kind.“ Ihre Stimme wurde immer fassungsloser. „Da liegt ein ambitionsloses, quallenartiges Kind auf dem Boden des *Welten-Expresses!* Wo kommt das her und *warum wurde ich nicht informiert?*"

Der Welten-Express. Das hier war der Welten-Express. Der Zug, *der* Luxuszug, mit dem Jonte verschwunden war, hieß *Welten-Express.* Das Wort klang in Flinns Ohren wie pure Magie. Es klang nach der weiten Welt, nach Abenteuern in der Ferne, nach dem wahrhaftigen Leben, nach der Chance, Jonte zu finden – und danach, glücklich zu werden.

Flinn blickte auf. In den gewölbten Gläsern von Madame Floretts Schutzbrille spiegelten sich die staubigen Fenster des Waggons, hinter denen die grüngelbe Landschaft verschwamm wie das Ende eines Sommers.

Aber es war kein Ende. Es war ein Anfang. In Flinns Kopf vermischten sich das Auftauchen dieses seltsamen Zuges in Weidenborstel, das Rattern der Räder, das Quietschen der Gleise und das Schnaufen des Stahlrosses zur Ankündigung großer Geschehnisse – was jedoch nicht an Madame Floretts Stimme liegen konnte, die mit jedem Satz schriller wurde.

„Allüren hat es sicher auch", sagte sie vorwurfsvoll, als Fedor endlich um die Ecke eines Regals bog. Der ganze Waggon war voller Regale. Große, ausgeblichene Schilder teilten ihn in *Lebensmittel, Alltägliches* und *Schulbedarf* ein. Flinn rieb sich die Augen. Wer bitte brauchte denn während einer Reise *Schulbedarf?* Hausaufgaben im Urlaub – die Vorstellung war grausig.

„Sie war gestern Nacht plötzlich da", setzte Fedor zu einer Erklärung an.

„Ich habe keine Allüren", fuhr Flinn dazwischen. Sie wusste selbst nicht, wo diese Worte herkamen.

Die Schaffnerin schüttelte verständnislos den Kopf und Fedor fuhr sich hinter ihrem Rücken mit der Handkante quer über den Hals. Flinn begriff, dass sie besser eine Weile schwieg.

Ihr Blick wanderte durch den Waggon und streifte Kisten voller Kohle, dick verschnürte Schachteln und riesige Kartons. Im dünnfingrigen Sonnenlicht, das durch die Fenster fiel, sah Flinn die Rußschicht glitzern, die über allem lag wie zu Boden geregnete Asche. Sie überkam das Gefühl, von der Dunkelheit des Raumes aufgesogen zu werden.

Madame Florett seufzte tief, verdrehte die Augen und zückte ein Klemmbrett. „Also gut, fangen wir einfach an. Ich habe schließlich nicht den ganzen Tag Zeit." Sie nahm Flinn ins Visier. „Willkommen und so weiter. Mit *so weiter* meine ich: Sie sind fast ein Dreivierteljahr zu spät! Das Schuljahr hat bereits am ersten Januar begonnen. Ich hoffe, Sie sind fleißig. Sonst schaffen Sie es nie, den Schulstoff des ersten Jahres bis zum Schuljahresende im Dezember nachzuholen. Wo ist Ihr Gebäck?" Sie schaute sich um. „Haben Sie etwa keinerlei Gebäck dabei?"

Sie wurde gesiezt! War das nicht etwas übertrieben?

„Gepäck", verbesserte Flinn und fing sich einen bösen Blick ein. *Oje, wir werden sicher gute Freunde,* schoss es ihr durch den Kopf. „Nein, habe ich nicht."

Sie fand diese Frage etwas seltsam. Wie sollte sie Gepäck dabeihaben für einen Zug, von dessen Existenz sie bis gestern Nacht nicht einmal gewusst hatte?

Die Frau hob das Kinn und ihr Pferdeschwanz wippte. „Kein Ge… Koffer, sieh an." Sie lehnte sich vor und musterte Flinn wie ein Habicht sein Mittagessen. „Name?" Ein altmodischer Füllfederhalter stach auffordernd in ihre Richtung.

Flinn blinzelte. „Flinn Nachtigall", sagte sie schnell.

„Flinna Chtigall." Das Kratzen des Füllers klang so energisch, als führte die Schaffnerin mit dem Stift einen stummen Kampf.

„Nein", sagte Flinn, jetzt noch schneller. „Flinn. Nicht Flinna."

Die Schaffnerin hielt inne. Ihre Augenbrauen bildeten eine steile Linie. „Ist das ein Jungen- oder ein Mädchenname?"

„Genau genommen beides", sagte Flinn und spürte, wie ihr heiß wurde. *Falsche Antwort, falsche Antwort.* Der Blick der Schaffnerin wanderte an ihr hinab und wieder hinauf.

„Meinetwegen", sagte Madame Florett. „Wir sind ja liberal eingestellt … Alter?"

„Dreizehn", sagte Flinn und biss sich auf die Lippen, als ein weiterer prüfender Blick an ihr entlangwanderte. Jetzt war Madame Florett sich bestimmt sicher, dass Flinn ein Junge war. Kein Mädchen in ihrem Alter sah so aus wie sie. Zumindest kein normales.

„Irgendwelche außergewöhnlichen Begabungen?", fragte Madame Florett und blätterte die erste Seite ihres Blockes um.

„Ähm …" Was für Begabungen? Flinn war sich ziemlich sicher, dass Fahrgäste in Zügen normalerweise nicht nach ihren Begabungen befragt wurden.

„Mögliches Fachgebiet?"

„Ähm …“, machte Flinn wieder und kam sich ziemlich dumm vor.

Die Schaffnerin seufzte. *„Irgendetwas,* was erahnen lässt, weshalb Sie in der Welt von Bedeutung sein werden?“

„Ähm …“ Woher sollte sie wissen, ob sie je von Bedeutung sein würde?

„Angegebene Reisedauer?“

Statt noch einmal „Ähm“ zu sagen, stieß Flinn hervor: „Ich müsste eigentlich erst mal ein Ticket kaufen.“

Madame Florett fiel beinahe das Klemmbrett aus der Hand.

„Sie hat … *kein Ticket?!*“ Sie wandte sich an Fedor, der die ganze Zeit über nervös an den Trägern seiner Latzhose herumgespielt hatte. Sie hingen lose über seinem Gürtel – einem breiten, schweren Gürtel, an dem allerlei Werkzeuge befestigt waren, als handelte es sich dabei um Trophäen.

„Nein, hat sie nicht“, sagte Fedor und vermied es, Madame Florett ins Gesicht zu sehen. Flinn fiel auf, dass sein rabenschwarzes, unordentliches Haar im trüben Morgenlicht glänzte und schimmerte. Woran lag das? Etwa am Kohlenstaub, der hier überall in der Luft hing wie grünlicher Feenglanz? Der ganze lange Waggon, auch die Ecke, in der Flinn und Fedor mit Madame Florett gerade standen, erschien dadurch düster und magisch.

„Das wollte ich ja vorhin sagen …“, setzte Fedor hinzu. Sein Gesicht wirkte blass und matt wie schon gestern Nacht. Trotzdem kam Flinn nicht umhin zu bemerken, dass er auf seine markante Art gut aussah.

„Wann?", fragte Madame Florett. „Wann wollten Sie das sagen?"

„Na ja … irgendwann", druckste Fedor herum. Seine Stimme war nun so spröde wie seine gesamte grauschwarze Erscheinung.

Madame Florett sah aus, als würde sie ihm gleich das Klemmbrett auf den Kopf hauen. „Irgendwann, ja? Ach, gehen Sie arbeiten, Kulikow. Was tun Sie überhaupt noch hier, wenn Sie mich nicht ordnungsgemäß informieren?"

Fedor zuckte hilflos mit den Schultern und verkrümelte sich in Richtung Lok. Es gab ein kurzes, mechanisches Gebrüll, als er die Tür zu dem Dampfross öffnete, dann war Flinn mit Madame Florett allein.

„Und Sie! Geben Sie mir Ihr Ticket."

„Aber …" Hatte die Frau ihr denn nicht zugehört?

„Stehen Sie auf und leeren Sie Ihre Taschen. Es *muss* da sein!"

Wenn es da gewesen wäre, hätte Flinn das ja wohl gewusst, oder?

Madame Florett wedelte ungeduldig mit der Hand. „Stehen Sie auf, habe ich gesagt."

Flinn wünschte sich mit einem Mal, Fedor hätte der Schaffnerin mit der Taschenlampe eins übergezogen. Mit ungutem Gefühl leerte sie ihre Jeanstaschen. Zum Vorschein kamen der Zehn-Euro-Schein, zwei Büroklammern, ein Kronkorken, Flusen, Krümel, Jontes Postkarte und die sorgfältig zerrissenen Überreste eines Briefes an ihre Mutter (*„Ihre Tochter arbeitet* *im Unterricht nicht mit. Sind Sie sicher, dass ein Gymnasium die richtige Schulform für sie ist?").*

Die Schaffnerin inspizierte alles mit einem schnellen Blick. Aus einem unbestimmten Gefühl heraus steckte Flinn Jontes Karte wieder ein, bevor Madame Florett sie näher betrachten konnte. „Das ist kein Ticket", beeilte sie sich zu erklären, als Madame Florett sie misstrauisch beäugte.

Sie hielt ihr den Zehn-Euro-Schein unter die Nase. „Aber hiermit möchte ich eines bezahlen", setzte sie hinzu.

Madame Florett riss die Augen auf, als hätte Flinn sie beleidigt. „Sie wollen mich bestechen?", kreischte sie. „Als würde ich den ganzen Tag über mit Tickets unter dem Arm herumlaufen! Sehe ich vielleicht aus wie ein Weltenstromer?"

Flinn blinzelte. Was sollte das sein?

„Ich fasse es nicht", murmelte die Schaffnerin. „Ich fasse es einfach nicht. Ohne Ticket. Wie haben Sie sich das denn vorgestellt? *Ticketlos!*" Je öfter sie es sagte, desto mehr klang es nach Schwerstverbrechen. „Als hätte ich nicht schon genug mit diesem schrecklichen Younes-Jungen und *allem anderen* zu tun." Madame Florett stampfte mit ihren pfennigdünnen Absätzen auf und schaute sich überfordert im Waggon um. „Dafür übernehme ich keine Verantwortung."

„Müssen Sie auch nicht", beeilte Flinn sich zu sagen. Ihr war das nur recht. „Ich kann ganz gut auf mich selbst aufpassen." *Ich will doch nur Jonte finden,* setzte sie in Gedanken hinzu.

„Ach!", machte Madame Florett. „Das glauben Sie also, ja?"

„Ja", sagte Flinn mit Nachdruck. „Zu Hause schmeiße ich den

halben Haushalt allein." Sie wusste nicht recht, ob sie deshalb stolz sein oder sich schämen sollte.

„Tatsächlich?" Die Schaffnerin hob eine Augenbraue. „Warum nicht den ganzen?"

„Weil – was?" Flinn starrte sie an. *Stolz sein*, entschied sie sich, *definitiv stolz sein.*

Madame Florett hob triumphierend das Kinn. „Dachte ich's mir doch: Nur den halben Haushalt führen, aber damit noch prahlen wollen. Allüren, Allüren."

„Nein!", sagte Flinn laut. „Ich habe keine – Allüren. Ich bin nicht …" Aber es half nichts. Die Worte waren schon wieder verschwunden, bevor sie sie überhaupt finden konnte.

Die Schaffnerin trommelte mit den Fingernägeln auf ihr Klemmbrett, als wollte sie eine Melodie darauf spielen. „Und jetzt hat es Ihnen wohl auch noch die Sprache verhauen, ja?"

„Verschlagen", murmelte Flinn automatisch.

Madame Florett schnappte nach Luft. „Unterstehen Sie sich, mich andauernd korrigieren zu wollen!"

Sie schien die Sache jetzt so schnell wie möglich hinter sich bringen zu wollen. „Also gut", sagte sie und reckte den Hals, „das bürde ich mir nicht auf. Oh nein, ganz sicher nicht. Ich habe andere Sorgen." Mit großen Schritten ging sie zur Waggontür und wies Flinn hinaus. „Da! Gehen Sie in die Küche und machen Sie sich wenigstens nützlich, bis ich mit Daniel gesprochen habe."

Flinn starrte sie an. Sie fragte sich beklommen, ob hier alle Passagiere so begrüßt wurden. Jonte hätte niemals zugelassen, dass er so behandelt wurde. Er wäre lieber vom fahrenden Zug gesprungen. Aber das traute sie sich nicht.

Madame Florett klatschte energisch in die Hände: „Wollen Sie jetzt bitte kommen?" Sie wirkte, als hätte sie einige Übung im Aufscheuchen unliebsamer Fahrgäste.

Mit weichen Knien folgte Flinn ihr hinaus in die kühle Morgenluft, die nach Qualm und nach Salz und Kiefernholz schmeckte. Offensichtlich befand sich hinter dem Horizont die Nordsee.

Madame Florett führte Flinn zielstrebig über den Verbindungssteg der Plattformen, durch zwei weitere Waggons und blieb schließlich in einem Wagen stehen, durch den sich ein langer Gang erstreckte. Anders als in den Schlafwagen am Ende des Zuges befand sich hier nur eine Tür darin. Sie war aus Mahagoniholz, jedoch über und über mit Zetteln und Haftnotizen beklebt. Flinns Augen huschten über die Wörter darauf: *Baklava* und *Tamales* stand auf zweien – Wörter, die sie nicht kannte, nicht einmal aus ihren alten Wörterbüchern. Madame Florett klopfte energisch an die Wand neben der Tür und zupfte, während sie warteten, eine der Haftnotizen vom Holz. „Karotten-Zucchini-Piroggen, das isst doch kein Mensch!" Sie rümpfte die Nase und dann, weil sie offenbar nicht länger auf Antwort aus dem Abteil warten wollte, schob sie die Tür einfach beiseite und stieß Flinn hindurch.

Unsanft stolperte Flinn in eine große, mechanisch surrende Küche und gegen einen großen, vor sich hin summenden Koch.

„'tschuldigung." Schnell trat sie einen Schritt zurück und

besah sich den braun gebrannten, dicken Mann. Über seinem Bauch spannte sich eine goldfarbene Schürze und auf dem Kopf trug er eine farblich passende Kochmütze, die viel zu klein war für sein breites Gesicht darunter.

Nachdem er Flinn ebenfalls einen Moment lang begutachtet hatte, zog er die Augenbrauen hoch und die Mundwinkel auch.

„Blinder Passagier, was? Fedor hat mir von dir erzählt. Hab ich ja noch nie erlebt so was!"

Madame Florett trommelte mit ihren Fingernägeln missbilligend auf ihr Klemmbrett.

„Ratefy, das ist Flinna. Geben Sie ihr … oder ihm, was weiß ich … irgendetwas zu tun, verstanden?" Sie griff sich an die Nasenwurzel und stöhnte. „Ich glaube, ich bekomme schon wieder Muräne." Mit diesen Worten ging sie davon und überließ Flinn dem verdutzten Koch.

Aus einem der unzähligen Regale hinter ihm schmetterte ein Radio beschwingt: *„… verbringe mein Leben in Ruß, Rauch und Dreck, die Welt mir gefällt, ich will nicht mehr hier weg …"*

Die Küche sah aus, als hätte man sie aus einer alten Landhauseinrichtung und einer modernen, verchromten Restaurantküche zusammengesetzt. Während der Zug sich durch dunkle Kiefernwälder wand, schrammten um Flinn herum Metallherde an Holzschränke und Teller mit Goldrand gegen alte Töpfe. Sie kam nicht dazu, sich genauer umzusehen, denn der Koch drückte ihr einen riesigen Brötchenkorb in die Hand.

„Bring den hinüber in den Speisewagen, sei so gut", bat er

sie und schob Flinn aus der Küche hinaus auf den Gang. Sie hörte, wie er die Radiomelodie laut mitträllerte, dann schloss sich scheppernd die Tür.

Einen Moment lang stand Flinn in dem stillen Gang, lauschte dem Rattern der Zugräder und fühlte sich schrecklich verloren. Mit einem mulmigen Gefühl im Bauch schlich sie hinüber in den nächsten Waggon, ohne die geringste Vorstellung davon, was sie erwarten würde.

Ein fahrendes Internat

Als Flinn den angrenzenden Waggon betreten wollte, versperrte ihr ein Mann den Weg. Er stand mit dem Rücken zur Tür und betrachtete geistesabwesend das Buffet, das rechts an der Wand aufgebaut war.

Dies war offenbar der Speisewagen. Mehr als zwei Dutzend Vierertische säumten links und rechts den teppichweichen Mittelweg. Sie waren durch dicke, niedrige Polsterbänke voneinander getrennt.

Einen Moment lang hielt Flinn ehrfürchtig inne – alles sah so fein und erhaben und unendlich weitläufig aus –, doch dann blieb ihr nichts anderes übrig, als sich an dem Mann vorbeizudrängen. Der Brötchenkorb war schwer und Flinn ließ ihn erleichtert auf den Tisch plumpsen.

„Ah“, sagte der Mann leise. „Ich dachte mir doch, dass da noch etwas fehlt.“

„Mhm“, machte Flinn und blickte noch einmal im Waggon umher. Es war nicht nur der Speisewagen, sondern, soweit Flinn das beurteilen konnte, auch der einzige Waggon mit Panoramafenster. Gestern Nacht hatten hier noch die Sterne durch das Rundumfenster gefunkelt, heute bogen sich neben den Gleisen hohe Birken in Fahrtrichtung. Der Luftzug der vorbeifahrenden Bahn zupfte vereinzelte Blätter von den Kronen und wirbelte sie wie huschende Lichtpunkte übers gläserne Dach.

Flinn kam sich fehl am Platz vor. Im Vergleich zum Lagerraum wirkte der Speisewagen edel und lichtdurchflutet. Durch die Tischdecken zogen sich glänzende Fäden wie pures Gold und auf den Tischen standen Kristallkaraffen, die funkelten, als wären sie mit taufrischem Gletscherwasser gefüllt.

Außer Flinn und dem stillen Mann war niemand da. Was sollte sie jetzt tun? Sich setzen? Oder zurück in die Küche gehen und fragen, ob es noch etwas für sie zu tun gab?

Der Mann folgte ihrem Blick.

„Geister?", fragte er. Seine Stimme klang ruhig und ein wenig brüchig. Er hatte wirres braunes Haar, trug eine braune Weste und eine braune Bundfaltenhose. Nicht nur der Farbe wegen erinnerte er Flinn an ein scheues Reh. Das konnte unmöglich dieser Daniel sein, von dem Fedor und Madame Florett gesprochen hatten, oder?

„Geister?", fragte Flinn irritiert und dachte einen Herzschlag lang an das Wesen gestern Nacht auf dem Bahnsteig. Es konnte nicht hier sein, oder doch?

„Du schaust dich so um", sagte der Mann. „Hätte ja sein können."

„N-nein", sagte Flinn und schüttelte den Kopf. Was sollte sie darauf sagen? „Ich glaube nicht an Geister."

„Ach. Und woran glaubst du?"

„An den gesunden Menschenverstand", sagte Flinn. Was war das denn für eine Unterhaltung?

Der Mann nahm sich Teller und Besteck. Er schmunzelte. „Na, dann bist du in unserem fahrenden Internat ja genau richtig." Mit diesen Worten begann er, seinen Teller mit allerlei Gebäck und Obst zu füllen. Flinn sah ihm dabei zu. Sie rührte sich nicht.

„Wie meinen Sie das?", brachte sie schließlich hervor. „Fahrendes Internat?"

Vor ihrem geistigen Auge fügte sich alles zusammen: die fehlenden Sitzreihen, die vielen Waggons, die nach Wohnräumen aussahen, all die Bänke, die im Weg herumgestanden hatten – Himmel, die Bänke! Das waren *Schulbänke!*

Konnte das wirklich wahr sein? Hatte Jonte einfach nur die Schule gewechselt, als er in diesen Zug gestiegen war?

Der Mann schaute Flinn an, als fände er die Unterhaltung jetzt auch merkwürdig.

„Na", sagte er und nickte mit dem Kopf Richtung Waggonende. „Schule. Zug. Fahrendes Internat. Keine schwere Gleichung, oder?" Er schmunzelte und wandte sich ab, um sich an den ersten der vielen Vierertische zu setzen.

„Aber … soll das heißen …?" Flinn verstummte. Wohnte sie tatsächlich so sehr am Ende der Welt, dass sie noch nicht einmal von einem fahrenden Internat namens Welten-Express gehört hatte? So etwas hätte sie doch mitbekommen müssen. So etwas war *genial!* Ob sie hier vielleicht zur Schule gehen könnte?

„Jetzt ziehst du aber eine Show ab“, sagte der Mann, noch immer amüsiert, und lehnte sich über die petrolfarbene Polsterung zu ihr herüber.

Flinn antwortete nicht.

Zum ersten Mal sah der Mann sie direkt an. Flinn beobachtete beunruhigt, wie seine Augen sich erst weiteten und dann verengten.

„Sag mal, wer bist du eigentlich? Du bist kein Pfau.“

„Ich … nein, ich glaube nicht. Ich weiß ja nicht einmal, was sie damit meinen.“ Wie sollte sie ihm erklären, wo sie herkam? Was, wenn der Mann genauso entsetzt wäre wie die Schaffnerin?

„Pfauen“, sagte der Mann nur. „So heißen die Schüler des Welten-Expresses. Wegen der Schulfarbe.“

„Petrol?“, fragte Flinn vorsichtig.

„Petrol.“ Der Mann nickte. „Blaugrün. Sagst du mir jetzt, warum du das nicht weißt?“

„Ähm … lieber nicht“, sagte Flinn.

Der Mann blickte sie überrumpelt an.

Flinn überlegte fieberhaft, was sie sagen konnte, um die ganze Sache möglichst unbedeutend klingen zu lassen. Sie war erleichtert, als in diesem Augenblick die Tür am Waggonende aufglitt und der Mann sich abwandte. Zu ihrem Pech aber war es Madame Florett, die eintrat, gefolgt von einem Pulk Schüler und Schülerinnen, der sich schnatternd und lachend in den Wagen ergoss.

Beklommen stellte Flinn fest, dass die meisten von ihnen älter aussahen als sie. Und nicht nur das: Alle benahmen sich so selbstverständlich und bewegten sich so lässig in dieser Umgebung, dass Flinn sich im Vergleich zu ihnen unscheinbar und linkisch vorkam. Der Wunsch, ebenso selbstsicher zu sein wie sie, tauchte so jäh in Flinn auf, dass er sich anfühlte wie Bauchschmerzen.

Manche der Schüler hatten eine dunkle Hautfarbe oder asiatische Gesichtszüge. Was sie alle verband, waren die Sprache – Flinn war überrascht, dass offenbar alle Deutsch sprachen – und ihre Kleidung. Ausnahmslos alle trugen feine petrolfarbene Hemden – die der Mädchen waren goldfarben gepunktet, die der Jungs gestreift – über hellen Leinenhosen oder Röcken. Obwohl es angenehm warm war im Waggon, hatten sich einige der Pfauen zusätzlich petrolfarbene Pullover über die Schultern gelegt. Kein Wunder bei dem nasskühlen Morgenwetter, in das sie jedes Mal hinausmussten, wenn sie einen Waggon verließen.

Alle sprachen so laut miteinander, dass Flinn hoffte, man würde sie in diesem Durcheinander gar nicht bemerken.

Doch kurz vor dem Buffet blieben sie stehen, verstummten und sahen Flinn an. Die tat möglichst unbeteiligt, was nicht viel brachte, weil sie feuerrot anlief. Sie spürte, wie die Hitze durch ihren gesamten Körper schoss. Am liebsten hätte sie sich hinter einer der dunklen Sitzpolsterungen versteckt.

„Ah, gut dass Sie da sind, Daniel.“ Madame Florett schob die Schüler zur Seite und stellte sich an den Tisch des braun gekleideten Mannes. Der Angesprochene betrachtete wehmütig die Zimtschnecken auf seinem Teller, dann wischte er sich die sauberen Finger an einer Serviette ab und erhob sich langsam. „Ja, bitte?“

„Das ist Flinna“, sagte Madame Florett und deutete mit ihrem Stift auf Flinn, als würfe sie eine Harpune nach ihr. „Können Sie sich vorstellen, wo sie herkommt?“

Daniel fuhr sich übers Kinn. „Aus einem Wanderzirkus in Westtibet? Einem Mädchenpensionat in Minnesota? Einem streng geheimen Singularitätsprojekt?“

Flinn blickte auf. War das etwa eine Anspielung auf ihr ungewöhnliches Aussehen? Falls ja, war es nicht besonders lustig.

Madame Florett schien ebenfalls nicht zum Lachen zumute.

„Lassen Sie das“, zischte sie.

Daniel zuckte mit den Schultern und vergrub die Hände in den Hosentaschen. „Sie haben gefragt, ob ich mir vorstellen kann, wo sie herkommt. Nun ja, kann ich. Meine Vorstellungskraft ist sehr groß, wissen Sie?“ Er machte auf Flinn den Eindruck eines wenig interessierten Hofnarren und sie fragte sich, warum Madame Florett ihren Fall mit ihm besprach.

Madame Florett hackte mit der Füllerspitze mehrmals auf ihr Klemmbrett ein, als gäbe sie den Takt an. „Ja, ich weiß. Lassen Sie den Quatsch! Flinna kommt aus … aus …“

In diesem Moment musste ihr wohl auffallen, dass sie keine Ahnung hatte, wo genau Flinn eigentlich herkam.

Tja, dachte Flinn nicht ohne eine gewisse Genugtuung, *Fedor hätte es Ihnen sagen können.*

„Zumindest war sie heute Morgen plötzlich da.“ Madame Florett beugte sich ein wenig vor. „Sie hat *kein Ticket!*“

Das schien selbst diesen Daniel von den Socken zu hauen. Er brauchte mehrere Sekunden, um Flinn zu mustern, dann legte er den Kopf schief und sagte so leise und unaufgeregt wie möglich: „Verstehe. Geben Sie mir das, bitte?“ Er griff nach dem Klemmbrett. „Ab hier übernehme ich.“

Madame Floretts Finger schlossen sich schraubstockartig um das Klemmbrett, als fürchtete sie den Verlust der Kontrolle. „Kein Grund zur Sorge, Daniel“, sagte sie hastig. „Ich habe bereits darüber nachgedacht. Wir könnten sie am nächsten Bahnhof abholen lassen …“

„Unmöglich!“, dröhnte eine Stimme in der Schülerschar hinter der Schaffnerin. „Wir überlassen doch kein kleines Mädchen irgendeiner Familie, vor der es ganz offensichtlich gerade erst abgehauen ist.“ Ein breiter, bulliger Mann schob sich durch die Menge. Seine linke Gesichtshälfte war entstellt, sodass Flinn sich im Vergleich zu ihm geradezu hübsch vorkam. Er nickte ihr kurz zu. Sie wusste nicht, was das zu bedeuten hatte. Vorsichtshalber nickte sie zurück, obwohl ihr die Bezeichnung *klein* ganz und gar nicht gefiel. Ein paar Schüler kicherten.

„Es wäre ganz einfach, Curly“, sagte Madame Florett zu dem Mann und reckte den Hals, als fühlte sie sich plötzlich unwohl.

„*Einfach*, ja, das wäre es“, brummte der Mann. „Verantwortungsgefühl haben Sie wohl gar nicht, was?“

Er verschränkte die breiten Arme vor seinem grauen Kittel. Mit seinen klobigen Schuhen und dem rustikalen Äußeren passte er genauso wenig in diesen schicken Speisewagen wie Flinn. Sofort fühlte sie sich ein bisschen weniger verloren.

„Ha!", machte Madame Florett abschätzig. „Ich habe mehr Verantwortungsgefühl als jeder andere hier. Daniel!"

Doch Daniel sagte nichts. Stattdessen blickte er Flinn prüfend an.

Wieder spürte sie, wie ihr Gesicht zu glühen begann. Das alles war entschieden zu viel Aufmerksamkeit für jemanden, der sein bisheriges Leben lang nie beachtet worden war.

„Gut, dann soll sie halt in der Küche arbeiten", lenkte Madame Florett gequält ein, als wäre das ein sehr schlechter Kompromiss.

„In der Küche! Schuften wie dieser Kulikow, was?" Der bullige Mann namens Curly stierte Madame Florett so wütend an, dass Flinn sich nicht gewundert hätte, wenn die Lehrerin sich vor Angst in die Hose gemacht hätte.

Tatsächlich schien das alles Madame Florett nicht geheuer. Kleinlaut sagte sie: „Arbeit hat noch keinem geschadet. Mir nicht und …"

„Schweigen Sie", sagte Daniel leise. Sofort kehrte Ruhe ein. Sogar das Rumoren der Schüler erstarb. „Und jetzt geben Sie mir das, meine Liebe. *Bitte.*" Er sprach nach wie vor leise, flüsterte fast, doch der Nachdruck in seiner Stimme schien auf magische Weise Madame Floretts Finger von ihrem Klemmbrett zu lösen. Sie reichte es ihm.

„Vielen Dank."

Madame Florett schaute starr, als hätte er sie zutiefst gedemütigt. Ein Lächeln flog über Daniels Gesicht. Dann bedeutete er Flinn, ihm zu folgen.

Sie schoben sich durch die Schülermenge und kaum dass sie an ihnen vorbei waren, spürte Flinn die Blicke im Nacken und hörte das Getuschel.

„Kennst du die?"

„Hast du gesehen, wie zerzaust ihre Haare sind?"

„Und die Klamotten, du meine Güte!"

„Hat die wirklich *kein Ticket?*"

Ein Mädchen mit einer breiten Schleife im hellen kurzen Haar blickte ihr besonders intensiv hinterher.

Sofort überkam Flinn das allzu vertraute Gefühl von Scham und Wut. Es war wie auf den Korridoren von *Fräulein Schlechtfelds Haus für Wohlergehen*, wie unter all den Aasgeiern. Instinktiv senkte Flinn den Kopf, aber dann drehte sie sich noch einmal nach den Schülern um.

Keiner von ihnen war Jonte gewesen. Doch wenn er wirklich hier war, konnten sie sich jeden Moment über den Weg laufen.

Mit einem Mal wusste Flinn nicht, ob ihr diese Vorstellung gefiel. Die Vorstellung, dass Jonte ein richtiges Zuhause gefunden hatte. Ohne Flinn.

Vielleicht hatte er hier neue Freunde gefunden, die ihm längst so etwas wie eine Familie geworden waren? Vielleicht würde er sich gar nicht freuen, sie zu sehen? Bei diesem Gedanken fühlte sie sich sehr allein auf der Welt. Sie war froh, als die Eisentür hinter ihnen zuschlug und das unangenehme Gemurmel abbrach.

Der Fahrtwind blies kühl auf den Außenplattformen und für

die vielen Waggonübergänge im Kalten hätte Flinn auch gern einen Pullover gehabt.

„Hier ist die Teebar“, sagte Daniel, als Flinn ihm rasch in den nächsten Waggon folgte.

Er verschwand hinter dem langen Tresen, der den holzverkleideten Wagen längs durchmaß. Auf Flinns Seite standen gepolsterte Barhocker und kleine Sessel mit Schottenmuster, auf Daniels Seite nahmen schmale Regale die gesamte Wand und die Fenster ein. Durch die Scheiben fiel Licht in Streifen in den Raum und brach sich in den unzähligen Flaschen und Dosen darin. Einige waren eingestaubt und mit einem Vorhängeschloss versehen. Andere standen in Reihen, auf denen kleine Düsen unablässig wolkigen Dampf auf die Flaschen pusteten wie Bewässerungsanlagen in einem Gewächshaus.

„Möchtest du etwas trinken?“, fragte Daniel, der Flinns fasziniertem Blick gefolgt war. „Ein Cream-Soda vielleicht?“

Bevor Flinn antworten konnte, holte er zwei Glasflaschen aus dem Regal mit den Dampfdüsen. Der Inhalt sah milchig aus und erinnerte Flinn an verquirltes Ei. Sie starrte auf die Etiketten: *Dalls bestes Cream-Soda – Immer eine bessere Wahl als Dalls schlechteres Cream-Soda!*

Von Cream-Soda hatte Flinn noch nie etwas gehört. Sollte sie das wirklich trinken?

Während Daniel mit der einen Hand in einer Schublade nach einem Flaschenöffner suchte, schlug er mit der anderen Madame Floretts Unterlagen auf. „Flinna Chtigall“, las er.

„Deinetwegen spielt jetzt also alle Welt verrückt. Hättest du nicht gedacht, was?" Er grinste Flinn an.

„Nein … hätte ich nicht." Flinn wusste nicht, was sie darauf sagen sollte. Dieser Daniel hatte eine komische Art, sich zu unterhalten. „Und es tut mir auch leid. Aber ich heiße Nachtigall." Umständlich schob sie sich auf einen der Barhocker. „Flinn Nachtigall. So wie … der Vogel." Sie hatte eigentlich sagen wollen: *So wie Jonte Nachtigall, kennen Sie ihn?*, doch auf halber Strecke hatte sie der Mut verlassen.

Dennoch schnellte Daniels Blick nach oben. Sofort fühlte Flinn sich unwohl. Sein Blick war nicht nur so aufmerksam wie der eines Rehs, sondern auch so intensiv.

„Und ich – ähm – also, Flinn ist auch ein Jungenname, aber ich bin ein Mädchen. Nur, falls Sie sich nicht sicher waren." Daniel sah sie weiterhin prüfend an und Flinn senkte ganz automatisch den Kopf, obwohl sie es nicht wollte. Es dauerte eine gefühlte Ewigkeit, bis Daniel wieder zu sprechen begann.

„Nachtigall", wiederholte er und seine Augen huschten über Madame Floretts Notizen. „Aus Weidenborstel, nehme ich an. Da haben wir jedenfalls gestern Nacht gehalten. Himmel!"

„Ich weiß", sagte Flinn nur. „Genau genommen steht unser Haus einige Kilometer von Weidenborstel entfernt. Und nein, es ist nicht schöner, als man denkt."

Daniel warf ihr wieder einen Blick zu, ganz kurz diesmal, und überflog den Rest der Aufzeichnungen. *„Dreizehn Jahre alt … kein Ziel … keine Begabung … Allüren, bockig und begriffsstutzig …* Nein, das glaube ich nicht."

Mittlerweile hatte er einen Flaschenöffner gefunden – oder zumindest etwas in der Art: ein rundes, metallisches Ding in der Form eines Käfers. Als Daniel es auf eine der Flaschen setzte, fuhr es klickend kleine Beinchen aus und vollführte vollautomatisch eine Drehung um den Flaschenhals. Es gab ein metallisches Surren, ganz so, als schlüge der Metallkäfer mit zinnernen Flügeln, dann sprang mit einem leisen *Plopp* der Deckel von der Flasche. Daniel wiederholte die Prozedur bei der zweiten Flasche, während Flinn ihm sprachlos dabei zusah. Dieser Zug hatte nicht nur eine teure, sondern definitiv auch eine sonderbare Ausstattung.

Als beide Cream-Soda-Flaschen geöffnet waren, reichte Daniel ihr eine davon. Offenbar diente der Nebel aus den Düsen dazu, die Flaschen in den Regalen kühl zu halten, denn als Flinn nach ihrer griff, hinterließen ihre Fingerspitzen feuchte Abdrücke auf dem Glas. Sie starrte auf das blubbernde Gebräu und atmete den starken Duft nach Vanille ein. Der Inhalt schäumte mächtig.

Während Daniel einen Schluck trank, überkam Flinn erneut das Gefühl, verloren zu sein. Wie im Speisewagen war auch in der Teebar alles gepflegt und teuer: der polierte Bartresen, die goldfarbenen Glasuntersetzer, die Fotos an den Wänden. Es roch nach Karamell und ein wenig auch nach Staub und sie ertappte sich bei dem Gedanken, dass sie sich Jonte gut in diesem edlen, heimeligen Zug vorstellen konnte. Sich selbst aber nicht.

Flinn nahm all ihren Mut zusammen und sagte: „Ich würde

alles tun, um bleiben zu dürfen, wissen Sie? Vielleicht reicht es ja für ein Ticket, wenn ich in der Küche aushelfe."

Daniel setzte seine Flasche ab und starrte sie an.

Nur zu, dachte Flinn. Solange er schwieg, konnte sie versuchen, ihn zu überzeugen. „Ich könnte auch Fedor helfen." Sie hielt inne. „Was auch immer er macht."

Daniel sagte noch immer nichts.

„Ich würde kaum auffallen. Ich bin quasi unsichtbar, die meiste Zeit über."

„Hör zu, Flinn …"

„Oder ich könnte Limonade verkaufen. Hier an der Bar."

Daniel räusperte sich. Flinn brach ab. Was hatte er nur an sich, dass er mit solch kleinen Gesten für Ruhe sorgen konnte?

„Hör zu, Flinn", sagte Daniel wieder, „dies hier ist der Welten-Express. Nicht der Limonaden-Zug." Er warf ihr einen vielsagenden Blick zu. Flinn kam sich dämlich vor.

„Im Welten-Express leben all jene Jugendlichen, die einmal zu Helden werden."

Flinn riss die Augen auf. Daniel schüttelte lachend den Kopf, als könnte er ihre Gedanken an ihrem Blick ablesen. „Nein, ich rede hier nicht von Spider-Man und Catwoman. Die echten Helden sind all die Forscher, Künstler und Wissenschaftler, die tagtäglich für eine bessere Welt kämpfen. Der Welten-Express ist ein Internat für besondere Kinder aus schwierigen Verhältnissen, die einmal genau das tun werden. Hier lernen sie alles, was dafür vonnöten ist."

Flinn hatte einen Moment lang das schwindelerregende Gefühl, Daniel nicht folgen zu können. Ihr war nie zuvor in den Sinn gekommen, dass Leute in ihrem Alter in der Zukunft die Menschen sein könnten, die für etwas Großes, Wichtiges zuständig wären. Aber dann dachte sie: *Jonte!* Ihr Bruder war perfekt für eine große Zukunft. Er hätte alles dafür gegeben, nicht ein vorgezeichnetes Leben in Weidenborstel zu führen. Alles dafür, etwas *tun* zu können.

Und aus schwierigen Verhältnissen kam er sowieso.

Daniel schien in seinem Element. Er fuhr fort: „Dem großen Stephenson sei Dank können wir hier unbehelligt von den Gesetzen der Länder leben."

Flinn schüttelte überfordert den Kopf. „Wem sei Dank?", fragte sie.

Daniel fuhr sich durchs Haar, sodass es noch zerzauster aussah als ohnehin schon. Er sagte: „George Stephenson, unser Schulgründer. Er baute diesen Internatszug, um die Schulgesetze aller Länder zu umgehen."

Flinn wusste nicht, was sie von alldem halten sollte. „Das heißt, es gibt keine Regeln an Bord?" Jonte ohne Regeln war wie ein Lagerfeuer ohne Steine zur Begrenzung – brandgefährlich.

Daniel lachte amüsiert auf. „Oh doch, es gibt Regeln, frag Madame Florett. Aber es sind Stephensons Regeln. Deshalb gibt es hier nichts, was sinnlos ist. Es gibt keinen Matheunterricht und keine Tests oder Klassenarbeiten."

Flinn blickte Daniel erstaunt an. Dann sah sie sich noch einmal in diesem Waggon um, in dem gedämpftes Sonnenlicht jedes Staubkorn glänzen ließ. Sie fing an, diesen Zug zu mögen.

Daniel griff nach seiner Flasche. „Dieses Internat wurde vor über hundertachtzig Jahren gegründet. Seitdem ist der Zug auf der ganzen Welt unterwegs, Kontinent für Kontinent, Land für Land, Stadt für Stadt. Komm mal mit!"

Sie gingen einen Waggon weiter in eine Bibliothek, deren Regalwände golden waren und voll staubigen Lichts. Flinn ließ ihre Finger über die dicken, leinengebundenen Buchrücken gleiten wie über den Schwung ihres Bumerangs. Sie waren ebenso glatt gerieben von all den Jahren der Benutzung und riefen in ihr das beruhigende Gefühl hervor, sich mit etwas auszukennen.

„Hier, siehst du?" Daniel deutete hinauf zur Decke, wo eine riesige Weltkarte aufgemalt war. Die Farben waren verblichen und doch sah sie so echt aus, dass Flinn meinte, Wellen und Sanddünen über die Meere und Wüsten rollen zu sehen.

„Hier sind wir", sagte Daniel und deutete auf Europa. Quer über die Kontinente spannten sich Streckennetze aus schwarzen Linien. Drei Linien in Europa leuchteten rot, über eine davon wanderte im Schneckentempo das Logo des Zuges: ein kleines WE und das Pfauenrad.

Flinn starrte erschrocken darauf. Dies war eine Zeichnung. Eine bloße Zeichnung. *Die sich bewegte!*

„Die rote Linie ist unsere Route für die kommenden Wochen", fuhr Daniel fort, als wäre eine lebendige Weltkarte etwas vollkommen Natürliches. „Es geht über Frankreich und Spanien bis nach Bulgarien und Ungarn. Ein Riesenbogen." Er rieb sich das Kinn. „Ich könnte die Expresszentrale um Erlaubnis bitten, die Route deinetwegen etwas abzuändern."

Flinn verstand nicht, was das bedeutete. „Entschuldigen Sie", sagte sie, „aber müsste ich nicht vielleicht mit dem Schulleiter sprechen oder – nun ja, so jemand Wichtigem halt?"

Daniel blickte sie verdutzt an. „Aber ich *bin* der Direktor", sagte er. „Daniel Wheeler. Aus Australien." Er deutete eine winzige Verbeugung an. „Hat dir das denn niemand gesagt?"

Flinn blickte erschrocken auf. „Oh!", sagte sie. „Nein. Ich dachte – weil alle bloß Daniel sagen …"

Daniel seufzte. „Ich mag dieses *Mister Wheeler* nicht. Es klingt als wäre ich Gerichtsvollzieher. Als Daniel mache ich meinen Job genauso gut – oder nicht gut. Eigentlich müsste ich dich am nächstmöglichen Bahnhof abholen lassen. Das wäre in Amsterdam."

Flinn fuhr zusammen. Hatte sie es jetzt vermasselt?

„Meine Mum würde eh nicht kommen", sagte sie schnell.

Wie auch? Schon allein die Fahrt in die Niederlande könnte sie sich nicht leisten.

Daniel hielt kurz inne. „Muss sie auch nicht", sagte er trocken. „Denn zu deinem Glück habe ich eine Schwäche dafür, meinen Job falsch zu machen. Vorerst darfst du bleiben." Er hob warnend die Hände. „Aber gewöhne dich nicht dran. In spätestens zwei Wochen sind wir wieder hier in Deutschland. Dann werde ich nicht umhinkommen, dich abzusetzen. Du hast schließlich kein Ticket für diesen Zug."

Daniel zwinkerte ihr verschmitzt zu und stieß seine leere

Flasche gegen Flinns volle. Ein leiser, hoher Klang erfüllte den Gang.

Flinn atmete tief durch. Nein, sie hatte kein Ticket. Aber sie hatte zwei Wochen. Zwei volle Wochen, um Jonte zu finden. Das konnte an Bord eines Zuges ja nicht so schwer sein. Oder?

Die Initialen

So kam es, dass Flinn blieb. Ohne Ticket und von allen misstrauisch beäugt, aber sie blieb.

Einige Minuten nach ihrem Gespräch mit Daniel saß sie bei Fedor im Lagerwaggon neben der Hängematte, in der sie in der Nacht zuvor geschlafen hatte, und ließ sich im Takt der Reise hin und her schaukeln. Der Welten-Express brachte Flinn mit jeder Stunde weiter von ihrem Zuhause fort und weiter hinein in die Welt. Es war ein beängstigendes Gefühl, diese Reise wirklich zu wagen, und doch fühlte es sich gleichzeitig so natürlich an, dass Flinn ein schlechtes Gewissen bekam: Ob ihre Mutter ihr Verschwinden schon bemerkt hatte? Ob sie sich vielleicht doch Sorgen machte? Flinn seufzte. Sie hätte zu gern gewusst, ob Jonte sich auch solche Gedanken machte. Am liebsten hätte sie sofort den Zug nach ihm durchsucht. Doch Daniel hatte sie zurück in die Küche geschickt.

Ratefy, der Koch, war mit den Vorbereitungen fürs Mittagessen beschäftigt gewesen und hatte Flinn in den Lagerwagen gescheucht. Hier saß sie nun, froh, von Fedor akzeptiert und nicht wieder in die Küche zurückgeschickt zu werden wie ein falsch adressiertes Päckchen.

Als sie Fedor von ihrem Gespräch mit Daniel erzählte, runzelte dieser die Stirn. Vorsichtig fischte er zwei Pfirsiche aus einem Karton in der Lebensmittelabteilung.

„Willst du auch einen?“

Flinn blickte auf den Pfirsich in Fedors rußigen Händen. Sie schüttelte den Kopf. Sie war viel zu aufgeregt, um etwas zu essen.

Fedor gab ein beleidigtes Grunzen von sich und rieb mit einem Zipfel seines schmuddeligen T-Shirts über das Obst, bis es noch rußiger war als zuvor. Flinns Mundwinkel zuckten.

Fedor biss in den Pfirsich. „Warum hat Daniel dir keinen Arbeitsplatz angeboten?“, fragte er.

Flinn blinzelte irritiert. Natürlich hatte sie selbst Daniel erst vor ein paar Stunden vorgeschlagen, Limonade zu verkaufen. Doch als Fedor so deutlich von Arbeit sprach, konnte sie verstehen, warum der Direktor nicht darauf eingegangen war. Es klang falsch. Es *war* falsch.

„Ich bin dreizehn“, sagte Flinn.

„Oh, echt, erst?“ Fedor schaute sie verblüfft an. Dann zuckte er mit den Schultern und aß den zweiten Pfirsich. „Und ich fünfzehn. Na und? Ich mache hier trotzdem mehr als einen Ferienjob.“

Flinn öffnete den Mund, um etwas zu entgegnen, doch die Worte blieben ihr im Hals stecken. Fedor hatte offenbar auch kein Ticket.

„Was genau machst du hier?“, fragte sie erstaunt.

Wieder zuckte Fedor mit den Schultern. „Ich bin halt der Kohlenjunge“, sagte er. Die Bezeichnung klang viel zu kindlich für eine so kräftige Person wie Fedor.

„Ich arbeite als Heizer“, fügte er hinzu.

Das erklärte seinen Geruch nach Rauch und Kohle. Der Pfirsichduft mischte sich sanft darunter und Flinn atmete ihn tief ein.

Fedor setzte sich aufrechter und fügte hinzu: „Aber nicht nur das. Ich bin auch für das Lager hier zuständig. Fürs Auffüllen der Regale und so. Das ist mein Ding. Man muss sich echt einiges merken dafür.“ Plötzlich glühten seine Augen wie zwei Stück Kohle. „Du könntest mir während dieser zwei Wochen dabei helfen. Soll ich mal mit Daniel sprechen? Vielleicht war ihm nicht klar, dass du bereit bist zu arbeiten.“

„Nein!“, stieß Flinn aufgebracht hervor. „Nein, sollst du nicht.“ Als sie bemerkte, wie überrascht Fedor sie anschaute, fügte sie ein „Danke“ hinzu. Es klang spitzer als beabsichtigt.

Zwischen ihnen entstand eine unangenehme Pause, nur durchbrochen vom monotonen Rattern der Zugräder und vom metallischen Pfeifen in den Kurven.

„Der Welten-Express weicht geschickt jedem anderen Zug aus“, erklärte Fedor in die Pause hinein. Er klang bemüht locker und wedelte mit der Hand, als wollte er den Konflikt, der so plötzlich in der Luft hing, aus dem Raum fegen. „Pure Magie. Willst du wissen, wie?“

Nein, wollte sie nicht. Nicht nur, dass sie sich überrumpelt fühlte, sie befürchtete auch, dass Fedor sie vielleicht lieber mögen würde, wenn sie ihm bewies, dass sie wie er war: normal. Durchschnittlich. Bodenständig. Eben niemand, der ein Schüler des Welten-Expresses sein wollte.

„Ich mein ja nur", kehrte Fedor grimmig zum Thema zurück, „lass dich nicht zu sehr darauf ein. Auf die Pfauen, meine ich." Seine Stimme war so dunkel wie die Wände des Waggons. Flinn bemerkte, dass sie sich hier sehr wohlfühlte. Inmitten dieses seltsamen Zuges voller Schüler, Schlafwagen und Ticketsorgen war der Zugabschnitt hinter der Lok voll der Selbstverständlichkeit, die Fedor ausstrahlte. Der einzige andere Mensch, der Flinn je dieses Gefühl von Geborgenheit gegeben hatte, war Jonte gewesen.

„Ja", sagte sie bemüht locker. „Ich weiß. Ich habe nur zwei Wochen." Sie wollte ihren Platz hier vorn zwischen Ruß und Dampf nicht verlieren, indem sie sich mit Fedor stritt.

Der Kohlenjunge seufzte, als würde er Flinn beneiden. „Sei bloß froh."

Flinn blinzelte. „Froh? Worüber?"

„Ein Pfog zu sein", sagte Fedor. „Mal ehrlich, willst du wirklich eine Wissenschaftlerin werden? Oder Künstlerin?" Er machte eine wegwerfende Handbewegung.

„Ein *was* soll ich sein?", fragte Flinn.

„Ein Pfog. Ein *Pf*au *o*hne *G*lauben."

Flinn runzelte die Stirn. „Glauben woran?" Ihr fiel nicht eine Sache ein, an die zu glauben es sich lohnte.

„Na, an sich selbst", sagte Fedor und machte eine wegwerfende

Handbewegung. „Ein Pfog ist ein Jugendlicher mit dem Potenzial für eine große Zukunft – so wie ein Pfau. Deshalb kann er auch den Zug sehen. Passanten können das nicht. Nur dass ein Pfog weder an sein Potenzial noch an die große Zukunft glaubt. Und an die Magie, die ihm dabei helfen kann, schon gar nicht."

„Oh", machte Flinn. An *sich selbst* zu glauben war ihr noch nie in den Sinn gekommen. Und was sollte immer dieses Gefasel von Magie?

„Ein Pfog ist eben ein Kind aus schwierigen Verhältnissen. Nur ohne dieses ganze Pfauengehabe", fasste Fedor zusammen.

„Du meinst, ein Kind ohne Ticket", übersetzte Flinn und blickte aus dem Fenster in die flache Landschaft, über der Nebel im Sonnenlicht glänzte wie flüssiges Silber.

Schnurgerade Wassergräben teilten die Felder, an denen der Zug vorbeirauschte. Das mussten die Niederlande sein. Flinn erinnerte sich an die rot leuchtende Strecke an der Decke der Bibliothek. Sie hatte gar nicht bemerkt, dass der Welten-Express Deutschland bereits verlassen hatte. Eigentlich hatte sie sich auf diesen Moment gefreut, doch nun erschien er ihr unwichtig.

War sie wirklich ein Pfog? Ein Kind, das etwas ändern *könnte*, wenn es nur daran glauben würde? Das erklärte zumindest, warum sie den Welten-Express auf der Postkarte erkannt hatte, ihre Geschwister und ihre Mutter aber nicht.

Nur – wenn es so simpel war, warum glaubte sie dann nicht einfach an sich?

Für einen Moment schloss Flinn die Augen, kniff sie geradezu zusammen, und spürte in ihrem Innern nach etwas Großem, etwas Vielversprechendem, dem *Glauben daran.* Unter ihr hob und senkte sich der Waggonboden, als schwebte sie auf einem Teppich, und über ihr wehte eine leichte Brise durch den Raum.

In ihrem Innern war alles leer.

Da war nichts Vielversprechendes.

Nicht mal etwas Wenigversprechendes.

Wie sollte sie an etwas glauben, was nicht da war? Sie war nun einmal kein Pfau, der in einer großen Zukunft die Welt verändern würde. Sie war einfach nur Flinn. Seufzend sah sie an sich hinab, Jontes Stimme im Ohr: *„Halbe Portion, du."*

Sie presste die Lippen zusammen.

Sie war ein halber Pfau.

Mehr nicht.

Nachdem Fedor seine Pause beendet hatte, machte Flinn sich am frühen Nachmittag noch einmal auf den Weg durch den Zug. Und dieses Mal besah sie sich die Wagen und die Menschen darin genau.

Nach dem kohleschwarzen Lagerwaggon folgte ein unordentlicher Gepäckwagen. Auf dem nackten Holzboden stapelten sich leere Koffer und Reisetaschen, Kleidersäcke und Instrumentenkoffer. Überall raschelte und knarrte es. Die Luft war feucht und roch nach Mottenkugeln.

Niemand war hier. Flinn suchte sich einen Weg durch das

Sammelsurium an Gepäckstücken und betrat den folgenden Waggon. Er war voller merkwürdig aussehender Waschmaschinen und Werkzeugkästen. Auch hier waren die Holzwände unverkleidet und Wind zischelte durch die undichten Fenster. Meterlange Wäscheleinen spannten sich über Flinns Kopf. Das Einzige, was hier neu und gepflegt wirkte, war ein Metallschild, auf dem in verschnörkelten Lettern stand: *Nicht verzagen, Curly fragen.* Und kleiner darunter: *Zum Dank für besondere Verdienste um den Schutz der Schule.*

Anwesend war niemand. Doch Flinn fiel der Mann mit der entstellten Gesichtshälfte ein, der sie heute Morgen vor Madame Florett verteidigt hatte. *Curly* hatte die Schaffnerin ihn genannt. Das Schild war ihm gewidmet.

Auf dem Gang des Küchenwagens begegnete Flinn zwei Schülern, die gerade dabei waren, weitere Zettel an die Küchentür zu pinnen (*Isterband-Würste* und *Kalmar am Stiel* stand darauf). Unter ihren bohrend neugierigen Blicken ging Flinn schnell weiter zum Speisewagen und gelangte schließlich in die Teebar und die Bibliothek.

Die Fenster in den unzähligen Wagen gaben den Blick frei auf alte Windmühlen und die Ausläufer einer Stadt mit schmalen Häusern. *Deventer* stand in feinen Lettern am unteren Rand der Fensterbänke. Während Flinn weiterging, sortierten die Buchstaben sich leise und wie von Geisterhand neu: *Apeldoorn*. Flinn brauchte geschlagene zwei Minuten, um sich vom Anblick der flatternden Buchstaben abzuwenden.

Sie hoffte, in einem der nächsten Wagen auf Jonte zu treffen.

Irgendwo in diesem Zug musste er schließlich sein. Vielleicht lernte er gerade für seine große Zukunft?

Es war ein Freitag, doch da Flinn den Vormittag bei Fedor verbracht hatte, hatte sie vom Schulbetrieb bisher nicht viel mitbekommen. Erst auf der Plattform vor dem nächsten Waggon wurde ihr bewusst, dass sie tatsächlich auf den Fluren eines Internats unterwegs war. Über der Eisentür hing ein Schild, verbogen und verblasst von Wind und Wetter, mit dem Wort: *Heldentum.*

Hier standen all die altertümlichen Pulte, gegen die Flinn gestern Nacht gestoßen war, und darauf Leselampen mit grünem Schirm. An der blau gestrichenen Decke funkelten Sternbilder und überall glänzten Pokale in den Regalen. Doch Flinn blieb keine Zeit, sich umzusehen, denn im hinteren Teil des Wagens saßen vier Pfauen – alle mindestens fünfzehn Jahre alt – und unterbrachen ihre Unterhaltung, als Flinn eintrat. Sie beeilte sich, an ihnen vorbeizugelangen.

Benehmen und *Strategie & Zuversicht* stand über den folgenden Türen. Auch hier saßen Express-Schüler in Gruppen an den Pulten und redeten miteinander, als hätten sie es nicht eilig, die Schulräume zu verlassen. Und auch hier hatte keiner von ihnen Ähnlichkeit mit Flinns Halbbruder.

Mit hochgezogenen Schultern, als könnten die bloßen Blicke der Pfauen sie am Hals packen, ging Flinn etliche Wagen weiter bis zu einer Eisentür, über der *Schlafabteile der Schüler* stand. Es waren die Wagen von gestern Nacht mit den schmalen, stillen Gängen und den Abteiltüren darin – sechs in jedem Waggon.

Je tiefer Flinn in diesen Schlafwagen vordrang, desto mulmiger wurde ihr zumute. Wo war Jonte?

Auf den Gängen hier war kaum ein Pfau unterwegs, nur einmal drängten zwei Mädchen mit hüftlangen Haaren sich kichernd an ihr vorbei.

Im dritten dieser Schlafwagen blieb Flinn ratlos stehen. Die gedämpfte Ruhe im Gang fühlte sich an wie letzte Nacht: wunderbar heimelig, aber auch so, als wäre man abgeschnitten vom Rest der Welt.

Neben den Schiebetüren schimmerten jeweils zwei Metallembleme in der matten Nachmittagssonne, die in unscharfen Quadraten durch die gegenüberliegenden Fenster fiel. Flinn blinzelte im Sonnenlicht. Bestimmt war Jonte in einem dieser Abteile, denn sonst wäre sie ihm auf ihrem Weg durch den Zug längst begegnet.

Mit bebender Brust hob sie die Hand und klopfte wahllos an eine der Abteiltüren. Ihre Fingerknöchel verursachten kein nennenswertes Geräusch.

So energisch wie möglich klopfte sie erneut.

Nichts geschah.

Ihr Puls pochte in ihren Ohren, als sie sich prüfend im Gang umsah. Er war leer bis auf unzählige Schwarz-Weiß-Fotografien zwischen den Fenstern.

Rasch griff Flinn nach der Klinke. Mit einem sanften Rasseln glitt die Abteiltür auf und gab den Blick auf ein kleines, unordentliches Abteil frei. Zu beiden Seiten des Fensters standen zwei Hochbetten und zwei kleine Schränke darunter. Auf dem

Schreibtisch dazwischen stapelten sich Getränkedosen und auf dem Teppichboden lagen dreckige Socken. Eindeutig ein Jungszimmer. Flinn zögerte. Sicher waren die Abteile der Mädchen in den beiden Schlafwagen davor untergebracht. Also befand sie sich in diesem und dem nächsten Wagen immerhin am richtigen Ort. Doch was sollte sie nun tun? Sie konnte doch nicht einfach die Abteile sämtlicher Schüler durchwühlen, um herauszufinden, welches davon Jonte gehörte, oder?

Noch während sie zögerte, wurde die Eisentür am Anfang des Ganges aufgestemmt und eine breite, unförmige Gestalt trat von der Außenplattform in den Waggon.

Flinn blinzelte gegen das Sonnenlicht. Es war Curly, der Mann mit der entstellten Gesichtshälfte. Er trug einen Stapel ordentlich zusammengelegter Kleidung unter dem Arm.

So schnell wie möglich trat Flinn von der Abteiltür zurück, die sie geöffnet hatte. Trotzdem blieb der Mann direkt vor ihr stehen und beäugte erst die Tür, dann Flinn.

„Hallo", piepste Flinn und ärgerte sich im selben Moment über ihr ängstliches Auftreten.

Der Mann gab ein Brummen von sich, das Flinn an einen Bären erinnerte. „Hier wirst du nicht schlafen", knurrte er und deutete mit dem Kinn auf das geöffnete Abteil.

„Okay", sagte Flinn und nickte.

Curlys Blick bohrte sich in Flinns, als nähme er ihr diese Gleichgültigkeit nicht ab. Seine Augen waren klein und stechend scharf wie die eines Adlers. Flinn fühlte sich schrecklich winzig und wie von großer Höhe aus betrachtet.

„Und auch nicht in der Hängematte von Kulikow", setzte Curly nach.

Flinn spürte, wie ihr das Blut in die Wangen schoss. „Okay", sagte sie betont lässig und senkte den Blick.

Wenn sie ehrlich mit sich war, hatte sie sich Curly als netten Lehrer vorgestellt. Jetzt wurde ihr klar, dass sie sich geirrt hatte.

Das Grummeln des Mannes klang wie heraufziehender Donner. „Mitkommen", forderte er sie auf und stapfte den Gang entlang, ohne darauf zu achten, ob Flinn ihm folgte.

Eine Sekunde lang blickte Flinn ihm mit Gänsehaut auf den Armen hinterher, dann folgte sie ihm mit einem Abstand von einem Meter durch die beiden Schlafwagen der Jungen.

„Hat dich jemand eingewiesen?", fragte Curly, ohne anzuhalten.

„Mich … was?", fragte Flinn verwirrt und setzte sicherheitshalber hinzu: „Daniel hat gesagt, ich darf bleiben."

Curly brummte missbilligend und klemmte sich das Bündel Kleidung unter seinen anderen Arm. „Frühstück gibt es in der Woche von sechs Uhr dreißig bis acht Uhr", zählte er auf. „Mittagessen von zwölf Uhr dreißig bis dreizehn Uhr dreißig. Abendessen von neunzehn Uhr bis zwanzig Uhr. Am Wochenende bleibt das Buffet abends meist stehen, bis Madame Florett sich jemanden herausgepickt hat, der den Abwasch erledigen muss." Er schnaubte amüsiert. „Nachtruhe ist um zweiundzwanzig Uhr. Wer danach außerhalb seines Schlafwagens erwischt wird, bekommt Ärger."

Über die Schulter warf er ihr einen warnenden Blick zu. Flinn, die sich bemühte, nichts von dem, was Curly ihr erzählte, zu vergessen, geriet ins Stolpern und fing sich gerade wieder, als der Mann fortfuhr: „Unterricht findet von Montag bis Freitag statt, von acht Uhr bis zwölf Uhr dreißig. Ein Unterrichtsfach pro Tag." Er blieb stehen und wandte sich an Flinn. „Aber das betrifft dich nicht", vermutete er.

„N-nein", stotterte Flinn, die Curly beinahe in die Hacken getreten wäre. „Ich glaube nicht."

Sie waren jetzt in einem weiteren Schlafwagen mit stillem Flur und geschlossenen Abteiltüren angelangt.

„Das sind die Schlafwagen der Lehrer", erklärte Curly und öffnete eine der Abteiltüren am Beginn des Flures. „Dies ist Madame Floretts Abteil. Du schläfst hier." Er trat ein und legte den Stapel frisch gebügelter Kleidung auf das unbezogene Bett rechts vom Fenster.

Flinn sah sich überrumpelt im Abteil um. „Aber Madame Florett hasst mich!", entfuhr es ihr, ehe sie sich zurückhalten konnte. „Ich kann mir kein Abteil mit ihr teilen!"

Curly gab ein verärgertes Brummen von sich. „Das war Madame Floretts ausdrücklicher Wunsch. Sie hat gern ein Auge auf alles", erklärte er und ignorierte Flinns entsetzten Gesichtsausdruck. „Ich empfehle Ohrstöpsel. Sie schnarcht."

Flinn machte den Mund auf, um zu protestieren, doch Curly setzte seinen Weg durch den Zug bereits fort. Ehe Flinn ihre Sprache wiedergefunden hatte, knallte am Ende des Waggons die Eisentür und er war verschwunden.

Wie vom Donner gerührt stand Flinn in dem langen, leeren Gang und starrte in das ordentliche, staubkornfreie Zimmer von Madame Florett. Anstelle der Hochbetten gab es hier zwei normale Betten zu beiden Seiten des Fensters. Eines war mit einer goldfarbenen Tagesdecke bedeckt, in der einzelne Fäden im Sonnenlicht glänzten wie echtes Edelmetall. Auf dem anderen lag eine unbezogene Daunendecke zusammengerollt am Kopfende.

„Das wird ein Spaß", murmelte Flinn und trottete in das Abteil. Müdigkeit überkam sie so plötzlich, als hätte Curly ihr mit der Chance auf ein Hochbett auch all ihre Energie genommen.

Lustlos betrachtete sie den aufgeräumten Schreibtisch der Schaffnerin, den großformatigen Atlas darauf und die gespitzten Bleistifte. Das Zimmer sah erstaunlich unbewohnt aus: keine Fotos, keine Dekoration. Alles wirkte neu und steril.

Flinn hoffte, Madame Florett würde ihrem Schlafabteil tagsüber fernbleiben. Sie schloss die Schiebetür und rollte sich auf dem Bett zusammen wie eine Katze. Die vereinzelten Stimmen und Schritte draußen auf dem Flur klangen gedämpft wie das Rauschen der Räder unter dem Wagen. Alle paar Sekunden hörte Flinn das *Padamm* der Zugräder auf den Gleisnähten.

Sie fühlte sich einsam. Fedor musste den ganzen Tag arbeiten und es gab niemanden sonst an Bord, den sie gut genug kannte, um mit ihm Zeit zu verbringen. Sie wünschte sich, es wäre jemand da, dem sie vertrauen konnte, um ihn nach Jonte zu fragen.

Wieso war sie ihm noch nicht begegnet? Er wäre doch der Erste gewesen, der sich für einen blinden Passagier aus Weidenborstel interessiert hätte.

„Sei furchtlos und kühn!", murmelte Flinn.

Zwei Gleisnähte später war sie eingeschlafen.

Ein paar Stunden und etliche Kilometer weiter erwachte Flinn mit dem Gefühl, zu Hause zu sein. Wohlig seufzend drehte sie sich auf die andere Seite und zog die Bettdecke über die Nasenspitze. Ein vertrauter Duft stieg ihr in die Nase. Es war eine Mischung aus Zimt, Heu und Karamell – ein Mix, der Flinn an endlose Sommer in Weidenborstel erinnerte und an das Gefühl von Sonne auf ihren Haaren, wenn der Wind über ihren Kopf strich. Es dauerte zwei Sekunden, bis Flinn begriff, dass sie dieses Gefühl nicht träumte. Dieses Gefühl nach …

„Jonte!" Mit einem Ruck saß Flinn kerzengerade im Bett. Sie blinzelte.

Die gleißenden Strahlen der untergehenden Sonne fielen flackernd durch das Fenster ins Abteil und tauchten den Raum in orange glühendes Licht. Flinn schirmte ihre Augen mit der Hand ab und sah sich in dem kleinen Abteil um.

Sie war allein.

Im Raum war es still und alles sah unverändert aus. Die Bleistifte lagen geordnet neben dem Atlas, so wie ein paar Stunden zuvor, als Flinn eingeschlafen war. Der altmodische Wecker auf Madame Floretts Nachttisch zeigte ihr, dass es Zeit wurde fürs Abendessen.

Flinn spürte ihren Herzschlag auf der Zunge. Er schmeckte nach Überraschung, Angst, Verwirrung.

Jonte war nicht hier, zwang sie sich zu begreifen, *nicht in diesem Abteil*. Wäre er hier gewesen, wären die Stifte nicht mehr angespitzt und nach Härtegrad sortiert gewesen. Jonte ließ die Dinge nie so, wie sie waren.

Flinn streckte sich und die Bettdecke fiel zu Boden. Da erst bemerkte sie, dass es gar nicht die Daunendecke war, mit der sie sich im Schlaf zugedeckt hatte. Es war eines der Karohemden, die Curly ihr gegeben hatte. Und es roch nach Jonte!

Flinn sprang aus dem Bett und griff nach dem Hemd. Ihre Finger gruben sich in den gelben Stoff wie die Hände eines Ertrinkenden an ein Boot, während sie den Kragen, die Knöpfe und die Ärmel untersuchte. Und tatsächlich: Dieses Hemd gehörte ihrem Bruder! Flinn erkannte es an seinen Initialen: ein J. N. mit grünem Faden im Ärmelaufschlag eingestickt. Sie erinnerte sich, dass Jonte dieses Hemd in der Nacht getragen hatte, in der er verschwunden war.

Flinn holte tief Luft. Sie musste unbedingt mit diesem Curly sprechen. Es konnte kein Zufall sein, dass er ihr Jontes Hemd gegeben hatte. Sicher würde er ihr verraten, in welchem Abteil ihr Bruder wohnte.

Flinn riss die Abteiltür auf, stürmte in den Gang hinaus – und lief direkt in eine große, kräftige Person hinein: Curly!

Der Mann gab ein missmutiges Brummen von sich, während Flinn zurückstolperte. Er trug erneut einen Stapel Stoff unter dem Arm, diesmal komplett petrolfarben.

„Ich muss denjenigen sprechen, dem dieses Hemd gehört. Bitte!", stieß Flinn hervor und hielt Curly Jontes Hemd unter die Nase.

Curly beäugte sie, als hätte sie nicht alle Tassen im Schrank. „Das dürfte schwierig werden", murrte er. „Diese Hemden sind Restesachen."

Flinn runzelte die Stirn. „Was soll das bedeuten – Restesachen?", fragte sie.

Die Energie, die sie eben noch verspürt hatte, löste sich in der Enttäuschung auf, die durch ihre Venen kroch wie Eiswasser.

„Das geht dich gar nichts an!", wetterte Curly. Dann zuckte er mit den wuchtigen Schultern. „Was halt so übrig bleibt", erklärte er und zählte auf: „Fundsachen, die niemand abholt. Weggeworfenes, das keiner mehr haben will. Zurückgebliebenes, wenn Pfauen den Zug für immer verlassen."

Flinn erschauderte. Eine entsetzliche Ahnung schlich sich in ihr Herz und setzte sich dort fest wie eine dieser Wahrheiten, die man zuerst spürt und dann erst begreift: Jonte war nicht mehr an Bord dieses Zuges. Nur seine Kleidung. Nur … Restesachen.

„Das glaube ich nicht!", sagte Flinn leise und bestimmt. „Warum sollte jemand den Welten-Express verlassen? Das wäre doch dumm!"

Curly beäugte sie wortlos, als überlegte er immer noch, ob Flinn ein Junge oder ein Mädchen war. Flinn spürte, wie Ärger in ihr aufstieg. Ohne ein weiteres Wort stapfte sie an ihm vorbei den Gang hinunter und in den nächsten Waggon.

Wenn sie ehrlich war, glaubte sie Curly sehr wohl. Wäre Jonte nämlich an Bord gewesen, wäre er es gewesen, der sie vor ein paar Minuten in Madame Floretts Abteil geweckt hätte, und nicht bloß sein Duft.

Magie 2.0

Als Flinn sich zum Abendessen im Speisewagen einfand, war der Raum bereits voller Schüler. Das orange glühende Licht der Abendsonne brach sich in den Wasserkaraffen, die auf den Tischen standen, und beschien in Streifen die Gesichter der Schüler und deren golden glänzende Krawatten. Die schienen die Pfauen sich extra für den Abend umgebunden zu haben. Um sich auf dem Weg zum Speisewagen nicht zu erkälten, trugen außerdem nahezu alle petrolfarbene Pullover oder lange Westen.

Flinn hielt sich am Rand der Menge.

All diesen Schülern hier stand eine große Zukunft bevor. Und alle *glaubten daran.* Wie machten die das nur? Wie hatte Jonte das gemacht? Wohin Flinn auch sah: Nirgendwo entdeckte sie ihn. Das Wort *Restesachen* bohrte sich tief in ihr Innerstes.

Neben dem Buffet stand Madame Florett. Als sie Flinn erspähte, wandte sie sich sofort an die Schüler: „Werte Pfauengemeinschaft, ich muss – *werden Sie mir wohl zuhören, Younes-Kasim?* –, ich muss Sie in meiner Funktion als Lehrerin und

Schaffnerin darüber in Kenntnis setzen, dass – *Younes-Kasim, wer hat Ihnen eigentlich erlaubt, Ihre Haare blau zu färben?"*

Sie schob Flinn vor das Buffet, wo sie sich Seite an Seite mit einem Korb Roggenbrot und einem Topf ziemlich verkocht aussehender Erbsensuppe wiederfand. „Ich muss Sie also informieren – und glauben Sie mir, ich tue dies ganz und gar nicht gern –, dass wir seit heute Morgen einen sogenannten *Passanten* beherbergen: Flinna Chtigall. Sie wird eine Weile bleiben und *sich unauffällig verhalten."*

Ein Raunen ging durch die Menge. Flinn hörte mehrmals das Wort „Passant", mal in skeptischem, mal in neugierigem Ton – aber immer klang es wie eine Bezeichnung für jemanden, der nicht hierher gehörte.

Wäre Jonte unter den Schülern gewesen, hätte er dem Gemurmel ein Ende gesetzt, da war Flinn sich sicher. Was hätte er an ihrer Stelle gesagt?

„Ich bin ein Pfog, kein *Passant"*, brachte Flinn hervor.

Mehrere Sekunden lang kehrte Stille ein, dann brach ein großes, schlankes Mädchen direkt vor ihr in schallendes Gelächter aus. Es hatte olivfarbene Haut und langes Haar und sah sehr viel erwachsener aus, als Flinn sich vermutlich je fühlen würde. Die weiße, schmale Brille, die es trug, war nur etwas für sehr selbstbewusste Mädchen.

Ein paar Jungs stimmten in das Lachen ein.

„Da hast du dir ja glatt einen Orden verdient", sagte das Mädchen verächtlich und ging an ihr vorbei, um sich einen Teller mit Essen zu befüllen.

„Gut gebrüllt, Garabina“, lobte ein dünner Junge mit kurz rasiertem Haar.

Flinn öffnete den Mund und schloss ihn wieder. Mit brennenden Wangen nahm sie sich ebenfalls einen Teller und etwas von der zähen Suppe. Gerade als sie aus der Menge hinaustreten wollte, stieß der schlaksige Junge, den Madame Florett Younes-Kasim genannt und wegen seiner blauen Haare ermahnt hatte, mit voller Wucht gegen ihren Ellbogen. Flinn geriet ins Straucheln, stolperte – und kippte den Inhalt ihres gesamten Tellers über die petrolfarbene Bluse dieser gehässigen Garabina.

Oh nein, dachte Flinn, *oh nein, oh nein, bitte nicht.*

Das Mädchen starrte wortlos an sich hinunter. Klumpen von Speck klatschten geräuschlos von ihrer Bluse zu Boden. Im Waggon wurde es totenstill.

Sehr, sehr langsam hob das Mädchen den Kopf und funkelte Flinn an. Sie sah aus, als wollte sie sie am liebsten auf den Mond schießen.

„Das ist eine Sonderanfertigung von Cavalli“, sagte sie leise.

Flinn wusste nicht, was sie darauf sagen sollte. Sie hatte keine Ahnung, wer Cavalli war. Der Name klang mehr nach einem Zirkusartisten als nach einem Designer. Sie dachte nur an Daniels Bemerkung *„... für Kinder aus schwierigen Verhältnissen“* und kam sich ein bisschen veralbert vor. Dieses Mädchen hier trug zweifelsfrei die Kleidung und die Selbstverständlichkeit von wohlhabenden Leuten zur Schau.

„Ach ja? Ich finde, die Bluse sieht genauso aus wie die Hemden der anderen“, erwiderte Flinn.

Vielleicht hätte das Mädchen ihr verziehen, wenn sie stattdessen: „Oh, wow, von Cavalli, du bist eine Göttin!", gehaucht hätte. Doch so eine Art Mädchen war Flinn nun mal nicht. Sie spürte, wie alle Schüler um sie herum die Luft anhielten, als würde im Waggon plötzlich der Sauerstoff knapp. Nur der blauhaarige Junge hinter ihr kicherte anerkennend. Flinn fragte sich verärgert, warum er die Schuld nicht einfach auf sich nahm.

Garabina starrte sie mit versteinertem Gesichtsausdruck an. Dann zischte sie: „So etwas lasse ich mir doch nicht von einer sagen, die noch nie eine Cavalli-Boutique von innen gesehen hat. Nicht mal von außen, würde ich wetten!"

Flinn schluckte. Weil sie keine Erwiderung parat hatte, machte Garabina ein triumphierendes Geräusch und stolzierte auf ihren knallroten Pumps davon. Flinn blickte ihr hinterher und beneidete sie glühend um die Fähigkeit, selbst vollgekleckert noch einen filmreifen Abgang hinzulegen. Eindeutig die Haltung von wohlhabenden Leuten.

Sie stieß langsam die Luft aus. Also, *die* glaubte jedenfalls an sich. Und zwar ein bisschen zu viel, wenn man Flinn fragte.

„Gern geschehen", sagte der blauhaarige Junge neben ihr, als hätte Flinn statt eines Seufzers ein „Danke" ausgestoßen.

Sie musterte ihn skeptisch. Er hätte sie an eine Figur aus *Tausendundeiner Nacht* erinnert, wäre die Hose seiner Schuluniform nicht wüst mit Filzstift bekritzelt gewesen und seine Armbänder nicht voller Nieten.

Er wartete, bis Flinn sich erneut einen Teller gefüllt hatte, dann zog er sie ohne ein weiteres Wort zu einem Tisch ganz am Ende des Ganges.

„Volle Punktzahl!", jubelte ein Mädchen, das dort bereits saß und zufrieden grinste.

Es war das Mädchen mit den kurzen, auffallend hellen Haaren, das Flinn bereits am Morgen nachgestarrt hatte. Seine Haut war schneeweiß und seine Erscheinung trotz Schuluniform so bunt, dass es Flinn an eine Leinwand erinnerte, die jemand mit Farbe überschüttet hatte. Es trug zahlreiche klirrende Armbänder und Halsketten und in seinem hellen Haar saß eine tiefrote Schleife, passend zu den stechend roten Augen. Unter der bodenlangen Tischdecke lugten waldgrüne, flache Stiefel hervor.

„Garabina ist erledigt", sagte das Mädchen zufrieden und betrachtete Flinn wie ein Lotterielos, das sich ausgezahlt hatte. „Ich bin Pegs Havelmann aus Luxemburg und ich habe gerade beschlossen, dass wir dich adoptieren. Wieso hast du kein Ticket? Meins lag in meinem Nähkästchen."

Flinn öffnete überfordert den Mund. Die Stimme des Mädchens war glockenhell und klang nach Pyjamapartys, Bandenmitgliedschaft und dem Flechten von Freundschaftsarmbändern. Damit konnte sie nicht umgehen.

„Lass Flinna sich doch erst mal setzen", sagte Kasim und verdrehte die Augen. Flinn setzte sich neben ihn. „Mein Ticket hatte übrigens ein Hund im Maul", fügte er dann rasch hinzu.

Flinn schloss den Mund wieder und schmeckte die Angst wie Blei auf der Zunge. Sie hatte keine Ahnung, wie man mit

Leuten ihres Alters redete. Sie hatte überhaupt kaum Ahnung, wie man mit Leuten redete. Sie fühlte sich, als hätte sie das seit Jontes Verschwinden verlernt.

„Ich heiße Flinn“, überwand sie sich zu sagen. „Nicht Flinna.“

Kasim lachte auf. Es klang halb amüsiert und halb verärgert. Flinn fürchtete, dass er sich über ihren Namen lustig machen würde wie all die anderen in ihrer alten Schule, doch dann sagte er: „Typisch Florett. Mich nennt sie immer Younes-Kasim, obwohl mein Rufname Kasim ist. Ich hab ihr schon hundertmal gesagt, ich hör nicht drauf. Und sie hat hundertmal geantwortet, auf meinem Ticket stehe Younes-Kasim und ich solle das verdammt noch mal ernst nehmen.“

In diesem Moment postierte Madame Florett sich neben ihrem Tisch und begann, Flinn sowie den gesamten Waggon mit einem ausgedehnten Vortrag der Zugregeln zu foltern. Während die voranschreitende Dämmerung den Horizont zerfaserte wie eine ausgefranste Decke, tönte im Welten-Express ihre durchdringende Stimme durch den Speisewagen:

„Regel Nummer eins: Kein Rennen in den Waggons oder auf den Verbindungsstegen, kein Springen oder Rempeln!

Regel Nummer zwei: Kein Verlassen der Schlafwaggons während der Nachtruhe von zweiundzwanzig bis sechs Uhr!

Regel Nummer drei: Keine Weitergabe von zuginternen Informationen an Passanten!

Regel Nummer vier: Keine dieser modernen, mit Strom betriebenen technischen Geräte, die Sie alle so lieben!“

Flinn horchte auf. Was sollte denn diese komische Regel?

„Kein Betreten der Räumlichkeiten im sogenannten Letzten Waggon“, dröhnte Madame Floretts Stimme über ihre Köpfe. „Kein unbefugtes Basteln an magietechnologischen Erfindungen jedweder Art. Denken Sie daran: Sie haben keinerlei Fachwissen darüber.“

„Magietechnologie? Was soll das sein?“ Flinn blickte fragend zu Pegs und Kasim.

„Tut mir leid, Flinn, aber das dürfen wir dir nicht erklären“, sagte Pegs mit erhobenem Kinn. „Du bist schließlich ein Passant.“ Ihre hellroten Augen funkelten warnend und ihre schneeweißen Wangen begannen zu glühen – entweder vor Freude, gleich etwas Verbotenes zu tun, oder aus Angst davor.

Kasim gab ein genervtes Grunzen von sich. Er hatte seine Suppe bereits ausgelöffelt und blickte nun sehnsüchtig an Madame Florett vorbei zum Buffet.

Flinn schob Kasim ihren vollen Teller hinüber. „Ich bin ein Pfog“, stellte sie klar. „Ich kann den Zug sehen.“

Kasim blickte überrascht auf Flinns Teller. Dann zuckte er mit den Schultern. Offenbar nahm er es mit den Regeln nicht so genau, denn er erklärte: „Dieser Zug steckt voller Magietechnologie. Angefangen bei der Humphrylampe in Daniels Büro, die Einbrüche meldet, bis hin zu den nervigen Füllern in der Bibliothek. Magietechnologie ist die Magie 2.0. – Krass, oder?“, setzte er so ruckartig hinzu, dass Flinn zurückschreckte.

Sie wusste nichts von nervigen Füllern oder davon, was eine Humphrylampe war, doch ihr Herz flatterte in ihrer Brust wie ein aufgeregter Vogel. *Magie! Ein magietechnologischer Zug!*

Pegs' empörte Stimme klang nur von fern an Flinns Ohr: „So etwas dürfen wir Passanten nicht erzählen!"

Flinn blinzelte, als hätte jemand einen Schleier von ihrem Gesicht gehoben.

„Magietechnologie", echote sie, weil schon allein dieses Wort unglaublich war. Aber noch während sie es sagte, wusste Flinn, dass es stimmte. Sie hatte es selbst gesehen: die Weltkarte an der Decke der Bibliothek, die sich ganz von allein bewegte. Jontes Postkarte, auf der weder die Polizei noch ihre Mutter einen Zug erkannt hatten. Die dampfenden Regale in der Teebar. Und hatte Fedor nicht gesagt: *„Außerdem weichen wir geschickt jedem anderen Zug aus. Pure Magie"*?

Madame Florett las weiter vor: „Kein Betreten des Daches ohne Sondergenehmigung ... *hören Sie zu, Chtigall?* Kein unerlaubtes Betreten der Küche und des Lagerraums ... keine Parkour-Duelle ... keine Wettgeschäfte ... kein Besitz von Taschenlampen oder sonstigen Dingen, die zum nächtlichen Herumschleichen nützlich sein könnten – ich kontrolliere Ihre Abteile, verlassen Sie sich drauf!"

Flinn hörte nicht zu.

Magie! Mit einem Gefühl im Bauch, als läge all das trockene Brot der vergangenen Jahre darin, sah Flinn sich im Waggon um. Die Scheiben der Panoramafenster schillerten, als bestünden sie aus Abendtau und nicht aus Glas. Draußen breitete sich über den Baumkronen die Nacht aus wie ein riesiger Tintenklecks. Unten, im dahinratternden Waggon, huschten die Schatten der Äste wie Geisterfinger über die Tische.

„Keine Fanshirts irgendwelcher Rockbands", las Madame Florett. „Regel Nummer siebenundzwanzig: Kein Pinkeln aus dem Fenster, vor allem nicht bei voller Fahrt."

Magie! In Flinns Kopf gesellte sich das Wort gleich neben *heimelig*. Es klang großartig. Verheißungsvoll. Und so knisternd, wie nur die Wahrheit klingt.

Magie. Daran zu glauben war hier nicht schwer.

Und doch – sie fühlte sich mehr im Stich gelassen als je zuvor in den zwei langen, leeren Jahren. Wie hatte Jonte nur ohne sie gehen können? An einen Ort wie diesen!

Der Abend außerhalb der Waggons war kalt und nass und zog dämmrig über dem Himmel der nachtdunklen flandrischen Landschaft auf. Gruppen von Bäumen erhoben sich blätterrauschend über endlosen Feldern.

Als Flinn Pegs und Kasim nach dem Abendessen auf eine der Außenplattformen zwischen den Waggons folgte, zerzauste ihr der feuchte Fahrtwind das ohnehin ungekämmte Haar. Sie seufzte. Ihr Ärger auf Jonte war bitterer Enttäuschung gewichen. Er hatte sie allein zurückgelassen. Er war ohne sie auf diese Schule gegangen. Warum hatte er sie nicht mitgenommen? Am liebsten hätte Flinn ihn an den Armen gepackt und kräftig geschüttelt. Wäre er nur hier gewesen …

Sie blieb stehen, während Pegs als Erste der drei den metallenen Verbindungssteg überquerte, der zur Plattform des nächsten Wagens führte.

Vor und hinter ihnen ging mit einem leisen Knistern das

Licht der sechseckigen Außenlampen an. Flinn konnte weder Glühlampen noch Kerzen darin erkennen. *Magie,* dachte sie fasziniert.

„Gibt es noch irgendeinen Schüler, der nicht beim Abendessen war?“, fragte sie verzagt. Pegs und Kasim direkt nach Jonte zu fragen, wäre ihr wie ein Verrat an ihrem Bruder vorgekommen. Jonte und sie waren immer ein verschwiegenes Team gewesen.

Pegs machte ein nachdenkliches Gesicht. „Komische Frage“, befand sie und antwortete: „Nein. Das heißt, Jakub war nicht da, aber der ist viel zu jung für den Express und nur deshalb an Bord, weil er Waise ist.“

„Und ein ziemlicher Angsthase“, befand Kasim feixend. „Letzte Woche hatte er Angst vor einem Monster unter seinem Bett. Es stellte sich aber heraus, dass es nur ein alter Bademantel war.“

Flinn spürte ihren Magen eine halbe Etage tiefer sacken. Curly hatte recht: Jonte war nicht mehr hier. Wäre er noch an Bord gewesen, würde er inzwischen die zweite Klasse besuchen. Doch wo war er jetzt?

Sie tastete in ihrer Hosentasche nach der Postkarte mit diesen beruhigenden, weichen Pappecken und folgte Pegs über den Verbindungssteg. Dann, während der Zug gerade die letzten, stadthellen Ausläufer von Brüssel durchquerte, klammerte sie sich an das Geländer und blieb stehen. Abgase und frische Feldluft vermischten sich mit dem schweren Geruch von Schmieröl, während unter Flinns Füßen die Gelenke des Waggons krachten. Ihr Blick fiel auf eine Motte, die vom Licht der Außenlampe angezogen und dann mit einem leisen Zischen versengt wurde.

Erschrocken stieß sie hervor: „Magietechnologie ist *gefährlich,* nicht wahr?"

Zwei Schritte vor ihr wirbelte Pegs herum. Ihre hellroten Augen sahen im schwachen Licht aus wie Raubtieraugen. „Sag so etwas *nie wieder*", warnte sie eindringlich. Flinn schluckte und nickte. Als würde Pegs dadurch bewusst, wie bedrohlich sie wirkte, schüttelte sie den Kopf und fügte erklärend hinzu: „Du bringst Kasim auf dumme Gedanken."

„Vielen Dank, aber ich habe meine eigenen dummen Gedanken", sagte Kasim, drängte sich an Flinn vorbei und betrat gemeinsam mit Pegs den nächsten Waggon.

Flinn sah ihnen hinterher. Sie atmete den abendlichen Geruch von Regen und Herbst ein. Dampf zog in blassen Wolken an ihr vorbei. Sie wusste, dass sie mit ihrer Frage ins Schwarze getroffen hatte. Sie spürte es. Langsam griff sie nach der Postkarte in ihrer Hosentasche.

Was hatte die Magietechnologie mit Jonte angestellt? Oder *er* mit der Magie? Flinn wusste, dass ihn alles, was mit Gefahr zusammenhing, geradezu magisch anzog.

An diesem Ort ist alles möglich, dachte Flinn, *wenn man an sich glaubt.* Und dann entschlossen: *Ich bin so weit gekommen. Ich find's heraus.*

Mit diesem optimistischen Vorsatz folgte sie Pegs und Kasim durch den Zug bis in den Aufenthaltswagen der Pfauen. Es war ein großer heller Raum voller petrolfarbener Sessel, niedriger Tische und Plakate an den Wänden. Lautes Lachen und der süße Duft nach Cream-Soda schlugen Flinn entgegen. Sie rang sich ein Lächeln ab. Es war schön hier. Aber die Gewissheit, dass das nicht immer so war, lag bereits so dicht über ihr wie die Decke aus Dampf über dem Zug.

Flinn verbrachte einen überraschend schönen Abend mit Pegs und Kasim im Aufenthaltsraum der Pfauen. Von den hellen Wänden blickten ihr Plakate mit den Gesichtern von Albert Einstein, Salvador Dalí und Marie Curie entgegen. In der Luft dazwischen zerschossen selbst gebaute Papierflieger mit winzigen schnurrenden Motoren Blasen von Cream-Soda, die immer dann aufstiegen, wenn einer der Pfauen eine Glasflasche bis zum Überlaufen schüttelte.

Im Waggon duftete es nach Vanilleschoten und Möbelpolitur und vor dem Fenster trieb der Dampf der Lok wie Geisterwolken in tiefdunkler Nacht vorbei.

Heimelig, dachte Flinn wieder und fühlte sich zum ersten Mal an diesem Abend wirklich wohl. Sie mochte Pegs und Kasim. Sie mochte sie auf diese natürliche, leichte Art, so wie sie schon immer alte Wörterbücher und ihren Bumerang gemocht hatte. Es gefiel ihr, wie Pegs fröhlich vor sich hin plapperte und dabei gedankenverloren ein Muster in den Saum ihres Rockes schnitt. Und es beeindruckte sie, wie Kasim mit seinen langen Beinen lässig im Sessel lümmelte und sich durchs blau gefärbte Haar fuhr. Offenbar fühlte er sich vollkommen wohl in seiner

Haut. Ihre gute Stimmung wurde nur dadurch getrübt, dass das Gespräch sich rasch ihrer Vergangenheit zuwandte.

Flinn hatte keine Ahnung, wie sie Jonte verschweigen sollte bei einem Thema, das in ihrem Fall aus neunundneunzig Prozent Jonte bestand.

Zum Glück nahm Pegs ihr dieses Problem ab. Sie hockte im Schneidersitz auf einem breiten Hocker zwischen den zwei kleinen Sesseln, in denen es sich Flinn und Kasim gemütlich gemacht hatten.

„Ich mag Passanten wie dich", sagte sie und betrachtete Flinn, als gehörte sie einer fremden Spezies an. „Du bist bestimmt gut in Mathe und solchem Quatsch, was?"

Flinn blinzelte irritiert. *Ich bin ein Pfog,* dachte sie, *kein Passant.* Doch sie gab es auf, Pegs darauf hinzuweisen.

„Nein", sagte sie stattdessen wahrheitsgemäß. „Ich glaube, ich bin in gar nichts wirklich gut. Wie kommst du darauf?"

„Na, Mathe eben", sagte Pegs, als hätte Flinn sie nicht richtig verstanden. „In den Schulen, die ich vor dem Welten-Express besucht habe, gab es nur solche sinnlosen Fächer. Und alle Schüler haben sich richtig angestrengt, als hinge ihr Leben davon ab. Kannst du dir das vorstellen?" Sie schüttelte ungläubig den Kopf und lachte dabei.

Flinn zwang sich zu einem Lächeln, um zu verbergen, wie dumm sie sich vorkam. Sie dachte an die Worte über den Eisentüren, die zu den Klassenzimmern führten: *Heldentum*, *Benehmen* und *Strategie & Zuversicht*. Also war *Heldentum* tatsächlich ein offizielles Unterrichtsfach im Welten-Express!

„Und du?", fragte sie Kasim. „Was hast du für eine Schule besucht, bevor du hierhergekommen bist?"

Kasims Gesicht versteinerte schlagartig. Er richtete den Blick nach draußen in die nachtblaue Landschaft, als hätte er Flinns Frage nicht gehört. Irritiert warf Flinn einen Blick zu Pegs, doch die schüttelte nur den Kopf und sah sich suchend im Waggon um.

Ein paar unangenehme Minuten lang herrschte Schweigen. In regelmäßigen Abständen spürte Flinn die Blicke der älteren Pfauen auf sich und hörte gemurmelte Gerüchte (*„Vielleicht ein Tigerkind, wer weiß?" – „Es würde mich nicht wundern, wenn sie ein Experiment in* Heldentum *ist, so wie der Frosch, den wir untersuchen mussten."*). Doch wann immer Flinn aufsah, wurde sie von den Pfauen ignoriert.

Obwohl sie nun wusste, dass Jonte nicht unter ihnen war, konnte sie es nicht lassen, ihren Blick über all die Schüler huschen zu lassen wie ein Kaninchen, das seinen Bau sucht. Wenn ihr Halbbruder einmal hier gewesen war – und dessen war Flinn sich sicher –, dann musste es doch Hinweise auf ihn geben …

„Wo ist eigentlich das Radio?", fragte Pegs betont heiter. „Ein bisschen Musik wäre schön."

Kasim, der gerade einen Schluck trank, sprudelte das Cream-Soda in die Nase. Er hatte drei Flaschen davon aus der Teebar mitgenommen. Flinn war sich ziemlich sicher, dass das nicht erlaubt war.

„Bloß nicht!", sagte er, wieder ganz der Alte. „Willst du unbedingt alle verscheuchen mit deiner komischen Hänsel-und-Gretel-Musik?“

„Gretl *Fröhlich*!“, verbesserte Pegs. „*Hänsel und Gretel* ist von Humperdinck! Flinn, du magst doch Operetten, oder?“

„Ähm …“, machte Flinn und nahm ebenfalls einen großen Schluck Soda. Sie musste dringend etwas daran ändern, dass *Ähm* ihre häufigste Antwort war.

Sei furchtlos und kühn, sag was!, gab sie sich innerlich einen Schubs. „Warum …“, sie deutete zwischen Pegs, Kasim und sich hin und her, „warum *wir*? Warum gebt ihr euch mit mir ab?“

Flinns letztes Wir war zwei Jahre her. Und dieses hier fühlte sich noch fremd an und viel zu gut, um wahr zu sein. Natürlich hatte sie sich vor ein paar Stunden erst eine Freundschaft gewünscht, doch sie begriff nicht, was zwei dermaßen selbstbewusste, lässige Schüler an ihr fanden.

„Gefallen wir dir nicht?“, fragte Kasim.

Flinn war sich nicht sicher, ob seine Stimme belustigt klang oder gekränkt. „Nein“, sagte sie schnell. „Ich meine, ja – doch. Doch! Ich dachte bloß …“

„Falsch gedacht“, fiel Pegs ihr ins Wort. „Auch in einem Zug voller ehemaliger Außenseiter gibt es Außenseiter.“ Sie deutete an sich herunter, auf den knielangen Rock ihrer Schuluniform, den sie mit viel Tüll aufgebauscht hatte, und auf ihre bunten Ringelsocken darunter. Trotz ihrer weißen Haut war sie zweifellos die bunteste Erscheinung im Zug.

„Wir dachten, du passt zu uns“, fügte Kasim hinzu und spielte nervös an seinem Nietenarmband.

Flinn starrte die beiden an, viel zu perplex, um etwas zu erwidern.

Kasim hob seine Cream-Soda-Flasche. „Auf uns?", fragte er.

„Auf uns", sagte Flinn. Als ihre Flaschen zusammenstießen, entstand ein heller, voller Klang, der Flinns Innerstes erfüllte. Er sollte tagelang in ihr nachhallen.

Am späten Abend ging das laute Geplapper im Aufenthaltswagen im Ton eines lang gezogenen Gongs unter, der plötzlich durch den Zug hallte.

„Was war das?", fragte Flinn. Der Gong erinnerte sie an das stündliche Schlagen von Standuhren, diese nachhallende Melodie, die in ihrer Vorstellung einen großen Teil eines sicheren Zuhauses ausmachte. *Standuhren* standen in ihrem Kopf gleich neben *heimelig*.

„Das ist der Nachtgong", erklärte Pegs. Sie erhoben sich aus ihren Sesseln. „Nach zweiundzwanzig Uhr dürfen wir die Schlafwagen nicht mehr verlassen. Gehen wir."

Sie schlossen sich dem Strom der Schüler hinüber in die Schlafwagen an. Dabei durchquerten sie einen Waggon mit dunklem Gang und drei Abteiltüren darin. *Clubwagen* stand in goldenen Lettern über der Eisentür am Waggonbeginn.

Pegs gab ein Seufzen von sich, während sie den Wagen durchquerten. „Die Clubabteile sind für uns Erstklässler verboten", erklärte sie mit sehnsuchtsvollem Blick.

„Ich hab nichts anderes erwartet", sagte Flinn, die allmählich den Eindruck hatte, dass es in dieser Schule mehr Regeln gab als in *Fräulein Schlechtsfelds Haus für Wohlergehen*. Und das wollte etwas heißen!

Im ersten der Schlafwagen verabschiedete sich Pegs gähnend von ihr und Kasim und schlüpfte in eines der Abteile.

Flinn und Kasim drängten sich an den Pfauen vorbei, die sich vor den Badezimmern sammelten, und verabschiedeten sich im dritten Schlafwagen voneinander.

„Tut mir echt leid, dass du im Abteil von Madame Florett schlafen musst", sagte Kasim, bevor er seine Tür hinter sich schloss. „An deiner Stelle würde ich lieber im Gang übernachten."

Flinn machte eine missmutige Miene. Sie stieß die Eisentüren zu den Schlafwagen der Lehrer auf und schloss sich in dem komfortablen Badezimmer ein, das gleich am Beginn des Flures lag. Ein Hauch von Luxus wehte durch den Raum mit den flauschigen Teppichen und den zwölf verschiedenen Seifen, so groß und bunt wie Tortenstücke.

Flinn beschloss, so lange wie möglich hierzubleiben. Sie hatte keine Lust, im Gang zu übernachten. Und auch nicht, in ihrem Abteil Madame Florett im Nachthemd zu begegnen.

Während sie heißes Wasser in die Badewanne mit den goldenen Löwenfüßen einließ, dachte sie über Jonte nach. Was sie brauchte, waren Hinweise auf seine Zeit an Bord.

War ihm als Schüler in diesem Zug etwas zugestoßen? Oder war er vielleicht doch ein blinder Passagier gewesen wie Flinn?

Neben dem Fenster entdeckte sie ihren Namen auf einem Regalbrett. Sie zog zwei flauschige petrolfarbene Badetücher hervor. Ob Jonte die vor zwei Jahren auch bekommen hatte?

Gedankenverloren beobachtete Flinn eine seltsame Apparatur am Rand der Wanne, die vollautomatisch ein Stück Seife ins Badewasser schälte. *Wie eine Kartoffel,* dachte Flinn. So etwas gab es in Weidenborstel nicht. Und wahrscheinlich auch nirgendwo sonst. Jonte hätte alles getan, um an einem so sonderbaren Ort wie diesem hier bleiben zu dürfen.

Nach dem Bad schlüpfte Flinn wieder in ihre Kleidung, denn einen Pyjama hatte sie nicht dabei.

Ein paar Minuten verbrachte sie damit, Jontes Postkarte auf ihren Knien glatt zu streichen und erneut ergebnislos nach Hinweisen abzusuchen. Als nebenan im Gang eine Waggontür knallte, schob Flinn die Karte rasch in ihre Hosentasche, rubbelte sich die Haare trocken und löschte das Licht.

Sie trat auf den Gang hinaus und sah gerade noch, wie Garabina den Waggon Richtung Zugende verließ.

Flinn starrte ihr nach. Ab hier kamen weder Schülerabteile noch Badezimmer der Pfauen. Welchen Grund sollte Garabina haben, nachts hierherzukommen?

Flinn zögerte nur einen Augenblick, dann folgte sie ihr. Die Hoffnung, Garabina bei etwas Verbotenem zu erwischen, war größer als die Angst, nach zweiundzwanzig Uhr außerhalb ihres Waggons entdeckt zu werden. Sie stellte sich Garabinas Gesicht vor, wenn sie bemerken musste, dass Flinn etwas gegen sie in der Hand hatte. Das würde das Verhältnis zwischen ihnen ein bisschen ins Gleichgewicht bringen. Mehr wollte

Flinn ja gar nicht. Draußen ging das letzte graue Dämmerlicht in ein samtiges Nachtschwarz über. Es war kühl und windig und die Nachtluft heulte ihr um die Ohren, als sie auf die Plattform trat. Sie beeilte sich, über den wackeligen Steg zu kommen, und betrat den Schlafwagen des Personals. Er sah so schlicht und edel aus wie der Schlafwagen der Lehrer, doch Flinn konnte sich nicht vorstellen, dass Garabina hier war. Schnell ging sie hinüber in den nächsten Wagen.

Auch hier herrschte Stille – gedämpfte, zugratterfreie Stille. Flinns Füße versanken geräuschlos im flauschigen Teppich, während sie den schmalen Gang entlangschritt.

Es gab nur eine einzige Tür in dem Gang. Sie war geschlossen und kein Schild wies den Raum dahinter aus. Die Klinke war weniger abgegriffen als die im Rest des Zuges und die Luft abgestanden, als hätte seit Jahrzehnten niemand das Leben hereingelassen.

Schlagartig wurde Flinn bewusst, wo sie sich befand: Das hier war der Letzte Waggon. Was hatte Madame Florett noch gleich vorgelesen? Regel Nummer sieben oder so: Der Raum hier war verboten. Was hatte Garabina hier verloren? Zu sehen war sie nirgends.

Inmitten dieser Stille, die nach Vergangenheit und Vergessen roch, wurde Flinn mulmig zumute. Sie beschloss, zurück zum Personalwagen zu gehen und am nächsten Tag Pegs und Kasim davon zu erzählen. Die hatten sicher nichts dagegen, ein paar Vermutungen über Garabinas nächtliche Ausflüge anzustellen.

Rasch verließ Flinn den Letzten Waggon und durchquerte wieder den Schlafwagen des Personals. Doch kaum stand sie auf der zugigen Plattform zum Schlafwagen der Lehrer, fiel ein Lichtstreifen durch das kleine Fenster in der Eisentür.

Ein Schatten zeichnete sich darin ab. Er wurde schnell größer. Madame Florett! Bestimmt hatte sie bemerkt, dass Flinn nicht im Abteil war.

„Nein, nein, nein", murmelte Flinn und sah sich nach einem Versteck um. Später könnte sie Madame Florett ja immer noch erzählen, sie hätte auf dem Klo gesessen. Wegen Reiseübelkeit. Oder irgendwas in der Art.

Die Abteile im Schlafwagen des Personals waren jedoch allesamt verschlossen und in den Raum im Letzten Waggon wollte Flinn auch nicht einbrechen, also rannte sie durch die beiden Wagen hindurch zurück bis zum Ende des Zuges. Sie riss die Tür auf und schob sich keuchend hinaus auf die allerletzte Plattform.

Nur dass es nicht die letzte Plattform war. Und es war auch nicht Madame Florett, die sie hier erwischte.

Der Tiger in der Bibliothek

„Hallo", sagte Daniel. Er stand in einem langen, offenen Wagen hinter dem Letzten Waggon – einer Art überdachtem Aussichtswagen.

Als er Flinn sah, drückte er schnell eine halb gerauchte Zigarette aus und kippte einen Pappbecher über das Geländer, aber Flinn sah noch, dass er mit Asche gefüllt war.

„Ich dachte mir schon, dass du noch nicht schlafen gehst", sagte Daniel, „nach so einem schicksalhaften Tag."

Offenbar hatte er keine Ahnung, wie spät es bereits war. Oder aber es war ihm egal.

„Hmm", machte Flinn, unsicher, ob das noch Ärger geben würde. Sie blickte sich nach dem Letzten Waggon um und hoffte, Madame Florett würde sie hier draußen nicht vermuten. „Finden Sie, dass es das war?"

„Was?", fragte Daniel. Er spielte mit seiner Schachtel Zigaretten herum, als drehte er einen Zauberwürfel zwischen den Fingern. Als er bemerkte, was er da tat, steckte er die Schachtel eilig in seine Westentasche.

„Ein schicksalhafter Tag“, wiederholte Flinn.

„Nun“, sagte Daniel und musterte sie. „Für *uns* war es das zumindest. Du bist der erste blinde Passagier hier seit … immer.“

Ein Lächeln zuckte über Flinns Gesicht. Jonte hatte also wirklich ein Ticket besessen! Natürlich hatte er das. Er *war* außergewöhnlich, begabt und auch ehrgeizig. Er glaubte an sich selbst und daran, etwas *tun* zu können. Er war schließlich Jonte.

„Die Zeit an Bord ist immer schicksalhaft“, fuhr Daniel fort, offenbar erfreut über ihr Lächeln, „auch für einen Pfog wie dich und …“ Er verstummte.

„Fedor“, half Flinn ihm auf die Sprünge.

Daniel zuckte leicht zusammen. „Fedor, ja. Natürlich. Er hilft als Kohlenjunge aus.“

Flinn folgte Daniels Blick hinaus in die Nacht. Der Wind pfiff ihr um die Ohren und trieb die Dunkelheit in Wellen über die Aussichtsplattform. In weiter Ferne leuchtete eine Stadt wie eine Fata Morgana im unendlichen Universum.

Ein paar Sekunden lauschten sie dem Rattern und Holpern der Räder unter sich, dann räusperte sich Flinn. Die Stille war ihr unangenehm.

Daniel blickte auf sie hinab, als hätte er vergessen, dass sie neben ihm stand. „Da fällt mir ein“, setzte er an, „dass wir noch gar nicht über deine Eltern gesprochen haben.“

„Meine Mutter“, verbesserte Flinn. Sie hatte keinen Vater – zumindest nicht, seit sie sich erinnern konnte.

„Deine Mutter, verstehe“, sagte Daniel. Etwas in seinen Augen blitzte auf wie ein Leuchtfeuer auf dunkler See. „Ich habe der Weltweiten Expresszentrale vorhin Bescheid gegeben. Die regelt alles, was mit dem Welten-Express zu tun hat. Deine Mutter sollte jetzt bereits informiert sein. Die Arme war sicher schon ganz krank vor Sorge."

Das bezweifelte Flinn. Sie erinnerte sich, dass ihr Halbbruder Jannik einmal anderthalb Tage bei einem Freund geblieben war, ehe ihrer Mutter aufgefallen war, dass er fehlte. Aber das würde Daniel nicht verstehen. Flinn verstand es ja selbst nicht.

„Du wirst inzwischen bemerkt haben, dass wir hier nicht viel von moderner Elektronik halten, aber in deinem speziellen Fall darfst du deine Mutter natürlich so oft anrufen, wie du möchtest."

„Ich habe kein Handy", gab Flinn zu und wusste nicht, ob sie sich deshalb schämen sollte.

Daniel schien das nicht im Geringsten zu stören. „In Ordnung", sagte er, „dann schreibst du ihr am besten gleich einen Brief."

„Jetzt?", fragte Flinn ein wenig entsetzt.

Daniel blinzelte, dann blickte er in die Nacht hinaus, als würde ihm zum ersten Mal bewusst, dass es dunkel war. Er warf einen langen Blick auf seine alte Armbanduhr. „Na ja", sagte er und lächelte, „vielleicht besser morgen. Beim nächsten Halt am Sonntagvormittag gebe ich ihn ab. Sonntags wird der Express nämlich immer mit allem versorgt, was man die Woche über so braucht. Dann können sich die Pfauen den Bahnhof ansehen und ihr gesamtes Geld für Süßigkeiten und Krimskrams verpulvern. Nikos aus der Dritten sammelt zum Beispiel die Sprüche auf den Rachensnaff-Verpackungen, wenn ich mich nicht irre." Er warf ihr einen Seitenblick zu.

Flinn dachte: *Ich bin aber kein Pfau.* Sie würde weder in solchen Unterrichtsfächern wie *Heldentum* oder *Strategie & Zuversicht* lernen, wie man die Welt veränderte, noch würde sie es nach ihrem Schulabschluss wirklich tun.

Doch sie erwiderte nichts.

Über ihnen knisterte die Nachtbeleuchtung. Wieder konnte Flinn weder Glühbirnen noch Kerzen darin erkennen. Motten und Mücken tummelten sich darunter, ihre weißen, schwirrenden Flügel flimmernd wie Feenlichter.

„Das wird dir gefallen", sagte Daniel zuversichtlich. „Sonntag ist schon in zwei Tagen."

Flinn musste an Gleis Nummer zwei in Weidenborstel denken. Alle Bahnhöfe waren schrecklich trostlos, Süßigkeiten und Krimskrams hin oder her.

„Soll ich meiner Mum auch schreiben, dass sie mir Sachen schicken soll?", fragte sie halbherzig. Eigentlich wollte sie das nicht. Ihre Mutter würde ihr nur die falsche Kleidung schicken, und Flinn wollte nicht, dass sie in ihrem Schrank danach wühlte. „Sie wissen schon, Klamotten … und so." Sie breitete die Arme aus. „Ich habe ja nichts dabei."

Daniel schmunzelte. „Nicht nötig", sagte er und deutete auf ihren Kopf und auf ihr Herz. „Alles, was du brauchst, ist schon hier."

Die Nachtlichter brannten auch in den Gängen und alle Rollläden waren heruntergezogen. Flinn lauschte einen Moment lang im Letzten Waggon, doch von Garabina war weder etwas zu sehen noch zu hören. Wahrscheinlich hatten sie sich verpasst, wie auch immer das in einem Zug möglich war.

Wenigstens hatte Flinn sich keine weiteren Schwierigkeiten eingehandelt – das hieß, wenn Madame Florett nicht im Abteil auf sie wartete.

Tat sie zum Glück nicht.

Erschöpft ließ Flinn sich auf ihr Bett fallen. Zu ihrer Überraschung war es frisch bezogen und zur Hälfte mit einer goldfarbenen Tagesdecke bedeckt. Auf ihrem petrolblauen Kopfkissen lag neben der Kleidung, die Curly ihr am Nachmittag gegeben hatte, ein langer, unglaublich weicher petrolfarbener Pyjama mit Schulemblem. Zu allem Überfluss hing an der Tür ein flauschiger Morgenmantel in ihrer Größe. Offenbar war Curly noch einmal hier gewesen.

Flinn konnte nicht anders, als zu lächeln. Daniel hatte recht. Es war ein schicksalhafter Tag gewesen. Ab heute würde sie zwei Wochen in einem magischen Zug durch Europa reisen. Und sie war nicht allein dabei. Zum ersten Mal in ihrem Leben hatte Flinn Leute in ihrem Alter kennengelernt, die mit ihr befreundet sein wollten. Wenn sie jetzt noch Jonte fand, würde es nicht der einzige besondere Tag bleiben.

Als Flinn erwachte, fielen erste Sonnenstrahlen zwischen den schaukelnden Vorhängen ins Abteil. Die goldene Tagesdecke auf Madame Floretts Bett glomm wie geschmolzenes Metall und sah so unberührt aus, dass Flinn sich fragte, ob die Schaffnerin gestern Nacht überhaupt zu Bett gegangen war. Zumindest nicht, solange Flinn noch wach gelegen hatte.

Obwohl es erst kurz nach sechs war, zwang Flinn sich zum Aufstehen. Im Badezimmer zog sie das dicke gelbe Karohemd an, das Jonte gehört hatte, und schnürte ihre Boots.

Über dem Zug lag eine schläfrige Stille, doch das unablässige Rattern der Räder gab ihr das Gefühl, bereits weit gekommen zu sein. Das Vibrieren unter ihren Füßen, das Schaukeln in den Kurven – das alles begann ihr vertraut zu werden.

Sie trat aus dem Personalwagen nach draußen auf die Plattform. Die stechend kühle, klare Morgenluft verschlug ihr den Atem. Sie schmeckte nach purer Lebendigkeit und dem Gefühl, der Welt ein Stück voraus zu sein. Augenblicklich war Flinn putzmunter.

Sie durchquerte den Zug bis zur Teebar, doch als sie die schwere Eisentür an deren Ende aufstoßen wollte, sah sie Daniel durch das kleine Türfenster draußen auf der Plattform stehen. Er schien sich mit jemandem zu unterhalten, denn er zuckte gerade mit den Schultern und fuchtelte aufgebracht mit einer Packung Zigaretten herum.

„Ich kann es mir auch nicht erklären", drang seine Stimme in den Waggon. Die Eisentür war nur angelehnt. „Das Thema ist beendet, meine Liebe. Sie klingen ja schon wie Bert."

Flinn hatte nicht vor zu lauschen, doch der Verdacht, dass hier etwas nicht stimmte, flammte so plötzlich und stark in ihr auf wie Daniels Feuerzeug, als er sich eine Zigarette ansteckte.

Der Express durchquerte gerade eine französische Region, das verkündeten die Flatterlettern am unteren Rand des Fensters, neben dem Flinn geduckt stand. Weinberge und dünnes Herbstlicht säumten die Strecke wie der ausgefranste Rand einer Tischdecke. Der Fahrtwind war so schwach, dass Flinn jedes Wort von draußen verstand:

„Ich bin nicht Ihre Liebe!"

Eine forsche Stimme, die Flinn sofort erkannte. Sie lugte aus dem winzigen Türfenster und sah einen Pferdeschwanz herumwirbeln. Madame Florett! Trotz der frühen Morgenstunde sah sie aus wie aus dem Ei gepellt. Anstelle des Agenten-Schaffner-Anzugs trug sie heute einen engen Rock zu einer hochgeschlossenen weißen Bluse. Flinn fragte sich, wann sie in ihrem Abteil gewesen war, um sich umzuziehen.

„Ich traue dem Kind einfach nicht", sagte sie und rückte die riesengroße lederne Schutzbrille auf ihrem Kopf zurecht.

Flinns Gedanken überschlugen sich. Sprach sie von ihr oder Jonte – oder von Kasim? Den schien sie dank seiner blauen Haare auch nicht sonderlich zu mögen.

„Meine Nicht-Liebe, haben Sie denn einen Grund dafür?", fragte Daniel und stieß eine kleine Wolke Zigarettenrauch aus, so entspannt, als pustete er Seifenblasen.

Einen Moment lang schien Madame Florett verwundert. „Ich brauche keine Gründe. Und lassen Sie das Rauchen endlich", brachte sie hervor. „Sie wollten das vor den Schülern nicht tun."

„Wollte ich nicht?" Daniel betrachtete die Zigarette, die in seiner Hand glomm, als hätte er keine Ahnung, wie sie dorthin gekommen war, und drückte sie aus. „Pardon", sagte er und fügte mit versöhnlicher Stimme hinzu: „Also, haben Sie Gründe?"

„Gründe, Gründe." Mit einem Mal klang Madame Florett nervös. „Sie haben eine Schwäche für das Kind. Genauso gut könnte ich Sie nach *Ihren* Gründen fragen." Als Daniel keine Anstalten machte, welche vorzubringen, zählte sie auf: „Ein dreizehnjähriges Kind, das nachts so mir nichts, dir nichts auf Züge aufspringt! Das den Welten-Express überhaupt wahrnimmt! Ich glaube nämlich nicht, dass sie auf eine Draisine aufgesprungen wäre. Oder auf einen rostigen Güterzug. Oder was denken Sie?"

Flinns Magen knotete sich zusammen. Es ging in diesem Gespräch um sie! Dass Madame Florett sie nicht mochte, hatte sie sich denken können. Aber dass sie ihr nicht traute? Was sollte Flinn schon anstellen, ihr Klemmbrett klauen?

Daniel atmete tief ein, als sehnte er sich nach ein bisschen Ruhe und einer weiteren Zigarette. „Ich denke: oder eine falsch geleitete S-Bahn."

„Ich *weiß*, was Passanten normalerweise anstelle des Zuges sehen." Madame Florett klang nicht nur verärgert, sondern jetzt auch besorgt.

„Sie ist ein Pfog", sagte Daniel, „natürlich sieht sie den Welten-Express."

„Aber sie hätte nicht aufspringen dürfen!", beharrte Madame

Florett. „Warum hat sie das getan? Sie wird herumschnüffeln!“ Sie gab ein verschnupftes Geräusch von sich. „Als hätte ich nicht Wichtigeres zu tun. Wenn Sie mich entschuldigen würden, ich habe ein Frühstück zu beaufsichtigen.“ Damit verschwand sie im angrenzenden Speisewagen.

Flinn lugte aus dem Türfenster. Eine Sekunde später wurde ihr klar, dass Daniel Madame Florett nicht folgen würde. Ihr blieb nur die Flucht nach vorn. Sie beeilte sich, aus der Tür hinauszukommen, als Daniel gerade hereinwollte. Damit ihre Eile echt wirkte, bremste sie nicht ab. Unsanft stieß sie gegen die Tür und dann gegen Daniel.

„Beim großen Stephenson!“, sagte Daniel ungehalten. „Flinn!“ Er zog seine schiefe Krawatte zurecht – Flinn bemerkte, dass er darunter noch seinen Pyjama trug – und musterte sie erstaunt. „Warum bist du um diese Zeit denn schon auf?“

„Tut mir leid“, sagte Flinn nur. Am liebsten hätte sie gar nichts gesagt. Daniel schien sowieso keine Antwort zu erwarten. Bevor Flinn noch etwas hinzufügen konnte, war er schon an ihr vorbeigegangen in Richtung Zugende.

Um diese frühe Uhrzeit an einem Samstagmorgen waren beim Frühstück nur Madame Florett und eine Handvoll Pfauen anwesend, die allesamt älter zu sein schienen als Flinn.

Gleißendes Sonnenlicht zerschnitt den Raum, während weit hinter den Panoramafenstern, über den dunklen Dächern der französischen Stadt Lille, die Sonne aufstieg. Flinn reckte ihr Gesicht den warmen, prickelnden Strahlen entgegen und durchquerte den Waggon. Erst kurz vor dem Buffet entdeckte sie, dass auch Garabina schon aufgestanden war. Sie saß kerzengerade an dem Tisch, der dem Buffet am nächsten war, und diskutierte mit einem schwarzhaarigen Jungen über eine Gegend namens Graubünden.

„Durftest du dich am Altkleidercontainer des Welten-Expresses bedienen?“, höhnte sie, als sie Flinn in Jontes Hemd sah. „Ich dachte, deine Klamotten gestern waren ein Versehen. Aber offenbar kleidest du dich gern wie ein Berufsangler aus Alaska.“

Flinn spürte, wie ihre Wangen heiß wurden. Sie hielt den Blick starr aufs Buffet gerichtet und fühlte sich unfähig, zwischen den belegten Baguettes, Omeletts und Croissants etwas auszuwählen.

„Die Menschen in Alaska tragen ganz andere Kleidung“, hob der Junge an Garabinas Tisch mit schleppender Stimme an. „Wie kann es sein, dass du schon neun Monate lang den Tisch mit mir teilst und das immer noch nicht weißt?“

Der Junge klang nicht wütend, doch seine Zurechtweisung ließ Garabina trotzdem nach Luft schnappen.

Flinn unterdrückte ein Grinsen. Sie nahm sich wahllos ein Omelett und eine Tasse Milchkaffee und ging an Garabina vorbei zu einem Tisch am anderen Ende des Wagens. Sie aß ihr Frühstück, ohne darüber nachzudenken, was es war, und inhalierte den Zimtgeruch des Milchkaffees, bevor sie ihn trank. Früher, als Jonte noch zu Hause und alles in Ordnung gewesen war, hatte es Zimt zu allem gegeben: Zimtschokolade, Zimttee und sogar Zimtkuchen. Jonte hatte das geliebt.

Der Gedanke daran machte Flinn glücklich, traurig und unruhig zugleich. Sie musste den Morgen nutzen und auf ihrer Suche nach Hinweisen einen Schritt vorankommen. Doch wie fing man am besten damit an?

Nach dem Frühstück ging sie ins Vorratslager. Aber zwischen den rußigen Regalen fand sie niemanden, der ihr helfen konnte. Fedor schaufelte wahrscheinlich vorn in der Lok Kohlen. Und Pegs und Kasim schliefen sicher noch. Flinn hätte sowieso nicht gewusst, wie sie die beiden um Hilfe bitten sollte, ohne ihnen von Jonte zu erzählen.

Sie trat auf eine Außenplattform hinaus in den kühlen Morgen und atmete tief ein. Wieder war sie auf sich allein gestellt.

Ziellos durchstreifte Flinn den Zug, bis sie im Bibliothekswaggon landete. Er lag in vollkommener Einsamkeit und Stille da und sah trotz all der breiten, vollgestopften Regale so leer aus, wie Flinn sich fühlte.

Von der verglasten Vitrine neben der Tür blickte Flinn ihr ausdrucksloses Spiegelbild entgegen. Sie ärgerte sich wie eh und je über ihren käsigen Gesichtsausdruck, als ein klapperndes Geräusch sie aus ihren Gedanken schreckte.

Knapp über dem Boden, direkt am Rand des Waggons, zischte etwas durch eine Glasröhre. Kurz vor der Waggontür verschwand es mit einem leisen Kratzen hinter einem der Regale. Flinn hörte es dahinter hinaufzischen, dann landete es mit einem ordentlichen Knall in einer Art Katzenklappe auf Augenhöhe.

Flinn machte einen Satz zurück und starrte auf das eckige Etwas, das sich hinter der Glasklappe befand. Darüber stand in festgeklebten Lettern: *Interne Postwurfsendungen.*

Flinn zögerte kurz, dann schob sie die Klappe nach oben und holte eine kleine Figur heraus. Es war ein Pfau aus buntem Papier, so detailreich und echt, dass Flinn sich nicht gewundert hätte, wenn er den Hals gereckt und ein Rad geschlagen hätte.

Behutsam trug sie den Origami-Pfau zu einem der schmalen Tische und setzte sich in den Sessel, der davorstand.

Die Leselampen brannten auch bei Tage. In ihrem schwachen Licht öffneten sich die Papierflügel des Pfaus tatsächlich ganz von allein. Ehrfürchtig strich Flinn die dünnen Seiten glatt. Es waren zwölf.

Auf der ersten Seite stand in derselben eleganten Schrift wie der außen auf den Waggons:

DER EXPRESS-EXPRESS

Vorzügliche interne Berichterstattung seit 9532 Wochen

GESPONSERT VOM WELTEN-EXPRESS

Flinn wollte gerade zu lesen beginnen, da lenkte das federleichte Flattern der Buchstaben auf den Fensterrahmen sie ab, sanft wie Mottenflügel. Als pustete jemand dagegen, änderten sich die altertümlichen Lettern auf dem Holzrahmen von *Bahnhof von St. Quentin* in *Die Picardie.*

Flinn musste kichern. Sie lehnte sich an eines der Fenster.

Unzählige Schlösser säumten die Strecke. Ihre Braun- und Cremetöne spiegelten sich in einem Fluss, der glitzernd neben den Gleisen floss.

Frankreich.

Sie wandte sich dem Fenster auf der anderen Seite zu in der Hoffnung, die Umrisse von Paris ausmachen zu können, da versperrte etwas Großes, Weißes ihren Blick.

Flinn fuhr zusammen. Hier im Waggon, nur wenige Meter von ihr entfernt, saß ein Ding. *Das* Ding!

Schmal, nebelhaft, ein eleganter Jäger. Auf Augenhöhe mit Flinn.

Das Tier vom Bahnsteig. Hier, im Zug!

Es bewegte sich nicht, aber es sah sie an. Nur der schmale Gang lag zwischen ihnen. Flinn überkam die jähe Vision, angegriffen zu werden. Niemand würde sie hören zwischen all den Büchern. Jeder Waggon war wie eine Welt für sich, ein Mikrokosmos, der auf eine Kette aufgefädelt worden war.

Was sollte sie tun?

Das Tier, *unerkennbar* wie schon in der Nacht zuvor, senkte den Kopf, als wollte es auf Flinn zuschleichen. Eine Gänsehaut kroch ihr den Rücken hinauf, gefolgt von einem Schauer wie ein frostiger Winterwind. Für den Bruchteil einer Sekunde kniff Flinn die Augen zusammen. *Nein, nein, nein.*

Als sie sie wieder öffnete, war das Tier verschwunden. Fassungslos rieb sie sich über die Augen. Zwei reglose Sekunden verstrichen, vielleicht waren es auch Minuten. Flinn wagte kaum, sich zu rühren. Dann flog die Tür zur Bibliothek auf. Eine laute Gruppe Pfauen zerschnitt die Stille, unter ihnen Pegs, die heute ein rosafarbenes Haarband und wieder mächtig viel Tüll zu ihren grünen Wildlederstiefeln trug.

Flinn erschrak bei dem Lärm so heftig, dass sie beinahe vom Stuhl kippte.

„Du siehst aus, als hättest du einen Geist gesehen", stellte Pegs fest. Sie hatte Flinn in der Ecke entdeckt und setzte sich mit einem schwungvollen Hüpfer direkt vor ihr auf den Tisch. Die Zeitung verschwand unter ihrem raschelnden Rock. „Ist es das Schaukeln? Curly hat sicher was gegen Reiseübelkeit. Ich kann ihn fragen, wenn du willst. Er ist so eine Art Hausmutter."

Flinn schüttelte den Kopf. Diesem Curly mit seinem furchteinflößenden Adlerblick wollte sie am liebsten nie mehr begegnen.

Sie blickte an Pegs vorbei, dorthin, wo eben noch das Wesen gesessen hatte, bis Pegs sich irritiert in die Richtung umwandte. „Paris ist wunderschön", seufzte sie. Da erst bemerkte Flinn die hohen, zurückweichenden Gebäude und breiten, gradlinigen Straßen, an denen der Zug vorbeirauschte. Passanten in Anzügen und mit Zeitungen unter dem Arm und Kaffeebechern in der Hand kreuzten ihren Blick. Doch jetzt interessierte sie sich nicht mehr dafür.

Sie blickte in Pegs' offenes Gesicht und sagte kurz entschlossen: „Ich muss euch etwas erzählen. Dir und Kasim."

Pegs hörte den gedämpften Ton in ihrer Stimme und begriff sofort. „Ein Geheimnis? Ich wusste doch, dass mit dir etwas nicht stimmt!" Sie klatschte begeistert in die Hände.

Diese Äußerung war nicht gerade schmeichelhaft, doch im Grunde genommen, fand Flinn, hatte Pegs recht damit. Sie befühlte die Postkarte in ihrer Hosentasche und nickte.

Sorry, Jonte, dachte sie, *aber ich brauche Hilfe.*

Der Welten-Express erschien ihr immer mehr wie eine eigene Welt, voll mit abstrusen Gesetzen, Ideen und Magie. Besser, sie hatte jemanden an ihrer Seite, der wusste, wie man sich an Bord eines magischen Internatzuges verhielt. Wie man mit Nebelkreaturen umging. Mit Mädchen wie Garabina. Und, konnte ja nicht schaden, auch mit Reiseübelkeit.

„Nicht hier", bestimmte Pegs. „Was hältst du von heute Abend? In meinem Abteil? Ich sag Kasim Bescheid. Er schläft am Wochenende meistens bis zum Mittagessen und ist dann miesepetrig drauf." Sie zog eine Grimasse.

Flinn nickte. Das klang gut. Das klang nach einem Plan. Das klang nach Vorankommen – und nach Pyjamaparty mit Freundschaftsarmbändern.

„Aber es könnte spät werden", warnte Flinn. „Ich möchte jemanden mitbringen." Sie warf einen Blick auf das Rohrpostsystem am Boden. Bestimmt vernetzte es den gesamten Zug. „Du weißt nicht zufällig, wie man das Ding hier benutzt, oder?"

Postkartengeheimnisse

Ein paar Stunden später fühlte Flinn sich von Panik aufgerieben.

Sie zweifelte nicht daran, dass Jonte einmal an Bord des Welten-Expresses gewesen war. Da waren nicht nur sein Hemd und die Postkarte – überall spürte sie seine Anwesenheit wie Musik, die erst kürzlich verklungen war.

Doch sie war sich nicht mehr sicher, ob die Entscheidung, ihren neuen Freunden von ihrem Bruder zu erzählen, richtig war. Vielleicht wollten sie gar nichts damit zu tun haben. Sicher erwarteten sie ein cooles Geheimnis und keines, das so sonderbar war.

Vor sich hin grübelnd schlich sie die langen Flure der Schlafwagen entlang, die tagsüber still und leer waren. Sie fühlte sich wie ein Geist hinter den Wänden. Als wäre sie im Welten-Express genau das, was sie auch in Weidenborstel war: nur eine Beobachterin.

Fieberhaft überlegte sie, wie sie ihr Treffen an diesem Abend wieder absagen konnte. Da schwebte ihr im Flur des vordersten

Schlafwagens eine Melodie entgegen, laut und blechern wie bei einem Tanztee vor hundert Jahren.

„Baden wirst du dich in Tränen, tagelang wirst du dich sehnen“, sang eine fröhliche Männerstimme.

Flinn blieb irritiert stehen. Dann entdeckte sie am Ende des Ganges Pegs, die auf dem Teppichboden saß und den Rücken an die Wand lehnte. Auf dem Schoß hielt sie eine metallene Kiste, die aussah wie ein winziger, altertümlicher Leierkasten.

„Flinn“, sagte sie, das Leierkastending fest umklammert, als wollte jemand es ihr wegnehmen, „wo warst du die ganze Zeit?“

Ich habe mich in meinem Abteil verkrochen und mir Sorgen gemacht. Nein, das konnte sie nicht sagen.

„Ich musste den Aufenthaltswagen verlassen“, erzählte Pegs und zuckte mit den Schultern.

„Wenn du mich sitzen lässt“, plärrte die Stimme aus dem Leierkasten, *„fahr ich sofort nach Budapest. Dort hat mich alles gern!“*

„Keiner der Pfauen mag das hier“, erklärte Pegs und deutete auf das Gerät.

Flinn lächelte, weil ihr nichts einfiel, mit dem sie Pegs hätte widersprechen können. Sie mochte diese altmodische Musik ebenfalls nicht.

Pegs seufzte theatralisch. „Da tarnt dieser Sture Anoi aus Grönland endlich unser Radio, damit Madame Florett es nicht wieder konfisziert, und ich denke schon, der Kerl ist vielleicht doch ganz in Ordnung. Aber dann beschwert er sich über meinen Musikgeschmack!"

Flinn zog ihr Grinsen noch ein bisschen breiter und setzte sich neben Pegs auf den Boden. Von hier unten erschien ihr der gesamte Wagen noch viel imposanter: das goldene Sonnenlicht, das durch die breiten Fenster fiel und den Gang mit Herbstwärme flutete, die Staubflusen, die träge darin tanzten, die geschlossenen Abteiltüren aus poliertem Mahagoni. Für einen Moment vergaß Flinn ihre Sorgen.

„Ich glaube, Sture Anoi ist der größte Kunstbanause der Welt", setzte Pegs erneut an. „Vermutlich weiß er nicht einmal, was *Wind kommt auf, wenn man drauf beharrt* bedeutet."

Ein Schreck zuckte blitzartig durch Flinns Körper. Sie hatte das Gefühl, dass die Postkarte in ihrer Hosentasche zu glühen begann.

„Was bedeutet das?", krächzte sie.

„Na, was schon: dass man halt nicht aufgeben darf", erläuterte Pegs und kratzte sich nachdenklich an ihrer spitzen Nase. „Und dass man immer daran glauben soll, dass alles besser wird."

Flinn schüttelte den Kopf. „Nein, ich meine, woher kennst du diesen Vers?" Der flauschige Teppichboden hob und senkte sich wie die harmloseste Berg-und-Tal-Bahn der Welt, doch Flinn fühlte sich mit einem Mal durchgerüttelt wie am obersten Punkt einer Achterbahn.

Pegs hielt inne, die Fingerspitze an ihrer Nase, und blickte sie verdutzt an. „Das ist der Anfang unserer Schulhymne", sagte sie. „Wir singen sie jeden Freitag vor dem Abendessen. Das heißt, wenn Madame Florett die Zeit nicht damit verschwendet, mal wieder die Schulregeln zu verlesen."

Neben ihnen ging die breite Eisentür auf und der kalte Fahrtwind wirbelte Dampf zu ihnen herein.

„Als wir Küken waren, saßen wir nicht überall im Weg herum", seufzte einer der zwei dunkelhaarigen Pfauen, die sich an ihnen vorbeidrängten.

„Soll ich meine Musik etwa auf dem Dach hören oder was?", beschwerte sich Pegs und strich über die glänzende Oberfläche des Leierkastenradios.

Flinn rutschte aufgeregt neben ihr hin und her und wartete, bis die Schülerinnen in einem Abteil verschwunden waren.

„Gibt es auch Passanten, die die Hymne kennen?", fragte sie dann flüsternd.

Pegs schüttelte den Kopf und schnaufte tief durch. „Eher nicht. Mein Pa hat sie mir natürlich schon vor Jahren beigebracht, aber Kasim brauchte sogar an Bord noch drei Monate, um sie zu lernen."

Woher kannte denn Pegs' Vater die Schulhymne? Flinn schüttelte den Kopf. Egal. Sie spürte, wie ihr Herz einen Satz machte. Der Zug glitt über Gleise und rumpelte über Gleisübergänge und sie fühlte sich erstarrt und lebendig zugleich.

Sie würde ihr Treffen am Abend nicht absagen. Das hätte Jonte nicht gewollt. Denn es war nicht nur laienhafte Lyrik, die er auf die Postkarte geschrieben hatte.

Nein, er hatte ihr einen Hinweis hinterlassen, den sie erst hier, an Bord des Zuges, verstand. Es war ganz so, als hätte Jonte gewusst, dass Flinn ihm eines Tages hierher folgen würde.

Beim Abendessen fühlte Flinn sich seltsam elektrisiert. Sie konnte nun nicht mehr zurück. Heute Nacht *musste* sie den anderen von Jonte erzählen.

„Bouillabaisse, hm?“, machte Pegs, die ihr nachdenkliches Gesicht bemerkt hatte. „Fischsuppe mit Brot. Wie kommt Ratefy darauf, dass wir so etwas mögen?“

Ratefy, der Koch, passte die Mahlzeiten gern den Regionen an, die der Welten-Express gerade durchquerte. Er war mindestens so breit wie groß und Flinn wusste noch immer nicht viel über ihn, außer dass er Musicals liebte.

Sie wollte sagen: „Immerhin ist es nicht nur Brot“, doch dann aß sie einen Löffel Fischsuppe und sagte: „Das frage ich mich auch.“

„Ich habe einen Zettel mit *Bloß keine Suppen mehr!* an die Wunschtür gepinnt“, erzählte Kasim, der bereits seinen zweiten Nachschlag verschlang. Er zuckte mit den Schultern. „Aber eigentlich macht es mir nichts aus.“

Pegs stöhnte und legte ihren Löffel beiseite.

Flinn verstand, dass Kasim all die Papierfetzen an der Küchentür meinte. Offenbar schrieben die Pfauen ihre Ideen fürs Schulessen darauf. Viel zu nützen schien es nicht, aber das war Flinn im Moment egal.

In Gedanken war sie nicht in der Küche, sondern drei Wagen weiter, dort, wo es dunkel und kühl war und nach Ruß und

Pfirsichen duftete. Was, wenn Fedor ihre Rohrpostnachricht albern fand? Er war fünfzehn, er arbeitete hart und er hatte sicher Besseres zu tun, als ihre Einladung anzunehmen.

Lautes Lachen vom Tisch nebenan riss Flinn aus ihren Sorgen.

„Kräftig ist sie ja nicht gerade“, rief ein Junge. Sofort fühlte Flinn sich an all den Spott in der Fräulein-Schlechtfeld-Schule erinnert. Sie zögerte, dann drehte sie sich mit glühenden Ohren nach dem Sprecher um.

Am Nachbartisch saßen vier Pfauen, die nicht viel älter schienen als sie selbst. Erstaunlicherweise aber sprachen sie nicht von ihr.

„Muss ich auch nicht“, sagte das einzige Mädchen am Tisch. „Es genügt, wenn ich euch *hier* haushoch überrage.“ Es deutete auf seinen Kopf.

„Was meinst du damit?“ Der blonde Junge ihm gegenüber tat ahnungslos. „Whispie, was meint sie denn damit nur schon wieder? Ich kann ihr einfach nicht folgen, so dumm, wie ich bin.“

Eine Lachsalve am Tisch auf der anderen Seite des Ganges lenkte Flinn von der Antwort des Mädchens ab.

„… gestern Nacht, ich schwör's. Also hab ich Curly heute früh gefragt, ob bei den Fundsachen eine Schattentheatertaschenlampe dabei ist …“

„Junge, die war sowieso vollkommen überteuert“, warf ein rothaariges Mädchen ein. „Elf Rohlinge hast du dafür eingetauscht!“

Flinns Blick verweilte einen Moment auf dem Mädchen. Sie ertappte sich dabei, die Schüler des Expresses um ihr Lachen und ihre Leichtigkeit zu beneiden. Sie fragte sich, ob man automatisch so wurde, wenn einem die Welt offenstand. Oder wurde man wie Jonte schon so geboren?

„Was sind Rohlinge?", fragte sie an Pegs gewandt, als sich die Diskussion darüber am Nebentisch vertiefte.

„Das ist das Zuggeld", erklärte Pegs und rührte mit wehmütigem Blick in ihrem Essen. „Das kann man an jedem Bahnhof in landesübliche Währung umtauschen und sich Burger und Pommes davon kaufen."

Vom Nachbartisch kam erneutes Lachen. „Ich glaube, sie meint ihren Hals", sagte der dunkelhäutige Junge namens Whispie. „Der ist echt haushoch – oh, Achtung, da kommt Brutus!"

Ein paar Augenblicke später ließ ein Luftzug an ihren Beinen Flinn zusammenzucken. Etwas Warmes, Feuchtes lief in ihre Boots hinab und durchnässte ihre Socken.

Flinn erstarrte. Stocksteif saß sie da und murmelte: „Leute … da sabbert etwas an meinem Knöchel!"

„Brutus!" Pegs quiekte laut auf und zog ihre tüllbedeckten Knie bis unters Kinn. „Mach was, Kasim!", forderte sie.

Kasim löffelte seelenruhig seine Suppe aus. Hätte Flinn sich getraut, sich zu bewegen, hätte sie ihn vor Ärger geschüttelt.

„Mach was!", bat sie eindringlich.

„Meinetwegen." Kasim brach ein Stück Weißbrot entzwei und hielt es unter die Tischdecke.

Flinn spürte, wie der heiße Atem von ihren Beinen abließ.

Gebannt beobachtete sie, wie Kasim sich unter den Tisch bückte und mit einem fetten, breitbeinigen Hund wieder zum Vorschein kam. Das Tier besaß statt des linken Hinterbeins eine mechanische Prothese aus Gold. Als der Hund sich bewegte, stieß die Prothese zischend heiße Luft aus.

„Brutus", stellte Kasim den Hund vor, „das ist Flinn. Flinn, das ist Brutus."

Der Hund gab ein Schmatzen von sich und zeigte zwei Reihen spitzer Zähne. Die meisten davon waren ebenso golden wie sein Hinterbein.

„Er besteht fast nur aus Ersatzteilen und nicht mehr aus original Hund", erklärte Kasim und betrachtete Brutus liebevoll.

Heimlich rieb Flinn sich ihren Knöchel an der bodenlangen Tischdecke trocken. „Immerhin ist Brutus überhaupt ein Hund und nicht Cäsars Mörder", murmelte sie, schon nicht mehr ganz so erschrocken. Sie wollte Pegs zum Lachen bringen, doch die gab nur ein Wimmern von sich und starrte auf den Hund wie auf ein besonders hässliches Raubtier.

„Geschichtswissen", stellte Kasim fest und verzog das Gesicht. „Rakotobe Lalamby wird entzückt sein. Er unterrichtet *Strategie & Zuversicht*."

Flinn folgte seinem Blick zu einem der Personaltische am Buffet, wo ein breiter, braun gebrannter Mann saß und sich gedankenverloren die Lippen leckte.

„Wie der Hund, so das Herrchen", sagte Kasim schulterzuckend.

Verdutzt stellte Flinn fest, dass Rakotobe Lalamby nicht nur Ähnlichkeit mit seinem Hund hatte, sondern auch mit dem Koch.

„Sie sind Zwillinge, Rakotobe und Ratefy", erklärte Kasim, der ihren Blick bemerkt hatte. „Aber sie streiten sich ständig wegen Brutus." Er klemmte sich den Hund unter den Arm wie eine Sofarolle. „Ich schau mal, was es zum Nachtisch gibt. Kommt jemand von euch mit?"

Pegs blickte angewidert auf den Hund unter seinem Arm, als wäre das Antwort genug.

„Klar", sagte Flinn und stand auf.

Am Buffet war Ratefy, der Koch, gerade damit beschäftigt, eine Etagere mit dem Nachtisch aufzufüllen.

Kasim hielt sich Brutus vor den Bauch. „Pegs lässt fragen, ob wir das nächste Mal, wenn der Express durch Frankreich fährt, statt Suppe lieber Schokoladenmaus bekommen können", sagte er.

Flinn war sich ziemlich sicher, dass er Mousse au Chocolat meinte, doch sie sagte nichts.

Der Koch machte ein Geräusch, das halb wie Schluckauf und halb wie Lachen klang, und fuhr fort, kleine Schälchen mit Birnenauflauf und Vanilleeis am Buffet anzuordnen. „Und ich lasse fragen, ob der Hund da demnächst vielleicht im Kochtopf landen soll." Er deutete mit der Servierzange auf Brutus. „Kein. Hundesabber. Mehr. In. Meinem. Essen", betonte er und ließ die Zange zwei Zentimeter vor Kasims Nase zuschnappen. „Außerdem beeindruckt man ein Mädchen nicht damit, Schokoladenkonfekt in Auftrag zu geben, sondern damit, es selbst herzustellen", fügte er lächelnd hinzu.

Unter seinen tintenblauen Haaren färbten Kasims Ohren sich rot. „Ich bin nur nett", verteidigte er sich.

Ratefy gab ein weiteres Schluckauf-Lachen von sich und summte eine Melodie aus dem *Phantom der Oper* vor sich hin.

„Eigentlich ist er voll in Ordnung", erklärte Kasim, als der Koch wieder aus dem Waggon verschwunden war. „Nur manchmal ein bisschen direkt."

Flinn grinste zur Antwort und suchte nach einer Portion Birnenauflauf, die nicht zermatscht aussah. „Wer sind die anderen Erwachsenen an Bord?", fragte sie und deutete mit dem Kinn zu den zwei Personaltischen.

„Warte." Kasim setzte Brutus zwischen Suppenschüssel und Vanilleeis auf die lange Buffettafel. „Das wird Garabina fernhalten", erklärte er.

Während der Zug durch schier unendliche Weinberge rollte, die sich in dämmerblauen Hügeln bis zum Horizont erstreckten, zählte er auf: „Da gibt es zum einen die zwei Lokführer, Henry und Darsow. Darsow sitzt aber natürlich gerade vorn in der Lok. Dann sind hier Madame Florett, Daniel, Rakotobe Lalamby und Curly. Curly macht die Wäsche und kleine Reparaturarbeiten. Der Große, Dünne mit den Katzenbildern auf dem Pulli ist Bert Willmau. Er unterrichtet Benehmen, springt aber in jedes Fettnäpfchen, das sich ihm bietet. Der kleine Italiener daneben ist Signore Guarda-Fiore, unser Lehrer in Kampfkunst."

Flinn schnappte nach Luft. „Kampfkunst?"

„Oh, stell dir bloß nichts Großartiges darunter vor", sagte Kasim, der sich Suppe auf seinen Teller schöpfte und gleichzeitig Brutus daran zu hindern versuchte, den Kopf in den großen Eimer Bouillabaisse zu tauchen. „Meistens lässt er uns Erstklässler bloß joggen, bis einer vor Erschöpfung umfällt."

Flinn lachte, doch Kasim sah nicht aus, als hätte er einen Scherz gemacht. Er klemmte sich den sabbernden Brutus wieder unter den Arm und griff nach seinem bis zum Rand gefüllten Teller.

Im hellen Licht der Waggonbeleuchtung atmete Flinn den starken Geruch nach Fischsuppe ein, aber auch die Wärme und das Lachen und die Zuversicht der Pfauen. Beinahe begann sie, sich vorzustellen, wie ein Leben als Schülerin hier an Bord wohl wäre. Was würde sie als Essenswunsch an Ratefys Küchentür kleben? Vielleicht Zimtgebäck?

Vielleicht würde sie im Unterricht mehr aufpassen als in ihrer alten Schule? Vielleicht würde sie eines Tages jemand Außergewöhnliches sein?

Doch dann fiel ihr wieder ein, dass sie keine Schülerin im Welten-Express war und auch nie sein würde. Das warme Gefühl in ihrem Inneren verwandelte sich in einen harten Klumpen irgendwo in ihrem Magen. Am liebsten hätte sie geheult.

Sie folgte Kasim an den Tischen der Lehrer vorbei, wo er Brutus bei Rakotobe absetzte. Gerade als sie weitergehen wollten, hob Curly den Kopf. Sein Blick bohrte sich tief in Flinns, adlerscharf und berechnend. Flinn fröstelte. So schnell wie möglich wandte sie sich um und setzte ihren Weg durch den Wagen fort. Von ihrem Platz Pegs gegenüber drehte sie sich noch einmal nach Curly um. Er diskutierte jetzt aufgeregt mit Daniel und Madame Florett, sodass Flinn sich unwillkürlich fragte, ob sie ihretwegen stritten. Schnell wandte sie sich ihrem Nachtisch zu. Sie durfte sich nicht verunsichern lassen. Sie hatte Wichtigeres zu tun: Sie musste Jonte finden.

In dieser Nacht passierte der Welten-Express die Grenze zwischen Frankreich und Spanien. Die Pyrenäen, so dunkel und wild wie lebendige Wesen, zogen an den Fenstern des Zuges vorbei. In den Bergseen, die sich neben den Gleisen ausbreiteten, spiegelte sich schimmernd der Mond.

Zu Flinns Verwunderung ließ sich Madame Florett auch an diesem Abend nicht in ihrem Abteil blicken. Flinn fragte sich, was die Schaffnerin die ganze Nacht über tat. Doch im Grunde war es ihr egal. Denn so bemerkte Madame Florett nicht, dass Flinn zehn Minuten nach zweiundzwanzig Uhr in ihren Morgenmantel schlüpfte und sich auf den Weg über die Verbindungsstege machte, hinüber zu den Schlafwagen der Schüler.

In den Gängen war es still und lau und die Nachtlichter zauberten orangefarbene Prismen an die glänzenden Abteiltüren. Die heulenden Nachtwinde dagegen, die übers Land fegten, waren kalt und beißend. Flinn war froh, dass sie Pegs' Abteil erreichte, ohne der Schaffnerin zu begegnen.

Kasim wartete schon im Gang auf sie. Er bugsierte Flinn in Pegs' Abteil, ehe sie ihn begrüßen konnte.

„Die Florett patrouilliert nachts stundenlang durch den Zug. Gehen wir besser kein Risiko ein“, flüsterte er. „Obwohl’s gut für die Liste wäre.“

„Welche Liste?“, fragte Flinn, da schloss Kasim auch schon die Abteiltür hinter ihnen.

Mit Pegs’ Abteil betrat Flinn eine Welt, die aussah, als hätte der Welten-Express selbst sie erträumt. Das Licht war ausgeschaltet, doch in der Mitte des Raumes stand ein Sternenlichtprojektor, der unzählige helle Lichtpunkte auf Wände, Gesichter und Plakate sprenkelte. Wie in allen Schülerabteilen gab es statt zwei normaler Betten zu beiden Seiten des Fensters ein Hochbett und darunter je einen Schrank und eine Reihe Kleiderhaken, die Pegs mit unzähligen Federboas, Perlenketten und mächtig viel Tüll behängt hatte.

Das rechte Bett sah unbenutzt aus und prompt wünschte sich Flinn, sie könnte hier wohnen anstatt bei Madame Florett. Doch erlauben würde ihr die Schaffnerin den Umzug in ein anderes Abteil sicher nicht.

„Wir hätten uns an einem anderen Ort treffen sollen“, murmelte eine Stimme in Flinns Rücken. „Das Lager ist viel unauffälliger als ein Abteil mitten in den Schlafwagen der Schüler.“

Flinns Herz machte einen Satz. Sie wirbelte herum. Gleich neben der Tür stand Fedor und blickte im Raum umher, als wäre diese Welt aus bunten Skizzen, Federboas und Lichtflusen ein Albtraum.

„Du bist da“, stellte Flinn erleichtert fest. Als sie bemerkte, wie nah sie ihm war, machte sie schnell einen Schritt zurück. Ein herber Duft nach verbrannter Kohle und Öl umgab ihn, der sie ein bisschen schwindelig machte. „Ich dachte, du kommst vielleicht nicht. Schwänzt du deine Arbeit?“

„Schwänzen?“ Fedor starrte sie fassungslos an. Flinn musste blinzeln, um den Blick abzuwenden.

„Ich teile meine Arbeit ein, wie sie gebraucht wird. Ich *schwänze nicht.* Wenn du hier arbeiten würdest, wüsstest du das.“

Er bedachte sie mit einem vorwurfsvollen Blick und verschränkte die Arme. Flinn wünschte sich mit einem Mal, ihn nicht eingeladen zu haben. Warum war die Luft zwischen ihnen so zäh wie Klebstoff?

Sie setzten sich auf den Boden um eine große, runde Hutschachtel. Pegs hob den Deckel von der Schachtel und reichte Fedor, der als Einziger immer noch stand, den Karton. „Greif zu.“

Fedors rußig grimmige Gestalt schälte sich nur langsam aus der Dunkelheit. „Nein, danke“, sagte er unwirsch. „Ich bin wegen Flinn hier, nicht wegen eurer mitternächtlichen Süßigkeitengelage. Also, warum hast du mich hergebeten, Flinn?“

„Weil ich jemanden suche …“ Flinn ließ den Satz auslaufen wie ein Glas Wasser. Fedor stand neben der Tür wie ein übel gelaunter Bodyguard und Flinn, im Schneidersitz auf dem Teppichboden, kam sich noch unbedeutender vor als sonst. Sie, Pegs und Kasim wirkten in ihren Pyjamas und Morgenmänteln so viel jünger als Fedor, dass die Kluft zwischen ihnen unüberbrückbar schien. Da half es auch nicht, dass die Pyjamas in den Schulfarben Petrol und Gold und mit dem Welten-Express-Logo versehen waren.

„Also, ich habe noch zu arbeiten", sagte Fedor, als würde der gesamte Zug ohne ihn nicht funktionieren.

Flinn fragte sich, wie jemand wie *er* ein Pfog sein konnte. Fedor musste doch einfach an sich glauben, an sein Potenzial, sein Talent. Seine Zukunft. Ihr kam der beißende Gedanke, dass jemand Selbstbewusstes wie Garabina eine gute Figur neben ihm machen würde. Sie ärgerte sich darüber. So schnell wie möglich kramte sie Jontes Postkarte hervor und klatschte sie direkt auf die Hutschachtel in der Mitte ihrer Runde.

„Da", sagte sie. „Ich brauche eure Hilfe."

Pegs, Kasim und Fedor beäugten die Karte, als erwarteten sie, das kleine Stück Pappe würde zu zischen anfangen oder durch den Raum schweben oder sonst etwas Magisches tun. „Ihr könnt sie ruhig anfassen", sagte Flinn. Sie spürte, wie jeder Nerv in ihrem Körper unruhig war. Was würden die drei zu der Postkarte sagen?

„Was ist das?", fragte Kasim skeptisch.

„Mensch, eine Postkarte", sagte Flinn und drückte sie ihm in die Hand. „Das einzig Magische daran ist der Express, den außer mir niemand darauf sehen kann."

„Niemand außer *uns*", verbesserte Fedor und setzte sich nun doch auf den Boden, so nah neben Flinn, dass ihr ganz warm wurde.

Sein Unterarm streifte sacht den ihren und Flinn hatte das

Gefühl, Fedor zögerte absichtlich zwei Sekunden, ehe er ihn zurückzog. Trotz des Pyjamastoffes dazwischen zuckte ein Kribbeln über ihre Haut, so als hätte sie einen leichten elektrischen Schlag bekommen. Das hier war eine ganz andere Form von Nähe als die, die sie von Jonte kannte.

Fedor griff nach der Karte, kaum dass Kasim sie gelesen hatte. „Pfauen und Pfogs erkennen den Zug. Das muss eine Karte vom *Timothy & Nicks* sein."

„Von wem?", fragte Flinn.

„Timothy & Nicks." Er fuhr mit den Fingern über den Rand der Karte. „Eine Sonderedition mit geprägtem Rand. Ich habe auch mal so eine gekauft. Die ist mindestens anderthalb Jahre alt. Von wem ist die?"

„Von meinem Bruder", sagte Flinn und sah Fedor, Pegs und Kasim der Reihe nach an. „Von meinem Halbbruder, um genau zu sein. Ich habe vier davon. Jonte ist der älteste. Und der einzige, der mich versteht."

Vor Flinns geistigem Auge tauchten endlose Sommer auf, voller Nachmittage in der alten Scheune, die Jonte und sie auf der Suche nach interessantem Krimskrams verbracht hatten. Flinns Bumerang hatten sie dort gefunden und einen alten Mähdrescher. Sie dachte an die unendlichen Fahrten mit dem Schulbus, das ziellose Umherstreifen in den Kornfeldern. Alles längst vergangen. Stattdessen gab es dort jetzt Streitereien, altes Brot und Jannik, der hinter der Scheune heimlich Schnaps trank.

„Tja", sagte Pegs leichthin, „Halbgeschwister sind halt keine Ganzgeschwister."

„Jonte schon", sagte Flinn und beobachtete, wie Fedor die Postkarte zurück in die Tasche ihres Morgenmantels steckte – als wäre sie etwas Gefährliches, das man besser nicht allzu lang ansah. „Zumindest gefühlt. Er war etwas Besonderes. Und er ist vor fast zwei Jahren verschwunden. Ich glaube, er hat ein Ticket für den Express bekommen."

Pegs runzelte die Stirn. „Vor fast zwei Jahren? Dann wäre er jetzt im zweiten Jahrgang. Mittlerweile kenne ich hier jeden. Wie sieht er denn aus?"

Flinn öffnete den Mund, um zu antworten, doch dann stockte sie. Die Frage war, wie er *jetzt* aussah. Er hatte sich sicher sehr verändert.

„Groß", begann Flinn, weil sich *das* ja kaum geändert haben konnte. „Schlank, aber nicht schlaksig. Seine Haare waren immer ein bisschen heller als meine, hell wie Staub. Und lang genug, damit er sie zerzausen konnte. Darauf hat er Wert gelegt. Er hatte immer ein breites Grinsen im Gesicht und Sommersprossen und hellbraune Augen, so richtig hell. Und er hat immer Karohemden getragen. Sie passten ihm allerdings besser als mir."

Flinn zögerte. Sie fuhr sich schnell ins Haar, um zu prüfen, ob ihre Ohren gut darunter verborgen waren, denn sie spürte, wie sie heiß wurden. Diese letzte Information schien mehr über sie selbst zu sagen als über Jonte.

„Moment mal", setzte Pegs an. „Trägst du etwa *seine* Hemden?"

Jetzt spürte Flinn ihre Ohren förmlich glühen. Jontes alte

Hemden aufzutragen, war nicht nur ein Zeichen der Erinnerung an ihn, es war auch die billigste Möglichkeit gewesen, als Flinn aus ihren alten T-Shirts herausgewachsen war.

„Ich mag die Hemden", sagte sie energischer, als sie sich fühlte.

Pegs sah sie mit einer Mischung aus Mitleid und Profiblick an. Vermutlich legte sie in Gedanken bereits eine Liste für eine komplette Flinn-Neuausstattung an.

„Ich glaube nicht, dass ich ihn an Bord schon mal gesehen habe", sagte Fedor.

Flinn nickte traurig. „Ich habe ihn auch nicht gesehen. Aber er muss hier gewesen sein. Er hat die Schulhymne auf die Postkarte geschrieben! Woher sollte er die sonst kennen? Und außerdem …"

Flinn streckte ihren Arm vor und drehte den Saum des Hemdärmels nach außen, sodass Pegs, Kasim und Fedor im Licht der tanzenden Sterne die aufgestickten Initialen lesen konnten.

Pegs riss die Augen auf. Kasim gab ein leises Pfeifen von sich und Fedor spannte seinen kantigen Kiefer an.

Flinns Blick wanderte von Fedor zu Pegs und Kasim. „Ich glaube, er ist von Bord verschwunden."

Für ein paar Sekunden kehrte betretene Stille zwischen ihnen ein. Nur das gedämpfte Heulen des Nachtwindes und das *Klickediklack* der Gleisnähte drangen von außen in das Abteil.

Fedor fand als Erster die Sprache wieder. Er fischte die Postkarte aus Flinns Morgenmantel zurück ans Licht und deutete auf einen der Poststempel. „Der Bahnhof in Uppsala ist aber nicht besonders groß." Nachdenklich strich er sich übers stoppelige Kinn. Seine Stimme klang warm und rau wie knisterndes Feuer, als er sagte: „Da ist es wahrscheinlicher, dass dein Halbbruder im Zug verschwunden ist …" Er brach ab.

Im Zug verschwunden. Sie alle spürten die Gänsehaut, die diese Worte hinterließen: Sie machten den Welten-Express zu etwas Gefährlichem, einem schnaufenden Raubtier mit ratternden Rädern, dunklen Gängen, flackernder Nachtbeleuchtung und Schatten, die mit den Windstößen durch die Abteile krochen. Bei Nacht, das sah Flinn jetzt ganz deutlich, war ein magischer Luxuszug kein wohlig warmes Zuhause. Bei Nacht war er ein geisterhafter Ort. Bei Nacht war Magie bedrohlich.

Fröstelnd wickelte Flinn sich fester in ihren Morgenmantel. Sie wusste nicht, ob die plötzliche Kälte im Abteil real war oder nur heraufbeschworen.

„Ich glaube dir, Flinn. Aber wie kann jemand einfach von hier verschwinden?", fragte Pegs leise. Im Licht des Sternenprojektors konnte Flinn deutlich die kobaltblauen Adern unter ihrer Porzellanhaut sehen.

Kasim blinzelte ein paarmal nervös. „Das ist unmöglich", sagte er und griff nach einem Stück Schokolade aus der Hutschachtel. „Aber ich habe eine Idee. Das Ticket deines Halbbruders muss noch hier sein. Wir müssen nur hinübergehen und es suchen. Vielleicht enthält es irgendeinen Hinweis, der uns weiterbringt."

Ratsch. Ein kalter Windstoß ließ alle erschaudern. Mit lautem

Schaben wurde die Tür aufgestoßen. Im Gang, umrahmt vom orangefarbenen, schweren Schein der Nachtlichter, stand eine große Person, ein Erwachsener, und blickte in das Abteil hinein.

„Gilt die Einladung auch für mich?“, fragte die Gestalt.

Flinn erstarrte wie ein Kaninchen im Angesicht der Schlange. Doch bevor sie erkennen konnte, wer die Person war, schob sich die Gestalt ins Abteil, hinein in Pegs' Sternengalaxie, und schloss die Tür.

„Kleiner Nachttrunk als Bestechungsversuch meinerseits“, sagte die Person und stellte einen Karton voller Getränkedosen auf dem Boden ab. Flinn starrte vollkommen perplex in Daniels schmunzelndes Gesicht. Im sternsilbernen Projektorlicht sah er noch mehr als sonst nach einem Reh aus – nachtaktiv und schwer zu erhaschen.

„Ich habe die Einladung gesehen, die im Lagerwaggon herumlag“, sagte er. Seufzend ließ er sich zwischen Kasim und Fedor nieder und machte sich daran, eine der Dosen zu öffnen.

Flinn warf einen unauffälligen Blick auf Fedor. Der Schreck über die liegen gelassene Einladung ließ sein Gesicht um Jahre jünger wirken. Wenn er so verletzlich aussah wie jetzt, fühlte Flinn sich ihm sehr nahe.

Zögerlich nahm sie die Dose entgegen, die Daniel ihr reichte, und besah sich das Etikett.

„Das ist ja Schnaps“, sagte sie erschrocken. „Ich trinke keinen

Alkohol. Auch nicht, wenn er vom Schulleiter kommt“, verkündete sie mit fester Stimme.

„Das ist Ingwersnaff, du Genie.“ Kasim lachte und nahm sich eine Dose. „Leider hundert Prozent alkoholfrei.“

Daniel reichte Pegs eine der schäumenden Dosen. „Aber wenn man’s schüttelt, macht’s trotzdem Spaß“, verteidigte er seine Getränkeauswahl.

„Danke“, sagte Pegs und schob ihm die Hutschachtel entgegen. „Wir haben Rachensnaff.“ In Flinns Ohren klang es, als hätte Pegs gesagt, sie hätten alle vier eine sonderbare Krankheit.

„Oh“, machte Daniel, als hätte er dasselbe gedacht. Dann gestand er: „Ich habe ja eine Schwäche für den türkischen Honig“, und nahm eine kleine Metalldose aus der Schachtel heraus. Sie schimmerte wie Wasser, das man mit Magie in Form gegossen hatte. Ein kleines Brandzeichen auf dem Deckel verkündete: *Halva – türkischer Honig made in NL.*

„Das ist doch nichts, wofür man sich entschuldigen muss“, murmelte Pegs mit gesenktem Blick.

Flinn sah irritiert von ihr zu der Dose. „Wie kann türkischer Honig aus Holland kommen?“, fragte sie laut, um Pegs’ peinliches Schweigen zu füllen.

„Aus den *Niederlanden*“, verbesserte Kasim. „Da kommen alle Rachensnaff-Süßigkeiten her.“ Er reichte Flinn die Hutschachtel. „Dall Rachensnaff ist ein Gott. Der beste Süßwarenfabrikant der Welt. Er vertreibt seine Süßigkeiten auf Bahnhöfen weltweit. Ich bin schon gespannt auf das Angebot in Madrid.“

Flinn blickte in die Hutschachtel und staunte nicht schlecht. Die Schachtel war bis zum Rand mit Süßigkeiten gefüllt, die sie in ihrem ganzen Leben noch nicht gesehen hatte. Da waren eine große Portion Seidenkracher, Esspapier in der Form berühmter Bösewichte, schäumender Kaugummi aus täuschend echten Zahnpastatuben (damit man so tun konnte, als putzte man sich die Zähne, während man kaute) und ein Säckchen Schokoladen-Sterntaler, die verdammt nach echtem Gold aussahen. Auf dem Esspapier stand: *Auch ein Kannibale isst ein Mensch.* Und auf einer Packung lilafarbenen Brausepulvers: *Verätzungen in Hals und Haar – kommst du damit wirklich klar?*

Flinns Mundwinkel zuckten. Dieser Rachensnaff hatte einen seltsamen Humor.

Kasim hielt Fedor eine schmale Packung vor die Nase. „Vielleicht ein Stück Schurkenpapier?“, fragte er.

Flinn probierte *Captain Hook*, der nach Blaubeeren schmeckte.

Fedors Augen blitzen angriffslustig. Zum Glück riss sich in diesem Moment Daniel von dem türkischen Honig los (es war auch keiner mehr übrig) und hob seine Dose Ingwersnaff.

„Nun denn, worauf stoßen wir an?“, fragte er. „Kasims Haare, demnächst grün?“

„Nein“, sagte Flinn, die sich auf Jonte besann. „Auf die Suche.“

„Meinetwegen“, sagte Daniel und schwenkte seine Dose Ingwersnaff, „auf das Suchen und Finden. Von Schlüsseln und ursprünglichen Haarfarben. Da fällt mir ein, ich muss kurz mit Curly sprechen.“ Er trank einen Schluck und machte Anstalten, sich zu erheben, als die Abteiltür mit einem lauten Rasseln zum zweiten Mal aufglitt.

„Wusste ich doch, dass ich Stimmen gehört habe!"

Im nachtlichthellen Gang stand Garabina, die Arme vor der Brust verschränkt, vornübergebeugt wie eine Galionsfigur. Sie konnte offenbar nicht viel von dem erkennen, was im Abteil vor sich ging, denn sie ignorierte Daniel und zischte: „Was macht ihr um diese Zeit hier?"

„Über dich herziehen", sagte Kasim und hielt ihr die Packung Schurkenpapier entgegen. „Bitte sehr: Nimm eine *Baba Jaga*", bot er an. „Schmeckt nach Waldmeister."

„Schmeckt nach Karies", verbesserte eine kalte Stimme. Hinter Garabina trat Madame Florett ins Licht. Sie trug einen gesteppten Morgenmantel und pinkfarbene Creme im Gesicht und hielt ihr Klemmbrett in der einen und einen gerollten Brief in der anderen Hand. „Sie sollten Ihre Einladungen zu Mitternachtspartys nicht überall herumliegen lassen, Kulikow." Sie stierte ins Abteil. „Chtigall? Sie schon wieder! Ich kann mich nicht erinnern, Ihnen einen Schafsplatz in diesem Abteil zugewiesen zu haben." Sie trommelte mit den roten Fingernägeln auf ihrem Klemmbrett herum.

„Schafsplatz", wiederholte Pegs und kicherte leise.

„Wie lautet Regel Nummer zwei, Chtigall?", fragte Madame Florett.

Oh nein, es ist zu spät für Zugregeln, dachte Flinn erschöpft. Von all den Süßigkeiten war ihr schlecht. Sie wollte nur noch ins Bett.

„Kein Ingwersnaff nach Mitternacht?“, riet sie.

Garabina verdrehte die Augen und Pegs ließ einen erstickten Laut vernehmen, der klang wie: „Hrachtrue.“

„Nachtruhe“, verbesserte Flinn sofort. „Kein Ingwersnaff zur … Nachtruhe?“

Madame Florett trommelte auf ihr Klemmbrett, als überlegte sie, ob Flinn sich über sie lustig machte. „Chtigall, ich werde veranlassen, dass Sie des Zuges verwiesen werden!“

„Ich denke“, sagte in diesem Moment Daniel, „wir haben noch nie einen Pfau des Zuges verwiesen, weil er um Mitternacht Ingwersnaff getrunken hat.“

Er erhob sich und trat an die Abteiltür, wo sich das schwere Licht der Nachtbeleuchtung mit dem federleichten des Sternprojektors vermischte wie Farbe in einem Wasserglas. Bei seinem Anblick machte Garabina ein so erschrockenes Gesicht, dass Flinn nicht anders konnte, als diesen Moment zu genießen. Unwillkürlich legte sich ein breites Grinsen auf ihr Gesicht.

„Daniel!“ Zwei, drei Sekunden starrte Madame Florett ihn an, dann fing sie sich und sagte: „Ich habe Ihnen ja gesagt, Chtigall wird herumspionieren und Probleme machen und …“ Offenbar kam sie zu dem Schluss, dass ihre Sorgen zu geheim waren, denn sie ließ den Satz unbeendet.

Daniel trat auf den Gang hinaus. Als hätte er Madame Florett nicht gehört, sagte er fröhlich: „Was ist das für eine zauberhafte Creme, meine Liebe? Ich verspüre in letzter Zeit ein leichtes Ziehen hier um die Mundwinkel, meinen Sie, das wäre vielleicht auch etwas für mich?" Er verstummte, als er Madame Floretts vernichtenden Blick sah. „Nun, ich habe noch zu tun." Er deutete eine kleine Verbeugung an. „Gute Nacht, die Damen und Herren. Und dass mir morgen früh niemand die Einfahrt in Madrid verschläft!"

„Madrid, dass ich nicht lache!" Madame Florett gab ein empörtes Geräusch von sich und zückte Klemmbrett und Stift. „Wie ich hörte, hat Ratefy Lalamby in der Küche eine Menge Abwasch zu erledigen." Sie blickte Flinn, Pegs und Kasim der Reihe nach an. „Den übernehmen *Sie*. Ich will morgen Nachmittag blitzblank polierte Teller sehen. Und zwar jeden der einhundertfünfundsiebzig. *Zweimal* poliert. Und ich werde Ratefy anweisen, Ihnen keine Belohnung zu zahlen. Wehe, wenn ich bemerke, dass dieser gutmütige Koch Ihnen heimlich Rohlinge zusteckt!"

Garabina machte ein zufriedenes Gesicht. „Und der Kohlenjunge?", hakte sie nach.

Madame Florett zog die Stirn so sehr in Falten, dass die pinkfarbene Creme zu spannen begann. Sie seufzte. „Kulikow ist als Mitglied des Personals berechtigt, den Abend zu verbringen, wo immer er will." Sie hob ihren Füller wie einen Taktstock. „Ich möchte so etwas trotzdem nie wieder sehen! Und nun gehen Sie ins Bett. Und zwar leise. Havelmann, machen Sie dieses alberne Licht aus."

Wortlos schlichen Flinn, Kasim und Fedor zu den Schlafräumen der Jungen. Das schummrige Licht der Nachtbeleuchtung erfüllte den Gang mit Flackern und Schatten und dem Geruch nach verbranntem Staub.

Vor einem Abteil im dritten Schlafwagen blieb Kasim stehen. Strähnen seines gefärbten Haares glommen hier im Dunkeln neonblau wie Leuchtfeuer auf hoher See. Es sah aus, als hätten sich Feen in seiner Frisur eingenistet.

„Wir suchen das Ticket deines Bruders morgen Nacht", sagte er und strich sich eine leuchtende Strähne aus der Stirn. „Wenn Jonte hier war, dann finden wir es."

Flinn spürte einen Kloß im Hals. Leuchtendes Haar hin oder her – nachts, auf den stillen Gängen, erschien die Suche nach Jonte wie ein gefährliches Spiel. Unberechenbar und dunkel.

„Ja", sagte sie und fügte hinzu: „Habt ihr das mit Madame Florett bemerkt?"

„Klar", murrte Kasim. „Unglaublich, dass sie die genaue Anzahl der Teller kennt!" An Fedor gerichtet sagte er: „Aber das wusstest du als Teil des Personals wahrscheinlich auch, oder?" Er schob die Abteiltür auf – drinnen brannte noch Licht – und verschwand ohne einen Gute-Nacht-Gruß.

„Aufgeblasener Gockel", murmelte Fedor. „Ich bin Heizer und kein Tellerwäscher!"

Gemeinsam erreichten sie den Schlafwagen der Lehrer. Vor Madame Floretts Abteil sagte Flinn: „Die Teller sind mir egal. Ich meinte Garabina. Warum darf *sie* nachts herumschleichen, so viel sie will?"

Fedor blickte den Gang entlang, die Hände in den Hosentaschen. „Weiß nicht. Ich würde mir an deiner Stelle eher Gedanken machen, warum Madame Florett sich so sehr vor dir fürchtet."

Flinn zog die Augenbrauen hoch. „Meinst du, das tut sie?"

Ihr fiel das Gespräch von heute Morgen ein, das sie belauscht hatte. Dieses Misstrauen, ging Flinn auf, konnte wirklich nur bedeuten, dass sie in ihr eine Gefahr sah. Aber wodurch sollte Flinn eine Gefahr sein? Alles, was sie tat, war, Jonte zu suchen … Oh!

Flinn blinzelte in eines der orangefarbenen Nachtlichter. Jonte!

„Meinst du, die Florett weiß von Jonte?"

„*Die* Florett? Ehrlich, Flinn, du redest schon wie diese Pfauen!" Fedor begegnete Flinns Blick und etwas darin ließ ihn verstummen. Er fuhr sich mit der Hand über den Nacken und sagte: „Keine Ahnung. Möglich, dass sie sich an ihn erinnert."

Flinn schwieg betreten. Was verheimlichte Madame Florett ihr?

„Hör mal", sagte Fedor und sah Flinn direkt in die Augen. Sein Blick war dunkel und tief und in seiner Iris blitzten winzige goldene Sprenkel auf. *Magisch,* dachte Flinn. Fedor war wie der Zug – unter all dem Ruß durch und durch zauberhaft. Er schenkte ihr ein winziges Lächeln, das sein ernstes Gesicht entspannte, und plötzlich war die Luft zwischen ihnen voller Möglichkeiten.

„Du bist nicht allein, okay?", sagte Fedor.

Flinn biss sich auf die Lippen. Sie wollte sagen: „Ich weiß."

Oder wenigstens: „Danke." Aber sie war sich nicht sicher, ob sie es *wirklich* wusste.

„Gute Nacht", sagte sie, ohne auf seine Worte einzugehen.

Fedor ließ die Arme hängen. „Gute Nacht", sagte er. „Schlaf gut."

Und wie zwei Magnete, die sich in ihrer Kraft voneinander abstießen, gingen sie in unterschiedliche Richtungen davon. Flinn schloss sofort die Abteiltür hinter sich. Sie atmete tief durch.

In den Taschen ihres Morgenmantels, neben Jontes Postkarte, fand sie eine glasierte Beamtenkugel von Rachensnaff. *Denn ein Bürokrat, das weiß Dall wohl, ist außen fett und innen hohl,* stand auf der Verpackung. Flinn lachte leise, streifte den Morgenmantel ab und kuschelte sich unter die Bettdecke.

Durch das Fenster fiel ein Streifen Mondlicht, verwischt und unscharf vom Schaukeln der Vorhänge. Für einen Moment dachte sie nicht an Jonte, sondern nur an Magie und neue Freunde. Und an Fedor, der ihr wie eine Mischung aus beidem erschien.

Madrid

Am nächsten Tag fanden Flinn, Pegs und Kasim sich gerade noch rechtzeitig in der Küche ein, als der Welten-Express Madrid erreichte. Neben dem Zug gabelten sich die Schienen. Eben noch vom trüben Sonnenlicht beschienen, schmiegten sich unter der gläsernen Gleishalle samtene Regenbogenfarben an Lok und Waggons, gebrochen und verschwommen wie in einem Kaleidoskop.

Kasim klappte die Scheibe eines der Küchenfenster einen Spalt breit auf, damit sie etwas hören konnten vom Trubel des Bahnhofs. Flinn sah überrascht hinaus. Die Gleishalle war ein schier endloser Raum voller Souvenirstände und weit schallender Lautsprecherdurchsagen. Stimmengemurmel erfüllte die Halle wie das stete Summen eines Bienenschwarms. Überall plapperten Kinder, surrten Koffer über den Boden und gurrten Tauben. Wie hatte sie nur glauben können, Bahnhöfe wären trostlos? Anders als in Weidenborstel war hier alles in Bewegung, die Menschen, die Züge, sogar das Licht. Dies war der spannendste Ort, an dem sie je gewesen war!

Und sie hatte sich die Chance vermasselt, ihn zu betreten. Wenn schon die Gleishalle so voller Bewegung war, wie aufregend musste dann die angrenzende Bahnhofshalle sein!

Durch den Lärm hindurch drang das Quietschen der Räder, als der Welten-Express unter aufzischendem Dampf zum Stehen kam. Ein Ruck ging durch Flinns Körper, dann spürte sie ein Vibrieren unter ihren Füßen, als aus jedem der Wagen die Pfauen aufgeregt nach draußen drängten.

Der unendlich lange Bahnsteig bestand aus glattem dunklem Stein. Flinn hörte die Chucks einiger Pfauen darauf quietschen wie die Schritte von Tänzern auf Parkett. Etliche Schüler schwangen sich Rucksäcke über die Schultern und kramten in ihren Taschen lachend nach Geld. Niemand machte den Eindruck, als wäre er von der schieren Größe der Bahnhofsanlage eingeschüchtert. Flinn spürte einen Stich in der Brust: Wie gern wäre sie so unbeschwert und frei wie die anderen gewesen.

Kein Passant auf dem Bahnsteig schien sich für die alte Lok zu interessieren. Auch nicht, als Madame Florett die Namen der Schüler einzeln aufrief und auf einer Liste abhakte.

„Geronimo Marrar aus der Zweiten hat erzählt, es gibt Reptilien in der Bahnhofshalle", setzte Pegs zögerlich an. „Aber er hat auch erzählt, dass es in Chesterfield Töpfe voller Gold gibt und in Venedig Meerjungfrauen. Deshalb habe ich in meiner Ausgabe vom *Atlas für den interessierten Weltenbummler* nachgesehen." Sie ließ ein Seufzen vernehmen und erklärte: „Es stimmt."

Kasims Augen begannen, sehnsüchtig zu glänzen. Er wandte

den Blick vom Küchenfenster ab. „Was denn für Reptilien?“, fragte er.

Pegs antwortete nicht sofort. Sie beobachtete eine junge Familie mit Hund, die am Gleis gegenüber in eine S-Bahn stieg, und sagte schließlich: „Keine Ahnung. Aber ich wünschte trotzdem, ich könnte hinübergehen, um sie anzuschauen. Es ist so ungerecht, dass *die* sie sehen darf und wir nicht.“ Sie deutete auf den Bahnsteig.

Direkt unter dem Küchenfenster stand Garabina. Als alle anderen Schüler den Bahnsteig längst verlassen hatten, trat Madame Florett zu ihr und fragte: „Was brauchen Sie noch?“

Garabina antwortete etwas, was klang wie: „Einen größeren Etat.“ Es war eher eine Forderung als eine freundliche Antwort.

Flinn warf Pegs und Kasim einen schnellen Blick zu.

„Ein Eclair?“, formte Pegs lautlos mit den Lippen. „Ist das nicht so ein leckeres glasiertes Teilchen?“

„Etat“, verbesserte Flinn sie und übersetzte: „Sie meint Geld. Sie will mehr Geld haben.“

Pegs sah erstaunt aus.

Sie drückten ihre Ohren gegen die dicke Fensterscheibe. Madame Florett sah sich ein paarmal um, dann zischte sie: „Sie wissen, dass die Schule kein Geld ausgibt für Dinge, die eindeutig den Gesetzen widersprechen.“

Kasim und Pegs hoben ruckartig die Köpfe. Sie wirkten besorgt.

„Die Schule hat ja auch kein Interesse daran“, sagte Garabina schneidend und streckte die Hand aus.

Madame Florett zögerte ein paar Sekunden, dann zog sie zwei grüne Scheine aus den Taschen ihres Hosenanzuges und drückte sie Garabina in die Hand. „Das ist auch für die zusätzliche Arbeit, die Sie sich machen", sagte sie.

Flinn konnte nicht glauben, was sie da sah.

Garabina blickte die Schaffnerin mit hochgezogenen Augenbrauen an. „Und für das Risiko?", fragte sie, die Hand noch immer ausgestreckt.

Ein Schwarm Raben kam angeflattert, als dächten die Vögel beim Anblick von Garabinas ausgestrecktem Arm, sie wollte sie füttern. Garabina quiekte auf und versuchte, die Tiere davonzuscheuchen. Krächzend ließen sie sich auf den Anzeigetafeln und dem Dach des Welten-Expresses nieder.

Jetzt wurde es Madame Florett zu bunt. „Scheren Sie sich davon, Garabina! Und stecken Sie das Geld weg, bevor Daniel es sieht."

„Daniel sieht alles und bemerkt doch nichts", sagte Garabina, faltete die Geldscheine zusammen und steckte sie mit solcher Gelassenheit in die Hosentasche, dass Flinn ganz schlecht vor Wut wurde. Wie konnte man nur so selbstverständlich mit so viel Geld umgehen?

Aufgebracht sagte sie: „Jetzt kauft sie sich wahrscheinlich noch ein höheres Paar Schuhe!"

„Ich fürchte, sie wird sich etwas weitaus Gefährlicheres kaufen", murmelte Kasim; da ließ ein Klopfen sie alle herumwirbeln. Im Gang des Küchenwaggons stand Fedor und starrte durch das Fenster in der Schiebetür zu ihnen hinein.

„Fantastisch“, seufzte Kasim. „Der Kohlenjunge soll bestimmt kontrollieren, ob wir auch wirklich jeden der einhundertvierundsiebzig Teller polieren. Zwei Mal.“

Flinn runzelte die Stirn. „Einhundert*fünf*undsiebzig Teller“, verbesserte sie leise und durchquerte den Raum. „Und er heißt Fedor, nicht Kohlenjunge.“

Es machte sie nervös, Fedor nach dem gestrigen Abend wiederzutreffen. Da war etwas, das Flinn nicht erklären konnte – etwas, das ihr Herz so schnell flattern ließ wie die Buchstabenanzeigen auf den Fensterrahmen.

Sie schob die Tür beiseite. „Hey, Fedor!“

„Hey“, sagte Fedor – einmal mit weicher Stimme an Flinn gerichtet und einmal reservierter an Pegs und Kasim. Flinn verschränkte die Arme.

„Wenn du mit Flinn flirten willst, mach das bitte draußen“, sagte Kasim. Er schnitt eine Grimasse.

Fedors Miene verdüsterte sich. „Im Gegensatz zu dir habe ich immerhin jemanden zum Flirten.“

Flinn starrte ihn an und dachte: *Er streitet es nicht ab. Er. Streitet. Es. Nicht. Ab!*

„Habe ich wohl“, sagte Kasim und blickte sich nach Pegs um.

„Darauf kannst du lange warten“, erwiderte Pegs schnippisch und schlug mit einem Geschirrtuch nach ihm.

Flinn schob sich aus der Küche hinaus auf den Gang und schloss die Tür hinter sich. Die Stille im Zug drückte ihr auf die Ohren.

„Also, was gibt's?“ Die Unsicherheit, die sich in ihrer Brust ausbreitete, ärgerte sie. Plötzlich hatte sie große Lust, Fedor auflaufen zu lassen.

Fedor musterte sie eindringlich, dann sagte er: „Ich mache heute Abend früher Schluss, so kurz vor zehn. Wegen Jonte. Du wolltest doch die Tickets der Pfauen nach seinem durchsuchen, nicht wahr?"

„Und?", fragte Flinn. Sie biss sich auf die Lippen, als ihr bewusst wurde, wie ungehalten das klang. Schnell versuchte sie, ein kleines entschuldigendes Lächeln zustande zu bringen, doch an Fedors verunsichertem Blick erkannte sie, dass es wohl eher nach einem Zähnefletschen aussah. Sie fühlte sich schrecklich und wusste nicht, wie sie das ändern sollte.

„Und?", machte Fedor. *„Und?* Kurz vor zehn bekommst du noch keinen Ärger, wenn du im Zug herumwanderst. Ich dachte, wir gehen zusammen."

Flinn ließ ihre Arme sinken. Er hatte recht. Er hatte recht und es war wunderbar, dass er ihr bei der Suche nach Jonte helfen wollte. Es gab keinen Grund, sich ihm gegenüber so blöde zu verhalten.

„In Ordnung", sagte Flinn. „Ich sage nur schnell Pegs und Kasim Bescheid und – was?"

Fedor schaute sie vorwurfsvoll an. „Ich gehöre nicht zu denen", sagte er mit grimmigem Stolz. „Und du auch nicht. Komm schon, Flinn, du hast kein Ticket."

„Erinnere mich nicht ständig daran!", zischte Flinn. Fedors Art, ihr das Leben an Bord zu verleiden, reichte ihr allmählich.

Fedor reckte das Kinn und schwieg. Plötzlich breitete sich die gleiche unangenehme Stimmung zwischen ihnen aus wie gestern in Pegs' Abteil.

Flinn atmete tief durch. „Bitte sag mir, dass du trotzdem kommst. Kurz vor zehn. In den Aufenthaltswaggon." Dort trafen sich schließlich alle Schüler und man konnte sich nicht verfehlen. Es war ein einziger großer Raum ohne Abteile.

„Du meinst den Aufenthaltswaggon der *Pfauen*", präzisierte Fedor. „Dahin gehe ich bestimmt nicht. Die Pfauen verachten mich. Ich bin nur der Kohlenjunge. Der mit dem Ruß im Gesicht, der sich nicht zu benehmen weiß."

Flinn runzelte die Stirn. Sie wusste nicht, was sie davon halten sollte. Einerseits schien Fedor stolz auf seinen Job zu sein, andererseits störte ihn offenbar die Andersartigkeit seiner Arbeit. Aber ein Pfau sein wollte er auch nicht. Also was war denn nun eigentlich sein Problem? Was wollte Fedor?

„Wie du meinst", sagte Flinn vage. „Dann bis heute Abend. Du kommst doch, oder?"

Fedor gab ein Murren von sich. Bevor seine Antwort noch schlechter ausfallen konnte, schob Flinn sich schnell zurück in die Küche.

Während die Vormittagssonne über den gleißenden Halbkreis aus Stahl und Glas wanderte und die Gleishalle darunter aufheizte, beobachtete Flinn vom Küchenfenster des Welten-Expresses aus gefühlte hundertfünfundsiebzig Wiedersehensmomente. Da wurden Blumensträuße gereicht, Umarmungen vergeben, Küsse ausgeteilt. Kinder hüpften vor Freude so ausgelassen herum, dass Flinn sich irgendwie alt vorkam. Wann war sie dem Alter entwachsen, in dem sie sich so sehr gefreut hätte, ihre Mutter wiederzusehen?

„Uähhh", würgte Kasim und spülte einen besonders dreckigen Teller ab. „Der ist bestimmt von Garabina. Die hat ihren letzten Rest Gehirn ausgekotzt."

Flinn nahm lachend den Teller entgegen. Während sie ihn polierte, betrachtete sie einen Bettler auf dem anderen Bahnsteig. Eine unangenehme Stimme in ihrem Innern zischte ihr zu: *Jonte könnte Pech gehabt haben und jetzt genauso leben.* Die Vorstellung fraß sich in ihr Innerstes wie giftige Säure.

Mit Händen voll Seifenschaum trat Kasim zu ihr ans Fenster. Er seufzte. „Ich frage mich immer, warum all die reichen Leute den Bettlern nicht helfen."

Pegs polierte gerade eine große Suppenschüssel. Sie wandte sich kaum zu ihnen um, als sie sagte: „Vielleicht wissen die reichen Leute gar nichts von den Bettlern. Auf meinen Reisen mit Ma und Pa habe ich da, wo arme Leute waren, nie reiche gesehen."

Kasim zog skeptisch die Augenbrauen hoch, widersprach ihr jedoch nicht.

Flinn blickte sich zu Pegs um. „Welche Reisen meinst du?", fragte sie.

Pegs hielt beim Polieren inne und zählte auf: „Reisen nach Moldawien und Island und Liechtenstein. Ach, aber am schönsten war es ja doch immer in Luxemburg!"

Diese Aufzählung verschlug Flinn die Sprache. Sie konnte sich nicht vorstellen, dass manche Familien so viel Urlaub machten.

„Ihre Eltern sind Puppenspieler", erklärte Kasim. Offenbar hatte er Flinns verwirrten Blick bemerkt. „Sie reisen durch die Welt, seit sie ihren Abschluss im Express gemacht haben."

Flinn fühlte, wie in einem kleinen Flecken ihres Herzens kalte Eifersucht aufflammte. „Was meinst du mit *seit sie ihren Abschluss im Express gemacht haben?*", fragte sie.

„Meine Eltern waren Pfauen", sagte Pegs leichthin und verstaute die Suppenschüssel in einem Regal.

Kasim verdrehte die Augen. „Ja, Pegs bildet sich deshalb ein, dass sie im Welten-Express zum Inventar gehört", sagte er.

Flinn blickte Pegs stumm an. Auf der Stelle beneidete sie ihre Freundin glühend um ihre Familie.

Allmählich füllte sich der Bahnsteig vor dem Fenster wieder mit Schülern des Internats. Ein paar Nachzügler kamen angerannt, Tüten voller Krimskrams in der Hand. Die meisten der braunen Papiertüten waren mit einem Logo aus einem T und einem N bedruckt.

Als wäre ihre Unterhaltung über reiche Leute das Stichwort gewesen, ging die Schiebetür zur Küche rasselnd auf. Im Gang stand Garabina. Unter dem Arm trug sie eine Rolle Papier wie einen Spazierstock. Sie blickte sich um, als hätte sie alles erwartet, nur nicht Flinn, Pegs und Kasim, die tatsächlich den Abwasch erledigten.

Sichtlich enttäuscht stieß sie einen Schwall Luft aus, als müsste sie die ermahnenden Worte loswerden, die sie sich zurechtgelegt hatte. Stattdessen entschied sie sich für ein paar Sticheleien: „Was für ein Pech, dass ihr hier in der Gleishalle festsitzt. Nebenan in der Bahnhofshalle gibt es einen riesigen Tropengarten. Die Palmen wachsen bis zur Decke. Überall stehen beeindruckende Skulpturen … und man kann Reptilien sehen!", fügte sie triumphierend hinzu.

„Was denn für Reptilien?", fragte Kasim. Er kniff die Augen zusammen, doch Flinn sah trotzdem das wehmütige Glitzern darin.

Garabina schien kurz verunsichert, dann sagte sie: „Gefährliche, was sonst? Ach ja, und das hier gibt es auch noch." Mit vielsagendem Blick warf sie Flinn die Papierrolle zu und verschwand ohne ein weiteres Wort.

„Angeberin!" Kasim starrte wütend auf den Gang hinaus. Stimmen von Schülern und Lehrern drangen herein. „Bestimmt gibt es da nicht mehr als ein paar alte Schildkröten."

Mit einem Grummeln warf er einen Blick aus dem Fenster auf den Bettler und sagte an Pegs gewandt: „Garabina ist die reichste Person, die ich kenne. Und *sie* weiß bestimmt etwas von den Bettlern. – Warum wirst du so blass, Flinn?"

Flinn entrollte das Papier von Garabina gerade in dem Moment, als ein Pfiff, so eindringlich wie der Schrei eines Vogelpfaus, durch die Gleishalle und Flinns Körper hallte. Es war Punkt zwölf. Ein Ruck ging durch den Zug und die Lok setzte sich schnaufend in Bewegung.

Flinn starrte auf das Plakat in ihrer Hand und fühlte sich so leer wie ein bloßer Resonanzkörper.

Kennen Sie dieses Mädchen?

Unter den dicken Lettern klebte ein großes Bild von ihr, Flinn. *Oh nein!*

Das Bild war über zwei Jahre alt. Flinn erinnerte sich genau an den Moment, als es gemacht wurde: Es war ihr erster Tag in der Fräulein-Schlechtfeld-Schule gewesen und ihre Mutter hatte sie zu diesem Zweck in eine schreckliche Bluse voller Rüschen gesteckt und ihr Haar glatt gekämmt. Jonte, wie üblich in einem seiner Holzfällerhemden, hatte gelacht, bis er Schluckauf bekam.

Pegs stellte den letzten Teller weg und runzelte die Stirn. „Bist du etwa von zu Hause abgehauen?", fragte sie mit entsetztem Blick auf das Papier.

„Aus Versehen", sagte Flinn. Unter Pegs' entgeistertem Blick fühlte sie sich klein und mies.

Pegs verschränkte die Arme vor der Brust. „Entweder man haut ab oder man verschwindet, so wie dein Halbbruder. Aber man haut nicht *aus Versehen* ab."

Jonte ist auch abgehauen, bevor er im Welten-Express wohl eher aus Versehen verschwand, dachte Flinn. Aber sie sagte nur: „Meine Mum scheint die Polizei eingeschaltet zu haben …"

Doch das war es nicht, was Flinn so sehr verletzte. Was sie wirklich tief traf, war die Tatsache, dass das Bild auf dem Papier ein adrettes, nettes, absolut typisches Mädchen zeigte. Mit leicht verwirrtem Blick. Es war, als ob ihre Mutter sich geschämt hätte, der Polizei ein aktuelles Foto zu geben, auf dem Flinn so aussah, wie sie heute nun einmal aussah: mit zerzaustem Haar, Holzfällerhemd und trotzigem Blick.

„Keine Sorge“, sagte Kasim und blickte über Flinns Schulter auf das peinliche Foto. „Niemand wird dich erkennen.“

Flinn seufzte. „Sie hat die Polizei eingeschaltet, obwohl Daniel sie informiert hat, wo ich bin“, wiederholte sie beinahe vorwurfsvoll.

Eigentlich wunderte sie das nicht. Ein magischer Luxuszug, wer glaubte das schon? Für Magie hatte ihre Mutter noch nie viel übriggehabt.

Geheimnisvolle Aufzeichnungen

Kurz nach Abfahrt des Zuges aus Madrid betrat Ratefy die Küche. Flinn freute sich, als er ihnen jeweils zwei goldene Münzen zusteckte. Er schien Kasim gut zu kennen. Flinn fragte sich, wie viele Male ihr Freund zur Strafe schon hatte abwaschen müssen.

Während Ratefy sich an die letzten Vorbereitungen für den Suppen-Suppen-Sonntag machte (was bedeutete, dass es das gleiche Essen zum Mittag und zum Abend gab), verließen Flinn, Pegs und Kasim mit schrumpeligen Fingern die Küche.

„Ist das dieses Zuggeld, von dem alle sprechen?“, fragte Flinn mit Blick auf die kleinen, schweren Münzen in ihrer Hand.

„Rohlinge“, sagte Pegs und nickte.

Sie durchquerten den Gang.

„Ich dachte, Rohlinge sehen ein bisschen mehr wie Spielgeld bei Monopoly aus“, gestand Flinn. „Die hier wirken so echt.“

„Sie *sind* wie Spielgeld“, sagte Kasim und tat einen tiefen Atemzug, als würde die Luft in dem Gang nach Freiheit duften, „wirklich reich wird man damit nämlich nicht.“

„Aber er versucht es immer wieder“, flüsterte Pegs und beugte sich nah zu Flinn herüber. „Beim Backgammon. Er spielt gegen Viert- und Fünftklässler. Total bescheuert. Als wollte er eines Tages die Schlossallee kaufen.“

Kasim legte lachend einen Arm um Pegs’ Schulter und einen um Flinns. „Und ihr dürft dann alle bei mir wohnen“, versprach er.

Sie gingen grinsend bis zum Ende des Waggons – wo Flinn mit einem Schlag erstarrte.

Dort, direkt vor der Waggontür, saß das große weiße Etwas mit leuchtenden Augen. Das Tier aus Weidenborstel!

Flinn kniff die Augen fest zusammen, so wie gestern in der Bibliothek.

Doch als sie diesmal erneut hinsah, war das Tier noch immer da. Und jetzt, so direkt vor ihr, erkannte Flinn auch, was es war: ein Tiger.

Ein großer weißer Tiger.

Flinn spürte ihren Puls hart in der Kehle hämmern. Würde er sie angreifen?

Sie zwang sich zur Ruhe und atmete tief durch. Wenn sie ihn genau betrachtete, war er eigentlich noch immer irgendwie *unscharf.* Er wirkte fast zu unecht, um gefährlich zu sein. Seine Konturen liefen aus, schwammig, als wäre er mit Wasserfarben mitten in den Gang gepinselt worden.

Der Tiger hob den Kopf in ihre Richtung. Ihre Blicke trafen sich.

Zu Flinns großer Überraschung waren die Augen des Tigers

wunderschön. Flinn schien es, als spiegelte sich die ganze Welt darin. Der Tiger gab ihr Zeit, ihn zu mustern, dann, nach einer gefühlten Ewigkeit, schwenkte er den Kopf, als wollte er sagen: *Mal sehen ...* Flinn zog scharf die Luft ein. Was wollte dieses Tier nur von ihr?

Im nächsten Augenblick ging Kasim auf den Tiger zu, direkt *durch ihn hindurch*, und öffnete die Waggontür nach draußen. Böen von kaltem Herbstwind schlugen ihnen entgegen, während auch Pegs durch den Tiger hindurch auf die Plattform trat, als wäre er gar nicht da. Sie drehte sich nach Flinn um.

„Wo bleibst du denn?"

Flinn blinzelte. Der Wind zupfte Schwaden von Nebel aus dem milchigen Fell des Tigers und ehe sie sichs versah, löste das Tier sich auf wie Morgendunst im Sonnenlicht.

Flinn schluckte. Weder Pegs noch Kasim hatten den Tiger gesehen. Was bedeutete das?

Zögernd folgte sie den beiden auf die Außenplattform. Ihr war bewusst gewesen, dass dieser Zug voller Geheimnisse war. Aber sie hatte nicht damit gerechnet, dass manche davon offenbar nur sie betrafen, sie allein.

Unglücklicherweise gab es zum Mittagessen an diesem Tag Eintopf mit Kutteln und Kichererbsen, was Flinn nicht gerade begeisterte und Pegs regelrecht entsetzte.

„Das gleiche Zeug müssen wir heute Abend noch einmal essen", jammerte sie und rührte in dem schmalzigen Gebräu. „Warum muss es der Suppen-Suppen-*Sonntag* sein?", beschwerte sie sich. „Es könnte ebenso gut der Suppen-Suppen-Mittwoch sein, dann käme einem das Ende der Woche wenigstens nicht vor wie das Ende der Welt." Sie rieb sich über den Bauch, als überlegte sie, ob sie ohne Essen bis zum nächsten Morgen durchhalten würde.

Kasim verdrehte lachend die Augen. „Es ist der Suppen-Suppen-*Sonntag*, weil Ratefy sich die Bahnhöfe anschaut wie wir auch und keine Zeit hat, verschiedene Speisen vorzubereiten. Sei nicht so dramatisch, Havelmann."

Pegs warf ihm einen bösen Blick zu. „Wer bist du, Ratefys Anwalt?"

Kasim schob sich einen Löffel Kuttelsuppe in den Mund und ließ einen der goldenen Rohlinge über den Tisch rollen, die sie von dem Koch bekommen hatten. „Wenn er mich weiterhin bezahlt, gern."

Nach dem Mittagessen teilte Daniel große Stapel von Briefen unter den Pfauen aus. Wortlos betrachtete Flinn, wie Pegs zwei dicke Umschläge entgegennahm. Offenbar hatten ihre Eltern ihr gleich zweimal innerhalb einer Woche geschrieben und auch noch ein paar Fotos beigelegt.

In Flinns Magen bildete sich ein harter, kalter Klumpen, wie schon bei dem Gespräch in der Küche. Die Fotos in Pegs Händen zeigten so viele Orte, dass ihr schwindelig wurde. Doch erstaunlicherweise wirkte Pegs mit einem Mal still und in sich gekehrt und überhaupt nicht wie die fröhliche Person, die Flinn kennengelernt hatte.

Flinn riskierte einen Blick auf den Brief, den Pegs gerade las, und erhaschte Sätze wie: „Sei fleißiger!“ und „Du könntest viel mehr erreichen, wenn du dich ein bisschen anstrengen würdest!“.

Pegs seufzte. „Sie meinen es nur gut“, murmelte sie so leise, als redete sie mit sich selbst.

Von einem Moment zum anderen verpuffte Flinns Neid. Sie hatte nicht erwartet, dass die immer fröhliche Pegs ebenfalls Sorgen hatte.

„Warum schreibt dir niemand?“, fragte Flinn Kasim. Zu spät bemerkte sie, dass diese Frage nicht gerade die höflichste war.

Kasims Gesicht versteinerte schlagartig. Flinn wurde sich überdeutlich des Ratterns der Räder bewusst, der lachenden Stimmen um sie herum, des Klapperns von Geschirr. Über den Panoramafenstern schoben sich graue, schwere Wolken vor die Mittagssonne und plötzlich lagen Kasims Augen im Schatten.

„Hunde“, sagte er nur, „kommen nicht so gut mit Briefmarken klar.“

Flinn verstand nicht, was er damit meinte. War das ein Witz?

Kasim räusperte sich und stand auf. „Ich mache ein Nickerchen“, behauptete er und verließ den Waggon so schnell, als wäre Madame Florett hinter ihm her.

Flinn blieb still neben Pegs sitzen, die auf ihren Brief starrte, ohne die Augen zu bewegen, und wünschte sich, sie hätte nichts gesagt. Sie hörte das Ratschen von Brieföffnern und das Knistern von Papier überall im Speisewagen und unterdrückte ein Schniefen. Ihr Gewissen meldete sich wie eine stechende Wunde. Den Brief an ihre Mutter hatte sie immer noch nicht geschrieben. Nun tat ihr das sehr leid.

Ein Ruck ging durch ihren Körper. „Wir sehen uns später", sagte sie an Pegs gewandt und stand auf. Rasch brachte sie ihr Geschirr zum Buffet und verließ den Speisewagen Richtung Bibliothek.

Papier und Briefumschläge lagen im Bibliothekswagen in Stapeln aus, dickes, edles Papier, dazu schwere Füller. Die altertümlichen Leselampen leuchteten auch bei Tage.

Zwei Drittklässler saßen an einem der Tische und schrieben offenbar bereits Antworten auf die Briefe, die sie erhalten hatten. Flinn war froh, dass sie diesmal nicht allein in dem Waggon war. Sie wollte nicht noch einmal in vollkommener Abgeschiedenheit von dem Tiger überrascht werden.

Sie setzte sich an einen der Tische, schob die Lampe beiseite und begann, ein paar Rechtfertigungen niederzukritzeln, während draußen die ersten Häuser von Valencia an ihr vorbeirauschten.

Flinn hatte keine Ahnung, was genau sie ihrer Mutter schreiben und was sie verheimlichen sollte. Einen Moment lang spielte sie mit dem Gedanken, einfach zu schreiben, sie wäre mit einer Draisine unterwegs. Doch es gab keinen Grund zu lügen. Ein magischer Internatszug. Jontes alte Hemden, die Curly aufbewahrt hatte. Die Schulhymne auf seiner Postkarte. Das alles würde ihre Mutter sowieso niemals glauben.

Der Füller in Flinns Hand bewegte sich wie von selbst. Jedes

Mal, wenn sie unleserlich zu schreiben drohte, beschwerte er sich sofort, indem er ein warnendes Fiepen von sich gab. Flinn war das laute Geräusch vor den zwei Drittklässlern unglaublich peinlich, weshalb sie den Füller gegen einen grünen, leichteren Federhalter austauschte. Doch der war noch schlimmer: Er neigte dazu, jeden Rechtschreibfehler, den Flinn machte, mit einem überdeutlichen „So nicht! So nicht!“ zu kommentieren. Nach drei nervigen *So nicht!* wechselte Flinn mit glühenden Ohren zurück zu dem Fiep-Füller.

Als sie nach zwanzig Minuten und mehrmaligem Fiepen fertig war, lag die Stadt bereits hinter ihnen. Stattdessen durchquerte der Welten-Express jetzt die felsige, weitläufige katalanische Landschaft. Auf den Gebirgsketten erhoben sich Festungen und in den breiten hellen Tälern reckten sich Agaven empor. Wolken kreuzten den Himmel und leuchteten gelblich im schwachen Herbstlicht. Flinn betrachtete das Wechselspiel aus Sonne und Regen und seufzte. Sie wusste, dass der Brief an ihre Mutter nicht so beruhigend war wie notwendig, aber besser konnte sie es nicht. Sie setzte ihre krakelige Unterschrift darunter und überflog den Text noch einmal:

Mama, ich werde Jonte finden, vertrau mir! Ich reise mit dem Zug, mit dem er damals verschwunden ist.
Findest du eigentlich, dass ich Potenzial in mir trage für eine große Zukunft? Oder für eine kleine? Oder zumindest irgendeine?
Ich hätte nie gedacht, dass ich einmal so viel von der

Welt sehen würde. Sie ist endlos, furchteinflößend und wunderschön!
Aber keine Sorge, das ist hier eigentlich ein bisschen so wie zu Hause: Raben, Brot und weite Felder.

Das war natürlich eine Lüge – nichts im Express war wie zu Hause. Flinn biss sich auf die Unterlippe und malte mit schlechtem Gewissen ein Herz neben ihren Namen. Sie war kein Herzchen-Typ, aber wenn das nicht beruhigend war, was dann?

Als Flinn den Aufenthaltswagen der Pfauen betrat, saß Pegs in einer Ecke und las den zweiten Brief ihrer Eltern. Aus dem altertümlichen Radio neben ihr erklang diesmal schräge Opernmusik.

Flinn zeigte ihr den Brief an ihre Mutter, den sie in einen dicken cremefarbenen Umschlag gesteckt hatte. „Wo kann ich den abgeben?"

Pegs schleuderte den Brief ihrer Eltern beiseite, als hätte sie das schon die ganze Zeit über tun wollen, schaltete das Radio aus und stand auf.

„Dem großen Stephenson sei Dank!", rief ein Zweitklässler, der mit etlichen Pfauen am anderen Ende des Wagens saß. „Endlich macht sie diese Humpelmusik aus!"

„HUMPERDINCK!", schrie Pegs so laut, dass die Pfauen und Flinn zusammenzuckten. „Nicht Humpel, du Blödmann." Mit einem verschnupften Geräusch hob sie den Kopf. „Komm mit, Flinn!"

Schweigend folgte Flinn ihr durch die Schlafwagen der Schüler hinüber zu dem Aufenthaltswagen des Personals.

Der Platz in diesem Wagen war, anders als im Aufenthaltswagen der Pfauen, dreigeteilt. Von dem schmalen Gang aus führten drei Türen ab in eine Krankenstation, einen Pausenraum für das Personal und ein Lehrerzimmer.

Vor der Tür zum Lehrerzimmer, am Ende des Ganges, hing ein flacher roter Postkasten. In kupferfarbenen Lettern stand darauf:

POST AN ÜBERALL IN DER WELT.
LEERUNG JEDEN SONNTAGMORGEN.
BRIEFMARKEN IM LEHRERZIMMER.

„Oh nein", seufzte Flinn. Heute war Sonntag, und zwar Sonntagnachmittag. Daniel hatte ihre Mutter zwar längst über Funk informiert, doch da Flinns Mutter offenbar trotzdem die Polizei eingeschaltet hatte, war es schrecklich, noch eine ganze Woche mit dem Brief warten zu müssen. Aber was blieb ihr anderes übrig? Sie hatte kein Handy und Laptops gab es hier auch nicht.

„Tja", sagte Pegs schulterzuckend. „Funk und Briefe. Alles wie vor hundert Jahren. Diese Regel stammt von Stephenson persönlich. Damals gab es kein Internet."

Flinn zog die Augenbrauen hoch. „Wie konnte er es dann verbieten?", fragte sie leicht säuerlich. Pegs hingegen schien recht zufrieden mit der Situation zu sein. Einmal Post pro Woche, in der sie zu guten Schulleistungen und Erfolgen gedrängt wurde, war ihr offenbar mehr als genug.

Während draußen am Fenster einsetzender Nieselregen die Scheiben sprenkelte und den Blick auf die sandig hellen, hohen Häuser von Barcelona verwischte, hob Flinn die Hand, um an der Tür zum Lehrerzimmer zu klopfen und nach einer Briefmarke zu fragen.

Sie hatte das dunkle, glänzende Holz noch nicht berührt, da schallte eine Stimme auf den Flur hinaus, unstet wie die wispernden Regentropfen: „Garabina, stehen Sie nicht im Gang herum. Ich habe die Unterlagen hier."

Flinn erstarrte. Die Tür stand einen Spaltbreit offen. Sie warf einen Blick zu Pegs, die eine hektische Handbewegung machte, die eindeutig *Verschwinden wir besser!* sagte.

Doch sie hatten sich kaum zwei Schritte entfernt, als die Tür zum Lehrerzimmer mit einem lauten *Ratsch* komplett aufging. Schon standen Flinn und Pegs dicht an dicht mit Madame Florett, die einen Stapel vergilbter, brüchiger Papiere in der Hand hielt.

„Garabina, was – Chtigall!" Madame Florett stolperte zurück und erschrak so sehr, dass Flinn sich sicher war, sie bei etwas Verbotenem erwischt zu haben. „Was tun Sie hier?", herrschte Madame Florett sie an. „Spionieren Sie mir etwa hinterher?"

„N-nein", sagte Flinn, die sich zugleich überlegen und überrumpelt fühlte. „Warum sollte ich?"

Es war als rhetorische Frage gemeint, doch Madame Florett schnappte nach Luft und sagte: „Warum? Sie springen nachts auf Züge auf. Warum wohl? Ich wusste gleich, dass Sie herumschnüffeln würden. – Havelmann, wagen Sie es ja nicht!"

Pegs hatte sich nach vorn gebeugt, um die altertümlichen Unterlagen in Augenschein zu nehmen, die Madame Florett nun rasch hinter ihrem Rücken verbarg.

„Denken Sie, ich hätte in Madrid nicht bemerkt, wie Sie mich vom Küchenfenster aus beobachtet haben, Chtigall?"

„Hab ich nicht", log Flinn. Es klang so zögerlich und schwach, dass sie es sich nicht einmal selbst geglaubt hätte.

„Papperlapapp", sagte Madame Florett. „Natürlich haben Sie das. Und dann sind Sie mir von der Bibliothek aus hierher gefolgt und haben Stunden vor meiner Tür verbracht, um Garabina abzufangen, nicht wahr?"

Flinn begann zu zweifeln, ob Madame Florett wirklich wütend klang oder nicht doch eher übergeschnappt.

„Und was ist das da in Ihrer Hand?"

„Oh", machte Flinn, die ihren Brief beinahe vergessen hatte. „Ich brauche eine Briefmarke."

„Nach Deutschland?" Madame Florett warf einen Blick den Gang entlang, als hoffte sie, Garabina würde endlich auftauchen, dann wandte sie sich wieder Flinn zu. „Jaja, ist gut. Ich suche die Marken heraus. Geben Sie schon her." Sie riss Flinn den Brief aus der Hand und überflog die Adresse. „Ist der an Ihre Mutter?", fragte sie.

Flinn nickte.

Madame Florett schnalzte mit der Zunge. „Daniel wird noch ein kurzes Schreiben beilegen für … Erkältungen", sagte sie und musterte den Brief so eingehend, dass Flinn sich sofort wünschte, sie hätte ihn bereits zugeklebt. Es wäre ihr lieber gewesen, Daniel würde seine *Erklärungen* auf den Umschlag kritzeln.

„Ich wette hundert Rohlinge darauf, dass sie den Brief liest", sagte Pegs, als Flinn mit ihr den Aufenthaltswagen des Personals verließ und hinaus in den kalten Regen trat. Der Verbindungssteg war rutschig und das Geländer eiskalt. Unter ihren Füßen quietschten die Metallgelenke.

„Sie ist wie ein Spürhund. In der ersten Schulwoche habe ich meinen Eltern geschrieben, dass das Essen viel schlechter geworden ist als zu früheren Zeiten. Danach musste ich mir eine ewig lange Standpauke zum Thema Dankbarkeit anhören."

„In dem Brief steht sowieso nicht viel über Jonte drin", sagte Flinn, während Pegs ins Plappern über das Schulessen geriet. Mit einem Mal war sie sehr froh, dass sie ihrer Mutter einen so nichtssagenden Brief geschrieben hatte.

„Als müsste ich dankbar dafür sein, dass ein Koch unser Essen zubereitet, der ein Faible für Kuttelsuppe hat", redete Pegs weiter. Dann hielt sie plötzlich inne und überlegte laut: „Ich frage mich, warum sie Garabina diese alten Aufzeichnungen geben wollte. Ich bin mir sicher, dass ich solche Notizen schon mal irgendwo gesehen habe. Wenn ich nur wüsste, wo …"

Flinn schwieg. Sie musste daran denken, wie Madame Florett Garabina in Madrid heimlich Geld zugesteckt hatte. Nun kamen also noch alte Unterlagen dazu, die offenbar niemand sehen sollte. Was führten die beiden im Schilde?

Beim Abendessen begann Pegs noch einmal mit dem Thema. Flinn, Pegs und Kasim saßen am weitesten vom Buffet entfernt. An dem Tisch neben ihnen hockte nur ein einzelner, verschüchtert dreinschauender Junge und so hatten sie trotz des lauten Stimmengewirrs und Geschirrklapperns im Wagen genug Ruhe, um über Madame Florett zu reden, ohne dass die etwas davon mitbekam.

„Ich habe nachgedacht", begann Pegs und ließ angewidert einen Klecks der aufgewärmten Kuttelsuppe von ihrem Löffel zurück auf ihren Teller tropfen. Sie hob den Blick zu Flinn und Kasim.

„Mein Pa hat mir vor Jahren erzählt, dass nahezu alle alten Aufzeichnungen über Magie verboten wurden. Ich wette, es ist verbotenes Zeugs, was Madame Florett Garabina geben wollte."

So viel hatte Flinn sich auch schon zusammenreimen können. Sie hatte nur keinerlei Idee, was Garabina damit anfangen sollte.

„Ihr Vater schon wieder", murmelte Kasim, der sich bereits zum zweiten Mal Nachschlag von dem Eintopf genommen hatte.

Mit missbilligender Miene ließ Pegs ihren Löffel wippen. Sie ignorierte Kasims Bemerkung und sagte: „Deshalb hat Madame Florett Garabina auch Geld zugesteckt. Weil Garabina irgendetwas für sie tut. Wenn ich nur wüsste, was!"

Schweigen breitete sich zwischen ihnen aus. Dass Garabina etwas Verbotenes in Madame Floretts Auftrag tat, war einfach zu verrückt und zu bedrohlich, als dass jemand Pegs zustimmen wollte.

„Fantastisch, Pegs“, sagte Kasim. „Die Laune ist im Keller. Dann kannst du ja jetzt endlich reinhauen. Ich vermute nämlich, es wird eine lange Nacht.“

Eine lange Nacht. Flinn schnürte es die Kehle zu, als sie an die dunklen Gänge und den pfeifenden Nachtwind dachte. Für einen Moment hatte sie vergessen, dass sie heute Abend auf die Suche nach Jontes Ticket gehen würden.

„Ich will das nicht essen“, sagte Pegs trotzig und schob ihren Teller mit Suppe quer über den Tisch zu Kasim. „Das weißt du genau. Ich hasse Suppe.“

Kasim fragte: „Na und? Seit wann bin ich eure Restetonne?“, griff jedoch nach seinem Löffel und machte sich mit zufriedener Miene daran, Pegs' Teller zu leeren.

Flinn blickte auf ihren eigenen Teller, auf dem Ratefys Eintopf Blasen schlug. Eines stand fest: Nach der heutigen Nacht würde nichts mehr so sein wie zuvor. Die Spur zu Jonte war zum Greifen nah.

Ein paar Stunden später tauchte Fedor im Aufenthaltswaggon auf. Flinn bemerkte ihn nicht sofort. Sie saß zusammengerollt in einem der altmodischen Sessel, eingehüllt vom Blubbern des Cream-Sodas und dem Rascheln von Zeitungsseiten. Aus Pegs' Radio sang eine Frauenstimme wieder: *„Wenn du mich sitzen lässt, fahr ich sofort nach Budapest, dort hat mich alles gern, dort rufen alle Herr'n …“*

„Flinn!“ Flinn zuckte zusammen. Fedor schaute ihr über die Schultern, ehe sie den Bogen Papier in ihrer Hand verstecken konnte. „Heimelig, Standuhren, Magie, Operetten“, las Fedor laut vor.

„Hi“, sagte Flinn und stopfte das Blatt in ihre Hosentasche.

„Was soll das denn heißen?“, fragte Fedor, ohne ihre Begrüßung zu erwidern. „Heimelig, Standuhren ... hm?“

Flinn blickte ihn an. Im Raum hingen Staub und Teppichflusen wie zarte goldene Lichtpunkte im Herbstwald. Fedors rußige Erscheinung dazwischen wirkte wie eine Gestalt aus einer Gruselgeschichte. Beklommen dachte sie, dass er recht gehabt hatte: Er gehörte nicht hierher, nicht zu den Pfauen.

„Das verstehst du nicht“, sagte sie und biss sich im selben Moment auf die Zunge. Das war anders rausgekommen als geplant.

Ein Schatten streifte Fedors Gesicht. Er sagte: „Die Tickets befinden sich in einem der Studierwagen. Wir müssen uns beeilen.“

Flinn sah sich nach Pegs und Kasim um. Aus den Augenwinkeln bemerkte sie, wie Fedors Miene sich verdüsterte, als sie die beiden durch den vollen Wagen herbeiwinkte.

„Hallo, Kohlenjunge“, sagte Pegs und grüßte Fedor mit einem Nicken. Kasim sagte gar nichts, sondern musterte bloß Fedors rußiges Gesicht.

„Hallo“, entgegnete Fedor knapp. Flinn war sich nicht sicher, ob er streitlustig oder enttäuscht klang.

„Gehen wir“, sagte sie.

Sie ignorierte Fedors Blicke, während sie sich zu viert auf den Weg nach vorn machten. Ihnen blieben noch neun Minuten bis zur Nachtruhe.

Doch als sie den ersten der Studierwagen betraten, waren sie dort nicht allein.

Fedors Zorn

Die beiden Studierwagen erschienen wie ein Ort, der bei Einbruch der Dunkelheit hastig verlassen worden war. Dies waren die Räume, in denen die Pfauen am Nachmittag lernten. Überall lagen Stifte, Blöcke und einige Ingwersnaffdosen herum, die durch das Ruckeln des Zugs bedenklich ins Schlingern gerieten.

Wie von Geisterhand rollte ein leerer Hocker auf leise surrenden Rädern auf den Mittelweg zwischen den Pulten und schlingerte ein paar Sekunden unter den Bewegungen des Zuges. Flinn hielt inne.

„Die Tickets befinden sich im nächsten Studierwagen", erklärte Kasim und ging voran.

Zwischen den Pulten und den Hockern hing eine geisterhafte Stille, so dicht, dass Flinn das Atmen schwerfiel. Sie folgte Kasim wenige Schritte durch den Raum, da packte Fedor sie am Arm. Hinter einem der Paravents, die die Pulte voneinander trennten, zeichnete sich ein Schatten ab.

Flinn hielt den Atem an. Der Umriss hinter dem Paravent wuchs an, bis schließlich Garabina auf den Gang hinaustrat. Sie hielt einen merkwürdig geformten Taschenrechner und mehrere vergilbte Papiere in der Hand. Im ersten Moment dachte Flinn, sie habe einfach nur das Ziel, zur eifrigsten Schülerin des Jahres gekürt zu werden. Dann erkannte sie, dass die Papiere in Garabinas Händen denen von Madame Florett ähnlich sahen.

Flinns Blick huschte zu Pegs, die mit geweiteten Augen auf die Papiere starrte.

„Was habt ihr denn jetzt noch hier verloren?“ Garabina klang so erschrocken wie Madame Florett: als fühlte sie sich bei irgendetwas ertappt. Dann fiel ihr Blick auf Fedor. „Du hast dich wohl im Zugabschnitt geirrt, Kohlenjunge.“

„Du hast mir überhaupt nichts zu sagen, *Hank*“, murrte Fedor. „Und jetzt verzieh dich.“ Er drängte Flinn zum Weitergehen. Sie stutzte. Was war ein Hank?

„Du willst mich wohl beleidigen?“ Garabinas Gesicht zuckte, doch sie rührte sich nicht vom Fleck. „Das zieht bei mir nicht, Rußgesicht. Und was ist mit euch?“ Sie deutete der Reihe nach auf Flinn, Pegs und Kasim. „Nachtigall, Papagei und Stockente, würde ich sagen.“

Kasim zog die Augenbrauen bis unter seine blauen Haare. Mit einer übertrieben zickigen Handbewegung deutete er auf Garabina und sagte: „Sumpfschnepfe, würde ich sagen.“

Garabina schnappte nach Luft. Zwei Sekunden lang genoss Flinn ihre stumme Empörung, dann schwebte ein leiser, melodischer Gong durch den gesamten Zug. Es war zweiundzwanzig Uhr.

„Oh, verdammt“, murmelte Flinn, als die Abendbeleuchtung

mit einem leisen Knistern zu einem bloßen Notlicht gedimmt wurde. Augenblicklich war der Waggon erfüllt von Schatten, Kälte und dem Gedanken an *Im-Zug-verschwunden*.

„Ihr habt hoffentlich nicht vor, jetzt noch irgendwohin zu gehen." Garabina wich keinen Zentimeter zurück. „Das wäre ja vollkommen blöde. Ihr wisst, dass das verboten ist."

Flinn dachte an das Geld und die alten Aufzeichnungen, die Garabina von Madame Florett bekommen hatte, und dachte: *Das sagt die Richtige!*

Aus den Weiten des Waggons kam eine träge Stimme: „Aber jemand, der freiwillig im Kohlelager arbeitet, kann ja auch nicht besonders helle sein. Und wer mit ihm abhängt, auch nicht."

Flinn kniff die Augen zusammen. Zwischen zwei Paravents, nahezu verschluckt von der Dunkelheit, saß der Junge, mit dem Garabina sich im Speisewagen den Tisch teilte. Sein helles Mondgesicht, das er ihnen zuwandte, war das Einzige, was von ihm zu erkennen war.

„Das ist Sture Anoi", flüsterte Kasim. „Noch so ein Idiot."

Fedor erhob seine Stimme und es klang wie das Grollen von Donner: „Ach, ist das so? Ich denke mal, jemand, der nachts irgendwelche krummen Studien betreibt, der gehört wohl eher ins Schattenhaus. Und das ist dann *helle*, was?"

Augenblicklich herrschte Totenstille. Der Express ratterte über die Gleise und für einen langen Moment war dies das einzige Geräusch in der Dunkelheit. Dann atmete Pegs zischend ein, als hätte sie mitten im Luftholen vergessen, wie man atmet.

Langsam, *sehr* langsam rollte Sture Anoi mit seinem Hocker bis zur Mitte des Ganges.

„Satisfaktion!“, zischte er. Seine hellblauen Huskyaugen bohrten sich in Fedors Kohlenblick.

Satisfaktion ... *Vergeltung?* Flinn sah verständnislos von ihm zu Fedor.

„Gerne“, presste Fedor zwischen den Zähnen hervor. Das Wort hing in der Luft wie eine Drohung. „Zur selben Zeit, in genau einer Woche. Sei pünktlich.“

„Keine Sorge“, zischte Sture. „Ich bin immer da, wenn es darum geht, Leute wie dich auf ihren Platz zu verweisen.“

Damit verschwand er wieder zwischen den Paravents.

„Gehen wir“, sagte Flinn leise, schob sich an Garabina vorbei und öffnete die Waggontür. Der Wind, der ihnen entgegenschlug, war eisig.

Im Schutz der Dunkelheit schlichen Flinn, Pegs, Kasim und Fedor hinüber zum zweiten Studierwagen. Außer zwei Siebzehnjährigen, die sich auf die Plattform davor zurückgezogen hatten, um im schummrigen Licht der Außenbeleuchtung in Ruhe zu knutschen, begegnete ihnen niemand.

„Fedor, was sollte das eben?“, fragte Flinn, während sie sich an den beiden Pfauen vorbeidrängten. „Was ist dieses Schattending?“

Fedor antwortete nicht.

Pegs verbesserte: „Das Schattenhaus. Der offizielle Name ist Haus Delectus. Es ist eine andere Schule. Fedor muss lebensmüde gewesen sein, es als Schimpfwort zu benutzen. Es heißt, es ist der schlimmste Ort der Welt. Angeblich werden die Schüler dort zu gefühlskalten Marionetten, denen es nur um Geld und Macht geht."

Irgendwo in weiter Ferne krächzte ein Schwarm Raben. Flinn rieb sich fröstelnd die Arme. „Und was hat es mit der Satisfaktion auf sich?", fragte sie und drehte sich nach Fedor um, während Pegs und Kasim bereits den Studierwagen betraten. „Ihr werdet euch doch nicht etwa duellieren?"

Die seltsame Vorstellung schien hier in Nacht und Nebel schrecklich real.

„Doch", sagte Fedor mit rauer Stimme. Er drängte sich an ihr vorbei und fügte knurrend hinzu: „Ich werde diesem Sture einen Denkzettel verpassen. Das war schon lange fällig. Dann werden die Pfauen mich endlich ernst nehmen."

Der Wind trug die Worte mit sich. Flinn starrte ihnen nach und wusste nicht, was sie davon halten sollte.

„Das ist das Dämlichste, was ich je gehört habe", entschied sie dann und blieb auf der Plattform stehen, neben sich das knutschende Pärchen. „Ihr beide müsst echt bescheuert sein!"

Die beiden Pfauen neben ihr hoben empört die Köpfe. „Werd du erst mal erwachsen", entgegnete das Mädchen und verließ mit ihrem Freund die Plattform Richtung Zugende.

Flinn achtete nicht auf die beiden. Fedor hielt ihr die Tür zum zweiten Studierwagen auf. Dabei vermied er es, sie anzusehen. Mit einem wütenden Hämmern in der Brust betrat Flinn den Waggon.

„Sture ist noch viel bescheuerter als Fedor", sagte Kasim, der die Unterhaltung zwischen ihnen mitbekommen hatte. „Ich wette, wenn's um Muskelkraft geht, ist Fedor ganz weit vorn."

Fedor hatte gerade die Taschenlampe von seinem Gürtel genommen, um den Raum abzuleuchten. Sofort ließ er den Lichtstrahl sinken. „Willst du damit etwa sagen, ich wäre stark, aber dumm?" Mit seiner rauen Stimme und der gerunzelten Stirn wirkte er wie kurz vorm Explodieren. „Nur, weil ich es mir nicht immer leicht mache, heißt das nicht, ich wäre dumm!" Seine Stimme hallte drohend durch den Raum wie ein aufziehendes Gewitter.

Flinn wünschte sich augenblicklich, Fedor wäre nicht bloß ein Pfog wie sie, sondern ein Pfau. Er wäre sicher nicht so wütend auf die Pfauen, wenn er selbst einer wäre. Fedor gemeinsam mit Pegs und Kasim um Hilfe zu bitten, war ein Fehler gewesen. Es war, als pferche man eine Krähe mit zwei Ziervögeln zusammen.

„Mir reicht's", sagte sie und trat mit ihren schweren Boots gegen eins der Pulte. Alle, einschließlich Fedor, zuckten zusammen. „Ich bin hier wegen Jonte. Wegen des Tickets. Ich mach das besser allein."

Mit tauben Fingern streckte Flinn die Hand nach der Taschenlampe aus.

Fedor starrte sie an. *Bleib, bitte bleib,* schoss es ihr durch den Kopf. *Bitte bleib bei mir und hilf mir suchen!*

Die Sekunden verstrichen. *Er bleibt,* dachte Flinn, *er bleibt, ganz sicher.*

Doch dann pfefferte Fedor die Lampe zu Boden. Der Lichtstrahl tanzte durch den Raum und in seinem Widerschein flackerten ihre Gesichter auf: Pegs verängstigt, Kasim entsetzt, Fedor wutverzerrt. Dann Flinn, tieftraurig. Klirrend rollte die Lampe vor ihre Füße.

Wortlos stapfte Fedor Richtung Schlafwagen davon. Flinn hörte seine Schritte verhallen, dann knallte die Waggontür. Flinn zuckte zusammen. Es klang so hohl und scheppernd, wie ihr Inneres sich anfühlte. Als wäre etwas zerbrochen, was nie richtig ganz gewesen war.

Die Stille, die folgte, war voller Schrecken. Dann schüttelte Kasim sich wie ein nasser Hund.

„Verdammt", sagte er, „und was jetzt?"

„Jetzt", wiederholte Flinn und atmete tief durch, „jetzt mache ich weiter."

Sie war enttäuscht, verunsichert und aufgewühlt. Aber was sollte sie tun? Es ging hier nicht nur um sie. Es ging um Jonte, der vielleicht in Gefahr war. Sonst hätte er sich doch längst wieder bei ihr gemeldet. Sie musste sich zusammenreißen.

„Nein", sagte Pegs und schüttelte den Kopf, „*wir* machen weiter."

Sie bückte sich nach der Taschenlampe und hob den Strahl, wie Fedor es getan hatte: Richtung Decke. Dort, ohne dass Flinn es zuvor bemerkt hatte, klebten unzählige Tickets.

Es sah aus, als wäre die ganze Decke der Rücken eines schuppigen Tiers – eines petrolfarbenen, schuppigen Tiers. An den Ecken schälten sich alte goldene Tickets bereits von der Decke, doch die neueren, kreuz und quer darüber tapeziert, hielten alle an ihrem Platz. Ein leises Knistern erfüllte den Raum.

„Das sind Tausende!“, hauchte Flinn entsetzt. „Jontes könnte längst überklebt sein!“

Pegs schüttelte den Kopf. „Die sichtbaren sind bis aus dem Jahr 1933“, sagte sie und schob sich auf eines der Studierpulte. Ihre Halskette klingelte leise und ihr Rock raschelte, als sie sich darauf zurücklehnte. „Siehst du? Die Tickets werden goldfarben, wenn der Besitzer stirbt. Wie dort drüben: Helmut Newton und Isaac Asimov, beide waren an Bord vor über einem Dreivierteljahrhundert. Jontes Ticket muss eines von den petrolfarbenen darüber sein.“ Als fände sie ihren Platz auf dem Tisch ganz gemütlich, ließ Pegs die Beine baumeln.

Flinn bekam es mit der Angst zu tun.

„Was, wenn nicht?“, flüsterte sie. „Was, wenn wir Jontes Ticket finden … und es golden ist?“

Die Stille, mit der Pegs und Kasim ihr antworteten, war beängstigend.

Leise schob Kasim ein paar Bücher beiseite und legte sich auf das Pult neben Pegs. Er verschränkte die Arme hinter dem Kopf. Nach kurzem Zögern tat Flinn es ihnen gleich.

Der Lichtstrahl wanderte über jedes der noch sichtbaren Tickets. Unzählige Namen, unzählige Leben an Bord dieses Zuges …

„Rosalind Franklin, Friedrich Stowasser, Reg Wilder, Fivi Moustaki …“, las Flinn murmelnd.

Nach einer Weile glitt der Lichtkegel über ein Ticket mit Antrittsdatum vor zwei Jahren. Flinn richtete sich ungläubig auf, um genauer hinzusehen. In der Mitte des Tickets stand der Name *Fedor Kulikow.*

Flinn zog scharf Luft ein, als atmete sie ein Geheimnis, das schon die ganze Zeit über zwischen ihnen gewesen war. *Fedor hatte ein Ticket erhalten!?*

Er hätte sich die ganzen Streitereien zwischen Personal und Pfauen ersparen können, er hätte ein *Schüler im Welten-Express* sein können.

Er hatte die Wahl gehabt – und sich falsch entschieden.

Vielleicht ist er deshalb so ablehnend. Weil er das weiß.

Ihr Magen zog sich schmerzhaft zusammen.

Eine Stunde lang lagen Flinn, Pegs und Kasim auf den Tischen und blickten hoch in das raschelnde Ticketdach. Es war, als befänden sie sich unter einer Baumkrone, draußen in der Nacht. Und die hellen Buchstaben auf petrolfarbenem Grund waren wie die Sterne, die ihnen die Vergangenheit ins Ohr flüsterten. Sie ließen den Lichtkegel über jedes der unzähligen Tickets wandern. Sie fanden die aktuellen, auch die der meisten Lehrer, und ein paar wirklich alte. Nur ein Ticket fanden sie nicht: Jontes.

Während der Welten-Express durch die nachtdunklen Alpen schnaufte, die winzigen Lichter himmelhoch erbauter Burgen und Dörfer zu beiden Seiten, fühlte Flinn sich im Studierwagen so ratlos wie selten zuvor.

Jonte *musste* hier gewesen sein. Aber seine Spuren waren offenbar beseitigt worden.

Als Flinn kurz vor Mitternacht in ihr Abteil zurückkehrte, war Madame Florett zum Glück noch nicht da. Flinn kroch unter ihre Bettdecke und kniff die Augen zusammen. Sie brannten vor Müdigkeit und Sehnsucht.

Zwei Stunden später schreckte Flinn aus dem Schlaf, weil die Abteiltür mit einem Rasseln aufglitt. Sie blinzelte müde. Madame Floretts schlanker Schatten schob sich in den Raum. Eine Bettdecke raschelte. Dann war wieder alles still.

Flinn seufzte tief. Dass Jontes Ticket ebenso verschwunden war wie Jonte selbst, bescherte ihr eine unruhige Nacht. Immer wieder träumte sie, ihre Gedanken wären Fledermäuse, die sich in ihren Haaren verfingen.

Doch ihr blieb nur wenig Zeit, sich den Kopf über Jonte zu zerbrechen, denn der nächste Morgen begann für Flinn mit einer Überraschung.

„Flinn, hast du dich gut eingewöhnt?"

Die Stimme hallte durch den Gang, als Flinn gerade aus dem Badezimmer trat. Gedankenverloren strich sie sich ihr frisch gekämmtes Haar aus den Augenwinkeln. Es war Daniel, der ihr vom Zugende entgegenkam. *Dreimal raten, was er da gemacht hat,* dachte Flinn und betrachtete die Zigarettenschachtel, die sich in seiner Westentasche abzeichnete.

„Schön!", sagte er, ohne eine Antwort abzuwarten. „Ich habe dich den Küken zugeteilt. So nennen wir hier die Erstklässler. Das Schuljahr hat zwar schon im Januar begonnen, aber die sind noch genauso unsicher wie du." Er schaute sie Beifall heischend an.

Flinn brauchte eine Weile, bis sie verstand, was Daniel meinte. „Ich soll am Unterricht *teilnehmen*?" Sie wollte ihren Bruder finden, nicht den Waggon mit der Mathestunde. „Aber ich bin ein Pfog, kein Pfau. Ich habe kein Ticket", erinnerte sie ihn. „Ich bin nämlich nicht hochbegabt oder so was."

Daniel legte die Stirn in Falten. „Ich sagte am Freitag *große Zukunft*, nicht *hochbegabt*. Du musst nicht hochbegabt sein, um im Welten-Express unterrichtet zu werden. Du musst *Potenzial in dir tragen*. Das ist ein Unterschied." Er schaute auf seine abgetragene Armbanduhr. „In zwölf Minuten beginnt dein Unterricht. Du solltest dich beeilen, wenn du noch frühstücken willst."

„Ich trage aber kein Potenzial in mir", beharrte Flinn. „Und ich habe kein Ticket."

Daniel schien nichts von ihren Einwänden hören zu wollen. Er legte ihr eine Hand auf die Schulter und führte sie den Gang entlang durch die Schlafwaggons der Schüler.

„Dieser Zug hat einige der größten Persönlichkeiten der Weltgeschichte hervorgebracht", dozierte er. „Künstler. Wissenschaftler. Philosophen. Abenteurer. Sogar Politiker. Von allem ein bisschen." Er hielt inne und sah Flinn direkt an. „Willst du nicht herausfinden, ob du eine von ihnen bist?"

„Ich habe kein Ticket …", wiederholte Flinn ratlos.

„Ja, hab ruhig Angst, Flinn, das gehört dazu", redete Daniel einfach weiter. „Aber dein Name prädestiniert dich geradezu für große Taten. *Nachtigall*. Wir hatten hier schon einmal jemanden wie dich."

Flinns Kopf schoss in die Höhe. „Jemanden wie mich?", rief sie. „Wirklich?" Also doch! Jonte *hatte* Spuren hinterlassen. Flinn hätte Daniel einfach bloß danach fragen müssen.

Daniel betrachtete sie eingehend. „Am besten, ich stelle euch einander vor. Es ist eine tolle Person, glaub mir."

Flinns Herz schlug bis zum Hals. *Das brauche ich nicht zu glauben, das weiß ich!*

Sie hatten den letzten Schlafwagen der Schüler erreicht. Mitten im Gang blieb Daniel stehen und suchte mit raschem Blick die unzähligen winzigen Schwarz-Weiß-Fotografien an den Wänden ab. Sie waren in Gold und Silber gerahmt, mit kleinen Namensschildern am unteren Rand versehen und bedeckten jeden freien Fleck – nicht nur zwischen den Fenstern, sondern auch am Boden an der Teppichkante und an der Decke hoch über ihren Köpfen.

„Die Fotos der meisten Absolventen hängen hier", sagte er.

Verwirrt sah Flinn sich um. Was interessierten sie die Absolventen? Jonte war jetzt gerade mal fünfzehn. Doch im Gang war niemand außer ihnen zu sehen.

„Wo ist er?", stieß sie hervor, außer Atem vor Aufregung.

Kaum hatte sie zu Ende gesprochen, gaben die Fotos ein ratterndes Geräusch von sich. Wie die Buchstaben auf den unzähligen Fensterrahmen drehten sich die dunklen Lettern auf den Bilderrahmen und bildeten neue Wörter. Aus dem Namen *Marie Curie* wurde *Forscherdrang*, aus *Florence Nightingale Erleuchtung* und aus *Emmeline Pankhurst Selbstbestimmtheit.*

„Er?", fragte Daniel, ohne die ratternden Bilderrahmen zu

beachten. „Ich sag dir was: Wenn du Jack London im Schlafwagen der Jungs fragst, ob du im Leben was riskieren sollst, dann bilden die Buchstaben *Abenteuerlust*."

Flinn verstand nicht, warum er so vorwurfsvoll klang. „Das ist doch toll", sagte sie vage.

„Aber wenn du ihn fragst, ob er in der Wanne gern furzt, dann auch." Daniel fuhr sich seufzend durchs Haar. „Ich mag die Fotos der Absolventinnen lieber." Er deutete auf das Bild mit dem Wort *Erleuchtung*. „Hier ist die andere Nachtigall."

Perplex schaute Flinn auf das Porträt zwischen *Nellie Bly* und *Parthenope Verney*. Es zeigte eine Frau mit weißer Haube und entschlossenem Blick. Auf dem unteren Teil des silbernen Rahmens änderten sich die Buchstaben gerade zurück zu *Florence Nightingale*.

„Nightingale heißt Nachtigall", übersetzte Daniel. „Sie war Krankenschwester und revolutionierte das Gesundheitssystem zu einer Zeit, als Frauen noch überhaupt nichts revolutionieren durften. Zuvor trat sie dem Welten-Express als Schülerin bei, gleich nach seiner Gründung. Eine tolle Frau!"

Flinn starrte ernüchtert an dem Porträt vorbei aus dem Fenster. Die Trostlosigkeit abgeernteter Felder bestimmte die flache Landschaft genau wie Flinns Inneres. Sie hatte so sehr gehofft, Jonte zu sehen und seine Stimme zu hören. Stattdessen stand sie dem Bild irgendeiner ehemaligen Schülerin gegenüber, die nichts Hilfreicheres vorzubringen hatte als *Erleuchtung*.

Sie fragte sich, ob Daniel etwas von ihrer Suche ahnte. Vielleicht sollte das Foto ein Zeichen für sie sein, dass es keine weitere Nachtigall an Bord gab. Vielleicht wollte er, dass sie ihre Hoffnung fahren ließ. Ihre Hoffnung, Jonte zu finden und das Lächeln zurück ins Gesicht ihrer Mutter zu bringen.

„Vielleicht, wer weiß", sagte Daniel und zuckte mit den Schultern, „wirst du eines Tages auch etwas revolutionieren." Wieder wartete er ihre Reaktion nicht ab, ehe er sie den Gang entlangschob. „Es muss ja nicht das Gesundheitswesen sein."

Seine Stimme war frei von Ironie und für den Bruchteil einer Sekunde – obgleich sie ebenso ticketlos war wie planlos – war Flinn davon überzeugt, das tun zu können. Etwas ändern zu können in der Welt.

„Sehr gut", sagte Daniel, als hätte er ihre Gedanken an ihrer Miene abgelesen. Er drückte ihr ein großes, laminiertes Kärtchen in die Hand, erinnerte sie ans Frühstück und ließ Flinn mit all den Absolventenfotos im Gang stehen. Verblüfft und verunsichert blickte Flinn ihm nach. Sie hatte keine Ahnung, wo genau in ein paar Minuten ihr Unterricht begann. Zum Glück gab ihr das laminierte Kärtchen Auskunft. Dort stand:

Stundenplan Jahrgang 1
Jeweils 8.00 – 12.30 Uhr

Montag:	Heldentum
Dienstag:	Benehmen
Mittwoch:	Kampfsport
Donnerstag:	Strategie & Zuversicht
Freitag:	Kommunikation

Flinn wusste nicht, was beängstigender klang: *Kampfsport* oder *Strategie* oder *Benehmen*? Sie war sich sicher, bereits in *Heldentum* so richtig zu versagen.

Eine Gruppe älterer Pfauen drängte sich hastig an ihr vorbei, Bücher und Ledertaschen unter den Armen.

„Steh nicht im Weg herum, Grünschnabel", feixte ein blonder, schlaksiger Junge und riss Flinn damit aus ihren Gedanken. Immerhin wusste sie nun, wo ihr Unterricht stattfand: ganz bestimmt in dem Wagen voller Pokale und Urkunden an den Wänden, über dessen Eingangstür sie am Freitag in goldenen Lettern *Heldentum* gelesen hatte.

Angetrieben vom Rattern der Räder und vereinzelten Pfauen, die ebenso wie sie spät dran waren, setzte Flinn sich in Bewegung.

Wo Dampf ist

Fürs Frühstück fehlten Flinn an diesem Morgen die Zeit und der Appetit. Mit grummelndem Magen huschte sie durch die herbstliche, nasse Kälte zwischen den Unterrichtswagen, bis sie endlich auf der Außenplattform des Wagens für *Heldentum* stand.

Ihr Herz klopfte hart, als sie den Waggon betrat. Ein Gewirr aus leisen Stimmen, Lachen und knisterndem Papier drang ihr entgegen. Es waren nur sieben Schüler in dem Raum, der den gesamten Wagen ausfüllte. Erleichtert erkannte Flinn, dass auch Pegs dabei war. Sie saß an einem Pult in der zweiten Reihe und kritzelte eifrig in ihr Skizzenbuch.

Die anderen Pfauen schienen damit beschäftigt, ihre Aufzeichnungen vom letzten Montag durchzusehen. Sie sahen erwartungsvoll aus und munter. Das ganze Klassenzimmer wirkte zauberhaft und charmant und ganz anders als die Räume in Flinns alter Schule. Statt flackernder Neonröhren und alter Kaugummis unter der Tischplatte gab es hier Leselampen und glänzende Wandtäfelungen, Regale voller schimmernder Pokale, alter Medaillen und seltsamer Dinge, die an die großen Taten der ehemaligen Pfauen erinnerten. Da waren zum Beispiel zwei handtellergroße Kupferspulen, zwischen denen knisternd Blitze hin- und herzuckten, gerahmte Nobelpreisurkunden und eine hell flackernde Lampe in Form eines Lampions.

Flinns Blick wanderte an den Regalen entlang, hinaus in die verwaschene Landschaft hinter den Fenstern. Eingehüllt in trübes Nieselwetter zog der Express nun an pittoresken Dörfern vorbei. Das Mittelmeer lag in weiter Ferne und war kaum zu erkennen. Heute Morgen war es im Zug eindeutig gemütlicher als draußen.

Langsam schritt Flinn den Mittelweg entlang, an dessen Seiten sich altmodische Schreibpulte reihten. Es war so sauber, dass man vom Teppichboden hätte essen können, und in der Luft hing ein frischer, herber Duft nach Farn und Schwefel. An der Decke glitten funkelnd und wispernd Sternbilder entlang.

Flinn war froh, dass der Platz in der zweiten Reihe neben Pegs noch frei war.

„Was machst du denn hier?“, fragte Pegs überrascht, als Flinn sich zögerlich neben sie setzte.

Seufzend warf Flinn einen Blick in das Schubfach unter ihrem Pult. Dort lagen ein großes braunes Notizbuch, ein *Atlas für den interessierten Weltenbummler*, ein altertümlicher Taschenrechner, ein scheibenrundes Verzeichnis der Menschheitsgeschichte, ein Zirkel und drei Stifte: ein Bleistift, ein Kugelschreiber und einer dieser schweren Füller, die Flinn ganz sicher nicht noch einmal in Anwesenheit anderer Leute benutzen wollte.

„Was machst du denn hier?“, echote es von der anderen Seite des Gangs, wo Kasim saß und gerade eine kleine goldene Medaille untersuchte, die er offensichtlich aus einem der Regale entwendet hatte.

Flinn holte schweigend das Notizbuch heraus. Auf der ersten Seite stand in krakeliger Schrift:

Eigentum von Flinn Nachtigall.
Genehmigt von Daniel Wheeler,
zwölfter Direktor des Welten-Expresses.

Und darunter:

Mach was draus.

Flinn fühlte sich glücklich und traurig zugleich. Zum ersten Mal im Leben traute jemand ihr zu, etwas aus ihrem Leben zu machen. Doch was sollte das schon sein? Ihr blieben nur wenige Tage an Bord. Und sie schien nicht einmal in der Lage zu sein, in dieser Zeit ihren Bruder zu finden.

„Flinn“, setzte Kasim behutsam an. „Was machst du hier?“

„Zeit vertrödeln“, antwortete Flinn endlich und strich wehmütig über den kühlen Ledereinband. „Ich glaube, Daniel will mich unter Kontrolle haben für den Fall, dass Madame Florett recht hat und ich im Zug herumschnüffeln will.“

„Na, damit liegt sie ja auch nicht ganz falsch, oder?“ Kasim grinste. In seinen Augen glänzte die Erinnerung an die gestrige Nacht.

Flinn packte murrend das Notizbuch weg. „Ich will nur meinen Bruder finden. Wenn das verboten ist, dann sollten hier dringend mal die Gesetze überprüft werden.“

„Aber wieso denn?“, fragte Kasim sarkastisch. „Was ist im Welten-Express denn schon verboten?! Abgesehen von Rockfanshirts, blauem Haar, Pinkeln aus dem Fenster, Rennen in den Gängen, Krach während der Nachtruhe, Reden während der Studierzeit, Besitz moderner Technik …“

Bevor er seine Aufzählung beenden konnte, erklang der lang gezogene Gong zum Unterrichtsbeginn. Kasim lehnte sich seufzend an das Fenster neben seinem Pult und ließ die goldene Medaille im zerschlissenen Ärmel seiner Schuluniform verschwinden.

Flinn betrachtete die petrolfarbenen Hemden, die die Pfauen trugen, und fühlte sich in ihrem rot-orangefarbenem Karohemd völlig fehl am Platz. Sie hoffte, dass der Lehrer für *Heldentum* sie ignorieren würde.

Am Schreibpult hinter Flinn richtete ein Pfau sich auf seinem Drehhocker auf wie ein dressierter Pudel. Flinn schielte nach hinten. Es war Garabina.

„Was sucht die denn hier?“, flüsterte Flinn. „Daniel sagte, das hier wäre der erste Jahrgang. Die Küken.“

„Garabina gehört zu den Küken“, flüsterte Pegs. „Sie tut nur so, als wäre sie schon älter.“

Flinn sank in sich zusammen „Garabina ist auch erst dreizehn?“ Garabina wirkte schon jetzt selbstbewusster und irgendwie *wissender,* als Flinn es wahrscheinlich in hundert Jahren sein würde.

Es war jetzt acht Uhr und auf die Sekunde genau betrat die Lehrerin für *Heldentum* den Raum. Es war – Madame Florett. Flinn sank das Herz in die Hose. Jetzt war ihr klar, warum Kasim solch ein genervtes Gesicht aufgesetzt hatte.

Ohne ein Wort der Begrüßung marschierte Madame Florett durch den Waggon und zog jeden der acht breiten Rollläden hinunter. Sofort herrschte gedämpftes Licht im Waggon, nur ein paar schwache Sonnenstrahlen stahlen sich durch die Ritzen und schnitten den Raum in Streifen. Flinn wurde klar, dass die Leselampen auf den Pulten keine Dekoration waren.

Madame Florett hatte ihre Rollladenrunde noch nicht beendet, da schoss Garabinas Arm in die Höhe.

„Entschuldigen Sie, Madame“, sagte Garabina mit gespielter Unschuld, „aber ich wusste nicht, dass man im Unterricht jetzt keine Uniform mehr tragen muss. Oder gilt auch dieses Gesetz für Flinn Nachtigall nicht, Madame?“

Flinn stöhnte innerlich auf. Warum hatte Daniel ihr statt eines blöden Notizbuches kein petrolfarbenes Hemd in die Schublade gelegt? Eines mit goldenen Punkten, wie alle Mädchen sie trugen? Im schwachen Licht des Wagens sah alles nach grüner und blauer Kleidung aus, die Curly wahllos zusammen in die Waschmaschine gesteckt hatte.

„Wie immer sehr gut aufgepasst, Garabina“, lobte Madame

Florett. Statt Flinn anzusehen, wandte sie sich mit stechendem Blick zur Klasse. „Da Flinna nur die nächsten zwei Wochen bei uns verbringen wird – wie ein Infekt, das bei offenem Fenster hereingeflattert ist –, ist es den Aufwand einer Schuluniform nicht wert. Sagt Daniel, wohlgemerkt."

Flinn war sich sicher, dass Madame Florett ein Insekt meinte anstatt eines Infekts und dass Daniel sie nicht als ein solches bezeichnet hatte. Aber sie hielt den Mund und versuchte mit glühenden Ohren, Garabinas gehässige Bemerkung zu ignorieren: „Mach dir nichts draus, Nachtigall, wahrscheinlich hätten sie eh keine passende Uniform für dich gehabt. Ich meine, was hätten sie dir auch geben sollen? Eine Bluse mit Holzfällerkaros in Petrol?"

Flinn kochte vor Wut und Scham, doch sie schwieg verbissen, denn Madame Florett klappte bereits die Tafel herunter. Pegs warf ihr einen tröstenden Blick zu und Kasim verdrehte die Augen zum Zeichen, dass Garabina Blödsinn redete.

„Kann mir jemand sagen, wo wir letzte Woche stehen geblieben sind?", rief Madame Florett in den Raum.

Sture Anoi, der in der ersten Reihe saß, antwortete, ohne sich zu melden: „Beim Leben von George Stephenson. Er baute den Welten-Express. Dafür erfand er die …"

„Die Magietechnologie, vielen Dank", unterbrach ihn Madame Florett und griff nach der Kreide. Flinn beobachtete gebannt, wie sie mit flinker Hand einen Kreis mit einer Art dreizackigem Propeller darin an die Tafel zeichnete.

Hinter Flinn kritzelte Garabina so eifrig in ihr Notizbuch,

dass Flinn das Kratzen des Füllers trotz Madame Floretts beißender Stimme deutlich hörte. Offenbar schrieb Garabina in schönster Schönschrift, denn der Füller schwieg.

„Es war das Jahr 1831, als George Stephenson entdeckte, dass er für den Bau des Welten-Expresses eine neue Art von Magie benötigte“, dozierte Madame Florett und beschriftete die unterste der Propellerzacken mit dem Wort *Alte Magie.* Während die Kreide über die Schieferplatte quietschte, beugte Flinn sich zu Pegs hinüber. „Heißt der Montagsunterricht nicht *Heldentum?*“, fragte sie leise. Auf Flinn wirkt das Ganze im Moment eher, als wäre der Welten-Express eine durchgeknallte Zauberschule.

Pegs nickte vage, den Blick starr nach vorn gerichtet. „Ich warte schon seit Beginn des Schuljahres darauf, dass wir endlich über George Stephenson sprechen!“, wisperte sie. „Er war ein Genie. Er baute nicht nur diesen Zug hier“ – sie tippte sacht mit dem Fuß auf den Teppichboden – „sondern sorgte auch dafür, dass der Express nicht mit anderen Zügen kollidiert und dass die Verständigung aller Schüler untereinander klappt, obwohl wir aus verschiedenen Ländern kommen. Er hat festgelegt, wie die richtigen Schüler ausgewählt werden und dass Passanten den Zug nicht sehen und …“

„Dass Leute wie Chtigall nicht hier sein sollten“, fuhr eine eisige Stimme dazwischen. Sie sahen auf. Madame Florett stand direkt vor Flinns Pult und klopfte mit dem Kreidestückchen eine unruhige Melodie auf das alte Holz.

Poch-poch-poch-poch!

„Vielleicht gehöre ich ja doch hierher“, rutschte es Flinn heraus. Sie hörte selbst, wie verzweifelt und hoffnungsvoll zugleich das klang.

Madame Florett ignorierte die Bemerkung mit angestrengtem Gesichtsausdruck. Mit ihrem hervorgeschobenen Kiefer und den zusammengezogenen Augenbrauen wirkte sie, als könnte sie Flinns Anwesenheit kaum ertragen.

„Havelmann“, sagte sie, „Sie und Chtigall können Ihrem Drang nach Kommunikation gern draußen auf der Plattform des Waggons nachkommen. Eine Viertelstunde lang. Ich empfehle Ihnen, sich über die Nichtigkeit dieses Unterrichts auszutauschen.“ Sie klatschte in die Hände und klappte die Tafel nach oben, damit Flinn und Pegs darunter durchgehen und den Waggon verlassen konnten.

„Sie meint *Wichtigkeit*, oder?“, flüsterte Flinn, als sie nach draußen traten.

Kaum waren sie auf der Plattform, kniff Pegs die Augen vor dem Nieselregen zusammen und warf einen Blick zurück durch das Türfenster in den Waggon. *„Die Nichtigkeit dieses Unterrichts“*, äffte sie Madame Florett nach. „Ha! Es ist eine Schande, dass ausgerechnet *sie Heldentum* unterrichtet. Es könnte das spannendste Fach der Schule sein, wenn wir einen Lehrer hätten, der sich für was anderes als Magietechnologie interessiert. Ich frage mich schon seit Januar, warum Madame Florett im Welten-Express unterrichtet und nicht im Kupferschloss.“

Als Pegs Flinns verständnislosen Blick sah, fügte sie an: „Im Kupferschloss werden Tinker ausgebildet. Das sind Magietechnologen. Die bauen den ganzen Tag Dinge wie unser Rohrpostsystem. So etwas zu bauen, kann nämlich jeder lernen. Magie ist sowieso vorhanden, überall. Sie ist wie Strom." Sie hob die Hände, als wollte sie pure Magie aus der Luft fischen. „Das weiß ich, weil Madame Florett ständig darüber redet, obwohl sie in *Heldentum* eigentlich über, nun ja, *Helden* sprechen sollte." Sie rümpfte die Nase. Als dem Zug in einer Kurve eine besonders starke Böe entgegenpeitschte, griff sie rasch nach ihrem Haarreif.

Flinn starrte Pegs von der Seite aus an, betrachtete ihr schneeweißes Profil. „Das heißt, dieser Stephenson, der den Welten-Express gegründet hat, war ein Tinker?", hakte sie nach. „Ich dachte, er war vielleicht ein Zauberer."

Pegs zog die Nase kraus, als ihr ein großer Regentropfen ins Gesicht klatschte. „Er war ein *magiemächtiger Mensch*", sagte sie in einem Ton, als fände sie das Wort *Zauberer* einfach unerhört. „Stephenson lebte in einer Zeit, in der es noch gar keine Tinker gab. Er war der letzte magiemächtige Mensch", erklärte sie. „Das heißt, er konnte in die Zukunft sehen und sich teleportieren und überhaupt alles machen, was er wollte. Dazu musste er einfach nur mit den Fingern schnipsen."

Sie stellte sich mit dem Rücken zur Fahrtrichtung, um sich vor dem nasskalten Wind zu schützen.

Mit zusammengekniffenen Augen starrte Flinn in die französische Landschaft. Neben den Gleisen rauschte ein breiter Fluss und in der Ferne weideten wilde Pferde neben eingezäunten Stieren.

Flinn seufzte. Sie hätte alles dafür gegeben, ein magiemächtiger Mensch wie Stephenson zu sein. Das hätte sie definitiv zu jemand Besonderem gemacht. Und Jonte zu finden, wäre mit magischen Fähigkeiten sicher auch kein Problem gewesen.

Flinn war schon ganz ausgekühlt, als endlich die Waggontür aufging. Doch es war nicht Madame Florett, die sie wieder in den Raum ließ. Kasim trat auf die Plattform hinaus. Seine Augen blitzten vor Begeisterung.

„Ich habe ihr gesagt, dass es Bahnsteig heißt und nicht Bratsteig", erklärte er nicht ohne eine Portion Stolz in der Stimme, „und Glockenschlag statt Gockelschlag. Sie war mir so dankbar, dass sie mir eine Viertelstunde Pause gönnt. Das kommt definitiv auf meine Liste."

Er fügte nicht hinzu, was genau er mit dieser Liste meinte, und Pegs gab Flinn das Zeichen, bloß nicht danach zu fragen.

„Du nimmst das hier irgendwie nicht richtig ernst, oder?", bemerkte Flinn stattdessen und zog die Hände tief in ihre Hemdsärmel.

Bevor Kasim widersprechen konnte, beugte Pegs sich nah an Flinn und flüsterte: „Weil er im Unterricht superschlecht ist."

„Und wennschon", sagte Kasim leichthin. „Was Madame Florett uns über Magietechnologie erzählt hat, kann ich zumindest alles wiederholen!"

Pegs zog die Augenbrauen bis unter ihr helles Haar. „Bloß nicht", sagte sie und sah aus, als hätte sie nicht vor, dieses Thema weiter zu vertiefen. „Wir sind Pfauen und keine Tinker!"

Doch Kasim begann bereits zu erzählen. Mit einer Stimme,

als befänden sie sich mitten in einem Märchen, berichtete er Flinn von mechanischen Sammelfiguren, die er sich zu gern gekauft hätte, und den Babbage-Bilderrahmen, in denen die Absolventenfotos steckten. Er geriet richtig in Schwung und hörte gar nicht mehr auf, alles nachzuerzählen, was er gelernt hatte. Flinn überkam die Vermutung, er wollte Pegs mit seinem Wissen beeindrucken.

„Verstehe", sagte sie immer wieder. In Wahrheit hatte sie das Gefühl, gar nichts zu verstehen. Sie verstand nicht, dass Jonte dieses Leben im Welten-Express aufgegeben hatte. Dieses Leben irgendwo zwischen Magie und Metall.

Sie war sich sicher: Ihr Bruder war von Bord verschwunden, ohne es zu wollen. Und sicher wusste Madame Florett mehr darüber. Aber wer gab schon gern zu, dass ihm bei voller Fahrt ein Schüler abhandengekommen war?

Als der Ton des Pausengongs durch den Zug schwebte, ließ Madame Florett die drei wieder eintreten. Flinn rieb sich die eiskalten Hände und setzte sich auf ihren Platz. Die meisten Pfauen verließen den Waggon und die, die blieben, unterhielten sich im gedämpften Licht der Leselampen.

Flinn warf einen Blick zur Tafel. Die propellerartigen Zacken in dem Kreidekreis waren nun mit unzähligen Erklärungen versehen.

Offenbar interessierte sich Madame Florett wirklich mehr für Magietechnologie als für *Heldentum*. Flinn fand, dass das auch mehr zu der Lehrerin passte, die mit ihrem glatten Pferdeschwanz und der Lederbrille auf dem Kopf wie eine verrückte Wissenschaftlerin aussah.

„Hey", sagte sie zu Pegs, „kann man damit nicht noch mehr machen?"

„Wie meinst du das?", fragte Pegs. Sie hatte gerade einen der Rollläden angehoben, um sich vor dem spiegelnden Fensterglas ihre zerzausten Haare zu glätten.

„Mit der Magietechnologie", sagte Flinn, während Pegs den Rollladen wieder herunterließ und betont langsam die Schublade unter ihrem Pult öffnete. Flinn beobachtete, wie sie einen Skizzenblock hervorzog und ein kleines Fläschchen Künstlertusche aufschraubte. Offensichtlich wollte sie nicht weiter über dieses Thema sprechen.

„Mit Strom kann man auch viel mehr machen, als bloß eine Glühbirne einzuschalten", beharrte Flinn. Der Bettler in Madrid kam ihr in den Sinn. „Vielleicht kann man mit Magietechnologie etwas erfinden, was die Armut besiegt oder … oder was mir den Weg zu Jonte zeigt", fügte sie leise hinzu. Sie wusste selbst nicht, was das sein sollte, aber bis vor ein paar Tagen hatte sie ja auch noch nichts von Magietechnologie gewusst.

„Sei still!" Pegs blickte sich vorsichtig um, doch niemand beachtete sie. „Ich habe dir schon einmal gesagt, dass du von Hoher Magietechnologie nicht sprechen sollst."

Flinn runzelte die Stirn. „Wieso nicht?" Sie fand es äußerst merkwürdig, über etwas nicht sprechen zu dürfen, was eine Lehrerin unterrichtete – zumindest ansatzweise. Die Kreidezeichnung an der Tafel sah zwar kompliziert, aber harmlos aus.

„Schätze, weil es nicht zu unserer Ausbildung gehört", sagte Pegs scharf.

„Schätze, weil es gefährlich ist", korrigierte Kasim. Als ein Junge hinter ihnen den Blick hob, rollte er mit seinem Hocker zu ihnen herüber und sagte leise: „Es gibt da so ein Gerücht. Vor Jahren übertrieb es ein Junge namens Hinrich Hank. Er wollte eigentlich im Kupferschloss ein Tinker werden, aber dann bekam er ein Ticket für den Welten-Express und ging lieber hier an Bord. Das Problem war, dass er die Finger nicht von der Magietechnologie lassen konnte. Kein Wunder, wenn du mich fragst", sagte er und deutete zur vollgeschriebenen Tafel.

„Madame Florett erzählt uns nur von ungefährlichen Dingen. Aber Hinrich Hank ignorierte die Regeln und bastelte heimlich an einer Zeitreisemaschine. Genau das Gegenteil von *ungefährlich,* wenn du mich fragst. Das Ding explodierte mitten in der Nacht und man sah ihn nie wieder. Seither steht sein Name für all jene Streber, die krankhaft besessen sind von Dingen, die sie besser lassen sollten."

Und man sah ihn nie wieder.

Das lachende Gesicht von Jonte kam Flinn so schnell in den Kopf, dass sie beinahe erschrak. Was, wenn er auch die Regeln ignoriert hatte?

„Heißt das, sie haben ihn rausgeschmissen?", fragte Flinn heiser.

„Ich weiß, was du denkst", sagte Kasim. „Aber hätten sie deinen Bruder deshalb rausgeworfen, wäre er doch wohl nach Biederwurstel zurückgekehrt."

„Weidenborstel“, verbesserte Flinn.

„Gesundheit“, sagte Kasim.

Flinn schüttelte den Kopf. „Es heißt Weidenborstel.“

Kasims Mundwinkel zuckten. „Das klingt eher wie ein Giftpilz“, sagte er.

Flinn seufzte und warf einen Blick in die wilde, weite Gebirgslandschaft, als Pegs noch einmal das Rollo anhob.

„Es fühlt sich auch so an“, gab sie zu.

Bevor Flinn ihre Zweifel äußern konnte, ob Jonte dorthin zurückgekehrt wäre, sagte eine leise Stimme neben ihr: „Mit Magietechnologie kann man die Welt aus den Angeln heben. Madame Florett hat uns im Januar davor gewarnt. Du solltest dich von solchen Dingen fernhalten, Flinn Nachtigall.“

Flinn blickte auf. Neben ihrem Tisch stand Sture Anoi und bedeutete Kasim, ihm Platz zu machen. Seine Hemdsärmel waren ebenso ausgeblichen wie die von Kasim. Mit seinem runden Gesicht und den weichen Bewegungen wirkte er harmloser, als Flinn ihn von der vergangenen Nacht in Erinnerung hatte.

„Das sagt der Richtige“, murmelte Kasim, als Sture an ihm vorbeigegangen war und seinen Platz direkt gegenüber dem Lehrertisch einnahm. „Es würde mich nicht wundern, wenn Garabina und er uns demnächst alle mit einem Todesstrahl ausradierten. Die beiden sind solche Hanks, mehr geht nicht.“

Flinn spürte, wie eine Gänsehaut ihren Rücken hinaufkroch.

„Das ist möglich?“, fragte sie. „Jemanden ausradieren? Glaubt ihr, das ist es, was Garabina tun will? Wofür Madame Florett ihr diese alten Aufzeichnungen gegeben hat?" Die Gefahr, die von der Magietechnologie ausging, war nicht greifbar. Und doch verriet Stures ernstes Gesicht, dass es sie gab.

Pegs winkte ab. „Was für einen Nutzen sollte sie davon haben? Garabina ist eine Dummschwätzerin, kein Superschurke."

Kasim blinzelte. „Ich glaube aber kaum, dass Garabina für die Florett bloß neue Absätze an die Schuhe schrauben soll", widersprach er.

Als der Gong erneut durch den Zug schwebte, kehrte Madame Florett auf ihren hochhackigen Pumps zurück und zählte den Rest des Unterrichts langweilige Fakten über den Ruhestand von George Stephenson auf.

Der Vormittag dauerte gefühlte drei Leben. Sobald er vorbei war, gleich nach dem Mittagessen, machte Flinn sich auf den Weg zum Kohlenlager. Fedors Taschenlampe hielt sie fest umklammert. Natürlich schaltete sie die Lampe in dem sanften Sonnenlicht, das durch die breiten, glänzenden Fenster fiel, nicht ein. Doch beim Gedanken daran, Fedor auf gestern Nacht anzusprechen, krampften sich ihre Finger fest darum.

Je weiter sie im Zug nach vorn ging, desto kleiner wurden die Fenster, die Türen waren alt, der Bodenbelag abgelaufen. In diesen Waggons hinter der Lok wurde für all das gesorgt, was zum Leben im Express nötig war: Hier wurden Kohlen gelagert und Stühle repariert, wurden Berge von Wäsche gewaschen und Töpfe voll Essen gekocht. Flinn fühlte sich hier vorn mehr willkommen und geborgen als irgendwo sonst im Zug, aber sie konnte sich vorstellen, was Pegs von all dem Staub und der spartanischen Einrichtung halten würde.

Gleich hinter der Küche lag Curlys Hausmeisterraum. Überall standen Werkzeugkästen voll merkwürdig aussehender, surrender Geräte herum. Darüber, einen halben Meter über Flinns Kopf, spannten sich Wäscheleinen kreuz und quer durch den Raum. Flinn entdeckte Garabinas Cavallibluse zwischen einer stattlichen Anzahl von gewöhnlichen Schuluniformen. Sie war noch immer nicht sauber und Flinn konnte nicht anders, als zu grinsen. Garabina mochte ja im Unterricht einen Rundensieg gegen sie erzielt haben, aber mit der bekleckerten Bluse lag Flinn eindeutig in Führung.

Sie suchte sich einen Weg durch all die Koffer im Gepäckwagen und stemmte die Tür zum Lagerwaggon auf. Ihr Herz flatterte so aufgeregt, dass sie sich ganz fahrig fühlte. Sie wollte mit Fedor nicht nur über gestern sprechen, sondern auch über das Ticket. Über *sein* Ticket!

Sie hoffte, dass er nicht allzu beschäftigt war, und hatte Glück: Fedor machte gerade eine Pause. Er lag in seiner Hängematte und blätterte in einem Buch. Seine Haare starrten vor Dreck und Schweiß und er hatte schwarze Kohleflecken im Gesicht. Das Licht, das in Streifen durch die angekippten Fenster fiel, beschien sein müdes Gesicht.

„Es geht immer bergauf", sagte er, als Flinn näher trat, und deutete auf die alpine Landschaft, die sich hinter den rußigen Fenstern erstreckte. In weiter Ferne thronte der Montblanc, über dem die Wolken so tief hingen, als wären sie eins mit der schneeweißen Kuppel. „Viel Kohle zu schaufeln."

Fedor senkte den Blick wieder auf sein Buch. Flinn fragte sich, ob er immer noch schlecht gelaunt war wegen gestern Nacht. Sie legte die Taschenlampe in eines der Regale und sagte „Hey", ohne auf seine Worte einzugehen. „Wir haben gestern Nacht nach Jontes Ticket gesucht. Nichts." Sie hob die Arme. „Absolut keine Spur."

Fedor ließ sein Buch sinken. „Gar keine?" Er sah erstaunt aus.

Flinn schüttelte den Kopf.

„Bist du dir sicher, dass ihr alles abgeleuchtet habt?"

„Natürlich bin ich sicher", sagte Flinn laut. Fedors verkniffener Blick sagte ihr, dass sie sich wieder wie ein Pfau anhörte. Sie seufzte. „Tut mir leid, dass gestern alles so schieflief. Aber du müsstest dir den Streit mit den Pfauen ja gar nicht antun, schließlich hast du …"

„… das Duell, ich weiß." Fedor fuhr sich durchs staubige Haar. „Ich habe Oliver Stubbs aus der Zweiten gefragt, ob er den Schiedsrichter macht. Er soll gut sein, hat aber nur dämlich gegrinst. Ich interpretiere das als Ja, denn Stubbs macht nie etwas anderes, als zu grinsen."

Flinn wusste nicht, was sie darauf sagen sollte. Sie hatte von Fedors Ticket gesprochen, nicht von diesem dämlichen Duell. Aber als sie Fedor ansah, die Selbstverständlichkeit, mit der er sein Leben als Kohlenjunge akzeptierte, versagte ihr die Stimme. Sie biss sich auf die Lippen und sagte: „Du weißt, dass ich dir bei dem Duell helfe, wenn du mich brauchst?"

Fedor blickte auf. Als fiele ihm mit einem Mal ein, dass er mit Flinn redete und nicht mit irgendeinem Pfau, stand er auf und schob ihnen zwei klirrende Kisten mit der Aufschrift *Tinte, blau, in Gläsern* zurecht.

„Danke." Flinn setzte sich auf die Kiste ihm gegenüber mit möglichst großem Abstand. Wenn sie zu nah bei Fedor saß, konnte sie sich nicht konzentrieren. „Und?"

„Und was?", fragte Fedor und lehnte sich vor.

Flinn wurde ärgerlich. „Wie kann ich dir helfen?"

„Oh." Fedor zuckte mit den Schultern und lehnte sich seufzend zurück. „Indem du nicht auf meinen Tod wettest."

Flinn starrte ihn an. Draußen, vor dem Waggon, stieß die Lok einen gellenden Pfiff aus. Dampf quoll an den Fenstern vorbei und verdunkelte den Raum.

„Die Pfauen wetten manchmal", erklärte Fedor mit angewidertem Gesichtsausdruck. „Darauf, wer vom Dach fällt. Mann über Bord: Bein gebrochen, Arm zerschmettert. Die finden das lustig."

Flinn konnte nicht glauben, dass irgendjemand das wirklich tat. „Fedor", sagte sie mit ernster Miene. „Was genau ist das für ein Duell?"

Fedor musterte sie, als wüsste er nicht, wie viel Flinn zuzumuten wäre. Seufzend strich er sich übers Kinn und fragte: „Schon mal was von Parkour gehört?"

Flinn stutzte. „Du meinst diese neue Sportart? Dieses Renn- und Springdings?"

„Wenn du es so sagst, klingt es echt langweilig", sagte Fedor vorwurfsvoll. „Aber das ist es nicht. Es ist die Kunst der effizienten Fortbewegung!"

Flinn hob verblüfft die Augenbrauen. „Das klingt wie ein Zitat aus einem Wörterbuch", stellte sie fest.

Fedor fuhr mit einem Nicken fort: „Wenn du der Schnellste sein musst, der durch die vierundzwanzig Waggons kommt, egal ob Tische oder Regale im Weg sind, kann Parkour gefährlich sein. Nicht zu vergessen die Verbindungsstege und die schweren Türen. Es ist nicht ohne Grund verboten. Darauf steht Schulverweis. Manche hangeln sich außen an den Waggons entlang." Er senkte die Stimme, obwohl sie allein waren, und beugte sich vor. „Letzte Woche meinte Darsow – einer der Lokführer –, vor Jahren wollte jemand übers Dach rennen. Er hätte wohl gute Chancen gehabt, wenn ihn nicht ein Ast runtergefegt hätte, als er sich aufs Dach ziehen wollte."

Flinn spürte, wie ihr Magen sich umdrehte. „Und wenn dir so etwas passiert?", fragte sie.

Fedor lehnte sich zurück. „Seit ich angefangen hab, hier zu arbeiten, bin ich ungeschlagen. – Nicht, dass es da viele Herausforderungen gegeben hätte", gab er zu. „Ich bin ein bisschen aus der Übung."

Flinn richtete sich auf, fest entschlossen, Fedor zu unterstützen. „Dann musst du halt vorher trainieren. Wie fangen wir an?"

In Fedors Augen blitzten all die kleinen goldenen Lichtpunkte, die Flinn so faszinierend fand. „Das heißt, du traust mir den Sieg zu?"

„Nein“, sagte Flinn und schob die Kiste, auf der sie gesessen hatte, beiseite. „Ich traue dir zu, dass du vom Dach stürzt und dir das Genick brichst. Dieses ganze Duell ist dermaßen bescheuert, dass ich dir beim Training helfen werde, damit das nicht passiert.“

Fedor blickte sie halb entrüstet, halb beeindruckt an.

Durch die Fensterritzen schlich der Qualm wie grauer Nebel zu ihnen herein. Flinn atmete den rauchigen Geruch ein und schloss für einen Moment die Augen. Vielleicht gehörte sie wirklich nicht zu den Pfauen. Vielleicht gehörte sie in den Hintergrund. Dorthin, wo Dampf war.

„Dann los“, sagte Fedor und klopfte sich die Hände an seiner Hose ab.

Flinn öffnete die Augen. Sie wusste, dass ihre Worte geklungen hatten, als wüsste sie, was zu tun war. Aber in Wahrheit hatte sie nur Angst, den einzigen Menschen zu verlieren, der ihr seit Jontes Verschwinden ein Gefühl von Zuhause gab.

Das Flüstern der Plejaden

Am Dienstagmorgen riss ein lauter, scheppernder Ton Flinn um Punkt sieben Uhr aus dem Schlaf. Der Krach kam von Madame Floretts Wecker, einem altmodischen Ding, das Flinn ununterbrochen die Uhrzeit vorkrächzte.

Von Madame Florett selbst war in dem Schlafabteil, das Flinn sich mit der Lehrerin teilte, nichts zu sehen. Ihr Bett war faltenfrei hergerichtet und einzig der leichte Duft nach Schwefel und Farn, der in der Luft lag, deutete auf ihre nächtliche Anwesenheit hin.

Seufzend mühte Flinn sich aus ihrem Bett und versetzte dem rasselnden Wecker einen gezielten Schlag, gerade in dem Moment, als das klirrende Ding zu verkünden ansetzte: *„Es ist sieben Uhr und zwei Minuten! Morgenstund hat Gold im Mund …“*

„Man soll den Tag nicht vor dem Abend loben“, konterte Flinn. Das Krächzen des Weckers erstarb.

Einen Moment lang kam Flinn nicht umhin zu denken, Madame Florett hätte den Wecker gestellt, damit Flinn ihren Unterricht nicht verschlief. Doch dass die Lehrerin sich um sie sorgte, konnte Flinn sich beim besten Willen nicht vorstellen. Sie zog sich Jeans und ein blaues Holzfällerhemd an und machte sich nach fünfzehn Minuten im Badezimmer auf den Weg zum Speisewagen.

Durch die Fenster in den Gängen fielen diffuse Streifen von Morgenlicht und auf den Plattformen zwischen den Wagen schlug Flinn erstaunlich lauer Wind entgegen. Sie atmete tief durch und betrat den Speisewagen.

Im trüben Licht, das durch die Panoramafenster fiel, sah der Raum heute Morgen farblos aus. Das Glitzern der Glaskaraffen auf den Tischen wurde getrübt von all dem Dampf, der aus unzähligen Teetassen aufstieg, und die Silberbestecke in den Händen der Pfauen blitzen nur sporadisch auf.

An den zwei Lehrertischen saßen der kleine Lehrer für Kampfkunst und der nervös wirkende Bert Willmau. Beide waren in eine Ausgabe des Express-Expresses vertieft.

Angenehme Ruhe lag über dem Waggon. Die meisten Pfauen schienen sich an Flinns Anwesenheit gewöhnt zu haben, denn niemand starrte sie an, als sie sich ein Stück Ciabattabrot und einige Scheiben Mozzarella auf einen Teller tat und eine Tasse mit Tee füllte. Wieder saß Garabina am Tisch neben dem Buffet, doch sie schien in ihre Aufzeichnungen aus dem *Heldentum*-Unterricht vertieft und würdigte Flinn keines Blickes. *Vielleicht rechnet sie sich aus, wie viel Geld sie Madame Florett noch abknöpfen kann*, dachte Flinn. *Oder sie will sich nicht noch einmal vor Sture Anoi blamieren.* Wie beim Frühstück am Samstag saß der blasse Junge, der Fedor zum Duell herausgefordert hatte, still an seinem Platz Garabina gegenüber. Auch er würdigte Flinn keines Blickes und das war ihr nur recht.

Sie setzte sich an ihren gewohnten Platz am Ende des Wagens und trank ihren Tee, während sie darauf wartete, dass Pegs oder Kasim auftauchten. Tatsächlich kam Kasim gar nicht und Pegs stürzte erst drei Minuten vor Unterrichtsbeginn in den Wagen, mit verschlafenem Gesichtsausdruck, aber bunt und außergewöhnlich gekleidet wie immer.

„Ich hab die ganze Nacht an meinen Kostümentwürfen gesessen", erklärte sie freudestrahlend und mopste sich den Rest Ciabatta von Flinns Teller. „Ist Kasim noch nicht da?" Ohne eine Antwort abzuwarten, verdrehte sie die Augen. „Er kommt wirklich *immer* zu spät! Beeilen wir uns."

Während sie sich zu zweit durch den Strom der Pfauen einen Weg zu ihrem heutigen Unterrichtswagen bahnten, dachte Flinn für sich, dass dieser Morgen das Zeug zur Routine hatte. Ein bisschen Alltag kam ihr in diesen zwei Wochen an Bord des Welten-Expresses ganz recht.

Mit der Routine war es jedoch schnell vorbei, als sich ihr Lehrer für *Benehmen* krankmeldete.

„Ich habe ihn doch gerade erst im Speisewagen gesehen", sagte Flinn an Pegs gewandt. „Dieser Bert Willmau sah kerngesund aus."

Ein dunkelhäutiger Fünftklässler mit langem Haar hatte den Erst- und Zweitklässlern die Nachricht überbracht und verließ den Wagen nun lachend.

„Warten wir es ab", sagte Pegs, die sich das Lachen ebenfalls nicht verkneifen konnte. „Willmau behauptet mindestens dreimal in der Woche, er sei krank. Wenn du mich fragst, dann hat er eine Schraube locker. Wahrscheinlich überredet Daniel ihn gerade, uns doch zu unterrichten."

Während die Unterrichtsminuten dahinzogen, blickte Flinn sich erst im Waggon um und warf dann einen Blick aus dem Fenster. Die Wände des Raumes waren über und über mit altmodischen Schaubildern behängt, sodass Flinn die mediterrane Landschaft draußen viel spannender erschien. Kleine Dörfer schmiegten sich in Buchten an tiefblaue Seen und über ihnen schraubten sich Weinberge in den herbstgrauen Himmel. Doch sogar vor den Fenstern hingen die alten Schaubilder und glommen im müden Herbstlicht, sodass es beinahe aussah, als bewegten sich die Zeichnungen auf den Plakaten.

Flinn blinzelte. Noch einmal betrachtete sie die Schaubilder. Tatsächlich – die Zeichen darauf bewegten sich! Da waren Hände, die in unablässigen Bewegungen Zeichensprache vormachten, Skizzen, die zeigten, wie man einen Sari trug und eine Fliege band. Und Bilder von Händen, die sich auf die unterschiedlichsten Arten begrüßten. Fasziniert hob Flinn den Blick an die Decke. Fußspuren wirbelten im Walzertakt über das helle Holz und zeigten so die richtigen Tanzschritte.

„Ich glaube, ich finde dieses Unterrichtsfach ganz interessant", gab Flinn zu.

Hinter ihr setzte Garabina sich aufrecht, als die Eisentür am Beginn des Wagens aufgestemmt wurde.

Eine kühle Brise säuselte in den Waggon und ließ all die ausgeblichenen Schaubilder rascheln wie alte Borke, die sich von einem Baum geschält hatte.

Bert Willmau, der Lehrer für *Benehmen,* war so dünn und drahtig, dass er bei seinem Eintreten wirkte, als hätte der Fahrtwind ihn zufällig in den Raum gepustet. Sein längliches Gesicht war vor Nervosität gerötet. Die Eisentür fiel hinter ihm ins Schloss und Willmau zuckte zusammen wie ein Gefangener, der in eine Zelle gesperrt worden war.

Neben Flinn kicherte Pegs leise. „Du bist nur fasziniert, weil die Schaubilder voll Magie sind“, stellte sie fest. „Aber Katzenjammer ist es leider nicht.“

Flinn verstand sofort, warum Pegs ihn Katzenjammer nannte. Bert Willmau trug einen selbst gestrickten, viel zu engen Pullover mit zwei aufgestickten Tigerbabys darauf, die ihn albern wie eine Zeichentrickfigur aussehen ließen.

Im Wagen wurde es still. Alle warteten darauf, dass Willmau mit dem Unterricht begann.

„Wo ist Younes-Kasim?“, fragte der Lehrer und drehte sich suchend um die eigene Achse, als hätte er Angst, Kasim würde plötzlich hinter ihm auftauchen und ihn erschrecken.

„Er schläft noch“, meldete Pegs sich zu Wort.

„Er verschläft schon wieder?“ Willmau schien empört. Während er in der Schreibtischschublade seines Lehrertisches zu wühlen begann, ging zum zweiten Mal die Eisentür am Beginn des Waggons auf und Kasim trat ein.

„Morgen“, sagte er laut und ging an Willmau vorbei zu seinem Platz.

Mit einem kleinen Schrei zuckte Willmau zusammen und wirbelte herum. „Younes-Kasim!", rief er und hielt einen zusammengerollten Zettel in die Höhe. „Sie wissen, dass Sie das nächste Schuljahr nur erreichen, wenn Sie im Dezember weniger als zehn Strafstriche vorzuweisen haben!"

Flinn blickte irritiert von Willmau zu Kasim. Was waren Strafstriche? Und vor allem: Wieso betrat Kasim den Waggon aus Richtung der Lok und nicht aus Richtung der Schlafabteile? Es war unmöglich, dass er gefrühstückt hatte, ohne von ihr und Pegs im Speisewagen bemerkt zu werden!

Pegs schien das auch zu wundern. „Wo kommt Kasim denn her?", zischte sie leise und runzelte die Stirn. „Die Schlafabteile liegen hinter uns, nicht vor uns."

„Ruhe bitte!" Willmau räusperte sich. Mit einer raschen Bewegung entfaltete er das Papier in seiner Hand. Es war so lang, dass es bis zum Boden reichte und sich dort schlingernd und im Takt der Reise weiter entrollte.

„Das ist Katzenjammers Strichliste", flüsterte Pegs, als Flinn einen Blick auf die unzähligen Tintenstriche warf, die sich auf der endlosen Papierrolle entlang des Mittelganges reihten. Es waren die einzigen Zeichen im Wagen, die sich nicht auf magische Weise bewegten.

„Ich fürchte, Kasim hat bereits jetzt so viele Striche gesammelt, dass er bis an sein Lebensende in der ersten Klasse bleiben muss", stellte sie fest.

Flinn verstand rasch, dass diese Strichliste Willmaus Versuch war, Regelverstöße zu bestrafen. Kam ein Schüler zu spät (Kasim) oder ging während des Unterrichts zur Toilette (Kasim) oder tat sonst was zur Störung des Vormittags (Kasim), wurde Willmau nervös, bekam rote Pusteln im Gesicht und verzeichnete einen weiteren Strich auf seiner Liste. An normalen Unterricht war auf diese Art kaum zu denken.

Dennoch fand Flinn es interessant zu erfahren, dass das Fach *Benehmen* aus zwei Teilen bestand: Kultur und Gesellschaft. In Kultur sprach Willmau bis zur Pause darüber, wie man sich in verschiedenen Ländern zu kleiden und zu verhalten hatte, um dort keinen Ärger zu bekommen. In Gesellschaft dagegen zeigte er anhand der Schaubilder, wie man sich benahm, wenn man eine Rede halten musste oder zu einem 5-Gänge-Menü eingeladen war. Flinn fand es äußerst schwierig, sich zu merken, in welcher Reihenfolge man das Besteck benutzen durfte. Obwohl sie sich sicher war, dass sie in Weidenborstel nie würde wissen müssen, wie ein Fischmesser aussah, zeichnete sie die Schaubilder, über die Willmau sprach, in ihr Notizbuch ab.

Als es zum Ende des Unterrichts klingelte, gab Garabina am Tisch hinter ihr ein gehässiges Lachen von sich.

„Sag bloß, du musstest dir aufschreiben, wie man eine Gabel benutzt", sagte sie und klemmte sich ihr Notizbuch unter den Arm. „Bei dir zu Hause esst ihr Kartoffeln wohl direkt aus dem Acker, was?"

Sie gab ein Grunzen von sich und zuckte mit der Nase wie ein Trüffelschwein.

Flinn biss die Zähne zusammen und wünschte sich, ihr fiele eine gute Erwiderung ein. Aber sie musste sich eingestehen, dass man sich in Garabinas Familie wahrscheinlich wirklich sehr viel besser benahm als bei ihr zu Hause.

Zu ihrem Glück trat Kasim neben sie und strich sich über seinen grummelnden Bauch, als freute er sich bereits auf das Mittagessen. „Ich würde es ja hassen, wenn ich so auf meine Figur achten müsste wie du, Garabina", sagte er mit gespieltem Mitleid, dann ließen die drei Garabina einfach stehen und gingen hinüber zum Mittagessen.

Im Speisewagen herrschte Hochbetrieb. Über dem gläsernen Dach klarte zum ersten Mal seit Stunden der Himmel auf und die blendende Mittagssonne wärmte die Luft und das Lachen im Waggon. Der Express war wieder genau das, was er bei Tage immer war: ein gemütlicher, zauberhafter Ort.

Warte, bis es dunkel wird, sagte eine Stimme in Flinns Kopf. Sie wusste, dass dann alles anders war.

Als Flinn an diesem Nachmittag auf dem Weg Richtung Lagerwaggon war, um mit Fedor für sein Parkour-Duell zu trainieren, lief sie geradewegs in Daniel hinein. Er stand in der Bibliothek direkt neben der Tür und blätterte in einem Lyrikband.

„Hoppla", sagte er und stellte das Buch zurück ins Regal. „Wohin so eilig?"

„Oh, ich …" Flinn geriet ins Stocken. Würde Daniel es verdächtig finden, dass sie sich mit Fedor traf?

Zu ihrem Glück flog in diesem Moment die Tür am Wagenende auf und ein großer, breitschultriger Mann in schmutziger Arbeitskleidung trat herein.

„Schichtwechsel?", fragte Daniel vergnügt.

Der Mann machte „Hmpf" und warf Flinn einen schnellen Blick zu. Sie zuckte zusammen. Es war der gleiche prüfende Blick wie bei Daniel, nur bitterer, die gleichen erschöpften Züge im Gesicht, nur tiefer, das gleiche Haar, nur dunkler. Ungläubig blickte Flinn von einem zum anderen.

Der Mann stapfte wortlos durch den Waggon.

„Ah", machte Daniel, als die Tür hinter ihm ins Schloss fiel. „Das ist Darsow. Einer unserer Lokführer. Und", er räusperte sich, „mein Bruder."

„Wohl das schwarze Schaf der Familie", rutschte es Flinn heraus.

Daniel lachte auf und blickte aus den Fenstern hinaus zu den hellen Steinmauern Veronas. An der Decke über ihnen rollten Sandstürme die Weltkarte entlang und ließen Staub auf Flinns Schultern tanzen. Einen Moment lang fühlte sie sich wie auf einer alten Fotografie.

„Darsow und ich", setzte Daniel an, „wir sind froh, miteinander arbeiten zu können. Wir hatten uns eine Zeit lang aus den Augen verloren."

„So froh sah er aber nicht aus", merkte Flinn an.

„So froh", wiederholte Daniel und betonte jedes Wort. „Froh, froh, froh." Flinn sah, wie seine Finger Richtung Westentasche zuckten. Doch dann besann er sich und änderte schlagartig das Thema: „Noch nichts Interessantes gefunden?"

Flinn verstand nicht, was er meinte. Bevor sie nachfragen konnte, schob Daniel sie durch die leeren Unterrichtswagen hinüber zu den Studierwaggons. Die alten petrolfarbenen Tickets an der Decke des ersten Studierwagens wirkten im Nachmittagslicht blass und weniger eindrucksvoll.

Im zweiten Studierwagen sah es aus wie Sonntagnacht, als Flinn und ihre Freunde auf Garabina und Sture Anoi gestoßen waren: alte Holzschreibtische vor den unzähligen Fenstern, die Paravents dazwischen gespickt mit Notizzetteln, Skizzen und Seiten aus Büchern.

Der ganze große Waggon war ein schlichter Raum, der bei Tage hell und freundlich schien, aber kaum Ablenkung bot. Eine konzentrierte Stille lag über den Pulten. Die Hocker mit den Rollfüßen waren nahezu restlos von älteren Pfauen besetzt, die sich schweigsam über Bücher, Skizzen und Atlanten beugten. Kaum jemand nahm Notiz von Flinn.

„Ich bin mir sicher, du findest ein Thema, das dich interessiert. Und – was für ein Glück, ein Platz ist auch noch frei!" Daniel legte Flinn die Hände auf die Schultern und zwang sie dadurch, sich an einen Schreibtisch am Ende des Wagens zu setzen. „Du schaffst das schon. Es sind nur zwei Stunden am Tag. Vergiss die Schweigepflicht nicht."

Er zwinkerte ihr zu und verschwand Richtung Zugende.

Flinn starrte ihm überrumpelt nach.

„Studierzeit", kam eine Stimme vom Tisch nebenan. Dort saß Kasim und beugte sich zu Flinn herüber. „Das heißt, man muss zwei Stunden lang in den Schulbüchern blättern oder sich irgendwie langweilen", erklärte er und befand: „Du hast recht, Daniel will dich beschäftigen. Das ist definitiv verdächtig."

Auf der anderen Seite des Ganges machte ein Drittklässler „Pssst!" und Kasim verschwand seufzend wieder hinter dem Paravent.

Flinn sackte auf ihrem Platz zusammen. Sollte sie nun etwa den Nachmittag hier verbringen und so tun, als lernte sie etwas? Was für eine Zeitverschwendung! Genervt ließ sie ihren Blick durch den Raum schweifen – und stockte mitten in der Bewegung. Die gesamte Decke, die sich über den Wagen spannte, zeigte ein Gemälde: einen älteren Mann in einer weitläufigen Landschaft. Aber das, was Flinn daran so faszinierte, waren weder die grasgrünen Marschen, die sich von einer Eisentür zur anderen erstreckten, noch der friedvolle Blick des Mannes, sondern das, was dazwischen lag:

Im Schatten des Mannes standen drei Tiere. Je länger Flinn hinsah, desto mehr verblasste ihr weißes Fell, bis von ihnen kaum mehr zu sehen war als drei durchlässige Schatten, die wie Spinnennetze das Deckengemälde verschleierten. Da waren ein kleiner, kugelrunder Vogel, ein Feldhase mit nervösem Blick und hinter allem – Flinn spürte seinen stechenden Blick sogar von der Decke aus – der Tiger!

Groß, schlank, verschwommen.

Flinn kam es vor, als bliebe die Zeit stehen. Ihr Blick huschte über das Gemälde, den Mann, die Tiere, unfähig, mehr zu erkennen als das geisterhelle Fell des Tigers. Kam es ihr nur so vor, oder hoben und senkten sich die Flanken des Tieres?

Mit trockener Kehle starrte sie auf die Worte zu Füßen des Mannes:

Audentis fortuna iuvat.

Daneben eine Jahreszahl:

1832

Vor über 180 Jahren. So alt wurde kein Tiger. Aber dennoch … sie hatte dieses Tier gesehen, leibhaftig!

„Du hast den Schulgründer entdeckt", stellte Kasim neben ihr fest. Er hatte sich erneut am Paravent vorbeigelehnt, offenbar in der Hoffnung auf irgendetwas Spannenderes als seine Schulbücher.

Flinn blinzelte. *Das* war Stephenson, der letzte magiemächtige Mensch? Er sah gar nicht so mächtig aus. Ihr Blick huschte von ihm zu seinem Tiger. Warum konnte nur sie ihn sehen? Sie fand keine Erklärung dafür.

„Vom Anstarren wird der auch nicht schlanker", sagte Kasim. Flinn blickte ihn prüfend an. Offenbar sah er den Tiger auch auf dem Deckengemälde nicht. Aber nicht einmal den Vogel oder den Hasen? Von der anderen Seite des Ganges kam wieder ein genervtes „Psssst!". Kasim verdrehte die Augen und verschwand mit gelangweiltem Blick hinter dem Paravent.

Flinn versank in Grübeleien. Sie war nicht einmal ein Pfau, nur ein Pfog. Warum sah *sie* ihn?

Verwirrt griff sie nach einer Ausgabe der Zugzeitung, des Express-Expresses, die neben ein paar leeren Cream-Soda-Flaschen auf dem Boden lag, und begann zu lesen. Auf der ersten Seite wurden Datum, Wetterbericht und momentaner Aufenthaltsort des Zuges aufgelistet *(rechts von den Dolomiten, links vom Golf von Venedig)*. Dann begann ein großer Artikel über – Flinn!

Flinn Nachtigall und warum sie nachts auf Züge aufspringt

Flinn starrte entsetzt auf die Überschrift.

Der Artikel lautete:

> Flinn Nachtigall, 13 (aber optisch eher 12), weiblich (aber optisch eher nicht), neueste Kuriosität im Welten-Express, sagt über sich selbst: „Ja, es ist schwer. Aber ich komme damit klar, nicht so besonders zu sein wie ihr."
> Direktor Daniel hatte Mitleid mit ihr und nahm das Mädchen vorerst auf. Ebenso wie ein anderes Nachtigall-Kind …
> – Lesen Sie weiter auf Seite 7

Flinn holte schnappend Luft. Ein *anderes Nachtigall-Kind!*

Mit zitternden Fingern schlug sie die Zeitung auf. Seite zwei, drei, vier … Seiten voller Informationen über den nächsten Streckenabschnitt *(Zwischen Sonntag und Montag erreichen wir eine beliebte Schienenstrecke durch die Schweiz, die sich durch das bekannte Landwasserviadukt auszeichnet sowie den Landwassertunnel, in welchen das Viadukt nahtlos übergeht)*, Horoskope und Werbung für neue spektakuläre Rachensnaff-Produkte. Hastig blätterte Flinn weiter. Hinter Ratefys *Superdupersuppenspalte* fand sie endlich die Fortsetzung des Artikels von Seite 1:

> … wird Flinn Nachtigall also keinen Abschluss im Welten-Express machen. Was beruhigend ist, weiß man doch nicht, wohin es das Mädchen schulisch noch verschlagen wird.

„Ich weiß, dass ich nicht so besonders bin wie ihr Pfauen", murmelte Flinn deprimiert. Dann dachte sie: *Jonte.* Jemand konnte sich an ihn erinnern! Es gab *also doch* eine Spur von ihm!

Flinn sprang auf, so hastig, dass der Express-Express vom Tisch flatterte. Auf der anderen Seite drehte sich ein Drittklässler zu ihr um. „Ja, *pst,* ich weiß", raunte Flinn augenrollend und zwang sich zum Setzen. Sie musste unbedingt die Autoren der Zeitung ausfindig machen. Mit klopfendem Herzen bückte sie sich nach der Zeitung und riss beide Teile des Artikels heraus.

Als sie den Kopf hob, begegnete ihr Garabinas Blick. Sie saß an ihrem Platz in der Mitte des Waggons wie eine Königin umringt von ihrem Hofstaat und beobachtete Flinn mit schmalen Augen. Hastig steckte Flinn den Zeitungsartikel in ihre Hosentasche und drehte sich auf dem Hocker um. Von außen drückte eine dichte Nieselwand gegen die Fenster. Das feine Knistern der Regentropfen im Ohr fühlte Flinn sich so lebendig wie seit Jahren nicht mehr. Als läge in der leisen Vorahnung von Winter auch eine Vorahnung von Glück.

Bevor Flinn am Abend einen erneuten Versuch startete, Fedor zu besuchen, wollte sie Pegs und Kasim nach dem Express-Express fragen.

Sie saßen beim Abendessen im Speisewaggon. Das Klappern von Besteck übertönte das Rauschen der Räder und die Fensterscheiben zeigten in der voranschreitenden Dämmerung kaum mehr als ihre Spiegelbilder.

Unruhig beobachtete Flinn, wie Kasim sich zwei, drei, dann vier Teller mit Wirsing-Bohnen-Minestrone vollschöpfte und jeden einzeln am Lehrertisch vorbeitrug. Als Madame Florett beim fünften Teller die Nerven verlor und ihn irritiert zurechtwies, schien Kasim recht zufrieden mit sich. Mit breitem Grinsen setzte er sich neben Flinn und zog den ersten Teller heran.

„Wirst du eigentlich nie satt?", fragte Flinn fasziniert.

Da es in Weidenborstel jeden Tag nur trockenes Brot gab, fand sie Ratefys Essen meist wunderbar. Manchmal allerdings waren seine Suppen klumpig und schlugen Blasen und schienen in ihrem Mund ein Eigenleben zu entwickeln. So wie heute.

Kasim schien das nicht zu stören. „Nope", sagte er. „Nicht von Madame Floretts Empörung. Ich will, dass sie sich so richtig aufregt. Noch fünfmal Nachtisch und es reicht für die Liste."

Flinn blickte erst zu Pegs, dann zu Kasim. Schon wieder diese seltsame Liste! Obwohl Pegs warnend den Kopf schüttelte, fragte sie: „Was meinst du damit? Was ist das für eine Liste?"

Pegs stöhnte genervt auf. Kasim hob lachend an, etwas zu sagen, da unterbrach sie ihn auch schon: „Glaub mir, das willst du nicht wissen. Das ist so ein dummes Jungsding." Sie beugte sich vor und sagte: „Man könnte es wohl als Experiment zum Thema *Strategie & Zuversicht* bezeichnen." Sie hielt inne und fügte hinzu: „Zumindest glaubt das Kasim."

„Verstehe", sagte Flinn vage. Eigentlich war sie in Gedanken bei dem Artikel über Jonte. Sie kramte ihn aus der Hosentasche.

Neben ihr klatschte Kasim seinen Löffel in die Suppe. „Sagt mal, warum haben Frauen eigentlich immer die Angewohnheit, über Männer zu reden, als wären sie gar nicht da?" Er klang beleidigt.

Vom angrenzenden Tisch kam prompt Garabinas Antwort: „Männer? Wo sollen hier denn *Männer* sein?"

Kasim holte tief Luft. Bevor er sich umdrehen und mit Garabina streiten konnte, legte Flinn den Zeitungsartikel auf den Tisch.

„Was könnt ihr mir dazu sagen?"

Pegs schob ihre winzige Portion Minestrone beiseite. „Gar nichts", sagte sie und überflog den Artikel. „Weil nämlich niemand weiß, wer diese Zeitung schreibt. Ich wollte Anfang des Jahres in der Redaktion mitmachen – habe es nicht geschafft. Es gibt keine Möglichkeit, an die Leute ranzukommen."

Kasim griff unauffällig nach Pegs' Teller. „Kein Wunder bei dem Tratsch", sagte er und schob sich einen vollen Löffel in den Mund.

Pegs zuckte mit den Schultern und reichte Flinn den Artikel zurück. Doch bevor sie ihre Finger um das Stück Papier schließen konnte, schoss eine Hand herab und pickte es aus der Luft wie ein Habicht einen Spatz.

„Vielen Dank für die Warnung, Garabina. Hier ist das Corpus Delicti." Madame Florett stand neben ihrem Tisch, so plötzlich, als wäre sie aus dem Boden gewachsen, und betrachtete den Zeitungsartikel mit großen Augen. „Haben Sie das *gelesen?*", fragte sie. Unter ihrem Make-up wurde sie blass und ihre Stimme zitterte.

„Nein", sagte Flinn schnell.

Madame Florett rang sichtlich um Fassung. Flinn hatte sie noch nie so unsicher erlebt. „Das ist Zugeigentum", sagte sie, „das Sie da zerschnitten haben!" Von einer Sekunde zur anderen zerknüllte sie das Papierstück, marschierte zum Waggonende, stemmte die Eisentür auf und warf den Artikel hinaus.

„Nein! Nicht!", rief Flinn. Doch der Wind trug das Papierknäuel fort, noch ehe sie zu Ende gesprochen hatte. „Das war …" *Meine neue Hoffnung.*

„Was?", fragte Madame Florett, die sich offenbar wieder gefangen hatte. „Das war was, Chtigall?"

„Nichts", nuschelte Flinn.

Madame Florett blickte auf sie herab. „Das will ich Ihnen auch geraten haben." Sie wandte sich zum Gehen und stockte. „Younes-Kasim, waschen Sie sich endlich diese entsetzliche Farbe aus den Haaren!"

Flinn redete nicht viel an diesem Abend. Schweigend half sie Fedor beim Training für sein Parkour-Duell. Sie zählte seine Liegestütze, half ihm beim Gewichtheben mit Kohlebriketts und trank nebenbei etliche Flaschen Cream-Soda.

Sie war wütend auf Madame Florett, auf Garabina und auf die ganze Welt. Vor allem aber auf sich selbst, weil sie mit dem Express-Artikel nicht vorsichtiger umgegangen war.

Der Zweiundzwanzig-Uhr-Gong war bereits verklungen, als die beiden sich auf den Weg zu ihren Schlafabteilen machten. Die Waggons waren verwaist bis auf das leise Rattern der Räder und Stephensons Gemälde an der Decke des ersten Studierwaggons. Durch die Ritzen unter den Rollläden quollen die Schatten und beim Öffnen der Eisentüren heulte kalter Nachtwind herein.

Im Waggon für *Heldentum* blieb Fedor stehen. „Schau mal, die Plejaden", sagte er. „Sind die nicht wundervoll?"

„Die was?" Flinn folgte Fedors Blick hinauf zur Decke. Ihr stockte der Atem.

„Ein Sternhaufen", erklärte Fedor. „Die Plejaden, meine ich."

Flinn war egal, wer oder was die Plejaden waren. Sie konnte nicht glauben, was sie sah.

„Fedor, das sieht aus …" *Wie das Glitzern in deinen Augen!*

Die gesamte Decke, über die bei Tage Sternbilder glitten, funkelte wie voller Diamanten. Sie strahlten so stark, dass ihr Leuchten den gesamten Waggon erfüllte. Es kam Flinn vor, als stünde sie inmitten Hunderter silberfarbener Glühwürmchen.

„Das passiert immer nur nachts", sagte Fedor. „Deshalb wollte ich so lange trainieren. Du sahst heute so traurig aus." Er fuhr sich über den Nacken. „Gefällt es dir?"

Flinn stieß ein kleines Lachen aus. „Fedor, es sieht aus, als ob man nach den Sternen greifen könnte. Wortwörtlich." Sie wandte sich um. „Danke."

Er schob die Hände in die Taschen. „Ist ja nicht mein Werk."

Flinns Mundwinkel zuckten. „Aber du hast es mir gezeigt." Sie trat näher. Die magnetische Anziehung zwischen ihnen war so stark, dass sie sie summen hören konnte.

Flinn hielt inne. Ja, wirklich, da summte etwas. Das war nicht bloß in ihrem Kopf.

Fedor schaute sie fragend an. „Flinn?"

Flinn achtete nicht auf ihn. Da war es wieder! Ein Wispern, leise und voller Echo.

„Flinn? Ist alles okay?"

„Sei still", sagte sie und schloss die Augen. Das war kein Echo. Das waren unzählige Stimmen. Ihr Wispern flackerte so unregelmäßig wie die Sternbilder an der Decke.

Moment mal … Flinn öffnete die Augen. „Die Sterne!", stieß sie hervor. „Sie sprechen mit uns!"

„So ein Schwachsinn." Fedor schien verstimmt.

Flinn blickte ihn an, atemlos vor Neugier. „Du hörst es nicht? Willst du nicht wissen, was sie sagen?"

Fedor fuhr sich durchs rabenschwarze Haar. „Gut, bitte. Wenn *du* das wissen möchtest." Er verschränkte die Arme und schwieg.

Flinn schloss erneut die Augen und lauschte. Hinter ihren

Lidern zeichnete sich das silberne Funkeln der Sterne ab wie Nadelstiche in der Dunkelheit. Das Flüstern vermischte sich mit dem Rauschen der Räder, ehe Flinn es entschlüsseln konnte. Doch dann, nach unendlich langen Sekunden, in denen sie einfach nur dagestanden hatten wie Achsen im Zentrum des Universums, verstand Flinn plötzlich, was die Sternbilder sagten.

„... liegt verschlossen hinter Glas ... hinter Glas ..."

„Hinter Glas", flüsterte Flinn. „Fedor, was hat das zu bedeuten?"

„Dass der Welten-Express dir wichtiger ist als ich", schlug Fedor vor, die Hände in den Taschen.

„Sei nicht albern", sagte Flinn. „Jonte ist mir wichtiger, nicht der Zug." Sie grinste zum Zeichen, dass sie ihn necken und nicht vor den Kopf stoßen wollte.

Fedor griff nach ihrer Hand und zog sie aus dem Waggon. Seine Haut war warm und fühlte sich sandig an vom Kohlestaub. „Ich habe keine Ahnung, was das zu bedeuten hat", gestand er. So leise, dass es auch der Nachtwind hätte sein können, fügte er hinzu: „Aber ich weiß, wie schwierig es ist, im Welten-Express was Romantisches hinzukriegen."

Verschlossen hinter Glas

Die Routine, die Flinn sich am Dienstag gewünscht hatte, gab es auch am nächsten Tag nicht. Zudem ließ der Kampfkunstunterricht am Mittwochmorgen Flinn vorerst keine Zeit, Pegs vom nächtlichen Sternflüstern zu erzählen.

Kasim erschien wieder nicht zum Frühstück.

Im Speisewagen herrschte Anspannung unter den Pfauen, weil der Sportlehrer Signore Guarda-Fiore – der kleine, glatzköpfige Italiener – wie ein Admiral die Tische entlangschritt und ihre Frühstücksauswahl kontrollierte. „Nein, das ist gar nicht gut“, murmelte er, während er sogar den Tisch seiner Kollegen inspizierte. „Honigkuchen und Palatschinken zum Frühstück, ich bitte Sie!“ Mit einer eleganten Bewegung nahm er Madame Floretts Teller an sich. „Holen Sie sich etwas Leichtes, Fay.“

Flinn konnte nicht glauben, dass der Sportlehrer sich das traute. Verstohlen wartete sie darauf, dass Madame Florett explodierte, während sie und Pegs ihre Portionen Palatschinken hinunterschlangen, ehe der Signore ihren Tisch erreichte.

„Ich kann es nicht fassen, dass wir uns für unser Frühstück rechtfertigen müssen, während Kasim noch gemütlich im Bett liegt", murmelte Pegs missmutig. „Jeden Mittwoch dasselbe mit ihm."

Flinn war sich nicht sicher, ob Pegs so verstimmt wegen Kasim oder wegen des Sportlehrers war. Sie wollte gerade etwas Aufheiterndes sagen, als ein Ruck durch den Zug ging, der Flinn gegen die Tischkante drückte. Besteck schlitterte über die Tische und Rakotobes Hund Brutus kullerte durch den Gang wie eine Bowlingkugel. Es gab ein Quietschen wie bei einer Notbremsung. Flinn hörte das Schleifen von Metall auf Metall, dann war alles still. Der Zug stand.

Flinn atmete flach ein und aus. Überrascht beobachtete sie, wie die Pfauen um sie herum ihre Gespräche wieder aufnahmen, als wäre nichts passiert.

„Dieses Mal hat Darsow sich selbst übertroffen mit der Auswahl", gab Pegs zerknirscht zu. „Aber das ändert nichts daran, dass ich Sport einfach scheußlich finde."

Flinn folgte Pegs' Blick verständnislos zum Fenster. Hinter der Scheibe erstreckte sich bis zum Horizont ein goldgelber Herbstwald unter einem stahlgrauen Himmel. Die Fensterlettern am unteren Rahmen verkündeten: *Grenze zum Nationalpark Triglav, Slowenien.*

Ein gellender Pfiff riss sie aus ihren Gedanken. Signore Guarda-Fiore stand an der vorderen Eisentür und hielt eine Pfeife in der Hand, die aussah wie eine Mischung aus Schrittzähler und Stoppuhr.

Schnell brachten Flinn und Pegs ihre leeren Teller zum Buffet und schlossen sich dem Strom der Schüler an, die unter Lachen und Gähnen auf die Plattform hinaus und die Stufen hinab zum Gleisrand traten.

Die Wiese, die sich von den Gleisen bis zum Wald in wogenden Gräsern vor ihnen ausbreitete, war feucht vom Nebel der Nacht. Zwischen den kniehohen Halmen zogen sich taubenetzte Sommerfäden durch die Luft. Es war so angenehm lau, dass Flinn nicht fror, obwohl sie das dünnste der Karohemden trug. Eine leichte Brise ging durch die Halme und wirbelte Pollen und winzige Motten an ihren Gesichtern vorbei. Flinn atmete tief durch und stellte sich neben Pegs ans Ende der ersten Reihe, hinter sich die Reihen der älteren Schüler.

Der Kampfkunstunterricht fand für alle Pfauen gleichzeitig statt, was Flinn beängstigend fand. Mehr Schüler bedeuteten mehr Zuschauer, wenn sie sich blamierte. Doch das war nicht das Schlimmste. Das Schlimmste war, dass jeder Pfau, sogar Pegs, petrolfarbene Jogginghosen und T-Shirts mit Schulemblem trug.

Flinn erinnerte sich daran, dass solche Kleidung samt Turnschuhen auch in ihrem Schrank lag. Aber sie hatte nicht gewusst, dass ihr nach dem Frühstück keine Zeit mehr zum Umziehen bleiben würde. Und überhaupt …

„Wieso Kampfkunst?“, fragte sie leise Pegs, während Signore Guarda-Fiore am anderen Ende der Reihe Garabina darauf hinwies, dass ihre steife Körperhaltung ihrem Rücken schade.

Pegs zuckte mit den Schultern. „Ich denke mal, weil es Tradition ist", sagte sie.

„Was höre ich da?", rief Signore Guarda-Fiore vom Ende der Reihe und heftete seinen Blick auf Pegs.

Garabina beugte sich vor und warf ihnen einen *Wie-doof-kann-man-sein?*-Blick zu.

Flinn spürte, wie die Zweitklässler hinter ihr nervös wurden. Unruhig spielte sie an einem hüfthohen Grashalm herum.

„Tradition?", wiederholte der Sportlehrer. „Pah! Sie alle glauben, Sie würden nach Ihrem Abschluss im Welten-Express automatisch Künstler, Wissenschaftler oder …", Signore Guarda-Fiores Augen glänzten, „… Rebellen. Aber so läuft das nicht."

Flinn schluckte. Der Lehrer blieb direkt vor Pegs stehen, die Hände hinter dem Rücken verschränkt, und musterte ihre bunten Haarklemmen. „Selbst die kleinstmögliche Rolle, die ein Pfau in der Welt spielen wird, bringt ihm Feinde ein. Sie müssen lernen", sagte er und hob den Blick über die Menge, „mit diesen Leuten umzugehen."

Flinn hob die Augenbrauen. „Was, sollen wir unseren Feinden einfach eine reinhauen?" Die Frage war draußen, ehe sie darüber nachdenken konnte.

Signore Guarda-Fiore wandte den Kopf in Flinns Richtung. Sie spürte, wie sie unter seinem kalten Blick schrumpfte. Offensichtlich war Madame Florett nicht die einzige Lehrperson, die sie nicht an Bord haben wollte.

„Eigentlich lernen wir für dieses Problem freitags *Kommu-*

nikation", kam Kasims Stimme durch die Reihen. Flinn drehte sich erschrocken um. Zwischen den Schultern der Zweitklässler sah sie seinen blauen, zerzausten Haarschopf entlanghuschen wie eine Haiflosse durch ein petrolfarbenes Meer.

Pegs stöhnte auf und behielt den Blick starr nach vorn gerichtet. „Er kommt tatsächlich schon wieder zu spät!", flüsterte sie. Im nächsten Moment stand Kasim neben Flinn, in petrolfarbenen Sportsachen und mit einem Strahlen im Gesicht.

„Guten Morgen, Signore", sagte er und fügte erläuternd hinzu: „Jeder Konflikt, der nicht verbal gelöst wird, kann zum Krieg führen. Zitat von Daniel Wheeler. Sie sollten sich schon untereinander absprechen, welche Meinung Sie im Welten-Express vertreten, finden Sie nicht?"

Flinn warf Kasim einen schnellen Blick zu, halb entsetzt und halb beeindruckt.

Signore Guarda-Fiores Blick verharrte noch immer auf Flinns Karohemd und ihrer Jeans. „Sie sind zu spät", presste er zwischen den Zähnen hervor und wandte sich Kasim zu. „Wie am vergangenen Mittwoch. Und an dem davor. Und an dem vor fünf Wochen." Er machte einen Schritt zurück und besah sich Flinn, Pegs und Kasim gleichzeitig. „Sie drei in Kombination gefallen mir gar nicht. Wegen Ihres Fehlverhaltens werden die Küken während des gesamten Vormittags ihre Ausdauer trainieren."

Ein Stöhnen ging durch die Reihe der Erstklässler. „Schon wieder!", piepste ein kleiner Junge mit braunem Haar und Garabina schüttelte entnervt den Kopf.

Hinter sich hörte Flinn die Zweitklässler erleichtert aufatmen.

„Was denken Sie eigentlich", hob der Signore über die Unruhe der Pfauen hinweg an, „womit Sie sich verteidigen, wenn es nötig ist? Nachtigall?"

Flinn verzog das Gesicht. Warum musste sie nur immer im Mittelpunkt stehen? „Ich kann ganz gut mit Bumerangs umgehen", sagte sie schulterzuckend.

Signore Guarda-Fiore riss die Augen auf, als hätte Flinn ihm gedroht. „Magietechnologische Waffen sind verboten!", rief er erschrocken aus und wandte sich von Flinn ab. „Es gibt einen Rohling für das Küken mit den meisten Schritten. Nehmen Sie sich einen Schrittzähler und legen Sie los. Und nun zu den Zweitklässlern …"

Flinn folgte Pegs zögerlich zu der Kiste mit den goldenen, tickenden Schrittzählern, die auf der Plattform vor dem Speisewagen stand. „Ich habe doch deutlich Bumerang gesagt, oder etwa nicht?", fragte sie leise, während sie ihre Hand über die Gräser am Gleisrand gleiten ließ.

Seit wann waren Bumerangs magietechnologisch? Das hätte Flinn ja wohl gewusst!

Sie band sich einen der Schrittzähler um den Arm. Er sah aus wie eine Armbanduhr aus Gold, nur dass er anstelle der Uhrzeit gelaufene Schritte anzeigte. Flinn besah sich das Zifferblatt genauer: *3,5 Schritte gelaufen* stand dort, während ein einzelner Zeiger darauf wartete, dass Flinn weiterlief. Und darunter: *Dies entspricht der Strecke: Sofa–Kühlschrank.*

„Sehr motivierend", murmelte Flinn und warf einen Blick hinüber zum Wald, an dessen Ausläufern Garabina und Sture sich bereits aufwärmten.

„Ist es nicht gefährlich, Schüler einfach so durch einen fremden Wald laufen zu lassen?", fragte sie Pegs.

Ihre Freundin machte nicht den Eindruck, als hätte sie Lust zu plaudern. „Darsow wählt die Orte für den Sport immer einige Wochen im Voraus aus", sagte sie. „Alle sind geprüft und sicher."

Flinn kam nicht umhin zu denken, dass Pegs ein wenig enttäuscht über diese Tatsache klang.

Kasim setzte sich als Erster von ihnen in Bewegung.

„Schau nicht so missmutig drein, Havelmann", sagte er zu Pegs und joggte die Wiese entlang Richtung Wald. „Immerhin haben wir auf diese Art Zeit zum Reden."

„Die brauchen wir auch dringend", meinte Flinn, die nun, da ihnen ein unbeobachteter Vormittag bevorstand, Pegs und Kasim unbedingt von dem nächtlichen Sternbildflüstern erzählen wollte.

„Ist nicht dein Ernst!", rief Pegs, als Flinn ihr und Kasim alles berichtet hatte.

Sie seufzte vor Seitenstechen. Signore Guarda-Fiore hatte sich als unbarmherziger Sportfanatiker entpuppt, während er sie Runde um Runde durch das weitläufige slowenische Waldstück scheuchte. Blieb auch nur eines der Küken stehen, während es sich in seiner Sichtweite befand, sendete er einen kurzen, kribbelnden Stromschlag durch den Schrittzähler an ihren Handgelenken.

„Der hat sie doch nicht mehr alle!", japste Flinn, als sie nach einer kurzen Verschnaufpause am Gleisrand der erste Stromschlag ereilte.

Kaum waren der Lehrer und der Welten-Express außer Sicht, ließen Flinn, Pegs und Kasim sich zurückfallen. Sie hatten fast drei Runden geschafft.

„Er ist echt was Besonderes", fuhr Flinn in Gedanken an gestern Nacht fort.

Kasim blieb stehen. „Wer?", fragte er. Flinn hatte den Eindruck, dass er absichtlich langsam lief, um Pegs nicht zurückzulassen, die alle paar Meter stehen blieb, um die Klammern in ihrem Haar zu richten. „Du siehst toll aus", sagte Kasim genervt, als Pegs schon wieder stehen blieb. Er wandte sich an Flinn und wiederholte: „Wer?"

„Der Sternenhimmel", sagte Flinn schnell. „Wer denn sonst?" Sie hatte weder Pegs noch Kasim erzählt, dass Fedor gestern bei ihr gewesen war, und sie hatte es auch nicht vor. Diese Erinnerung gehörte ihr, funkelnd wie die Plejaden. Flinn lächelte in sich hinein und fügte ihrer Liste ein weiteres Wort hinzu.

„Von flüsternden Sternbildern haben mir meine Eltern nie etwas erzählt", sagte Pegs und begann weiterzulaufen. „So was ist doch gar nicht möglich. – Oh", entfuhr es ihr und dann noch einmal laut: „Oh!" Sie blieb wie angewurzelt stehen.

Kasim machte stöhnend halt. „Ihr wisst schon, dass der Pfau mit den meisten Runden einen Rohling bekommt?"

Flinn hob eine Augenbraue. „Und darauf verzichtest du?“

Kasim setzte zu einer Antwort an, doch Flinn verstand nur Kauderwelsch. Mit einem Mal sprach er in einer vollkommen fremden Sprache.

„Was ist mit dir los?“, fragte Flinn irritiert. „Was ist das für eine Sprache?“ Es klang wie Hindi oder zumindest etwas in der Art.

„Wir sind zu weit weg“, sagte Pegs und sah sich um. „Vom Express, meine ich. Die Verständigung funktioniert nur im Zug und bis hundert Meter Entfernung. Auch Magie hat ihre Grenzen.“

Flinn starrte sie an. Zum ersten Mal ging ihr auf, dass die Pfauen und Lehrer an Bord nicht allesamt Deutsch sprachen. Sie kamen schließlich von allen Kontinenten der Erde.

„Aber *du* verstehst mich doch“, warf Flinn ein. „Wie ist das denn möglich?“

Pegs sah zufrieden mit sich aus. „Ich kann *Wenn du mich sitzen lässt* in Deutsch, Französisch und Italienisch singen. Ich bin dreisprachig aufgewachsen.“

Neben ihnen machte Kasim eine genervte Geste. Offenbar war er es leid, verständnislos danebenzustehen. Er deutete auf seinen Schrittzähler.

Flinn blickte auf ihren eigenen Zähler an ihrem Handgelenk. *2917 Schritte gelaufen,* stand dort nun. Und: *Dies entspricht einer Strecke von: Hohenwulsch–Arensberg.*

„Ich habe keine Ahnung, wer oder was Hohenwulsch ist“, murmelte Flinn. Doch daneben stand in winzigen Zahlen die

Uhrzeit: elf Uhr fünfundfünfzig. *Dies entspricht einem Moment von: fünf vor zwölf.*

„Beeilen wir uns!", sagte Flinn. Sie setzten sich in Bewegung Richtung Welten-Express. Die anderen Pfauen waren längst außer Sichtweite, und obwohl der Wald hell und golden war vom Herbst und es zwischen den Pinien und Kiefern angenehm nach Moos und Harz duftete, wollte Flinn nicht mehr bummeln. Sie war sich sicher, dass der Zug auch mitten im slowenischen Nirgendwo Punkt zwölf Uhr weiterfuhr.

„Was ist denn nun mit dem Sternbildwispern?", keuchte Flinn nach einigen Sekunden. „Haben deine Eltern dir davon erzählt oder nicht?"

„Nicht direkt", sagte Pegs heiser. Sie war sichtbar außer Puste. „Aber sie haben von Stephenson erzählt." Wieder blieb sie stehen.

Kasim schüttelte den Kopf. Er murmelte: „Also, wenn Pegs noch einmal ihre Haarklammern richtet, dann fress ich die blöden Dinger auf." Pegs warf ihm einen bösen Blick zu.

„Verflixt", flüsterte Kasim. „Neunundneunzig Komma neun Meter, wetten? Und die Verständigung klappt wieder."

Pegs ging wortlos darüber hinweg. „Meine Eltern haben mir erzählt, dass Stephenson Dinge in den Welten-Express eingebaut hat. *Hilfen.*" Sie senkte die Stimme, obwohl um sie herum nicht mehr zu hören war als das Knistern von Laub, wenn Vögel durchs Unterholz hüpften. Hinter den hellen Bäumen blitzte das Petrol des Welten-Expresses auf wie falsch ausgewählte Scherben in einem Mosaik.

„Hilfen?", hakte Flinn nach. Warum sollte Stephenson *ihr* helfen wollen?

Pegs nickte und stützte sich pustend auf die Knie. „Hilfen, falls dem Zug Gefahr droht. Dinge, die die Pfauen warnen sollten. Aber ich dachte immer, das wäre nur ein Gerücht."

„Was für Hilfen denn?", fragte Kasim.

„Na", sagte Flinn, „wispernde Sternbilder sind ein heißer Anwärter."

Pegs blickte nachdenklich auf den Boden. „Ich wette, der Express war in den letzten Jahren nicht wirklich in Gefahr. Sonst hätten meine Eltern von den flüsternden Sternen gewusst." Sie rückte ihre Haarklammern zurecht. „Ich kann es kaum erwarten, ihnen zu schreiben, dass ich etwas herausgefunden habe, von dem sie keine Ahnung haben." Ihre roten Augen blitzten.

Flinn verdrehte die Augen. „Was heißt denn nun *verschlossen hinter Glas*?", fragte sie. Vielleicht hatte diese Warnung etwas mit Jonte zu tun? Vielleicht war sie *deshalb* diejenige, die sie gehört hatte?

„Ich habe so eine Vermutung", sagte Pegs an Flinn gerichtet. „Aber um das zu überprüfen, musst du uns Fedors Taschenlampe organisieren. Meine eigene hat Madame Florett nämlich letzten Monat konfisziert. Bekommst du das hin?"

Flinn nickte. Doch sie wusste: Bevor sie am Abend Fedor besuchen konnte, stand ihr noch die übliche Studierzeit am Nachmittag bevor.

Gerade noch rechtzeitig erreichten Flinn, Pegs und Kasim den Welten-Express. Sie hörten den Pfiff der Lok und stiegen hastig die Stufen zum letzten Schlafwagen hinauf. Der Zug fuhr weiter, Flinn nahm rasch ein Bad, sie aßen gefüllte Teigtaschen zum Mittag. Dann saßen Flinn und Kasim zwei Stunden lang an ihren benachbarten Plätzen und spielten flüsternd Backgammon, während vor den Fenstern Felder in hellen herbstgrünen Wellen vorbeizogen und der Himmel sich erneut von Regen und Nebel verdunkelte.

Nur einmal, als Madame Florett ihren Kontrollgang durch den Studierwagen machte, wandten sie sich ihren Schreibtischen zu. Heimlich warf Flinn einen Blick hinauf zu Stephensons Bildnis.

„Ich verstehe dich nicht", flüsterte sie, während die drei weißen Tiere auf dem Gemälde im Nichts verblassten. „Wenn du so ein Genie bist, wie Pegs sagt – wie konntest du dann zulassen, dass ein Junge in deinem Zug spurlos verschwindet?"

Jetzt war Flinn schon sechs Tage an Bord und jede Spur zu Jonte, der sie nachgegangen war, endete in einer Sackgasse. „Ich hoffe wirklich, *verschlossen hinter Glas* hilft mir weiter", sagte sie leise und betrachtete Stephenson eingehend. Obwohl die Farben des Gemäldes alt und verblasst waren, wirkte sein Blick wach und lebendig.

„Chtigall, was tun Sie denn da?", schallte Madame Floretts Stimme durch den Raum. „Sie sprechen doch nicht etwa mit einem Deckengemälde? George Stephenson ist seit über 160 Jahren tot!"

Rasch beugte Flinn sich über ihr Notizbuch auf ihrem

Schreibtisch. Am Platz neben ihr kicherte Kasim. Flinn schnaubte verdrießlich. In Gedanken war sie schon etliche Wagen weiter vorn und fragte sich, wie sie an Fedors Taschenlampe gelangen sollte. Sie fühlte sich nicht wohl dabei, sich die ohne Fedors Wissen auszuleihen. Ihn fragen konnte sie aber auch nicht. Sie wusste, dass er eifersüchtig werden würde, weil sie Pegs und Kasim vom Sternbildflüstern erzählt hatte.

Nach dem Parkour-Training an diesem Abend machte Flinn sich zehn Minuten vor dem Nachtgong auf den Weg zu den Schlafwagen.

„Ich muss noch aufräumen. Hast du's eilig?", fragte Fedor, als sie ihm Gute Nacht sagte. Er trank einen Schluck Wasser, vermischt mit Rachensnaff-Brausepulver, und reichte ihr die Flasche.

„Nein", sagte Flinn und trank einen Schluck. Sofort sprudelte der Schaum ihr in die Nase. Hustend wandte sie sich ab.

Fedor lachte laut.

„Halt die Klappe", sagte Flinn mit säuerlichem Unterton. Sie wischte sich schnell über die tropfende Nase. „Ich wollte noch kurz bei Pegs vorbeischauen. Wir wollten heute Nacht … Freundschaftsarmbänder flechten."

Was für eine dämliche Lüge. Freundschaftsarmbänder! Wenn sie Fedor schon belügen musste, wieso dann nicht mit etwas Geistreichem?

Fedor blickte sie an. „Für so was bist du doch gar nicht der Typ."

„Doch", sagte Flinn gedehnt. „Ich bin ein Mädchen."

„Das brauchst du nicht immer zu betonen." Fedor wandte sich ab. „Nimm wenigstens meine Taschenlampe mit. Es ist nachts im Zug sicherer damit."

Flinn nagte an ihrer Unterlippe und griff zögerlich nach der Lampe, die Fedor ihr hinhielt. Das war ja noch schlimmer, als die Taschenlampe heimlich mitgehen zu lassen!

„Sicherer wovor?", fragte sie.

Fedor warf ihr einen langen Blick zu. Im Licht der kalten, dreckig grünen Notbeleuchtung sah der Waggon aus, als käme er direkt aus der Unterwelt. An den Wänden glitzerte der Ruß, als wären sie über und über mit Glimmerschiefer bedeckt, und vor den Fenstern schirmte der blasse Dampf die Außenwelt von ihnen ab.

„Dein Bruder ist hier in diesem Zug verschwunden", sagte Fedor mit rauer Stimme. Er sah Flinn direkt an. In seinen Augen glomm Furcht. „Flinn, wer sagt, dass uns nicht dasselbe passiert?"

Flinn schluckte schwer. Bei Nacht lag etwas Lauerndes in der Stille des Zuges, das bei Tage nicht da war. Als erwachte mit den Nachtlichtern etwas im Welten-Express zum Leben, das ein Geheimnis war.

Pegs und Kasim vertrieben sich die Zeit mit Wettspielen, als Flinn kurz nach zehn Uhr mit Fedors Taschenlampe bei ihnen auftauchte.

Die Tür zu Pegs' Abteil stand einen Spaltbreit auf und silberne

Lichtsprenkel ergossen sich aus dem Sternenlichtprojektor hinaus auf den dämmrigen Gang.

„Zwei Rohlinge für dich", protokollierte Pegs gerade und reichte Kasim zwei Goldmünzen aus einem alten Zylinder, der auf dem Hochbett, auf dem sie saß, neben ihr stand. „Weil es tatsächlich Sauerkrautsuppe zum Abendessen gab. Woher weißt du das nur immer?"

Flinn schob sich leise ins Abteil und vermutete: „Vielleicht verrät Brutus ihm den Speiseplan?"

Mit gerunzelter Stirn blickte Kasim an Flinn vorbei in den Gang. „Warum hast du deinen Freund nicht mitgebracht?", fragte er vorwurfsvoll.

Flinn öffnete den Mund, brachte jedoch keinen Ton heraus. War Fedor *ihr Freund*? Sie war sich nicht sicher, was sie von diesem Gedanken halten sollte. Er fühlte sich an, als hätte sie einen großen Haufen Rachensnaff-Brausepulver verschluckt. Sorte: extraknisternd.

„Ich habe die mitgebracht", sagte sie schließlich und knipste die Taschenlampe an. „Genau wie Pegs es verlangt hat. Und nun?"

„Nun", sagte Pegs und ließ sich von ihrem Hochbett hinuntergleiten, „schauen wir *hinter Glas*."

Kasim sprang von dem leeren Hochbett auf der anderen Seite des Abteils und warf seine zwei Rohlinge klingelnd zurück in den Zylinder. „Ich erhöhe meine Langzeitwette um zwei", sagte er und zwinkerte Flinn zu, als wüsste sie, wovon er sprach.

Unruhig trat Flinn von einem Fuß auf den anderen. Sie hatte Angst, außerhalb ihres Schlafwagens von Madame Florett mit einer verbotenen Taschenlampe in der Hand erwischt zu werden. Den nächsten Sonntag wollte sie nicht erneut in der Küche beim Abwasch verbringen.

Während Pegs den Zylinder in den Tiefen ihres Kleiderschrankes versteckte, gut verborgen unter Tüll, Seide und Bahnen von Brokat, wagte Flinn zu sagen: „Wetten ist ein ziemlich großmäuliges Hobby, findet ihr nicht?"

„Danke sehr", sagte Kasim und trat endlich auf den Gang hinaus.

Pegs löschte das Licht ihres Sternenprojektors und schloss die Abteiltür. „Mag sein", gab sie zu und nahm die Taschenlampe, die Flinn ihr reichte. „Aber weißt du, ich muss mit irgendetwas meine Nerven beruhigen. Du bist erst seit sechs Tagen hier und ich tue schon zum zweiten Mal etwas Verbotenes. Meine Eltern killen mich, wenn sie davon erfahren."

Mit leisen Schritten machten sie sich auf den Weg durch den Zug. Neben Flinn schnaubte Kasim amüsiert über Pegs' Sorgen. Flinn hingegen fühlte sich trotz der Schatten in den Ecken und des beißenden Nachtwindes auf den Außenplattformen einen Moment lang heldenhaft: Zu Jonte, dachte sie, hatte man bestimmt das Gleiche gesagt, als er an Bord des Welten-Expresses gewesen war.

Der Weg durch den Zug kam Flinn diesmal ewig vor, viel länger als in ihrer allerersten Nacht. Damals war Fedor bei ihr gewesen und sie hatte sich beschützt gefühlt hinter seiner breiten Gestalt. Jetzt ging Pegs voran und ihre flatterhafte, unruhige Art machte Flinn nervös.

„Jetzt läuft sie gefühlte Kilometer", flüsterte Kasim neben ihr. „Aber beim Sportunterricht bewegt sie sich keinen Zentimeter zu viel!"

Als sie die Bibliothek erreichten, blieben Flinn und Kasim ratlos am Beginn des Wagens stehen. Doch Pegs leuchtete entschlossen mit der Taschenlampe ans Ende des Waggons und kniete sich dort vor die Glasvitrine neben der Eisentür. *Kompendium* stand in goldenen Lettern darauf.

„Verschlossen hinter Glas", sagte Pegs und deutete auf die Bücher in der Vitrine. Sie standen unordentlicher als am letzten Freitag.

Kasim stieß einen leisen Pfiff aus. „Das wird also ein nächtlicher Lesemarathon?" Er wandte sich an Flinn. „Wirklich praktisch, dass du die Taschenlampe bei deinem Date mitgehen lassen hast." Er wischte Flinn mit dem Daumen über die Wange und grinste.

„Wir *daten* uns nicht!", stieß Flinn hervor. Es klang heftiger als beabsichtigt. Schnell fuhr sie sich mit dem Ärmel über die Wange. Er war voller Ruß.

Kasim gluckste und wandte sich der Glasvitrine zu. „Und, irgendwelche Hindernisse?", fragte er Pegs mit Vorfreude in der Stimme. „Sicherheitsschloss? Alarmanlage?"

„Es sieht nach einem Zahlenschloss aus", sagte Pegs und fügte hinzu: „Pa meinte vor Jahren, das Kompendium enthielte sehr gefährliche Informationen. Ma war ziemlich sauer, dass er mir das verraten hat. Sie hat ihn mit dem Schraubenzieher gehauen."

Kasim gab ein grunzendes Geräusch von sich. „Liebevolle

Familie", murmelte er und untersuchte das Zahlenschloss am Griff der Vitrine.

„Liebevoller als deine", gab Pegs zurück.

„Wir brauchen eine Haarnadel", befand Kasim und fügte hinzu: „Hunde sind *äußerst* liebevoll."

„Hunde haben schlabbrige Zungen", entgegnete Pegs und löste eine Haarklemme aus ihrer Frisur. „Du weißt schon, wie ein Zahlenschloss funktioniert, oder?"

Kasim verdrehte die Augen. „Vor allem weiß ich, was eine Attrappe ist. Jeder, der eine Zeit lang auf Agras Straßen gelebt hat, kann das erkennen. Das hier ist in Wahrheit ein simples Sperrfederschloss. Ziemlich lachhaft in einem Zug, der voller Magietechnologie steckt, findet ihr nicht? Flinn, wackle nicht so mit dem Licht herum."

„Sorry." Flinn atmete tief durch. Im flackernden Widerschein der Lampe hatte sie Risse an Kasims Fingerkuppen entdeckt und feine Narben auf seinen Wangen. Es war, als enthüllte der Abend im Welten-Express Geheimnisse und Geschichten, die in der Betriebsamkeit des Tages verborgen blieben. Ihr dämmerte, dass das mit dem Leben auf der Straße nicht einfach so dahergesagt war.

„Agra, das ist doch eine Stadt in Indien, oder? Heißt das, du bist in Indien unter Hunden aufgewachsen?", fragte sie leise.

Kasim sah nicht zu ihr auf, doch Flinn bemerkte, dass seine Finger zu zittern begannen, als er sagte: „Red keinen Stuss. Ich bin unter Straßenkindern aufgewachsen."

Flinn traute sich nicht, genauer nachzufragen. Die Worte

schmeckten schmerzhaft bitter auf ihrer Zunge und wogen bleischwer.

„Da habe ich gelernt, dass Kinder grausam sein können und Hunde nicht. Also wurden Hunde zu meiner Familie", fügte Kasim hinzu.

Das Thema war ihm unangenehm, das sah Flinn an seinen hochgezogenen Schultern und seinen fahrigen Fingern. Sie warf einen schnellen Blick zu Pegs. Sie konnte nicht sagen, ob das Gesicht ihrer Freundin seinen pergamentfarbenen Ton im Schein der Taschenlampe oder im Schein dieser Enthüllungen angenommen hatte.

„Kasim, davon hast du mir nie etwas erzählt", flüsterte Pegs. „Ich dachte immer, diese Hunde-Sache wäre ein Witz."

Ihre Stimme zitterte durch den langen dunklen Waggon wie eine kleine Qualle durch den Ozean. Kasim hielt den Kopf über das Metallschloss gesenkt und rührte sich nicht.

„Schweigen ist Gold", sagte er leise. Dann ließ er seine flinken Finger über das Schloss fliegen, als hätte er nie etwas anderes getan. Und wahrscheinlich hatte er das wirklich nicht.

Flinn schluckte den Kloß in ihrem Hals herunter. Sie hatte immer gedacht, ihr Leben sei hart gewesen. Aber Kasim hatte es noch tausendmal schwerer gehabt als sie.

Das Schloss gab ein leises Klicken von sich.

„Das wurde erst vor Kurzem aufgeschlossen", stellte Kasim fest und öffnete die Vitrinentür. Darauf bedacht, keine Fingerabdrücke auf dem Glas zu hinterlassen, griffen sie sich jeweils einen Stapel Bücher und breiteten sie auf dem Boden aus.

„Um welchen Band geht es, Pegs?“ Es gab über zwanzig davon, dicke, in Leinen gebundene Wälzer. Bei ihrem Anblick wurde Flinn nervös. Als könnte die Welt spüren, dass sie etwas Verbotenes taten, peitschten Sturmböen gegen die Waggonfenster und ließen den Welten-Express gefährlich schwanken. Während der Zug sich eine alte Wehrmauer entlang durch nächtliche Täler wand, prasselte schwerer Regen aufs Dach.

„Keine Ahnung“, sagte Pegs überfordert. Sie drehte den obersten Band ins Licht. In Goldprägung stand darauf:

1829 BIS 1832 – DIE ENTSTEHUNG

„Das sind ja alles nur Chroniken!“, rief Flinn aus. „Historisches Zeugs. Wie soll uns das weiterhelfen?“

Sie wühlte sich durch den Berg von Büchern und stieß auf ein kleines, schmales Handbuch. In das abgewetzte Leinen war ein Kreis mit drei propellerartigen Linien darin eingebrannt.

„Das sieht aus wie das Zeichen, das Madame Florett am Montag an die Tafel gezeichnet hat“, stellte sie fest.

„Du meinst, an dem Vormittag, an dem sie eigentlich über das Leben von George Stephenson reden sollte“, präzisierte Pegs grummelnd.

HANDBUCH ZWEI –
MAGIE UND MAGIETECHNOLOGIE

stand auf der ersten Seite des Buches. Papierflusen rieselten darunter hervor. Im Licht der Taschenlampe leuchteten sie wie winzige Sternschnuppen.

Flinn spürte, wie sie alle den Atem anhielten. Als sie die Seiten auffächerte, kamen sie ganz von selbst auf Seite 64 zum Stillstand. Nein, Seite 74. Nein, auf den Seiten dazwischen. Nur, dass es diese Seiten nicht gab. Flinn fuhr mit dem Daumen über die fusseligen Kanten, an denen fein säuberlich zehn Seiten herausgetrennt worden waren.

Pegs atmete rasselnd ein. Sie ließ den Lichtstrahl über das bröckelnde Papier wandern und sagte: „Leute, das sind die Aufzeichnungen. Die Aufzeichnungen, die Madame Florett Garabina gegeben hat.“

Flinns Magen sackte eine Etage tiefer. Sie verstand nicht, was das Ganze mit Jonte zu tun hatte. Aber dass die Sternbilder ausgerechnet *sie* hierauf aufmerksam gemacht hatten, musste doch bedeuten, dass Madame Florett etwas mit ihrem Bruder zu tun hatte. Oder nicht?

Sie räusperte sich und las den letzten Satz auf Seite 64 laut vor: *Besonders von folgendem Experiment wird dringend abgeraten.*

Auf der Seite gegenüber, zehn rausgerissene Blätter weiter, stand nur ein kurzes Schlusswort:

Magietechnologie kann unser Leben verzaubern, verändern oder zerstören. Wie Magie bedient Hohe Magietechnologie sich der magischen Urgewalten – Unwetter, Metalle, Raben etc. Auch bei sachgemäßer Durchführung fordert sie ihre Opfer.

Flinn hielt inne. Sie spürte ihren Herzschlag in der Kehle und war sich sicher, dass sie den Mund schließen musste, damit niemand ihn hörte.

Hohe Magietechnologie forderte ihre Opfer. Flinn war sich nicht sicher, was das bedeutete, doch sie verstand jetzt, warum Pegs dieses Thema hatte meiden wollen. Es klang beängstigend.

„Was machen wir jetzt?", fragte Kasim. „Es fehlen genau die Seiten, in denen beschrieben wird, was für ein gefährliches Experiment das ist."

Statt zu antworten, blätterte Flinn vor bis zum Inhaltsverzeichnis. Neben den Zahlen 64–74 stand nur ein einziges Wort: *Zeitforschung*.

Zeitforschung.

Experimente mit Sekunden, Stunden und Tagen. Jahren. Jahrzehnten.

Vorn in der Lok stieß der Zug einen gellenden Pfiff aus, der Flinn bis ins Mark drang und sie aus ihrem Entsetzen riss. Sie schlug das Buch so schnell zu, dass ihr eine Wolke aus Staub entgegenstob.

„Kein Wunder, dass der Welten-Express uns warnen wollte", sagte Pegs leise. „Garabina will an der Zeit herumdrehen wie Hinrich Hank vor vielen Jahren. Das kann nicht gut gehen."

Tee und Tiger

Am nächsten Morgen begegnete Flinn Pegs und Kasim bereits auf dem Weg zum Frühstück auf den Gängen. Beide sahen aus, wie Flinn sich fühlte: als hätten sie die ganze Nacht über kein Auge zugetan. In Kasims blauen Haaren knisterten einige Leuchtpunkte, als hätte er seinen Kopf stundenlang auf dem Kopfkissen hin und her gewälzt. Pegs' kurzes, normalerweise so glattes Haar stand am Hinterkopf ab.

„Dass Garabina ein Hank ist, wussten wir ja schon seit Januar", schimpfte Pegs nach dem Frühstück. „Aber Madame Florett! Wie kann sie veranlassen, dass Garabina an der Zeit herumdreht?" Sie schnaufte tief durch und befand: „Ich hätte schon seit Schuljahresbeginn ahnen müssen, dass mit ihr etwas nicht stimmt."

Es war erst sieben Uhr. Sie saßen auf dem Geländer des Aussichtswaggons und ließen sich die klare Morgenluft um die Nase wehen, bevor es zum Unterricht gongte. Hier in der serbischen Wildnis roch sie nach Fichtenholz und sandiger Erde.

„Die Wörter, wisst ihr?", fuhr Pegs fort. „Madame Florett verdreht sie. Und warum? Weil die Universalübersetzung in ihrem Kopf nicht richtig funktioniert. Und weshalb?“ Sie schaute Flinn und Kasim scharf an. Kasim machte ein müdes, überfordertes Gesicht. Flinn zuckte nur mit den Schultern. Pegs’ Energie angesichts ihrer Entdeckung irritierte sie.

„Weil es eine von Stephensons Hilfen ist!“, rief Pegs laut aus und riss die Arme hoch, als müssten sie das doch wissen: „Die Manipulation der Verständigung mit Feinden, wisst ihr? Es gibt Gerüchte über die Universalübersetzung. Angeblich funktioniert sie bei jemandem, der dem Welten-Express schaden will, nicht richtig. Das ist ein originelles kleines Hindernis, findet ihr nicht?“

Flinn gab ein Seufzen von sich. Momentan wusste sie gar nichts. Die ganze Nacht über war sie das Gefühl nicht losgeworden, der Bücherstaub vergangener Jahrzehnte hätte sich in ihren Haaren festgesetzt und flüstere ihr all die Dinge ins Ohr, die sie nicht hören wollte.

„Die Frage ist, was Madame Florett mit der Zeitforschung anfangen will“, betonte Pegs.

Kasim zuckte mit den Schultern. „Sich die Falten wegzaubern, was sonst?“

„Gut, dass *du* noch lachen kannst“, sagte Pegs spitz.

Das Knallen der Waggontür schreckte sie aus ihrem Gespräch. Ein blonder, breitschultriger Zweitklässler kam auf Flinn zu.

„Nachtigall?“, fragte er. „Ich bin Oliver Stubbs. Das hier soll ich dir geben.“ Er reichte Flinn einen gefalteten Zettel. „Sag schon, was hast du ausgefressen?“

„Ich hab nichts ausgefressen“, sagte Flinn eine Spur zu hastig.

„Verpiss dich einfach“, fügte Pegs hinzu. „Sonst nähe ich dich eines Nachts in den Teppich ein und niemand sieht dich je wieder.“

„Wirklich?“ Stubbs musterte sie interessiert mit hochgezogenen Augenbrauen. Pegs' Fähigkeiten mit Nadel und Faden waren im Express allgemein bekannt. „So ein schlimmes Mädchen bist du?“ Zur Antwort lächelte Pegs zuckersüß, und bevor sie ihm noch Übleres androhen konnte, trollte er sich.

Auf alles gefasst, entfaltete Flinn den Zettel.

Flinn,
ich würde mich freuen, dich heute um 17 Uhr
in der Teebar anzutreffen.
Daniel

„Stubbs hat den Zettel gelesen“, vermutete Kasim.

Flinn war das total egal. Viel wichtiger war die Frage, was Daniel von ihr wollte. *Er schmeißt mich raus,* schoss es ihr durch den Kopf, *weil er bemerkt hat, dass ich rumschnüffle, anstatt mich auf den Unterricht zu konzentrieren.* Wie hatte sie nur glauben können, niemand würde sie erwischen?

„Was mache ich denn jetzt?“, flüsterte sie heiser. „Wir sind mitten in Serbien, das ist wundervoll! Ich will nicht nach Hause geschickt werden!“

Kasim machte ein betretenes Gesicht. „Immerhin *hast* du ein Zuhause, zu dem du geschickt werden kannst.“

Flinn spürte, wie ihr Tränen in die Augen schossen, obwohl ihr gar nicht nach Weinen zumute war. „Du hast doch auch ein Zuhause! Und was für eins!", rief sie aus und deutete auf die Eisentür zum angrenzenden Waggon. „Du bist *hier* zu Hause! Hier im Welten-Express!" *Hätte ich doch nur ein Ticket,* dachte sie. *Alles würde gut werden.*

In der Erwartung, am selben Nachmittag noch rausgeschmissen zu werden, betrat Flinn kurz vor acht Uhr den schlichten dunklen Unterrichtswaggon für *Strategie & Zuversicht.*

Rakotobe Lalamby, der dicke Lehrer, war bereits da und schob sich behäbig durch die Tischreihen, um auf jedem der Pulte ein kleines, knubbeliges Handbuch mit dem Titel *Pfauen – per Ratschlag zum Radschlag* auszuteilen. Sein Hund Brutus folgte ihm keuchend.

Flinn setzte sich neben Pegs, legte ihr braunes Notizbuch ins Pult und blätterte in dem Handbuch. Es enthielt eine Sammlung von Zitaten, die offenbar allesamt von ehemaligen Pfauen stammten. Wahllos schlug sie eine Seite auf und las ein Zitat von Katherine Mansfield:

„Riskiere etwas! Kümmere dich nicht um die Meinung anderer. Tu das, was dir am schwersten fällt: Handle aus eigenem Antrieb. Sei wahrhaftig!"

„Leicht gesagt", murmelte Flinn und blätterte durch die Seiten.

„Diese Sammlung hat Rakotobe selbst angefertigt", erzählte Pegs und kramte in ihrer Tasche nach dem Skizzenblock.

„Siehst du? Auf der letzten Seite steht Mops-Verlag. Das ist seiner.“ Sie grinste.

Anders als in den Unterrichtswagen für *Heldentum* und *Benehmen* wirkten die Pulte in Rakotobes Waggon altmodisch und in die Jahre gekommen. Gedankenverloren fuhr Flinn mit den Fingerspitzen über all die Striche und Worte, die in das alte Schreibpult geritzt worden waren, an dem sie saß. Manche der Einkerbungen auf der Tischplatte waren so dunkel und tief, dass sie Jahrzehnte alt sein mussten.

„Du siehst, schon Generationen vor uns haben sich in Rakotobes Unterricht gelangweilt“, behauptete Pegs und deutete auf eingeritzte Herzen und Sätze wie: *Holt mich hier raus!* Mit viel Schwung klatschte sie ihren Skizzenblock darauf. „Vor Rakotobe brauchst du dich nicht zu fürchten. Er redet die gesamte Zeit und man kann währenddessen machen, was man will. Sogar Kasim ist meistens ruhig.“

Flinn konnte sich Kasim nicht als braven Schüler vorstellen, doch als sie zu ihm hinüberblickte, sah sie, dass er sich Brutus auf den Schoß gesetzt hatte und mit interessiertem Blick in dem Handbuch blätterte. Er sah nicht einmal auf, als es zum Unterricht gongte.

Mit einem Schnaufen ließ Rakotobe Lalamby sich am Lehrertisch nieder. Flinn wartete gespannt. Ein bisschen Zuversicht wäre ihr heute ganz recht gewesen. Doch schnell beschlich sie das Gefühl, dass Rakotobe Lalamby Unterricht für zukünftige Revolutionäre gab. Er neigte dazu, seine Stimme donnernd zu historisch bedeutenden Reden zu erheben, und in seinem Unterrichtswagen vermaßen sich an der Decke im Sekundentakt Ländergrenzen neu, was ungefähr so spannend war, wie der Entstehung eines Mandalas zuzusehen.

Schon bald drifteten Flinns Gedanken über den Waggon hinaus. Tiefblaue Seen vor herbstbunten Hügeln und einsame Hütten, aus deren Schornsteinen dünner Rauch aufstieg, säumten nun den Weg des Welten-Expresses. Flinn spürte das rhythmische Ruckeln des Zuges, hörte das leise Trommeln des Herbstniesels auf den Fensterscheiben, strich mit den Fingern immer wieder über eine blasse Einkerbung auf ihrem Tisch, die erst wenige Jahre alt schien – und wäre um ein Haar eingeschlafen, hätten ihre Finger nicht plötzlich an dieser Einkerbung verharrt.

Aufregung erfasste ihr Herz. Diese Linien … konnte das wahr sein?

Flinn starrte auf die alte Tischplatte und las: *Sei furchtlos und kühn!* Ihr Herz hämmerte in ihrer Kehle, direkt darüber bildete sich ein Kloß.

„Das sind Jontes Worte", flüsterte sie und erschrak über ihre hohe Stimme. Doch Rakotobe nahm keinerlei Notiz von ihr. „Ich erkenne seine Schrift wieder", sagte Flinn an Pegs gewandt. „Und außerdem …"

Sie schluckte schwer. Hier, an genau diesem Platz, hatte Jonte vor beinahe zwei Jahren gesessen. Und er hatte dasselbe gedacht wie sie: *Sei furchtlos und kühn!* Weil das schon immer seine Worte gewesen waren. Ganz so, als wären er und Flinn in ihren bisherigen Leben vorausgegangen und nicht nur der Welt hinterhergehumpelt.

Als Flinn damals Angst gehabt hatte, die alte Scheune in Weidenborstel zu untersuchen, hatte Jonte gesagt: „Sei furchtlos und kühn!"

Als Flinn bewusst wurde, dass *Fräulein Schlechtfelds Haus für Wohlergehen* einem Gefängnis glich, hatte er gesagt: „Sei furchtlos und kühn!"

Und als Jonte Flinn anvertraut hatte, dass er sich mehr vom Leben erhoffte, mehr Abenteuer, mehr Glück, mehr Sinn, da hatte er sich selbst laut bestärkt: „Sei furchtlos und kühn!"

Neben Flinn machte Pegs große Augen. „Dein Halbbruder hat etwas in den Tisch geritzt?" Ihre Stimme schwankte zwischen Missbilligung und Bewunderung. „Das kann kein Zufall sein!", befand sie.

Flinn schüttelte ungläubig den Kopf. „Meinst du, er hat diese Worte für mich hinterlassen?", fragte sie heiser.

„Also, für mich bestimmt nicht", entgegnete Pegs. „Es ist doch genauso wie bei der Postkarte, oder? Als wollte er, dass …"

„Dass ich ihm folge", vervollständigte Flinn ihren Satz leise.

Sie atmete tief durch. Auf Rakotobes Unterricht konnte sie sich jetzt erst recht nicht mehr konzentrieren. Ihr Herz hämmerte im Takt der Reise und sie fühlte sich unruhig. Diese eingeritzten Worte waren eine Botschaft aus der Vergangenheit, doch sie gaben Flinn im Hier und Jetzt genau das, was sie so dringend brauchte: Zuversicht.

Als es endlich zum Unterrichtsende gongte, ließ selbst Garabina am Tisch hinter Flinn ein leises Gähnen vernehmen. Pegs ordnete mit zufriedener Miene ihre Skizzen. Kasim legte zum ersten Mal seit Stunden Rakotobes Buch beiseite und wischte sich Brutus' Sabber von der Schuluniform.

„Ich habe das Gefühl, irgendetwas verpasst zu haben", gestand Flinn und meinte damit Rakotobes Unterricht. Sie folgte Pegs und Kasim zum Speisewagen.

„Ja, einige Stunden Lebenszeit", sagte Pegs und klemmte sich ihre Skizzen unter den Arm.

Kasim hielt ihnen die Eisentür zum Speisewagen auf. „Du hast gut reden, Havelmann", sagte er und sprach aus, was Flinn dachte: „Zuversicht besitzt *du* schließlich im Übermaß."

Pegs setzte eine zufriedene Miene auf, von der Flinn sich nicht sicher war, ob sie Kasim oder dem heutigen Mittagsangebot (Grillspieße mit Paprika) galt.

Nachdem sie alle in der Nacht nur wenig geschlafen und am Morgen kaum etwas gegessen hatten, schlugen die drei sich die Bäuche voll und verbrachten die Studierzeit am Nachmittag in einem schläfrigen, übermüdeten Zustand, während die matte Herbstsonne die Studierwagen erwärmte und ihre Laune hob.

Als Flinn um kurz vor fünf die Teebar betrat, war Daniel bereits da. Er goss gerade Tee auf. Die rosa geblümte Kanne in seiner Hand sah aus, als hätte sie schon bessere Zeiten gesehen.

„Ah, Flinn", sagte er und warf ihr einen schnellen Blick zu. „Setz dich. Schön, dich zu sehen." Er sah verschlafen aus und sein Haar war zerzaust.

Flinn sah sich kurz um. Der Express überquerte gerade die Grenze zwischen Serbien und Bulgarien, eine dicht bewaldete Gegend, doch davon war nicht viel zu sehen, denn Daniel hatte die Rollläden heruntergelassen.

Unruhig hievte Flinn sich auf einen Barhocker.

„Ah", machte Daniel nochmals, als er den Tee eingoss. Im Waggon breitete sich der Duft nach Heu und Sommer aus. „Wald- und Wiesentee", sagte er und schob Flinn eine Tasse hinüber. „So hat es die alte Henrietta jedenfalls genannt. Aber frag mich bloß nicht, was genau dadrin ist, denn dann müsste ich dir verraten, es handele sich um die bloße Patina vergangener Jahrhunderte. Und das", sagte er und pustete den Dampf von der Tasse, „das fändest du vielleicht nicht besonders appetitlich. Deshalb frag mich lieber nicht. Möchtest du ein Sandwich? Die sind mit Ei und Kresse."

Flinn starrte ihn an. Nicht, dass sie ihn nicht gemocht hätte – er war nur ein bisschen seltsam. Statt von dem Tee zu trinken, griff sie lieber nach einem der matschigen Sandwiches, die auf dem Bartresen standen.

Über den Rand seiner Tasse blickte Daniel Flinn an. „Und, wie war deine Woche?"

Flinn, die mit einem Rausschmiss gerechnet hatte und nicht mit Small Talk, fiel beinahe vom Stuhl. „Entschuldigen Sie", sagte sie perplex, „aber haben Sie mich deshalb herbestellt? Um mich zu fragen, wie meine Woche war?"

Daniel blinzelte. Sein Gesicht verschwamm hinter dem aufsteigenden Teedampf. „Das – und weil sonst nie jemand zum

Fünf-Uhr-Tee erscheint. Ich fürchte, den wieder eingeführt zu haben, war einer meiner kleineren Fehler im Amt."

Flinn starrte ihn an. Sie konnte ihr Glück kaum fassen. Offenbar wusste Daniel nichts von ihren nächtlichen Nachforschungen.

„Wenn Sie gerade von Fehlern sprechen", setzte sie erleichtert an und dachte erst an Jonte, dann an Garabina und Madame Florett. „Es gibt da etwas … also, jemanden, der … also, es ist kein Schüler, aber es betrifft den Express …" Sie brach ab. Sie konnte Daniel nicht von Jonte erzählen, denn damit würde sie eingestehen, dass sie in Wahrheit eben doch an Bord war, um herumzuschnüffeln. Und sie konnte Daniel nicht erzählen, dass Madame Florett Seiten aus dem Kompendium gerissen hatte, denn damit würde sie verraten, dass sie herumgeschnüffelt hatte.

„Verstehe", seufzte Daniel. „Du hast Fedor Kulikows Ticket in dem Studierwagen entdeckt, nicht wahr?"

Flinn sackte in sich zusammen. „Oh, ähm", machte sie, „Fedors Ticket, genau."

Daniel warf ihr einen langen Blick zu. „Hmm", machte er und nippte an seiner Tasse, „dann solltest du wissen, dass Fedor Kulikow einer meiner größeren Fehler im Amt war. Er behauptete am Schuljahresbeginn vor zwei Jahren, er wäre bereits sechzehn und wolle hundertmal lieber arbeiten, als zur Schule zu gehen. Er hatte sogar Papiere, die sein Alter belegten." Er seufzte tief. „Zu meiner Schande habe ich mich breitschlagen lassen. Ein Jammer, denn der Junge ist so begabt." Daniel hielt kurz inne und trank einen Schluck.

„Der Vertrag", fuhr er fort, „den Fedor diesbezüglich aufgesetzt hat, ist so wasserdicht, dass ich gar nicht anders kann, als ihn als Kohlenjungen zu behalten. Das heißt, wenn ich", er räusperte sich, „wenn ich meinen Job behalten will. Ich lasse ihn so leichte Aufgaben erledigen wie möglich. Aber das muss Fedor ja nicht wissen, in Ordnung?"

Flinn sagte nichts. Ein Leben in Ruß und Dampf klang für sie nicht gerade nach einer leichten Aufgabe.

Daniel blickte sie mit gerunzelter Stirn an. „Bist du mir böse deshalb?", fragte er.

Flinn war perplex. Was kümmerte es den Schuldirektor des Welten-Expresses, ob ein dahergelaufenes dreizehnjähriges Mädchen böse auf ihn war?

„Ich weiß nicht", sagte sie ehrlich. „Mein Kopf fühlt sich so voll an …"

Durch den Waggon wehte ein kühler, nebelfeuchter Wind. Direkt neben dem Tresen, die Schnauze gegen ihre Hand gedrückt, tauchte der Tiger auf. Sein verschwommenes, nebliges Fell wirkte im gedämpften Licht glänzender, *echter*.

Flinn zuckte zusammen und riss die Hand hoch. Tee schwappte auf ihre Untertasse. Schnell blickte sie zu Daniel, um zu prüfen, ob er den Tiger sehen konnte, doch er schaute sie bloß überrascht an. *Sie,* nicht den Tiger.

Starr vor Schreck beobachtete Flinn, wie der Tiger mit seiner langen Zunge vorsichtig in ihre Teetasse stieß und schmatzend zu trinken begann.

Flinn rückte ein paar Zentimeter von dem Tier ab. Der Tiger

verhielt sich ganz anders als sonst. Es war, als hätte er plötzlich Vertrauen zu ihr gefasst.

„Worüber denkst du denn nach?“, fragte Daniel ehrlich interessiert. „Über deinen Unterricht?“

Der Tiger hob neugierig den Kopf und blickte sie an. Tee hing in Tropfen an seinen Schnurrhaaren.

„Nicht direkt“, setzte Flinn an und hielt inne. Sie konnte es Daniel einfach nicht erzählen. Sie konnte nicht ihren eigenen Rausschmiss besiegeln. Noch nie seit Jontes Verschwinden hatte sie sich so sicher und frei gefühlt wie in diesem Zug. Ohne Jonte im Welten-Express zu sein, war immer noch viel besser als ohne Jonte in Weidenborstel. Also schwieg sie und beobachtete stattdessen mit klopfendem Herzen den Tiger.

Doch das große weiße Tier schien keine Gefahr zu sein. Es schnaufte einfach nur verächtlich. Mit einer geschmeidigen Bewegung erhob es sich, trottete durch den Waggon und verwehte kurz vor der Tür im Nichts. Flinn überkam das starke Gefühl, den Tiger enttäuscht zu haben – und dass sie das besser nicht getan hätte.

Sie ließ den Kopf hängen. „Danke für den Tee“, sagte sie, schob die leere Tasse von sich und stand auf. Der ganze Waggon strahlte eine Abgeschiedenheit aus, als wäre er allein die Welt und um ihn herum nur Stille und Nichts. Sie war froh, als sie auf die Plattform hinaustrat, ins Licht.

Der tinkernde Pfau

Der nächste Tag war ein Freitag. Als Flinn am Morgen den rasselnden Wecker von Madame Florett ausschaltete, blieb sie einen Moment lang auf ihrem Bett sitzen und betrachtete die felsige, erhabene Landschaft Bulgariens hinter dem Fenster. Der Herbst tauchte die Eichenwälder und Schluchten in satte Gelb- und Grautöne. Im farblosen Morgenlicht wurde Flinn bewusst, dass sie beinahe eine ganze Woche Unterricht im Welten-Express überstanden hatte, ohne in einer kompletten Vollkatastrophe zu enden. Sie konnte es nicht fassen, dass sie erst seit einer Woche an Bord war. Es kam ihr viel länger vor.

Der letzte Unterricht der Woche fand im Speisewagen statt, wo das helle Vormittagslicht sich in der gläsernen Decke brach wie in frischem Tau. Während die Gegend draußen grün war und feucht vom Regen, glänzte im Speisewagen alles in sanften Blau- und Gelbtönen, je nachdem, wie die Sonnenstrahlen aufs Dach fielen. Nach dem Frühstück blieben die Küken an ihren Plätzen sitzen, während die älteren Pfauen schwatzend und lachend den Wagen verließen.

Es hatte bereits vor fünf Minuten zum Unterricht gegongt, da kam Daniel mit einer Ladung Ingwersnaff herein. Er teilte die Dosen gemeinsam mit einem Stapel leerem Papier aus.

In diesem Moment stürzte auch Kasim in den Wagen, die blauen Haare platt gelegen von der Nacht und mit dunklen Ringen unter den Augen.

Flinn zog die Augenbrauen zusammen. Das Frühstück hatte Kasim erneut verschlafen. Doch wieso kam er schon wieder aus Richtung der Lok und nicht aus Richtung der Schlafwagen? Sie warf einen fragenden Blick zu Pegs, die mit den Schultern zuckte und verwirrt den Kopf schüttelte.

Daniel wartete wortlos, bis Kasim sich an seinen Platz neben Flinn gesetzt hatte. Dann begrüßte er die Erstklässler zu einer weiteren Stunde in *Kommunikation* und gab ihnen eine Stunde Zeit für einen Aufsatz über ihr früheres Leben. Flinn, die sich selbst nicht für besonders kommunikativ hielt, fragte sich, was das im Kommunikationsunterricht zu suchen hatte. Sie warf einen skeptischen Blick zu Pegs, doch die schien total fasziniert von Daniels Idee. Sogar Kasim gab sich ganz offenbar Mühe, leise zu sein, während er seinen Bleistift wie ein Zauberer im linken Ärmel seines Schulhemdes verschwinden ließ und aus dem rechten wieder hervorfischte.

„In den letzten Monaten seit Schulbeginn haben wir uns mit verbaler Verständigung beschäftigt", hob Daniel zu einer Erklärung an und lehnte sich an den Esstisch der Lehrer. „Wie Kasim letzte Woche so passend sagte: Verbalkloppe ist schlagkräftiger als richtige Kloppe."

Kasim schaute auf und blinzelte einen Moment lang verdutzt, als wäre er in Gedanken bei seinen Fingerfertigkeiten und seiner Vergangenheit gewesen.

Am Buffet standen einige Reste vom Frühstück, die Ratefy offenbar vergessen hatte abzuräumen, und Daniel fischte sich eine Brezel herunter, ehe er weitersprach: „Nun wenden wir uns der schriftlichen Verständigung zu, der Korrespondenz. Briefe spielen im Weltgeschehen eine größere Rolle, als ihr vielleicht denkt. Ein paar Beispiele: Mahatma Gandhi versuchte 1939 mit einem Brief, den Zweiten Weltkrieg zu verhindern. Der berühmte Briefroman, den Goethe 1774 schrieb, stiftete Tausende junge Menschen an, sich gegen die Strenge ihrer Eltern zu wehren. Und die britische Königin Elisabeth II. schickte dem US-Präsidenten Eisenhower 1960 ein Eierkuchenrezept für sechzehn Personen."

Flinn dachte beklommen an den lachhaften Brief, den sie ihrer Mutter geschickt hatte, und blickte im Waggon umher. Pegs sah aus, als wäre sie ganz versessen darauf, einen Brief zu schreiben, der sich gegen die Strenge ihrer Eltern richtete. Kasim dagegen blickte nur mäßig begeistert drein.

„Solche Briefe schüttelt man nicht einfach aus dem Ärmel", ermahnte Daniel Pegs, die bereits ihren Füller gezückt hatte. „Deshalb fangen wir mit ein paar einfachen Übungen an. Die erste ist die Selbstbeschreibung. Ihr müsst wissen, wer ihr seid, wenn ihr einen wichtigen Brief schreiben wollt." Er machte ein kritisches Gesicht. „Zumindest ansatzweise", lenkte er ein. „Schreibt einfach über das, was bisher in eurem Leben passiert ist. Und habt dabei Mut zur Lücke! Ich will keinen langweiligen Lebenslauf, verstanden?“ Er klatschte in die Hände. „Fangt an!“

Flinn beobachtete, wie jeder der sieben Erstklässler nach dem Papier griff, das Daniel ausgeteilt hatte. Kasim neben ihr zauberte seufzend seinen Bleistift hinter dem Ohr hervor und beugte sich über eine der weißen Seiten, den Blick nach draußen gerichtet.

Zögernd nahm Flinn sich einen kleinen Stapel Papier. Sie sah, wie Pegs eine Überschrift auf ihre erste Seite kritzelte, und tat es ihr gleich:

Was bisher geschah

Sie starrte auf die Buchstaben.

Nichts. Ihr fiel nichts ein, was erwähnenswert gewesen wäre.

Sie nagte an ihrer Unterlippe. Aus irgendeinem Grund hatte sie das Bedürfnis, Daniel nicht zu enttäuschen.

Nur, was sollte sie schreiben?

Die Wahrheit, vielleicht.

Meine Mum hat fünf Kinder, na ja, hatte – eines ist verschwunden. Aber es zählt ja trotzdem noch, nicht wahr? Er heißt Jonte und ist mein Halbbruder. Sein Ticket klebt zwar nicht an der Decke des Studierwaggons, so wie alle anderen, aber er war hier an Bord. Nur offenbar nicht lange genug, dass Sie sich an ihn erinnern könnten. Oder wollen Sie mir etwas vorenthalten?

Flinn setzte den Kugelschreiber ab. Nicht nur, dass dies ein glattes *Thema verfehlt* war. Sie hielt es auch nicht für klug, Daniel im Unterricht mit dieser Sache zu konfrontieren, in den er sie ja offenbar nur gesteckt hatte, um sie von ebendiesem Thema abzulenken.

Kurzerhand zerknüllte sie das Blatt und setzte ihren Kugelschreiber auf dem nächsten an. Sie begann erneut:

Meine Mum hat fünf Kinder. Alles Jungs (außer mir). Keine Ahnung, wer die Dads sind, habe nie einen kennengelernt. Meinen übrigens auch nicht. Wir wohnen auf einem einsamen Gehöft außerhalb von Weidenborstel, angeblich, weil meine Mum sich das immer so gewünscht hat. Aber selbst wenn das stimmt, dann wünscht sie es sich jetzt sicher nicht mehr. Die Wahrheit ist wohl, dass wir absolut kein Geld haben und es meistens nur Brot zu essen gibt. Für Pay-TV reicht das Geld aber.

Flinn starrte fassungslos auf ihren Text. Was würde Daniel *davon* halten? Beeindruckt wäre er sicher nicht.

Vermutlich finden Sie das jetzt ziemlich asozial.

Sie hielt inne, dann fügte sie hinzu:

Und damit haben Sie völlig recht.

Eine Weile starrte sie mit leerem Kopf auf ihre Worte. Sie wollte das nicht abgeben. Nicht, dass sie sich schämte. Nicht, dass es nicht die Wahrheit gewesen wäre. Sie sah bloß nicht ein, warum sie sich für etwas schämen sollte, das nicht *ihre* Wahrheit war. Dies war ein Text über ihre Mutter, nicht über sie. Sie zerknüllte das Blatt und nahm sich ein neues:

Was bisher geschah
Ich wünschte, ich könnte sagen, dass ich mit fünf schon lesen konnte, aber selbst in der Schule brauchte ich lange dafür.
Mit acht musste ich anfangen, im Haushalt zu helfen. Meine Brüder natürlich nicht, deshalb schaffte ich meine Hausaufgaben nie.
Mit zehn gewann ich die geheime Wahl zum sonderbarsten Schüler, obwohl ich gar nicht teilnehmen wollte.
Mit zwölf bemerkte die Hälfte der Klasse erstmals, dass ich ein Mädchen bin.

Flinn machte eine Pause und sah sich um. Kasim strich alles, was er schrieb, wieder durch. Dem ging es also auch nicht besser als ihr. Flinn fragte sich, ob er tatsächlich von seiner Vergangenheit als Straßenkind schrieb oder ob er versuchte, das

Thema zu umgehen. Sture Anoi dagegen starrte bloß überfordert auf das Blatt Papier vor sich, was Flinn mit einer gewissen Schadenfreude erfüllte. Auch ein Hank wie er hatte offenbar Probleme in manchen Fächern.

Die Einzige, die wie eine Besessene schrieb, war Pegs. Auf ihrem Schoß stapelten sich die Blätter.

Flinn überflog ihren eigenen Text. War das alles, was bisher geschehen war? War das wirklich *alles?*

Sie nahm noch einmal ein neues Blatt.

> Mit fünf konnte ich schon lesen und verschlang ganze Romane. „Anna Karenina" mochte ich am liebsten.

Flinn war sich sicher, dass sie nicht einmal eine Ausgabe davon im Haus hatten, aber sie hatte das Buch im Lager bei Fedor entdeckt und fand den Titel recht eindrucksvoll.

> Mit acht gewann ich den internationalen Buchstabierwettbewerb.
> Mit zehn war ich die beliebteste Schülerin der ganzen Schule.
> Mit zwölf habe ich zum ersten Mal allein Urlaub gemacht, kam aber nur bis Lampedusa.

Sie wusste nicht, wo Lampedusa lag, aber mal ehrlich, das wusste doch niemand, oder?

Zufrieden schaute sie aus dem Fenster. Der Express rollte gemächlich durch die hellgrünen Ausläufer des Balkans. Grüne und gelbe Blätter wirbelten vorbei und warfen winzige Schatten auf die Gesichter der Pfauen. Flinn folgte mit ihrem Blick dem Farbenspiel durch den Waggon.

Hinter ihr saß Garabina mit verschränkten Armen und hatte nicht einmal ein Blatt vor sich liegen. „Ist was?!", zischte sie, als sie Flinns Blick bemerkte.

Das weckte Daniels Aufmerksamkeit, der vom Anfang des Waggons fragte: „Warum schreibt ihr beiden nicht?" Seine Stimme klang nicht erbost, bloß neugierig.

„Wozu soll das gut sein?", entgegnete Garabina. „Sie erwarten, dass wir lauter sinnloses Zeug aufschreiben!"

Zum ersten Mal war Flinn ihrer Meinung. War es nicht egal, was sie bisher in ihrem Leben getan hatte oder nicht?

„Es ist nicht sinnlos", widersprach Daniel, während immer mehr Pfauen beim Schreiben innehielten und zwischen Garabina, Flinn und Daniel hin und her schauten.

„Ich will, dass ihr erkennt, dass sieben Wanderjahre in Tibet mehr wert sind als sieben Schulabschlüsse. Oder fünf Wochen in einem Heißluftballon mehr wert als fünf Jahre Nachhilfeunterricht."

„Aber das sind Erlebnisse, die niemanden etwas angehen", sagte Garabina. Als hätte sie eine Wahl, verkündete sie: „Ich ziehe es vor, nicht mitzumachen", und fügte mit einem Lächeln hinzu: „Erst ein Geheimnis macht eine Frau zur Frau." Dann blickte sie auf Flinn herab. „Ich spreche natürlich von mir."

Daniel zog die Augenbrauen hoch, rügte sie jedoch nicht.

Flinn kämpfte die Wut in sich hinunter. Ohne ein Wort drehte sie sich wieder um und las noch einmal den letzten Absatz.

… kam aber nur bis Lampedusa.

Was für ein Unsinn! Sie zerknüllte das Blatt und griff noch einmal nach ihrem Stift. Dann schrieb sie:

Ehrlich gesagt ist mir ziemlich egal, was bisher geschah, und das sollte es Ihnen auch sein. Jetzt sind wir doch hier, oder etwa nicht? Ich finde, das ist alles, was zählt.

Mit einem mulmigen Gefühl im Bauch gab sie ihr Blatt ab. *Das* war der richtige Text von ihr, und wenn Daniel es unhöflich fand oder sie für faul hielt, dann war es halt so.

Sie setzte sich wieder und schielte zu ihm hinüber. Sein Blick wanderte ausdruckslos übers Papier, aber noch ehe Flinn wegsah, huschte ein Lächeln über sein Gesicht.

Was Flinn über den anstrengenden Schultag rettete, war ihre Vorfreude auf das Training mit Fedor am späten Abend. Doch als sie nach dem Abendessen um die Regale in der Kohlenecke bog, traf sie Fedor in einem erschreckenden Zustand an. Er saß im Schatten eines Regals und trank eine Dose Ingwersnaff. Zu seinen Füßen stand ein ganzer Karton davon. Flinn war sich sicher, dass er sich an den Vorräten bedient hatte.

„Was ist los?", fragte sie und setzte sich neben ihn.

Fedor blickte auf, ohne sie wirklich zu sehen. „Hast du mit Daniel über mein Ticket gesprochen?"

Flinn erstarrte. Sie hatte ihr Gespräch mit Daniel gestern in der Teebar noch lebhaft in Erinnerung. „Nein", sagte sie. „Ich meine, doch, aber nicht mit Absicht." Sie hörte selbst, wie wenig überzeugend das klang. Ihre Stimme war dünn wie Butterbrotpapier. „Wie kommst du darauf?"

Fedors Blick intensivierte sich. „Jetzt versuch nicht abzulenken."

„Tu ich gar nicht!", rief Flinn, obwohl sie sich nicht sicher war, was sie gerade tat. Sie hatte keine Lust, schon wieder mit Fedor zu streiten. Sie wollte einfach nur seine Gesellschaft genießen, seine Bodenständigkeit, seine Ruhe und mit ihm Gewichte stemmen, als stemmten sie das Leben selbst.

„Daniel hat mir vorhin davon erzählt", sagte Fedor. „Er hat mich gebeten, dir keine Flausen in den Kopf zu setzen. Also, dass du hier arbeiten könntest oder so." Er machte ein langes Gesicht. „Aber das klappt ja eh nicht. Du bist tatsächlich wie die Pfauen."

Flinn wusste nicht, worauf sie zuerst reagieren sollte. „Was hat es mit deinem Ticket denn auf sich?", fragte sie, um nicht vom Thema abzukommen.

Fedor blickte sie an. Sie hielt seinem Blick stand, sekundenlang, obwohl ihr die Augen zu tränen begannen von all dem Dampf und Ruß im Waggon. Die Fenster waren aufgeklappt und Qualmschwaden zogen sich wie Fäden durch den dunklen Raum.

Schließlich senkte Fedor den Blick. Er seufzte und trank wortlos einen weiteren Schluck Ingwersnaff.

„Also", sagte Flinn und verschränkte die Arme, „wenn ich dich so sehe, bin ich mir nicht mehr sicher, ob das Zeug wirklich alkoholfrei ist."

Fedor stellte schnell die Dose weg und stand auf. „Weißt du, was ich an dir mag, Flinn?"

Diese Frage kam überraschend. Flinn konnte nur stumm den Kopf schütteln.

„Dass du nicht ständig von mir verlangst, mich zu erklären. Lass uns das Thema für immer vergessen, okay? Ich muss trainieren."

Er öffnete eins der schmalen Fenster. Instinktiv schlang Flinn die Arme um ihren Körper. In der aufgezogenen Nacht klang der Fahrtwind wie das immerwährende Fauchen einer Wildkatze. Von den Wänden stob der Kohlenstaub.

In das Heulen des Windes hinein verriet Fedor: „Ich überlege, am Sonntag übers Dach zu laufen."

„Was?!" Flinn riss die Augen auf. „Bist du wahnsinnig?"

Das Rauschen der Räder klang laut, holpernd und kalt wie lauernde Gefahr. Doch Fedor winkte ab. „Stephenson hat an alles gedacht. Er baute eine Art Schutzmechanismus, so wie …" Er suchte nach Worten, um das Unerklärliche zu erklären. „… wie eine Blase. Eine Abwehrzone, die den Zug umgibt. Sie dämpft den Fahrtwind und so. Ich muss nur daran denken, sie am Sonntag einzuschalten. Der Mechanismus dafür befindet sich in der Lok." Er deutete mit dem Daumen zu der schweren Eisentür, die ganz nach vorn zur Lok führte, wo Fedor seit Jahren Kohlen in einen feurigen Schlund schaufelte. Er blickte Flinn begeistert an. „Magie. Es funktioniert! Du wirst schon sehen, glaub mir."

Flinn war außer sich. Wie sollte sie ihm *das* glauben? Sie dachte an Jonte und fragte sich, warum sie immer ausgerechnet mit den Jungs gut klarkam, die einen Hang zur Gefahr hatten.

„Aber was ist mit dem Jungen, von dem du mir neulich erzählt hast?", warf sie ein. „Der sich vor Jahren aufs Dach ziehen wollte und dabei von einem Ast erwischt wurde?"

Fedor hörte sie nicht. Er hatte den Kopf aus dem Fenster gesteckt, als wollte er die Lage sondieren. Sein Haar flatterte wild vor der nassgrauen rumänischen Landschaft. Massive Burgen und Klöster kletterten an Gebirgsketten empor und auf den nachtdunklen Seen zu ihren Füßen dampfte der Regendunst wie der Atem eines Riesen.

Stephenson mag ein magiemächtiges Genie gewesen sein, dachte Flinn und lehnte sich zurück, bis sie den harten, unregelmäßigen Boden unter ihrem Rücken spürte. Das Holpern der Gleise fühlte sich an wie Schläge ins Genick. *Aber wenn Pfauen mitten in seinem Welten-Express verschwinden können, dann können auch Kohlenjungen im Gleisbett landen.*

Am Samstagmorgen wachte Flinn so früh auf, dass es noch dunkel vor dem Fenster war. Im nachtblauen Abteil tanzten Staubflusen so hell wie draußen vor dem Fenster die Sterne. Flinn benötigte einen Moment, um zu bemerken, dass es gar keine Staubflusen, sondern winzige, surrende Kugeln waren. Vorsichtig streckte sie eine Hand unter der warmen Decke hervor und zuckte zusammen, als sich eine der Kugeln darauf niederließ. Sie war kühl und metallen und flackerte bläulich, als Flinn sie sich näher besah. Erstaunt stellte sie fest, dass es ein winziger Metallkäfer war, als hätte jemand ein Glühwürmchen nachgebaut.

„Magietechnologie", hauchte sie, als der Käfer sich surrend zurück in die Luft erhob.

Eine Weile lag sie still da, starrte zu den Leuchtkäfern hinauf wie ins unendliche Universum und lauschte dem Wimmern des wilden Windes, der von draußen gegen das Fenster drückte. Dann wurde ihr plötzlich klar, dass es gar nicht der Wind war. Das Wimmern kam von der anderen Seite des Abteils, wo Madame Floretts Bett stand. Flinn hatte sie noch nie darin schlafen gesehen. Doch jetzt hörte sie deutlich, dass dort jemand lag. Zögerlich streckte sie den Arm über ihren Kopf und knipste die altmodische Nachttischlampe an.

Tatsächlich, dort lag Madame Florett und schlief. Flinn fragte sich, ob die metallenen Leuchtkäfer ihr gehörten. Sie konnte sich kaum vorstellen, dass jemand wie Madame Florett etwas so Wunderschönes besaß. Andererseits – woher sollten die Käfer sonst stammen?

Im fadenscheinigen Licht der Nachttischlampe sah Flinn, dass die Lehrerin ihre Bettdecke bis zum Kinn hochgezogen hatte und im Gesicht wieder ihre pinkfarbene Creme trug. Selbst bei Nacht saß die lederne Schutzbrille fest auf ihrem Kopf.

Madame Florett lag stocksteif da und gab leise, angsterfüllte Geräusche von sich. Offensichtlich hatte sie einen Albtraum.

Flinn richtete sich auf. Sie überlegte, Madame Florett zu wecken und so aus dem Traum zu retten, doch sie bezweifelte, dass die Lehrerin das begrüßt hätte.

So leise wie möglich schlüpfte Flinn in ihren Morgenmantel, streifte ein paar dicke Socken über ihre Füße und verließ das Abteil. Vielleicht war Fedor ja schon wach.

Um diese frühe Uhrzeit war im Zug noch niemand unterwegs, nicht einmal der Tag war erwacht. Als Flinn über die nasskalten Verbindungsstege tappte, dem Lager entgegen, lag über der Welt außerhalb des Zuges eine schläfrige Stille. Kühe standen bewegungslos am Gleisrand und in den Bäumen hing die Nacht so tief, dass es aussah, als würden die Sterne zwischen den Zweigen aufblinken.

Auf dem Weg zum Lager kam Flinn am Küchenwagen vorbei. Es war der einzige Waggon, in dem bereits Licht brannte. Überrascht blieb sie im holzgetäfelten Gang stehen und warf einen Blick an der offen stehenden Schiebetür vorbei in den lang gezogenen Küchenraum.

Neben Ratefy stand Kasim und rührte in einem großen Topf voll flüssiger Schokolade. Die Lippen kniff er konzentriert zusammen, während Ratefy ihm singend Anleitungen gab. Ein altes Radio irgendwo in den Regalen schmetterte ununterbrochen Musicalmelodien in den Morgen hinaus.

Flinn blinzelte perplex. „Du bist schon wach, Kasim?“, fragte sie, ohne darüber nachzudenken.

Kasim zuckte zusammen und blickte auf. Die Schüssel voll Schokolade fiel ihm aus der Hand. Mit einer schnellen Bewegung, die Flinn ihm nicht zugetraut hatte, fing Ratefy sie auf, ehe sie zu Boden gehen konnte.

„Hey", sagte Kasim langsam und nahm die Schüssel wieder entgegen. „Ich konnte nicht schlafen." Er fuhr sich mit der Hand über den Hals, wo unzählige winzige Narben von seinem früheren Leben zeugten.

„Oh", machte Flinn, die das nur zu gut verstand. „Madame Florett hat auch gerade einen Albtraum", sagte sie und ärgerte sich im selben Moment darüber, als Kasim ihr einen ungläubigen Blick zuwarf.

Flinn zog ihren Morgenmantel enger um ihren Körper. In der Küche war es hell, es duftete süß und im Herd bollerte es gemütlich.

„Darf ich … darf ich hereinkommen?", fragte Flinn den Koch. Ratefy musterte sie kurz, als wollte er Kasim Zeit zum Protestieren geben, dann zuckte er mit den Schultern und sagte: „Freunde von Kasim sind Freunde von mir."

Mit einem Lächeln trat Flinn ein. Sie beobachtete, wie Kasim die Temperatur der Schokoladenmasse mit einem Metallstab kontrollierte und dann einen Knopf am Boden der Schüssel drückte.

„Die Schüssel erhitzt sich", erklärte Ratefy, der Flinns neugierigen Blick bemerkte. „Das erspart uns den Herd. – Kasim, wir machen ein paar Minuten Pause. Behalte die Temperatur im Auge."

Ratefy ging zum anderen Ende des Wagens, wo er mit einem großen Klumpen Brotteig beschäftigt war, und ließ Kasim und Flinn in Ruhe.

Einen unangenehmen Moment lang blickten beide wortlos in die blubbernde Schokolade, dann fragte Flinn leise: „Ist es wegen Agra? Dass du nicht schlafen kannst, meine ich."

„Nein", sagte Kasim schnell. Dann gab er mit leiser Stimme zu: „Doch." Er schaute frustriert in die Schüssel voll Schokolade. „Es ist, als ob Agra mich verfolgt. Madame Florett sagt vom ersten Tag an, dass von mir nichts zu erwarten ist. Willmau schaut mich ständig an, als hätte ich Flöhe. Und Daniel ist zwar in Ordnung, aber er verlangt im Unterricht ständig, Aufsätze über uns oder Briefe nach Hause zu schreiben. Wohin soll ich diese Briefe denn adressieren?", fragte er aufgebracht. „An: *Um jeden Bissen betteln, Der Rinnstein, Agra?*"

Flinn biss sich auf die Lippen. Mit einem Mal begriff sie, dass Kasim in den letzten Tagen nie verschlafen hatte. In Wahrheit war er hier in der Küche bei Ratefy gewesen. Sie beobachtete, wie er die geschmolzene Schokolade vorsichtig in Pralinenformen goss.

„Warum erzählst du Pegs nichts davon?", fragte sie nach einer Weile. „Sie denkt nämlich, dass du morgens zu faul zum Aufstehen bist. Ich dachte das auch", gab sie zu.

„Ich will Pegs' Mitleid nicht!", sagte Kasim heftig. „Du darfst niemandem davon erzählen, bitte!"

Flinn war so überrascht von seiner Reaktion, dass sie zusammenzuckte. Wortlos trat sie ans Fenster. Vor ihren Augen zog der Morgennebel davon wie Fischernetze, die eingeholt wurden. Ihr ging auf, dass jeder hier an Bord seine Geheimnisse hatte.

„Ich werde niemandem etwas erzählen", versprach Flinn, die sich eigentlich nur eines fragte: Hatte Jonte im Welten-Express auch Geheimnisse gehabt?

Der Samstag brach hell und nieselnd an. Er schien ereignislos zu werden.

Nachdem Pegs ihr beim Frühstück eröffnet hatte, sie wolle den ganzen Tag über an ihren Kostümentwürfen arbeiten, ging Flinn hinüber ins Lager, um Fedor zu treffen. Doch der war nicht da, sondern arbeitete vorn in der Lok. In ihrer Vorstellung erschien Flinn das Stahlross wie ein glutheißes Monster, das ihren Freund mit Haut und Haar verschlang.

So verbrachte sie den gesamten Vormittag mit Kasim und Ratefy in der Küche, wo sie um eine Handvoll Rohlinge Backgammon spielten und die Pralinen probierten, die Kasim hergestellt hatte. Sie schmeckten herrlich nach Minze und Muskat und Kasim schien äußerst zufrieden damit. Im warmen Sonnenlicht, das durch den Raum strömte, leuchtete sein blaues Haar so hell wie die Federn eines exotischen Vogels.

Erst am Nachmittag machte Flinn sich erneut auf den Weg zum Lagerwagen. Diesmal war Fedor da, rußig und erschöpft und wie ausgespien von dem feurigen Ungetüm.

Beim Betreten des Waggons zog sich ihr Magen kribbelnd zusammen und Flinn konnte nicht sagen, ob das an Fedors zuversichtlichem Lächeln lag, als sie um die Regale herum zu ihm trat, oder an ihrer Sorge darüber, dass dieses Lächeln vollkommen fehl am Platz war. Denn der Samstagabend war der letzte Abend vor dem Parkour-Duell.

Wieder zählte Flinn Fedors Liegestütze, während sie ihm ein ums andere Mal versicherte, er brauche diese blöde Abkürzung über das Dach nicht zu nehmen, um morgen Abend zu gewinnen. Sie war sich nicht sicher, ob er ihr überhaupt zuhörte.

Als Flinn und Fedor nach dem Training auf dem Weg zu den Schlafwagen waren, war es bereits spätnachts und im Zug herrschte eine gespenstische Stille. Am Beginn jedes neuen Waggons blieben sie stehen und lauschten, um Madame Florett nicht in die Arme zu laufen.

Doch es war nicht Madame Florett, der sie begegneten.

„Hörst du das?", fragte Flinn, als sie den Wagen für *Heldentum* betraten. Die Sternbilder strahlten so hell wie in den Nächten zuvor.

Fedor blickte nach oben. „Nicht schon wieder irgendwelche flüsternden Sterne, oder?", fragte er und ergriff ihre Hand.

Sie schüttelte den Kopf. Da war ein leiser, zurückhaltender Ton, als schlüge Metall auf Metall und als flögen Funken dabei.

„Es hört sich an, als würde jemand ein Miniaturpferd beschlagen", sagte Flinn nachdenklich.

Fedor warf ihr einen Blick zu, als fragte er sich, ob sie noch ganz bei Trost war.

Flinn deutete auf die letzte Bankreihe im Waggon. Eine Gestalt beugte sich tief über eines der Pulte und hämmerte im

Schein der Leselampe auf etwas Kleines, Schillerndes ein. Umgeben vom Leuchten der Sternbilder wirkte die Person winzig, geradezu verloren.

Fedor ließ ihre Hand los. „Irgendwas ist echt immer", murmelte er.

Der metallische Klang sprühte förmlich vor Magie. Flinn machte einige Schritte in die Richtung der Gestalt wie eine Motte, die vom künstlichen Licht angezogen wird.

Der Junge, der an dem Tisch saß, trug eine breite, altmodische Schutzbrille, ähnlich der von Madame Florett. Zwei Sekunden lang fuhr er mit seiner Arbeit fort, eine Art Lötkolben und eine schillernde Metallkugel in der Hand, dann drehte er sich zu Flinn um und schob die dicke Schutzbrille hoch ins kurze glänzende Haar. Es war Sture Anoi.

„Flinn Nachtigall", stellte er fest, als wäre er kein bisschen erstaunt, sie um diese Zeit hier zu sehen.

„Sture", sagte Flinn.

Von Fedor war nur das Funkeln seiner Augen zu sehen. „Sieh an, wirklich ein winziges Pferd", spottete er. „Was machst du hier, du Hank?"

Sture starrte in die Dunkelheit und seufzte, als er Fedors Umrisse darin ausmachte.

„Was tut der bei dir?", fragte er Flinn.

„Er ist mein Freund", entgegnete Flinn verärgert. An der Verblüffung, mit der Sture sie ansah, merkte sie, dass ihre Worte nach mehr geklungen hatten, als sie sollten.

„Ach", machte Sture und schien einen Moment lang aus

dem Konzept gebracht. „Nun, tut mir leid, dass ich euer Date störe – aber halt …", er zog seine Brille wieder über die Augen, „ihr stört ja mich, nicht andersherum. Gute Nacht."

Hinter sich spürte Flinn Fedors Knurren mehr, als dass sie es hörte. Sie trat näher an Stures Pult. Es war voller glänzender, funkelnder Metalle, die vor Energie zu summen schienen. An Stures Händen glitzerte Metallstaub.

„Warum sitzt du um diese Zeit hier herum?", fragte sie.

Einen Moment lang blinzelte Flinn, weil der Name *Hinrich Hank* vor ihrem geistigen Auge auftauchte. Sie erinnerte sich an Kasims Worte: ein Junge, der nicht von der Magietechnologie hatte lassen können …

„Ich konnte nicht schlafen."

Fedor schnaubte abfällig.

„Das ist Magietechnologie, habe ich recht?", fragte Flinn, die Sture immer weniger traute. Eins der Metallteile begann, leise zu pfeifen. Schnell machte Flinn einen Schritt rückwärts. Sicher bastelte Sture etwas für Madame Florett. „Hast du dafür etwa eine Sondererlaubnis oder so etwas?", fragte sie halb fasziniert, halb skeptisch.

„Nein. Finger weg!" Sture schob die Metallteile an sich heran, obwohl Flinn nicht einmal in Reichweite stand. Das Pfeifen verklang. „Ich tue nichts Verbotenes", sagte er hastig, doch Flinn sah das schlechte Gewissen in seinen Augen aufflackern wie ein gefräßiges Feuer. Sie war sich sicher, dass er log. Er hatte selbst gesagt, dass Magietechnologie gefährlich war.

Sture hielt ein kleines, kompaktes Ding in der Größe eines

Hörgeräts hoch. „Das hier ist der Ufadz. Den habe ich erfunden.“

Hinter ihnen grunzte Fedor, als unterdrückte er ein Lachen.

„Der *Ufadz*“, wiederholte Sture unbeirrt. „*Ü*bersetzer *f*ür *a*ußerhalb *d*es *Z*uges. Es ist eine Art Hörgerät. Er übersetzt jedes Wort jeder Sprache sofort direkt in dein Ohr hinein. Das ist praktisch, wenn man über hundert Meter vom Welten-Express entfernt ist. Weiter reicht die übersetzende Magie des Zuges nämlich nicht.“

„Ich weiß“, sagte Flinn und starrte auf das kleine, blitzende Ding auf dem Tisch. Sie konnte nicht glauben, dass Sture das mal so eben erfunden hatte. „Das glaube ich dir nicht“, sagte sie in Gedanken an Garabinas Zeitforschung.

Sture blinzelte überrascht. „Ich weiß natürlich noch nicht, ob er wirklich funktioniert“, gab er zu.

Flinn streckte die Hand aus. Ihr Herz klopfte hart vor Wut und Angst. „Lass ihn mich testen“, schlug sie vor. „Am Sonntag auf dem Bahnhof.“

„Was?“, kam es gleichzeitig von Sture und Fedor.

Sture schüttelte den Kopf. „Wie bitte?“

„Ich sagte, ich will den Ufadz für dich testen“, wiederholte Flinn und jedes Wort widerstrebte ihr zutiefst. Aber Sture war Garabinas bester Freund, und wenn er genau wie Garabina für Madame Florett arbeitete, dann war dies ihre Chance, vielleicht etwas über Jonte herauszufinden.

Der Ufadz lag wie ein winziges mechanisches Wunderwerk inmitten all der schillernden und summenden Metalle, aus denen es geboren worden war. Sture zögerte. „*Er* wird aber nicht dabei sein", befahl er und deutete auf Fedor.

„'türlich nicht", brummte Fedor. „Ich habe zu arbeiten."

Sture blickte ihn prüfend an, dann seufzte er und legte Flinn das winzige Hörgerät in die Hand. Es wog nicht mehr als eine Kastanie und schmiegte sich kühl und glatt an ihre Haut.

„Wenn er bei dir funktioniert, dann klappt es auch bei schlauen Leuten", sagte er so sachlich, als wäre das eine bloße Tatsache und keine Beleidigung. „Sei vorsichtig. Verliere ihn nicht. Und wenn auch nur ein Kratzer draufkommt …"

„Schon gut", sagte Flinn und schluckte ihren Ärger hinunter. „Bis morgen Abend, Sture Anoi."

Sie gingen zur Eisentür, das aufgeregte Flüstern unzähliger Sternbilder hinter sich lassend.

„Wette, dir fliegt der Kopf weg, wenn du es einsetzt", flüsterte Fedor besorgt. „Wäre es wirklich ein Übersetzer, müsste es schließlich *Üfadz* heißen."

Hinter ihnen ertönte Stures träge Stimme: „Ich mach das nur zum Wohle der Wissenschaft, hört ihr?"

Sie traten auf die Plattform in die Nacht hinaus, ohne darauf zu antworten. Flinn blickte in Fedors funkelnde Augen.

„Ich mach das nur zum Wohle von Jonte, weißt du?", sagte sie.

Im Timothy & Nicks

Am Sonntagmorgen verzichtete Flinn auf Ratefys Frühstück. Stattdessen blieb sie eine ganze Weile lang in ihrem Bett liegen und genoss die Stille in ihrem Abteil. Madame Florett war schon vor Stunden aufgestanden. Wahrscheinlich überwachte sie die Pfauen, deren morgendliche Schritte durch die Gänge trommelten. Im Abteil duftete es wie immer nach Wald und Wissenschaft – der Beweis, dass Madame Florett irgendwann in der Nacht wirklich da gewesen war.

Flinn atmete tief durch und betrachtete die Sonne, die über den altehrwürdigen Dächern der Stadt aufging, in die der Zug soeben einfuhr. Ihr gleißendes Licht beschien die Flatterlettern am unteren Fensterrahmen, die sich ratternd zu dem Wort *Budapest* formierten.

Ein Lächeln stahl sich auf Flinns Gesicht. Sie schälte sich aus der Bettdecke und griff nach einer Jeans und einem langärmeligen Holzfällerhemd für den freien Tag.

Mehr als eine Woche war sie nun schon an Bord des Welten-Expresses. Das unablässige Rattern der Räder, das Schwenken der Wagen in den Kurven, das Gefühl von Freiheit und Sicherheit, sogar der merkwürdige Unterricht – alles schien ihr normal und ganz genau so, wie es sein musste. Ihr Leben war ohne Jonte und ohne Ticket nicht perfekt an Bord, aber es war, als ergäbe es zum ersten Mal in all den Jahren Sinn.

Und doch, nach einer Woche im Zug mit seinen stillen Gängen und den gewisperten Geheimnissen wirkte der Bahnhof von Budapest jetzt wie das pralle Leben. Durch die alten Oberlichter der großen Halle strahlte die Sonne und wärmte das Metall der Züge, die vernebelte Luft und die Gemüter der Passanten. Hinter den Absperrungen glänzten die Gleise wie pures Gold. An Bord des Welten-Expresses rannten die Schüler durch die Gänge, um ihre Freunde zu wecken, und überall wurden Pläne für den freien Vormittag geschmiedet. Während der Zug unter Zischen und Quietschen auf Gleis sieben zum Stehen kam, trat Flinn auf eine der Plattformen zu Pegs und Kasim.

„Gestern Nacht ist etwas passiert“, platzte sie heraus.

Pegs riss ungläubig die Augen auf. „Schon wieder? Deine nächtlichen Abenteuer möchte ich haben!“

Im aufsteigenden Qualm erzählte Flinn den beiden von Sture und seiner magietechnologischen Erfindung, die sie ausprobieren wollte.

Kasims Grinsen war so breit, dass es irre wirkte. „Du hast es diesem Hank von Sture gezeigt! Yeah!“

„Fedor meint, mir fliegt der Kopf weg, wenn ich den Ufadz einsetze“, warf Flinn ein, die das alles nicht ganz so *yeah* fand. Sie rechnete fast damit, eine Versuchsperson in Madame Floretts Zeitexperiment zu werden, anstatt sie daran zu hindern, das auszuführen. Aber dieses Risiko musste sie eingehen.

Am Bahnsteig standen zwei Männer in doppelreihigen Anzügen. Einer von ihnen trug einen gelben Lederkoffer in der Hand, aus dem er nun eine Geldkassette nahm. Mit reglosen Gesichtern warteten sie, während der Express unter lautem Quietschen und aufzischendem Dampf zum Stehen kam.

„Die sehen ja so streng aus wie Madame Florett", murmelte Flinn, während sie sich von den Pfauen die eisernen Stufen zum Bahnsteig hinabdrängen ließ.

„Das sind Hans und Rolf", erklärte Pegs und kramte ein kleines Samtsäckchen aus den Taschen ihrer roten Knickerbockerhose hervor. Dazu trug sie heute ein lilafarbenes Batikshirt und einen der Schulpullover. Flinn bemerkte, wie der Mann mit dem Lederkoffer – Rolf oder Hans – Pegs' Outfit mit verkniffenem Blick musterte.

„Die beiden sind Mitarbeiter der Weltweiten Expresszentrale", erklärte Pegs. „Das ist so etwas wie die Schulbehörde für den Welten-Express. Lasst uns die Zugrohlinge bei ihnen in echtes Geld tauschen", schlug sie vor. „Davon können wir etwas für Fedor kaufen, wenn er heute Nacht das Duell gewonnen hat."

Flinn atmete tief durch. Am liebsten hätte sie dieses idiotische Duell für ein paar Stunden ganz aus ihren Gedanken gestrichen.

Sie legten ihre Zugrohlinge zusammen und tauschten sie bei den Männern in ungarische Forint, während Madame Floretts Stimme über den Bahnsteig tönte. Nachdem sie die Regeln für den Ausflug verkündet und eine Liste der Schüler angefertigt hatte, die trotz dieser Gesetze den Zug verlassen wollten, wurden Flinn, Pegs und Kasim von der Menge geradewegs hinüber in die Bahnhofshalle geschwemmt. Flinn entging nicht, dass Sture nicht dabei war. Offenbar hatte er vor, den Vormittag im Zug zu verbringen. Es war, als traute er dem Ufadz selbst nicht und wollte um keinen Preis der Welt dabei sein, wenn etwas damit schiefging.

Der Ostbahnhof von Budapest wirkte antik und luftig und wunderschön. Nur wenige der Gleise waren überdacht und die meisten Züge standen unter freiem herbsthellem Himmel. Es gab eine ganze Reihe altmodischer Ticketschalter und prunkvolle Wartehallen voller Gold, Marmor und Wandmalereien. Ungarische Durchsagen schallten von den hohen Decken und durch die halbrunden Fenster fiel hellweißes Sonnenlicht.

Das Bahnhofsgelände war so riesig, dass die Pfauen sich schnell aus den Augen verloren. Flinn zählte in Gedanken ihre Schritte. Als sie sicher war, dass sie über hundert Meter vom Zug entfernt waren, zog sie Pegs und Kasim in eine Ecke zwischen einen Brezelstand und einen Getränkeautomaten und öffnete die Faust. Der Ufadz schillerte im Sonnenlicht, als wäre er mit einem Ölfilm überzogen. Flinn warf Pegs und Kasim einen fragenden Blick zu. Die beiden nickten. Sie atmete tief ein, dann setzte sie den Ufadz in ihr linkes Ohr.

Nichts geschah.

Sie verstand nicht, was Kasim sie fragte. Er redete in einer ihr vollkommen unverständlichen Sprache. Ratlos pochte Flinn auf das kleine Metallding in ihrem Ohr. Es gab ein hohles Geräusch von sich. Flinn war verwirrt. Hatte Sture nur eine bloße Attrappe gebaut?

Pegs grinste zögerlich. „Wenigstens sitzt dein Kopf noch auf deinen Schultern", sagte sie. Ohne den Zugzauber der Universalübersetzung klang in ihren Worten ein französischer Akzent durch.

Im Bahnhofsinneren gab es diesmal weder Palmen noch Reptilien, dafür aber einen hübschen lilafarbenen Souvenirstand und an der Außenfassade eine Statue von George Stephenson. Flinn sah, wie Daniel sich mit einer Gruppe Pfauen davor versammelte. In einer unbeachteten Nische zwischen zwei Zeitungskiosken stand eine kleine Ladentür offen. Ein Schild aus angelaufenem Messing hing darüber:

TIMOTHY & NICKS

Flinn blieb wie angewurzelt stehen. Hatte Fedor nicht gesagt, dass Jonte die Postkarte bei *Timothy & Nicks* gekauft hatte?

„Da ist der Laden ja!", rief Pegs. „Im Atlas war ein Vermerk." Sie zog Flinn in die Nische.

Von Nahem sah sie, dass die Ladentür windschief war und die pastellgrüne Farbe sich wie eine alte Tapete abschälte. „Ich will da nicht rein", protestierte sie. „Das sieht aus wie ein abgehalftertes Kasino oder wie eine Suppenküche …"

Noch ehe sie den Satz zu Ende sprechen konnte, schubste Kasim sie in den Laden. Flinns Worte verliefen sich zwischen den Regalen – schmalen pastellfarbenen Regalen mit Puderschnee darauf. Flinn riss die Augen auf. *Timothy & Nicks* war – so verkündete es das Schild über dem Tresen – der *Einzige gesellschaftsgeprüfte Bahnhofsbedarf für Magietechnologie*. Und so sah er auch aus.

Überall dampfte, pfiff und schillerte es. In Schaukästen schnauften seltsame Erfindungen vor sich hin und in den meterhohen Regalen dahinter stapelten sich Verpackungen mit Dingen wie mechanischen Taschenkalendern, Zahlenschloss-Tagebüchern oder dem *Kessel Franz* – dem *Dampfkessel, der Ihre Maschinen antreibt und gleichzeitig eine gute Suppe kocht.*

An der bemalten Decke hing ein altmodischer Ventilator mit Wassertank, der zur kühlen Luft auch winzige Schneeflocken in den Raum wirbelte. *Friert auf null Grad in zehn Sekunden* stand auf einem Schild, das empor zur Decke zeigte. Und darunter: *Winter, wie er früher war!*

Beinahe hätte Flinn laut gelacht, so verrückt war diese Welt. Neben ihr sah sich eine Gruppe Touristen befremdet eine Schreibmaschine mit Klaviertastatur an und verließ kopfschüttelnd den Laden.

„Dem Stephenson sei Dank!“, rief ein Verkäufer in hellgrüner Uniform, der gerade dabei war, das Regal mit den ledernen Schutzbrillen aufzufüllen. „Mehr Pfauen! Ich dachte schon, ich muss einen Praktikanten einstellen, der weiß, wie man mit diesem schrecklichen Dampfentstauber umgeht. Die Express-Ecke schneit völlig ein." Er musterte sie räuspernd. „Ist übrigens ein tolles Geschenk für die Großeltern, dieser Dampfentstauber." Mit einem hoffnungsvollen Lächeln deutete er auf den Tisch mit den Sonderangeboten. Flinn bemerkte, dass an seinem rechten Arm anstelle einer echten Hand eine mechanische saß. Zwischen den goldenen Streben, die offenbar als Knochen dienten, dampften kleine Metallgelenke. Winzige Zahnräder ratterten darin, als der Mann Pegs einen eimergroßen Dampfentstauber in die Hand drückte.

„Das ist wirklich ein tolles Geschenk", wiederholte er.

Pegs winkte ab. Seufzend wischte der Mann sich eine Handvoll Schneeflocken von den Schultern. „Besonders, wenn man sich zu einem dieser Winter-Ventilatoren überreden lassen hat", murmelte er.

Pegs zog Flinn in eine zugeschneite Ecke mit petrolfarbenen Regalen. Auf den goldenen Schildern standen Bezeichnungen wie *Vollmechanischer Taschenrechner* und *Mini-Helden – Berühmte Persönlichkeiten der Geschichte im Taschenformat (Hinweis: spricht einen Satz pro Tag und kann sogar lächeln!).*

„Kommt hier herüber!", rief Kasim vom Ende der Regalreihe aus.

Flinn hielt inne. Irritiert befühlte sie den Ufadz in ihrem Ohr. War es etwa doch ein Übersetzer?

„Ich verstehe dich", stieß sie hervor, atemlos vor Überraschung. „Kasim, ich *verstehe* dich!"

„Das solltest du auch." Kasim pustete Schneeflocken von einem Automaten in der Form eines großen Katzenkopfes.

„Das hier ist schließlich eine Filiale von *Timothy & Nicks*. Die Läden sind so uralt, dass sie noch voller Magie sind. Es hat also nichts mit Stures angeblicher Erfindung zu tun, wenn du mich verstehen kannst. Also, legen wir los?"

Er drückte auf die Nase der Katzenfigur. Sofort öffnete der Automat seine kleinen mechanischen Augen und einen riesigen Mund mit der Süßigkeitenauslage auf der Zunge.

Es waren einige neue Rachensnaff-Produkte darunter, *Schafssüße* zum Beispiel (Zuckerwatte in schmalen Verpackungen, die aussah wie frisch geschorene Wolle) und *Schurkenpapier: besonders bitter.*

Während Pegs Münzen in den Schlitz neben der Zunge schob, hörte Flinn hinter sich, zwischen den Regalen, eine näselnde Stimme: „Das ist dieses Pfog-Mädchen. Schau sie dir an! In dem Artikel, den ich geschrieben habe, kam sie noch gut weg, findest du nicht?"

„Jonte war viel hübscher", bestätigte eine Stimme, klein und zitternd wie eine Qualle. Die Worte zuckten Flinn durchs Rückenmark wie ein Stromschlag. Madame Florett mochte den Artikel über Jonte und sie weggeworfen haben, doch Flinn hatte die Hoffnung, die Autoren des Express-Expresses ausfindig zu machen, nicht aufgegeben.

Vorsichtig lugte sie um eins der Regale herum. Es standen nur zwei Pfauen in dem schneeweißen Gang. Flinn hatte sie schon mehrmals an Bord des Welten-Expresses gesehen: Beide waren ungefähr in Fedors Alter, sahen aber jünger aus. Die Erste hatte langes blondes Haar, die Zweite ebenso langes braunes. Mit ihren großen Augen erschienen beide Flinn erheblich jünger, als sie selbst es war.

„Was willst du?“, fragte das erste Mädchen, als es Flinn entdeckte.

Flinn konnte nicht verhindern, dass das Zittern ihres Herzens ihre Stimme erfasste. „Du hast den Artikel über mich geschrieben“, stellte sie fest.

Das Mädchen lehnte sich an das Regal mit den Multifunktionstaschenspiegeln. „Ich bin Aubrey Baker“, stellte sie sich vor, „dritter Jahrgang, Mitglied der Frühsportvereinigung und Jahrgangsbeste.“ Sie deutete auf ihre braunhaarige Freundin. „Das hier ist Vesna. Du bist die Ticketlose.“ Es war keine Frage.

„Ich bin Flinn Nachtigall“, widersprach Flinn, als wäre das ein Unterschied. „Was weißt du über Jonte?“

„Im Grunde gar nichts“, sagte Aubrey mit gespielt desinteressierter Miene. „Ich meine, weiß man heutzutage überhaupt irgendetwas ohne einen … Anreiz?“ Sie machte eine reibende Bewegung mit Daumen und Zeigefinger.

Flinn presste die Lippen fest aufeinander. Ohne lange darüber nachzudenken, huschte sie zu Pegs und Kasim hinüber und nahm Pegs die letzten vier Münzen aus der Hand.

„Hey!“, rief Kasim, den Arm voller Kaugummi-Zahnpasta. „Die waren für eine Packung Schurkenpapier!“

„Du weißt doch: Die machen nur Karies“, entgegnete Flinn und drückte Aubrey die vier Forint in die Hand.

Aubrey schaute enttäuscht auf das Geld. „Mehr habt ihr nicht?“

„Wir könnten noch unser Gewissen verkaufen", schlug Flinn vor. „Es scheint sich ja ganz gut ohne zu leben."

Aubrey hob die Augenbrauen. „Na schön", sagte sie. „Was wollt ihr über Jonte wissen? Wie er so drauf war, dürfte dir ja bekannt sein."

Als wäre irgendetwas an diesem Satz lustig gewesen, kicherte Vesna wie ein kleines Kind. Flinn bekam allmählich das Gefühl, dass *sie* mit Express-Küken sprach und nicht andersherum.

„Ich weiß überhaupt nicht, wie Jonte im Zug so drauf war", sagte sie gereizt. „Wo ist er? Warum ist er nicht mehr an Bord?"

Und dann bekam sie das Merkwürdigste zu hören, das je jemand über Jonte gesagt hatte:

„Er hatte Angst", behauptete Vesna.

Angst? Jonte?

Flinn starrte verdattert in die Vergangenheit. All die Jahre, all die Momente, an die sie sich erinnern konnte, war Jonte in der Schule, zu Hause, *überall* bewundert worden. Weil er eben keine Angst hatte. Weil er mutig war. Immer. Den Lehrern, ihrer Mutter, dem ganzen Leben gegenüber.

„Wovor hätte Jonte denn bitte schön Angst haben sollen?", fragte sie patzig. „Vor Ratefys Essen vielleicht?" Flinn wusste, dass nicht einmal das stimmen konnte. Jonte hatte einmal sogar ein zehn Jahre altes Snickers gegessen.

Vesna hielt den Blick auf das Regal voller pfeifender Schranktürknöpfe gerichtet. „Zumindest hat er viel mit Curly geredet."

„Mit Curly?!" Flinn verschluckte sich beinahe an den Worten. Sie spürte, dass hier, zwischen den puderzuckerbestreuten Regalen des *Timothy & Nicks*, gerade all ihre Gewissheiten auf den Kopf gestellt wurden wie die Figuren in einer Schneekugel.

„Wahrscheinlich hatte er Angst vor der großen, weiten Welt", schlussfolgerte Aubrey lässig. „Das kommt ab und zu schon mal vor. Dann wird man wieder nach Hause geschickt und alles ist gut. Du weißt schon."

Flinn schüttelte ungläubig den Kopf. Sie wusste überhaupt nichts mehr.

Sie hatte Angst, Jonte niemals wiederzusehen. Nicht davor, in die große, weite Welt zu gehen, um ihn zu suchen. Der Gedanke, in ihrem kleinen, muffigen Zuhause zu bleiben, in dem die Zeit und das Leben stillstanden, war weitaus erschreckender.

Stimmen aus dem Nichts

Kasim kaufte eine Packung Haarfärbemittel aus der Kosmetikabteilung, bevor die drei gemeinsam *Timothy & Nicks* verließen.

„Woher hast du denn jetzt noch Geld?", fragte Pegs mit scharfem Blick, als sie vor der alten Registrierkasse standen. „Wir haben doch unsere gesamten Rohlinge zusammengelegt!"

Kasim nahm die braune Papiertüte mit der Haarfarbe und das Wechselgeld entgegen. „Beruhige dich, Havelmann", sagte er zu Pegs. „Ich habe dieser blöden Aubrey unsere vier Forint wieder abgenommen. Das hat die gar nicht bemerkt."

Ein kleines Grinsen zog sich über Flinns Gesicht. Es war ein gutes Gefühl, Pegs und Kasim an ihrer Seite zu wissen.

Sie hob den Blick zu den hohen, breiten Fenstern, hinter denen sich graue Wolken türmten. Durch das normale Bahnhofsgebäude zu streifen, war, als spazierten sie durch eine kleinere Welt, während sie wussten, dass sie von einer größeren umgeben waren, in der so viel mehr möglich war. Magie. Und Magietechnologie.

Kasim gab ihnen ein Zeichen, einen Moment lang stehen zu bleiben. Flinn beobachtete, wie er sich durch die Menschenmenge hindurch von ihnen entfernte, und einen schrecklichen Augenblick lang fürchtete sie, er würde noch weitere Leute bestehlen. Doch dann blieb er vor einem alten Mann stehen, der zusammengekauert an einer Wand lehnte, einen zerzausten Hund neben sich. Kasim setzte ein zurückhaltendes Lächeln auf, das Flinn noch nie bei ihm gesehen hatte, und drückte dem Mann das Wechselgeld von seinem Einkauf in die Hand.

Flinn starrte verblüfft zu ihm hinüber. Ein warmes, leichtes Gefühl breitete sich in ihrer Brust aus. „Das war toll von ihm!", sagte sie an Pegs gewandt.

Da erklang direkt hinter ihnen ein höhnisches Gekicher. Es fühlte sich an wie Rabenklauen, die sich in Flinns Nacken bohrten. Sie fuhr herum und entdeckte Garabina, die mehrere Papiertüten von *Timothy & Nicks* in den Händen hielt. Ihr Blick war spöttisch. „Ihr wollt den Bettler doch wohl nicht für euch anwerben?", fragte sie in holprigem Deutsch. „Für euer *Team Vogelscheuche!?*"

Überrascht klopfte Flinn auf den Ufadz in ihrem linken Ohr. Abgesehen von einem dumpfen *Klong* gab er keinen Ton von sich.

„Besser als im *Team Herzlos* zu sein", sagte Pegs mit bebender Stimme.

Als Garabina lachend auf nagelneuen, klappernden Pumps davonstolzierte, erklärte Pegs Flinn: „Garabina spricht Deutsch.

Sture hat mal erzählt, dass sie früher in Spanien eine viersprachige Privatschule besucht hat."

Flinn schnaubte abfällig. Garabinas spanischer Akzent war so stark gewesen, dass sie ihre Worte kaum verstanden hatte. Ihr wurde erst klar, was sie gesagt hatte, als Kasim wieder zu ihnen aufschloss.

„Ich hasse Garabina", stellte sie frustriert fest.

Kasim machte ein fragendes Gesicht, doch weder Pegs noch Flinn wollten ihm die gute Laune verderben.

Bis zur Abfahrt blieben ihnen noch zehn Minuten. Die Taschen voller Brausepulver, Beamtenkugeln und Schafssüße schlenderten sie hinüber zu den Gleisen. Vor dem Welten-Express sammelten sich bereits die lachenden Pfauen. Sie zeigten sich ihre Einkäufe und machten einen Wettbewerb daraus, wer am meisten vom bitteren Schurkenpapier essen konnte, ohne das Gesicht zu verziehen.

Flinn war nicht nach Lachen zumute, nicht nur wegen Garabinas Gehässigkeit. In ihrem Kopf hallten auch Aubreys Worte wider: *Er hatte Angst.*

Wenn sie doch nur Jonte selbst hätte fragen können, was das bedeutete! Als sie die Plattform vor einem Schlafwagen erklomm, blieb sie mitten auf der obersten Stufe stehen.

„Ich komme gleich nach", sagte sie zu Pegs und Kasim und drängte sich zurück durch die Menge. Sie hatte Daniel erblickt, der gerade einen gewaltigen Stapel Briefe und Päckchen überreicht bekam. Der oberste Brief, ein länglicher, bestand fast komplett aus Klebeband und krakeliger Schrift. Flinn war sich sicher, dass er aus Weidenborstel kam, denn nur ihre Mutter verwendete Umschläge gern mehrmals.

Sie stellte sich neben Daniel und wartete geduldig im Hintergrund, doch nach zwei, drei Minuten sagte Daniel zu dem Postmann: „Entschuldigen Sie mich kurz, aber hier stirbt gleich jemand an Unruhe, wenn ich ihn nicht beachte."

Flinn fand diese Äußerung ziemlich daneben. Sie wollte keine Aufmerksamkeit, sondern nur einen Brief. Doch Daniel machte sich gar nicht erst die Mühe, den Umschlag vom Stapel zu fischen.

„Tut mir leid, Flinn, aber ich teile die Post grundsätzlich nach dem Mittagessen aus. Du kannst dir sicher vorstellen, dass die Pfauen sonst rudelweise über mich herfallen würden."

Flinn überkam jäh das Bild einer Wolfsmeute, die sich über ein Reh hermachte. „Oh", sagte sie, „schon klar, verstehe. Entschuldigen Sie die Störung."

Sie versuchte, ihre Enttäuschung zu unterdrücken. Daniel behandelte sie wie einen der Pfauen. Warum störte sie das auf einmal so sehr? War es nicht das, was sie sich wünschte?

„Hey, Flinn!"

Flinn drehte sich um und entdeckte Fedor, der Hans und Rolf, den Männern im Anzug, beim Verladen all der Dinge half, die im Express in der kommenden Woche gebraucht werden würden: Berge von Äpfeln, Birnen und Nüssen, Kanister mit Olivenöl und schimmerndem Trinkwasser, Säcke voll Zucker, Salz und Mehl, aber auch Kisten voller Papier und Tinte und Kartons voll Seife und Waschmittel.

Als Fedor Flinns verunsicherte Miene sah, formte er mit seinen Lippen ein übertrieben fröhliches: „Keine Sorge!"

Mit einem Mal war Flinn sich sicher, dass das Parkour-Duell an diesem Abend schrecklich schieflaufen würde.

Sie stieg in den Zug und musterte Fedor durch eines der Fenster hindurch. Das unbekümmerte Lachen der Pfauen auf dem Bahnsteig schien Lichtjahre entfernt.

In den zwei Wagen mit den Schlafabteilen der Jungs war niemand. Während draußen das Leben tobte, lag über dem Zug eine bedrückende Stille. Ohne das Rattern der Räder und das Heben und Senken des Bodens war es, als wäre der Zug in einen tiefen Schlaf gefallen.

Flinn durchquerte den Gang, um Pegs und Kasim einzuholen, da hörte sie in der Stille eine Stimme. Sie war so klar, als stünde jemand direkt neben ihr.

„Jetti, geh nicht."

Erschrocken wirbelte sie herum. Alle Abteiltüren waren geschlossen. Durch die frisch geputzten Fenster fiel träge die Mittagssonne und beschien die Mahagoniverkleidungen und die goldenen Embleme an den Türen.

„Jetti, bitte."

Noch einmal drehte Flinn sich um die eigene Achse. Sie atmete flach. Da war niemand.

„Vertrau mir."

Das war eine andere Stimme, eine ruhige, sanfte. *Das ist Jetti,* schoss es Flinn durch den Kopf, *wer auch immer Jetti ist.* Sie fuhr herum und blickte die Fotografien der Express-Absolventen an. Auf Augenhöhe hing ihr *Jack London* gegenüber. „Seid ihr das?", flüsterte sie.

Keine Antwort. Einzig die Lettern unter *Albert Einstein* und *Nikola Tesla* änderten sich leise ratternd zu *Eigenleistung* und *Beharrlichkeit*.

„Ganz toll", hauchte Flinn. Sie wandte sich den Abteilen zu. Angst kroch ihr kalt und lähmend den Rücken hinauf. Sie straffte die Schultern und ging weiter, als hätte sie nichts gehört. Zwei Schritte später erklang ein Schrei, laut und deutlich und *direkt in ihrem Kopf*.

Flinn presste sich die Hände auf die Ohren und krümmte sich. Doch dadurch wurde der Schrei nur noch lauter, als wäre der Ton in ihrem Kopf gefangen und klänge immer und immer wieder. Dann endete er abrupt.

Flinn stand vornübergebeugt, als müsste sie sich übergeben, und atmete schnell ein und aus. Panik erfasste sie. Es war, als hätten sich alle Ängste und Gefahren der Nacht in den Ecken versteckt und kämen jetzt hervorgekrochen.

Vorne im Waggon ging die Tür auf und Pegs und Kasim kamen herein.

„Wo bleibst du denn …?" Kasim stockte, als er sie mit käsigem Gesichtsausdruck ans Fenster gelehnt sah. „Flinn, was ist los?"

Vorsichtig, als hingen die Schreie wie Geister in der Luft, richtete Flinn sich auf. „Ich weiß es nicht." Sie fuhr sich über die Ohren, als etwas vollkommen Unglaubliches geschah. Etwas, was die Zeit stillstehen und Flinns Innerstes aufwachen ließ.

Eine weitere Stimme schälte sich aus der Stille. Eine altbekannte Stimme, warm und rau. Flinn hätte sie überall erkannt. Auch nach zwei Jahren war sie wie das Rauschen des Windes in den Kornfeldern und das Surren, wenn Flinns Bumerang die Luft durchschnitt: Jontes Stimme.

„Ich lasse das nicht mit mir machen!"

Er klang gehetzt und unruhig. Aubrey und Vesna hatten recht gehabt: Er hatte Angst.

„Ich werde nachschauen, okay?"

Flinn riss die Augen auf. Jonte klang so nah, als müsste sie nur die Hand nach ihm ausstrecken, um ihn zu berühren. Eine andere, helle Stimme widersprach ihm, doch im selben Moment sagte Pegs laut: „Flinn, verdammt, was soll das?"

„Sei still!", zischte Flinn und hob die Hand. Sie wollte Jonte hören, den heimeligen Klang seiner Stimme.

„Es kann nicht ewig so weitergehen", sagte er. *„Nun guck nicht so skeptisch, dich betrifft es ja nicht. Und wehe, du holst wieder Curly. Ich tu's jetzt."*

Was folgte, war eine lange Stille und dann ein erstickter Laut, ähnlich einem unterdrückten Schrei.

„Jonte?", fragte die zweite Stimme.

„Verdammt, ich komm jetzt rein, Jonte. Ich hol Curly, Jonte. Ich …"

Jemand fuhr Flinn mit kalten Fingern ans Ohr und riss etwas heraus. Es war, als hätte man einen Stöpsel aus ihrem Kopf gezogen. Angenehme Ruhe, das leise Schwatzen der Pfauen auf dem Bahnsteig, das entfernte Hallen der Bahnhofsdurchsagen strömten auf sie ein.

Flinn blinzelte. Wutentbrannt wiegte Pegs etwas Kleines, Metallisches in ihrer Hand. Es brummte wie eine Hummel.

„Der Ufadz", erkannte Flinn. Ihr Mund fühlte sich trocken an wie Schmirgelpapier. „Den hatte ich total vergessen."

Noch bevor sie ausgesprochen hatte, holte Pegs aus und schleuderte das Ding gegen die Eisentür am Ende des Ganges. Mit einem Klirren fiel der Übersetzer zu Boden und versank im Teppich.

„Bist du wahnsinnig?", krächzte Flinn. „Das war …"

„Was?", rief Pegs wütend. „Das war die Garantie, dass du den Verstand verlierst!" Sie hob den Finger. „Was auch immer du da eben gehört hast, Flinn, es *tut dir nicht gut*. Es ist gefährlich!"

Flinn setzte zu widersprechen an, doch Pegs kam ihr zuvor: „Ich hätte beinahe einen Herzinfarkt bekommen aus Angst um dich!" Sie begann, nervös hin und her zu laufen. Flinn hatte sie noch nie so aufgebracht erlebt. „Meine Eltern haben mich nicht vorbereitet auf verschwundene Halbbrüder und nächtliche Nachforschungen und gruselige Übersetzer und verdächtige Lehrerinnen, vor denen uns flüsternde Sternbilder warnen!"

„Vergiss das Essen nicht", warf Kasim grinsend ein. Er hielt Flinn an den Schultern, als erwartete er, dass sie jeden Moment in Ohnmacht fiel.

„Und gewöhnungsbedürftiges Essen!", rief Pegs. Sie schnaufte tief durch. „Ich will mein Ticket umtauschen, sofort. Der Orientexpress scheint mir eine bessere Wahl zu sein."

Kasim lachte. „Komm mal runter, Pegs."

Pegs blieb stehen. „Ich bin noch gar nicht oben!“, rief sie erbost.

Kasim verdrehte die Augen. „Diese Schule ist ein bisschen gefährlicher, als du dachtest, na und? Das Leben ist genauso.“

Pegs raufte sich das Haar. „Aber ich will Kostümdesignerin werden. Der Welten-Express sollte sicherstellen, dass ich nicht vorher *umkomme. – Lass das bloß liegen!*“

Der letzte Satz galt Flinn. Sie war zum Ende des Waggons gegangen und hatte den Ufadz aufgehoben. Die äußere Metallhülle war demoliert und das Gerät gab ein leises Klingeln von sich, als hätte sich etwas in seinem Inneren gelöst.

„Er ist kaputt“, sagte Flinn und fühlte sich genauso zerbeult und zerschrammt, wie der Ufadz aussah. „Sture wird mich umbringen.“

Pegs atmete erleichtert aus. „Sture ist ein Idiot“, befand sie. „Was auch immer das ist, was er da zusammengeschraubt hat, ein Übersetzer ist es bestimmt nicht.“

Pegs hatte recht. Aber was tat dieses Ding dann? Ließ es Flinn vielleicht hören, was sie gern hören wollte?

„Schmeiß ihn weg“, verlangte Pegs.

Flinn blickte in ihr wütendes Gesicht. Mit einem Schlag wurde ihr bewusst, dass sie echte Freunde gefunden hatte. Keine Freunde, die sie mochten, weil sie so merkwürdig und anders war als sie. Sondern Freunde, die sich um sie sorgten und die es ganz normal fanden, dass sie hier an Bord bei ihnen war – als wäre es schon immer so gewesen.

Ein, zwei Sekunden lang verharrte Flinn in dem berauschenden Gefühl, zusammen mit Pegs und Kasim unverwundbar zu sein. Dann brach das schlechte Gewissen über sie herein. Sie hatte nicht gewollt, dass ihre Suche nach Jonte jemandem Sorgen bereitete.

Draußen auf dem Bahnsteig war es ruhig geworden. Die Lok ließ einen Pfiff los, der den Welten-Express aus seinem Schlaf riss. Schnaufend setzte das Stahlross sich in Bewegung.

„Mach ich", versprach Flinn. „Ich werfe das Ding weg."

Als Pegs sich abwandte, schob sie den Ufadz in ihre Hosentasche.

Im Speisewagen duftete es herrlich würzig nach Knoblauch und Paprika. Zu Flinns Verwunderung beschwerte Pegs sich diesmal nicht über das Mittagsangebot (ungarisches Kesselgulasch). Stattdessen kramte sie eine kleine rostrote Schachtel Schokolade hervor, die nach Minze und Muskat duftete.

„Was denn?", fragte sie, als sie Flinns Blick bemerkte. „Die Schachtel lag heute Morgen vor meiner Abteiltür. Ich wette, sie ist von Oliver Stubbs."

Kasim, der sich hinter ihnen am Buffet angestellt hatte, riss die Augen auf. „Wie kommst du denn darauf?", fragte er entsetzt.

Pegs zuckte mit den Schultern und tat sich eine winzige Portion Eintopf auf ihren Teller. „Von wem sollte die sonst sein?", fragte sie. „Ich glaube, der mag mich."

Seufzend schöpfte Flinn Suppe auf ihren Teller und setzte sich mit ihren beiden Freunden an den Tisch am Wagenende.

Während Pegs verstohlen die Schokoladenpralinen aß, warf Flinn einen fragenden Blick zu Kasim. Sie war sich sicher, dass *er* diese Pralinen hergestellt hatte – während einer seiner schlaflosen Nächte. Verdrossen stocherte er in seinem Gulasch herum.

Nachdem sie alle gegessen hatten, wurde Flinn von ihren Grübeleien abgelenkt, denn Daniel begann, die Post auszuteilen. Flinn beobachtete, wie ein Pfau nach dem anderen Briefe von zu Hause entgegennahm. Die meisten bekamen große, dicke Umschläge, doch ein paar bekamen gar nichts. Unter ihnen Kasim – und Flinn.

Wie konnte das sein? Sie hatte den Brief auf dem Bahnsteig doch gesehen, er war bestimmt an sie adressiert gewesen! Sie kämpfte sich durch die Schülermenge zu Daniel durch, der an seinem Platz am Lehrertisch saß und seine Post durchsah. Die schlanken Umschläge sahen allesamt sehr formell aus.

„Ah, schon wieder ein Brief von Herrn Frett, würden Sie den übernehmen, Fay?“

Flinn schluckte. Daniel gegenüber saß Madame Florett und aß ihre dritte Portion Nachtisch. Sie war in ihre eigene Post vertieft, einen langen, handschriftlichen Brief, und schaute nur kurz auf. „Der dritte in vier Wochen“, sagte sie und nahm Daniel den Brief ab.

Flinn zögerte. Warum war sie so nervös? Der Brief stand ihr doch zu! Vermutlich handelte es sich nur um ein Versehen.

„Entschuldigen Sie“, sagte Flinn und zog ihre Hände tief in die Ärmel ihres Hemdes.

Daniel brauchte ganze zwei Sekunden, um sich von seiner Lektüre loszureißen. „Ah, Flinn." Er sah kaum auf. „Was kann ich für dich tun?"

Das brachte Flinn aus der Fassung. „Ich wollte meinen Brief abholen." Als Daniel nicht reagierte, fügte sie hinzu: „Er ist von meiner Mutter."

Daniel schlitzte den nächsten Brief auf und überflog ihn seufzend. „Teufel noch mal, dieser Papierkram bringt mich irgendwann um."

„Vielleicht hätten Sie Ihren Bruder besser *dafür* einstellen sollen", bemerkte Madame Florett. Sie las noch immer ihren langen Brief, stapelte die restlichen und aß ihre Birne Helene. *Multitasking wird die Welt retten,* dachte Flinn säuerlich. Wo, verdammt noch mal, war ihr Brief?!

„Sie wollten doch letzte Woche, dass ich meiner Mutter schreibe", setzte sie noch einmal an.

Endlich blickte Daniel zu ihr auf.

„Wie ich hörte, hast du das erst am Sonntagnachmittag getan, nach unserer Abfahrt aus Madrid. Folglich wurde der Brief an deine Mutter heute abgeschickt." Er legte den Kopf schräg. „Äußerst unwahrscheinlich, dass sie dir bereits geantwortet hat, oder?"

„Aber – na gut, ja, aber …" Flinn klappte den Mund wieder zu. Natürlich konnte ihre Mutter noch nicht *geantwortet* haben. Aber *einfach so* schreiben konnte sie ihr ja trotzdem. Flinn wusste, dass das untypisch für ihre Mutter war. Aber das konnte doch Daniel nicht wissen, oder?

„Ich habe den Brief in Budapest gesehen", beharrte Flinn. „Also muss er auch da sein. Ich bin mir sicher."

Daniels Blick huschte zum Fenster, als hoffte er plötzlich, noch einmal einen Blick auf die Stadt zu erhaschen. „Tut mir leid, Flinn, aber es war keine Post für dich dabei."

„Aber natürlich war da Post für mich!", sagte Flinn und erschrak über den Ärger in ihrer Stimme.

Madame Florett faltete ruckartig ihren langen Brief zusammen. „Beißen Sie sich zusammen, Chtigall. Seit Sie hier sind, herrscht eine schreckliche Unruhe."

„*Reißen* Sie sich zusammen", verbesserte Flinn die Lehrerin leise.

Madame Florett schnappte nach Luft. „Das tue ich seit vierundzwanzig Jahren, glauben Sie mir!", fuhr sie Flinn an. „Allüren, Allüren, Sie alle haben Allüren!"

Mit diesen Worten stand sie auf und scheuchte Flinn aus dem Waggon.

Die Phantom-Pfauen

Flinn war sich sicher, dass Daniel sie belogen hatte. Doch warum? Und wie sollte sie das beweisen?

Nachdem sie ein paar Sekunden lang auf der Plattform vor dem Speisewagen gestanden und sich über den Direktor aufgeregt hatte, wich ihr pochender Ärger Verunsicherung. Sie beschloss, Kasim und Pegs um Hilfe zu bitten. Beide fand sie im Aussichtswaggon, wo sie lässig auf dem Geländer saßen und sich im Takt der Reise hin und her schaukeln ließen.

„Ich verstehe nicht, warum Madame Florett Garabina mit allem durchkommen lässt", murmelte Kasim. Er deutete zum Ende des Waggons, wo Garabina auf dem Holzboden saß und ihre Beine über den Rand baumeln ließ. In der kühlen, diesigen Herbstluft sah sie beinahe wie ein normales Mädchen aus, das einfach nur die bergige Landschaft genoss.

„Garabina verstößt gegen Regel Nummer neunzehn", stimmte Pegs ihm zu. „Arme, Köpfe oder Beine dürfen nicht aus Fenstern, Türen oder über das Geländer gestreckt werden. Auch nicht darunter hindurch."

„Ihr sitzt *auf* dem Geländer", wandte Flinn ein. „Madame Florett würde bestimmt eher euch bestrafen als Garabina."

„Von uns erwartet sie doch gar nichts anderes", behauptete Kasim. Er grinste breit.

Die Stimmung zwischen ihm und Pegs war ausgelassen. Die Pralinen vom Mittag schienen kein Thema mehr zu sein. Aber vielleicht nur deshalb, weil Pegs noch nicht bemerkt hatte, dass sie beim Sprechen eine knallgrüne Zunge offenbarte, auf der in großen Buchstaben BEGRIFFSSTUTZIG stand.

Flinn holte tief Luft und sagte: „Ich brauche eure Hilfe. Ich glaube, Daniel hat einen Brief an mich verschwinden lassen."

Kasim strich sich eine rauchblaue Strähne aus dem Gesicht.

„Vielleicht stehen Dinge drin, die du nicht wissen sollst", sagte er.

Flinn zog die Augenbrauen hoch. „Du meinst, meine Mutter schreibt mir einen Brief voller Dinge, die ich nicht wissen soll?"

Kasim kniff die Augen zusammen wie ein Detektiv beim Spurenlesen. „Dinge, von denen Daniel nicht will, dass du sie weißt", präzisierte er. „Dinge über deinen Halbbruder."

Genau das vermutete Flinn auch. Ihre Mutter hatte seit seinem Verschwinden nicht über Jonte gesprochen, aber vielleicht fiel ihr *schreiben* ja leichter.

Kasim richtete sich so ruckartig auf, dass er beinahe übers Geländer fiel. „Auftrag angenommen!", rief er. „Wir helfen dir!"

Der Zug befuhr alte, holprige Gleise und war deshalb sehr

langsam. Trotzdem war es waghalsig, auf dem Geländer zu sitzen, und als Kasim da jetzt so herumzappelte, wandte sich Garabina zu ihnen um.

„Was soll das heißen?", fragte Flinn leise, damit Garabina sie nicht hörte.

Kasims Augen blitzten. „Dass wir den Brief ausfindig machen. Noch heute. Mach dich bereit."

Flinn lächelte. Sie hatte nicht nur Glück, weil sie Freunde gefunden hatte, sondern vor allem deshalb, weil sie *diese* Freunde gefunden hatte. Um an den Brief zu gelangen, war ein unruhestiftender, schlösserknackender Junge, der sich vor keiner Strafe fürchtete, genau die richtige Begleitung.

Pegs' Wangen röteten sich. „Das wird gefährlicher, als einfach bloß auf dem Geländer des Aussichtswaggons zu sitzen", warnte sie Flinn. Und als gefiele ihr genau diese Tatsache, sagte sie: „Ich habe schon einen Plan, wie wir vorgehen!"

Kurz vor dem Abendessen klopfte Kasim an Flinns Abteiltür. Er trug ein kleines Bündel schwarzgrauen Stoffs unterm Arm und ein breites Grinsen im Gesicht. Sein Haar erstrahlte in gewohntem Blau.

„Hier." Er entfaltete das Bündel Stoff und zum Vorschein kamen zwei T-Shirts. „Damit verschaffen wir uns ein paar Minuten Zeit, in denen wir absolut unbeobachtet sind." Er kniff nachdenklich die Augen zusammen und grinste dabei. „Fünf Minuten sollten ausreichen, um dir zu deinem Brief zu verhelfen. Legen wir los!"

Er drückte ihr eines der T-Shirts in die Hand und dazu noch ein kleines Glasfläschchen. Es war unbeschriftet und zur Hälfte mit einer matschigen braunen Flüssigkeit befüllt, durch die sich goldene Schlieren zogen.

Flinn starrte auf das Fläschchen. „Das muss ich aber nicht trinken, oder?"

Kasim lachte. Er deutete auf die Badezimmertür am Beginn des Ganges. „Zieh das T-Shirt an. Und wasch dir mit der Flüssigkeit die Haare."

Flinn kippte das Fläschchen an. Die braune Masse bewegte sich nicht. „Flüssigkeit?", wiederholte sie und blickte Kasim mit hochgezogenen Augenbrauen an.

Kasim schob sie den Gang entlang zum Badezimmer. „Willst du den Brief nun lesen oder nicht?"

Er schloss die Tür hinter ihr. Zwei Sekunden stand Flinn unschlüssig im Raum, dann hielt sie ihren Kopf unter den Duschkopf und drehte das Wasser auf. Als sie nach fünf Minuten mit dem Haarewaschen fertig war, begutachtete sie sich im Spiegel. Ihre Haarsträhnen waren mausbraun und hingen zerzaust an ihrem Gesicht herunter. Nichts Neues.

Das T-Shirt bewirkte mehr: Es war ein Rockfanshirt und saß enger als all ihre üblichen Karohemden. Flinn fühlte sich darin seltsam verletzlich. ZUGVÖGEL stand auf der Vorderseite in einem dicken Schriftzug, der sie an ein Plattencover erinnerte. Darunter waren ein Pinguin und der Schriftzug *Gen-Norden-Tour* zu sehen. Auf der Rückseite gab es eine ganze Liste von Tourdaten in Städten wie London, Tokio und New York. Kurz über ihrem Po dann noch Darmstadt, was Flinn doch ein wenig albern fand.

Sie trat auf den Flur hinaus. Kasim hatte ebenfalls ein ZUG-VÖGEL-Shirt übergezogen.

„Wenn es hier nicht um Jonte ginge, würde ich sagen, das ist die dümmste Idee, die du haben konntest", sagte Flinn. Sie verstand nicht ganz, was diese T-Shirts bezwecken sollten, abgesehen davon, dass Madame Florett bei ihrem Anblick sicher einen Kollaps bekam.

„Glaub mir, der Plan ist todsicher", sagte Kasim.

Flinn fühlte sich allerdings überhaupt nicht sicher in diesem Aufzug. Es war, als blickten die Schatten in den Ecken missbilligend auf sie herab. Sie schüttelte eine Gänsehaut ab.

Vor dem Speisewagen wartete Pegs auf sie.

„Ich wusste, dass die Shirts gut aussehen würden", sagte sie mit blitzenden Augen. Sie machte eine Bewegung mit den Fingern, als zerschnitte sie Stoff. „Aber denkt dran: Mein Name ist Hase und ich weiß von nichts."

Flinn zog die Schultern hoch. „Ich auch nicht", murmelte sie. Was genau war Kasims Plan?

Kasim verdrehte die Augen und legte einen Arm um Pegs' Schultern. „Dein Name ist wohl eher Zugvogel, du verdammtes Schneider-Genie."

Pegs schüttelte seinen Arm ab und schob Flinn an den Platz neben ihm. Kasim lachte. Er stieß die schwere Tür auf und sie ließen sich Seite an Seite von einer heulenden Böe in den Waggon tragen. Es war wie an Flinns erstem Tag. Alle Pfauen sahen auf und starrten sie an. Wer wieder wegsah, sah kurz darauf erneut hin. Flüsternde Stille legte sich über den Speisewagen.

Pegs setzte sich rasch an ihren Platz am Waggonende. Flinn wünschte sich, dasselbe tun zu können.

„Benimm dich ganz normal", sagte Kasim und schritt zum Buffet wie ein frisch gekrönter König. Mit geradezu provozierender Gelassenheit schöpfte er Gulaschsuppe auf seinen Teller.

„Wenn das so einfach wäre", murmelte Flinn.

„Younes! Chtigall!" Madame Florett stand bereits hinter ihnen. Ihre Lippen bebten, als wäre sie der lästigen Aufgabe, Unruhestifter zurechtzuweisen, überdrüssig. Mit einem Mal tat sie Flinn leid.

„Setzen Sie sich sofort auf Ihre Plätze. Und zwar *ohne Essen.* Was bilden Sie sich eigentlich ein, so offensichtlich die Regeln zu missachten …?"

Sie verstummte, als plötzlich ein Knistern zu hören war. Flinn beobachtete halb fasziniert, halb erschrocken, wie sich ganz von allein erst grüne, dann goldene Strähnen durch Kasims blaue Haarpracht zogen, begleitet von einem Geräusch, als löse sich Brausepulver prickelnd in einem Glas Wasser auf.

Kasim schaute auf seine Uhr. „Das wurde aber auch Zeit", flüsterte er. „Hab extra noch die Packung vom *Timothy & Nicks* reingemischt. Vier, drei, zwei …"

Schon ertönte ein zweites Knistern. Flinn erschrak. Sie spürte ein Kribbeln auf ihrer Kopfhaut und beobachtete geschockt im

Spiegelbild der Fenster, wie sich ihr gesamtes Haar blau und lila mit goldglänzenden Akzenten färbte. Sprachlos griff sie nach einer zerzausten lilafarbenen Strähne und starrte Kasim an.

„Bist du wahnsinnig? Ich sehe aus wie ein … ein Comic-Einhorn!"

Im Waggon wurde begeistertes Kichern laut. Die Pfauen stießen sich grinsend an, lachten und tuschelten aufgeregt. Ein paar Zweitklässler applaudierten beeindruckt und ein Pfau aus dem fünften Jahrgang machte eine Bewegung, als zöge er den Hut vor ihnen. Flinn fühlte sich wie berauscht. Einen Moment lang fand sie die Aufmerksamkeit gar nicht so schlimm.

Madame Florett presste die Lippen aufeinander als wollte sie gleich losheulen.

„Ich habe Wichtiges zu tun", sagte sie und drückte ihr Klemmbrett an sich, „*Wichtiges*. Stattdessen bin ich gezwungen, mich mit ihren pubertären Streichen zu beschäftigen."

Ich muss Jonte finden, schoss es Flinn durch den Kopf, *was glauben Sie, wie wichtig das ist?*

Madame Florett griff sich an die Nasenwurzel. „Waschen Sie dieses Zeug raus. Und gehen Sie sich umziehen." Sie winkte Flinn und Kasim den Gang entlang und schob sie aus dem Speisewagen hinaus auf die Plattform.

Kaum war Madame Florett wieder im Speisewagen verschwunden, stellte Kasim seine Stoppuhr. „Fünf Minuten", sagte er. „Mehr haben wir definitiv nicht, bevor sie jemanden nach uns schickt. Eher weniger. Sitzt Daniel noch an seinem Platz?"

Flinn riskierte einen Blick durch das kleine Fenster in der Tür. „Ja“, sagte sie. „Er isst weiter.“

„Und die Florett?“

„Sie auch. Ziemlich energisch allerdings.“

Kasim lachte, als hätte *er* kein Mitleid mit Madame Florett.

„Und Pegs?“, fragte er schnell. Seine Ohren verfärbten sich rot. „Sie bekommt doch keinen Ärger, oder? Niemand weiß, dass die T-Shirts von ihr sind.“

Flinn zuckte mit den Schultern. „Sieht zumindest nicht danach aus.“

„Okay, dann los!“

So schnell wie möglich, es grenzte fast schon an Parkour, rannten sie durch die Waggons, zurück Richtung Zugende.

Im Gang des Direktoratswagens gab es nur eine einzige Tür. Sie führte zu Daniels Büro. Ein schmales Glasmosaik war darin eingesetzt, das George Stephenson zeigte samt Vogel, Feldhasen und – da war er wieder: der weiße Tiger. Die hellen Glassteine um ihn herum waren so matt, dass sie das Abendlicht eher abstießen als auffingen.

„Ich stehe Schmiere“, sagte Kasim, während er eine von Pegs’ Haarnadeln aus der Hosentasche fischte und damit im Türschloss herumstocherte. „Einfaches Buntbartschloss, habe ich mir doch gedacht“, murmelte er und versicherte Flinn: „Wenn jemand kommt, gebe ich dir ein Zeichen. Hier.“ Er pochte probeweise gegen die glänzende Holzverkleidung.

Flinns Herz hämmerte vom Rennen und vor Aufregung. Jetzt verstand sie Kasims Plan.

„Ich soll in Daniels Büro einbrechen?“, fragte sie entsetzt. Irgendwie hatte sie sich das Ganze anders vorgestellt.

„Ja, glaubst du, er wird dich einladen?“ Es dauerte nicht lange, dann gab das Schloss ein leises *Klick* von sich. „Ich habe durchgezählt: Wirklich alle sind im Speisewagen. Sie haben uns gesehen und denken, wir sind uns umziehen gegangen. Das ist deine einzige Chance. Jetzt oder nie!“, sagte Kasim und zog die Tür einen Spaltbreit auf.

Flinn atmete tief durch und schob sich durch den Spalt in Daniels Büro. Kaum hatte sie die Tür hinter sich geschlossen, herrschte Stille. Eine gedämpfte Stille, die Flinn das Gefühl gab, allein auf der Welt zu sein. Es kam ihr vor, als wären ihre fünf Minuten längst vergangen.

Sie sah sich um. Der Raum war nicht halb so edel wie die Teebar oder die Klassenräume. Alles wirkte alt und abgenutzt, aber nicht auf diese zauberhafte Art wie sonst in diesem Zug, sondern auf eine heruntergekommene Weise. Die Vorhänge hatten Brandflecken, als hätte Daniel bei angekippten Fenster geraucht. Aus den schiefen Regalen quollen Ordner, unsortierte Papiere und fleckige Bücher mit so seltsamen Titeln wie *Bedeutung der Weltenstromer, Die wandernden Schulen* und *Phantom-Pfauen.* Durch den gesamten Raum zog der schwere Geruch nach Tinte und Zigarettenqualm. Die Einsamkeit, die jeden Winkel erfüllte, brannte Flinn in der Kehle. Wie sollte sie in diesem Chaos den Brief finden?

Eine dünne Staubschicht im Raum zeigte ihr, was lange nicht berührt worden war: ein alter Bumerang zum Beispiel. Er trug die gleichen Verzierungen wie Flinns – konnte das wahr sein? –, doch bei diesem hier schillerten die goldenen Linien auf dem Holz, als zöge sich flüssiges Metall durch die Maserung. Auf dem Schild daneben stand:

MT-Bumerang,
Sondergenehmigung erteilt durch die WWEZ,
Wirkung: Setzt für Stunden außer Gefecht.

Flinn machte ein erstauntes Gesicht. Das erklärte, warum Signore Guarda-Fiore sie im Sportunterricht zurechtgewiesen hatte: Bumerangs waren magietechnologische Waffen! Zumindest hier im Welten-Express.

Auf dem Schreibtisch daneben stand eine schillernde Lampe in Zylinderform. War das die Humphrylampe, von der Kasim erzählt hatte? Flinn konnte sich nicht mehr erinnern, was so besonders daran sein sollte.

Von ihrem Brief war unter all den geschäftlichen Papieren und magischen Spielereien allerdings nichts zu sehen. Auch in den Schubladen, die sie hastig aufriss und durchsuchte, fand Flinn nichts.

Vor der Tür erhoben sich gedämpfte Stimmen. Ein Klopfen erklang, allerdings so undeutlich, dass Flinn sich sicher war, ein bloßer Ast wäre gegen den Wagen gepeitscht. Schnell trat sie einen Schritt zurück und verhedderte sich in Daniels Jackett, das über dem Schreibtischstuhl hing. Es gab ein Knistern von sich – und Flinn wusste, dass sie den Brief gefunden hatte.

Sie fischte den Umschlag aus der Jackentasche, zusammen mit einem kleinen silbernen Schlüssel. Die Schrift auf dem Umschlag war deutlich die ihrer Mutter. Sie hatte recht gehabt!

Flinn befingerte den Umschlag. Er war bereits geöffnet. Verärgert zog sie den Bogen Papier heraus und steckte den leeren Umschlag zurück in die Tasche.

Dann betrachtete sie den Schlüssel. In den silbernen Bart waren winzige Buchstaben eingraviert, die im Blau der Abenddämmerung dunkel hervortraten: *Phantom-Pfauen*.

Flinn hielt inne. Ihr Blick huschte über die schiefen Regale. Hatte sie dasselbe Wort nicht eben noch auf einem der alten Bücher gesehen?

Die Stimmen auf dem Gang dauerten an. Flinn beschloss, alles auf eine Karte zu setzen. Wäre Gefahr in Verzug, hätte Kasim deutlich geklopft. Oder?

Sie trat zum Bücherregal, fand das Buch über Phantom-Pfauen wieder und schlug es auf. Nur – es war gar kein Buch! Es war eine schwere, metallene Schatulle und der Schlüssel passte perfekt. Mit lautem Krachen sprang der Deckel auf. Vor Schreck ließ Flinn die Kiste fallen. Den Bruchteil einer Sekunde sah sie die Schatulle, als wäre sie mitten in der Luft erstarrt, dann krachte das metallene Ding mit einem dumpfen Poltern auf den Teppich.

Um Flinn herum regneten unzählige graue Papierschnipsel zu Boden wie trockenes Herbstlaub.

Mit hämmerndem Herzen lauschte sie. Von draußen war

nichts zu hören. Doch ihr Puls schien direkt unter ihrem Trommelfell zu schlagen und alles andere zu übertönen. Sie schluckte mehrmals, um den Druck loszuwerden, und begann, die Papierstückchen rasch wieder einzusammeln.

Schon beim ersten Schnipsel zögerte sie. Er war schmal und rechteckig und an den Rändern so angekokelt, dass schwarze Krümel auf Flinns Handfläche rieselten.

WELTEN-EXPRESS

stand darauf in verblassten Buchstaben.

Fahrgast: Henrietta Hirschkampf

Darunter folgte ein Fahrtantrittsdatum, das über sechzig Jahre zurücklag. Und kein Enddatum. Einfach ein Brandfleck, dort, wo das Datum hätte stehen müssen, als hätte jemand eine Zigarette darauf ausgedrückt.

Flinn stockte der Atem. Dies war ein *Schulticket*. Das Ticket eines Pfaus. Ebenso wie die Tausenden goldenen und petrolfarbenen Tickets an der Decke des Studierwagens.

Mit beklommenem Gefühl im Magen legte Flinn das Ticket beiseite und hob ein anderes auf. Es war ebenso grau und angekokelt.

Fahrgast: Hinrich Hank

„Hank", flüsterte Flinn. „Der Junge, der eine Zeitreisemaschine bauen wollte." In ihrem Kopf echote Kasims Stimme: *Und man sah ihn nie wieder.*

Mit zitternden Beinen kniete sie sich neben die Schatulle. Wie im Fieber, als fügte sie ein wichtiges Puzzle zusammen, griff sie nach den nächsten Tickets. Grau, angekokelt, allesamt. Flinn überflog die Namen, alles Menschen, die an Bord gewesen waren und dann – dann nicht mehr.

Schließlich fanden ihre Finger, was ihr Herz erahnt hatte.

Fahrgast: Jonte Nachtigall

Einen Moment, der ein ganzes Leben währte, stand die Zeit still. Ihr Herz schlug nicht länger Kapriolen. Auf dem Gang war es still, als endete hinter der Abteiltür die Welt. Dann schwankte der Zug in einer Kurve nach links und schubste Flinn gegen Daniels Schreibtisch. Sie sah Staub zu Boden rieseln, hörte die Gleisnähte klicken und klacken, das endlose Pfeifen der Lok. Die Welt war ein grausames Perpetuum mobile.

Sie blickte auf das Ticket. Ihre Finger verkrampften sich in dem Versuch, es gleichzeitig vorsichtig und fest zu halten.

Mit diesem Ticket hatte alles begonnen. In dieses Ticket hatte Jonte all seine Hoffnungen gesetzt. Und nun war es grau und roch nach Feuer, als wären seine Träume zu kalter Asche verbrannt. Was bedeutete das?

Eine Welle der Angst übermannte sie. Jonte war nicht der Schule verwiesen worden, denn dann wäre er nach Hause zurückgekehrt. Er war nicht tot, denn dann wäre sein Ticket golden. Er war *verschwunden. An Bord dieses Zuges.*

Und er war nicht der Einzige. Warum vertuschte Daniel das?

Im Gang knallte eine Tür.

Mechanisch, als wäre Flinn nur eine Magietechnologie ohne Herz, sammelte sie die Tickets zurück in die Schachtel. Bei Jontes Ticket hielt sie inne. Seinem Fahrtantrittsdatum im Januar vor zwei Jahren folgte kein Enddatum.

Einem bloßen Gefühl folgend, steckte Flinn das Ticket in ihre Hosentasche zu dem Brief ihrer Mutter.

Das nächste Ticket, nach dem sie griff, war von vor fünfundzwanzig Jahren. Der Name darauf lautete:

Jetti Florett

Jetti *Florett*. Die Buchstaben brannten sich in ihr Gedächtnis. In ihrem Kopf überlagerten sich die Stimme aus dem Ufadz – *„Jetti, geh nicht“* – und Daniels Worte kurz danach: *„Würden Sie den übernehmen, Fay?“*

Wenn Madame Florett Fay hieß, wer war dann Jetti Florett? Mit all den Echos im Kopf konnte Flinn nicht klar denken. Sie klappte das Buch zu und betrachtete die langen, dünnen Buchstaben auf dem Rücken: *Phantom-Pfauen.*

Ein Phantom war nur eine Erscheinung, es war nicht existent. Sie versuchte, den Kloß in ihrem Hals hinunterzuschlucken, und stand auf. Ihre Knie schmerzten und ihr Herz war genauso taub wie ihre Beine. Sie stellte das Buch zurück an seinen Platz und ließ den Schlüssel wieder in der Tasche von Daniels Jackett verschwinden.

Im Gang vor der Tür war es verräterisch ruhig. War das leise Klopfen doch Kasims Zeichen gewesen? Fünf Minuten mussten längst vergangen sein.

Zu allem Übel hatte Flinn sich weder umgezogen noch die lila-blau-goldene Farbe aus ihren Haaren gewaschen. Sie warf einen schnellen Blick zur Tür und zu den Fenstern, dann zog sie das ZUGVOGEL-Shirt über den Kopf und drehte es auf links, damit der Aufdruck nicht mehr zu lesen war. Während sie wieder hineinschlüpfte, sah sie einen Schatten hinter dem Glasmosaik in der Tür. Erleichterung durchströmte sie. Kasim war noch da. Alles war gut.

Sie stopfte den Brief in ihre Hosentasche, keine Sekunde zu spät. Denn als sie die Tür zur Seite schob, stand dort nicht Kasim, sondern Daniel.

Jonte und Jetti

„Oh“, machten Flinn und er gleichzeitig. Daniel fügte hinzu: „Hallo“, ganz so, wie er es immer tat, obwohl sie sich an diesem Tag bereits einige Male begrüßt hatten. „Habe ich tatsächlich schon wieder vergessen abzuschließen?“

„Hallo“, erwiderte Flinn ziemlich lahm. „Ich meine: Ja. Die Tür stand offen. Da habe ich mich gewundert und nachgesehen …“ Sie lugte an Daniel vorbei auf den Gang. Kasim war nirgends zu sehen.

Daniel trat neben sie. Für den Bruchteil einer Sekunde huschte sein Blick zu seinem Jackett hinüber, doch als er sah, dass Flinn seinem Blick folgte, wandte er blitzschnell das Gesicht ab.

„Sehr aufmerksam“, sagte er mit gerunzelter Stirn. „Aber Madame Florett wartet auf dich, Flinn. Es geht um eure Rockfanshirts und diese …“, er deutete auf ihre Frisur, „… das da. Ich habe Kasim gerade zurück in den Speisewagen geschickt, also gehe schnell hinterher, bevor Madame Florett ihm den Kopf abbeißt.“

Er zwinkerte, sah jedoch nicht besonders fröhlich aus.

Flinn strich sich über ihr buntes Haar. Im Nacken spürte sie, wie sich prickelnd das letzte bisschen natürliches Hellbraun in leuchtendes Lila verwandelte.

„Bin schon unterwegs“, sagte sie und beeilte sich, aus dem Waggon hinauszukommen.

„Zu mehr konnten Sie sich wohl nicht durchringen, was?“, fragte Madame Florett, als Flinn den Speisewagen erreichte. Sie seufzte, als hätte sie alle Hoffnung fahren lassen, als sie Flinns umgestülptes T-Shirt betrachtete. Kasim hatte genau das Gleiche getan. Als Flinn neben ihn trat, schaute er sie entschuldigend an.

„Der Sonntagabend ist für sie beide entlaufen“, sagte Madame Florett gedehnt. Kasim warf Flinn einen schnellen Blick zu, als wollte er sie fragen, wer von ihnen beiden Madame Florett diesmal verbessern durfte.

Doch Madame Florett schien in Gedanken himmelweit entfernt. Sie warf einen Blick hoch zu dem gläsernen Dach, über dem sich der Abendhimmel wie ein Gewitter zusammenbraute. Er sah aus wie eine Theaterkulisse – zu dramatisch und perfekt für die Realität. „Gehen Sie in den Hausmeisterraum zu Curly“, sagte sie. „Sie werden die Schuhe aller Schüler putzen.“

„*Aller* Schüler?“, krächzte Kasim.

Flinn nickte bloß. Trotz all der guten Gründe, die sie für ihr Handeln hatte, fühlte sie sich schuldbewusst.

Madame Florett sah auf ihre glänzende Armbanduhr. Sie schien zu rechnen. „Nein, nicht nur die aller Schüler“, sagte sie nach einer Weile. „Sie werden auch die Schuhe des Zugpersonals putzen.“

Curly war nicht begeistert darüber, Flinn und Kasim in seinem Hausmeisterwagen sitzen zu haben, das war ihm deutlich anzumerken. Er brummte mehr als sonst und beäugte die beiden mit seinen Habichtsaugen.

Während Flinn und Kasim wortlos ein Paar Schuhe nach dem anderen schrubbten und mit einer Tube namens *J. E. Cherons Schuhglanz* einrieben, zog vor den kleinen Fenstern des Welten-Expresses die Nacht auf. Im Licht des schmalen Sichelmondes sah die bewaldete Landschaft draußen urzeitlich und unbewohnt aus. Im Wagen flackerten die nackten Glühbirnen an den Wänden. In ihrem geisterhaften Licht sahen die Schränke und Regale wie mannshohe Schattenmonster aus. Von der nassen Wäsche über ihren Köpfen war ein unregelmäßiges Tropfen zu hören.

Als Curly um zweiundzwanzig Uhr endlich den Wagen verließ, hielt Flinn seufzend inne. Sie saß auf dem ungeschliffenen Holzboden zwischen Kasim und einer Waschmaschine, die gleichzeitig auch ein Wäschetrockner war, und betrachtete den großen, dreckverkrusteten Stiefel in ihrer Hand. Er gehörte einem der Lokführer und war so sehr voller Ruß, dass das eingebrannte Rabenmotiv auf dem dunklen Leder kaum mehr zu erkennen war.

„Wir könnten ihre Absätze ansägen“, sagte Kasim in das Rattern der Räder hinein.

Flinn blickte gedankenverloren auf. Zu ihren ausgestreckten Füßen stapelten sich über fünfzig Paar Schuhe, die Curly von den Pfauen eingesammelt hatte: petrolfarbene Chucks mit dem Schulemblem, aber auch zerschlissene Ballerinas, staubige Stiefel und mindestens fünf Paar Schuhe mit hohen Absätzen von Garabina.

Flinn schüttelte den Kopf. „Garabina ist mir egal", befand sie und erzählte Kasim von den Tickets der Phantom-Pfauen in Daniels Büro.

Während sie sprach, fiel ihr Blick auf ein gerahmtes Schwarz-Weiß-Foto, das über Curlys Arbeitstisch hing. Es war über und über mit Staub bedeckt, dennoch erkannte Flinn die Gesichtszüge einer jungen Frau darauf. Neugierig stand sie auf und wischte mit ihrem Ärmel den Staub beiseite. Eine Widmung stand mit verblasster Tinte in der rechten Ecke des Bildes: *Deine Jetti*.

Der Schreck ließ Flinn erstarren. Schon wieder dieser Name!

„Kasim, schau dir das an", flüsterte sie.

Das Licht im Wagen war längst auf eine Notbeleuchtung gedimmt worden. Im Schein der milchigen grünen Lampen erschien ihr Kasim mit seinem blauen, leuchtenden Haar wie ein Flaschengeist, als er sich über das gerahmte Bild beugte. Das Glas spiegelte seinen forschenden Blick wider.

„Jetti Florett", las Kasim und stellte mit überraschtem Gesicht fest: „Sie sieht aus wie eine junge Version von Madame Florett."

Keiner von ihnen konnte sich einen Reim darauf machen.

Einen Augenblick später sagte Kasim etwas, das viel realer und schlimmer wirkte: „Jetti hin oder her – wenn wir uns nicht beeilen, verpasst du Fedors Parkour-Duell."

Flinn ließ beinahe den rußigen Stiefel fallen. Fedors Duell hatte sie total vergessen! In ihrem Kopf herrschte einfach zu viel Durcheinander. Da waren im Moment nur die Sehnsucht, als sie Jontes Stimme gehört hatte, und das Entsetzen über sein staubgraues Ticket. Sie fühlte sich, als hätte jemand sie in einen Waggon gesperrt, der zu klein war für all ihre Gefühle.

Schweigend fuhr sie mit der Hand in ihre Hosentasche, um den Brief ihrer Mutter hervorzuholen. Vielleicht fand sich dort irgendein Hinweis, den sie jetzt so dringend brauchte. Doch statt gegen die weichen Ränder des Briefes oder die verkohlten des Tickets stießen ihre Finger gegen etwas Kühles, Metallenes. Der Ufadz. Flinn legte ihn auf Curlys Arbeitsplatte, zwischen Werkzeuge in der Größe einer Hummerzange und Packungen von *Henriettas bestduftendem Waschpulver*. Der Ufadz schillerte stärker als all die Seifenblasen, die daraus emporstiegen. Mit diesem Ding hatte sie Jonte hören können. Und das, obwohl er an Bord nicht mehr war als eine bloße Erinnerung.

Neben ihr quietschte Kasim wie ein Mädchen. „Du hast das Ding behalten?"

Flinn hob den Kopf und starrte ihn an.

Kasim räusperte sich. „Ich meine", sagte er mit normaler Stimme, „Pegs wird nicht erfreut sein."

Flinn hörte ihm gar nicht zu.

„Die Tickets der Phantom-Pfauen sind *Jahre* alt", murmelte sie und runzelte die Stirn. „Jahre sind eine ziemlich lange Zeit. – Zeit!“ Sie riss die Augen auf, als die Erkenntnis sie übermannte wie eine eiskalte Dusche. „Kasim, das ist es!“

Kasim beäugte den Ufadz skeptisch. „Ich sehe, dass er das ist“, brummte er.

Flinn schüttelte den Kopf und schlug mit der flachen Hand auf den Tisch.

„Wieso haben wir das nicht gleich gesehen?“, rief sie. Wie blind sie in den letzten Stunden gewesen waren! „Zeit, Kasim! *Zeit!* Darum geht es!“

Sie deutete auf den Ufadz und wedelte die Seifenblasen aus ihrem Blickfeld. „Sture ist ein Freund von Garabina. Und die erforscht was?“

„Zeit, schon klar. Aber …“ Kasim kniff die Augen zusammen, als könnte er die Situation dadurch klarer sehen. Vorsichtig tippte er den Ufadz an. „Oh!“, entfuhr es ihm. „Du meinst … du hast mit dem Teil *in die Vergangenheit* gehört?“

Flinn nickte. Zum ersten Mal in den zwei Wochen sah sie, dass Kasim blass wurde. Es sah merkwürdig aus im Kontrast zu seinem leuchtend grün-blauen Haar.

„Aber weder Garabina noch Sture machen das für sich selbst“, wandte er ein. „Sie forschen für …“

„Madame Florett“, ergänzte Flinn. „Genau. Und ich weiß auch, warum.“ Sie deutete auf das alte Schwarz-Weiß-Foto von Jetti Florett. Sie dachte daran, wie sie den Namen Jetti im Ufadz gehört hatte und auf dem verkohlten Ticket gelesen, das fünfundzwanzig Jahre alt war. Sie dachte daran, dass Jetti vermutlich zur selben Zeit im Express gewesen sein musste wie Madame Florett und Curly.

Flinn war sich sicher, dass das kein Zufall sein konnte. Die Sache war ganz eindeutig: Jetti Florett war mit Madame Florett verwandt. Und es war Jetti Florett genauso ergangen wie Jonte Nachtigall. Sie war in diesem Zug verschwunden.

Flinn holte tief Luft. „Madame Florett lässt die beiden aus gutem Grund an der Zeit herumdrehen", sagte sie und fühlte sich der Lehrerin mit einem Schlag so nah, dass es beinahe wehtat. „Sie sucht ihre Schwester. Oder ihre Cousine. Wie auch immer – wir reden mit Madame Florett!" Sie stürmte aus Curlys Wagen auf die nasskalte Außenplattform hinaus. „Ich will wissen, was sie weiß. Sicher weiß sie mehr über Jonte und die Phantom-Pfauen als alle anderen an Bord."

Kasim rannte neben ihr her.

„Und wenn?", fragte er und packte Flinn an der Schulter. „Denk doch mal nach: Wenn Madame Florett dir bisher nichts gesagt hat, dann deshalb, weil sie nicht will, dass du dich einmischst. Was wird sie wohl tun, wenn du es jetzt doch tust?" Er schluckte. „Ehrlich gesagt, Flinn, scheint mir das alles gefährlicher als gedacht. Pegs hat ganz recht!"

Flinn verlangsamte ihren Schritt. Sie wusste, dass Pegs mit ihrer Angst vor Hoher Magietechnologie recht hatte. Aber Flinn hatte keine Ahnung, was sie ansonsten tun sollte – sie musste jemandem Bescheid sagen, aber wem?

Es war sowieso egal. Denn die erste Person, die ihnen begegnete, war nicht Madame Florett, sondern Sture.

Er saß allein im Aufenthaltswagen der Pfauen und drehte an einem metallischen Zauberwürfel, als hätte er das Parkour-Duell komplett vergessen.

Flinn hatte neugierige Pfauen erwartet, die ihn beim nächtlichen Duell anfeuern wollten. Stattdessen hing über dem Raum eine geisterhafte Stille, als hätte der Tag in Budapest nicht nur die Schüler, sondern auch den Express selbst erschöpft. Schnaufend kämpfte sich der Zug hügelaufwärts durch Tannen und Felsen. Im Raum war nicht mehr zu hören als das Ächzen der Wagenfederung und das Wummern der Stürme gegen die Fenster.

„Sture!", rief Flinn. Ihre Stimme hallte durch den Raum.

Sture blickte mäßig interessiert auf, doch Flinn sah die Verwirrung in seinen hellen Augen. „Was ist?"

„Tu nicht so scheinheilig", sagte sie und hielt ihm den Ufadz vor die Nase. „Wie will Madame Florett ihre Verwandte wiederfinden? Mit diesem Ding etwa?"

Sture zog die Stirn in Falten. „Redest du von Madame Floretts Zeitplänen, Flinn Nachtigall? Ich sage euch das, was ich auch ihr gesagt habe: Ich habe kein Interesse daran. Ich tu nichts Illegales."

Flinn glaubte ihm kein Wort. „Was genau meinst du mit *Madame Floretts Zeitplänen?* Was hat sie vor?"

Sture hob desinteressiert die Augenbrauen und wandte sich wieder seinem Zauberwürfel zu. Das gleichmäßige Klicken machte Flinn fast wahnsinnig. „Sture!"

Genervt hob er den Kopf. „Garabina meinte, sie will die Zeit an Bord zurückdrehen. Um fünfundzwanzig Jahre. Aber das ist unmöglich. Niemand kann das."

Die Zeit zurückdrehen. Die Worte drangen in Flinns Inneres wie Eiswasser in dünne Kleidung. Es war so einfach. So simpel. Man musste einfach die Zeit zurückdrehen bis zu einem Moment, in dem noch niemand verschwunden war. Madame Florett hatte tatsächlich eine Möglichkeit entdeckt, die Phantom-Pfauen wiederzusehen!

„Das heißt, ich sehe Jonte wieder", hauchte sie, elektrisiert von dieser Vorstellung.

Kasim neben ihr gab ein erschrockenes Japsen von sich und Sture schüttelte den Kopf.

„Das heißt nicht, dass du irgendjemanden wiedersiehst. Beim Stephenson, denk doch mal nach, Flinn. *Fünfundzwanzig* Jahre!" Er sah ihr in die Augen, Polarblau in Tiefgold, und sagte: „Uns gibt es dann nicht mehr. Oder noch nicht."

Eine bedrohliche Ruhe legte sich über die drei. Der Express hatte jetzt über eintausend Höhenmeter erreicht. Kein Baum, kein Fels dämpfte den heulenden Fahrtwind, der gegen die Waggons hämmerte wie ein um sich schlagendes Kind.

Flinns Inneres fühlte sich plötzlich klamm an. Würde Madame Florett für ihre Verwandte nicht davor zurückschrecken, sie alle … *auszuradieren?*

„Wann ist es so weit?", flüsterte Flinn. „Wann wird sie die Zeit zurückdrehen?"

Sture schnaubte abschätzig. „Nie", sagte er, ohne von seinem Zauberwürfel aufzublicken. „Weil solche Magietechnologie nämlich Opfer fordert und die Sterne günstig stehen müssen und sowieso niemand weiß, wie das geht."

Flinn hielt Sture den Ufadz direkt unter die Nase. „Wenn man die Zeit *akustisch* zurückdrehen kann, kann man sie auch *komplett* zurückdrehen", sagte sie energisch.

Sture starrte auf den Übersetzer in ihrer Hand. „Du meinst …", setzte er an und klang zum ersten Mal unsicher.

„Ja!", sagte Flinn laut. „Wann, Sture? *Wann* wird Madame Florett es tun?"

„Faszinierend", murmelte Sture. Behutsam nahm er ihr den Ufadz aus der Hand. „Ich wollte bloß einen Übersetzer bauen. Madame Florett meinte, ich solle die Zahnräder stärker anziehen und … oh!" Er verstummte. „Sie hat mich ausgetrickst!"

„Es scheint ja nicht besonders schwer zu sein, das zu tun", stellte Kasim fest. „Warum gehst du nicht einfach in unser Abteil und machst dir schon mal in die Hose wegen des Parkour-Duells nachher?"

„Weshalb sollte ich?", fragte Sture misstrauisch.

Kasim kniff die Augen zusammen. „Na, Angst ist schließlich mehr dein Ding als Arroganz. Wer von uns schaut denn vorm Zubettgehen immer in den Schrank unter seinem Hochbett?"

Offensichtlich hatte er einen wunden Punkt getroffen. Sture stand ruckartig auf. „Garabina hat das Duell schon letzte Woche verpetzt", sagte er schroff.

Wieder kehrte Stille ein. Seine Worte hingen in der Luft wie eine unangenehme Wahrheit.

Kasim war der Erste, der reagierte. „Hat sie nicht. Sonst hätten wir mächtig Ärger bekommen, oder?" Er wandte sich hilfesuchend an Flinn.

„Nun", sagte Sture und hob den Kopf, „*ich* hab deshalb auch mächtig Ärger bekommen. Oder denkt ihr etwa, ich hätte freiwillig den Sonntagvormittag an Bord verbracht?"

Flinn öffnete den Mund und schloss ihn wieder. Das ergab keinen Sinn. Wenn Madame Florett Bescheid wusste, wieso hatte sie dann keinen von ihnen bestraft? Wieso hatte sie Fedor nicht zur Rechenschaft gezogen?

Über die Verwirrung im Raum donnerte von einer Sekunde zur anderen etwas hinweg wie Pferde über die Steppe. Ein Lärm erfüllte den Waggon, so kurz und ohrenbetäubend, als gerieten sie für ein, zwei Sekunden direkt in ein Gewitter – dann herrschte Totenstille.

Flinn starrte mit pochendem Herzen in Kasims Gesicht. In ihrem Kopf hallten die Gedanken wider: *Magietechnologie forderte Opfer,* hatte in dem Handbuch gestanden.

Flinn schluckte schwer. Vielleicht bedeutete das, dass jemand sterben musste. Was kam Madame Florett da gelegener als ein lebensgefährliches Parkour-Duell – und ein Junge, der deshalb übers Zugdach lief?

Die Frage nach dem *Wann* hatte sich erledigt.

Schneller-höher-weiter

„Wir müssen zum Ende des Zuges. Schnell!“, befahl Kasim und schon ließen er und Flinn den verblüfften Sture allein im Aufenthaltswagen zurück.

Getragen vom Gefühl der hämmernden Gleisnähte unter ihren Füßen, rannten sie über die Verbindungsstege und durch die Waggons.

Im ersten Schlafwagen kam gerade Pegs aus dem Badezimmer und wischte sich mit dem Ärmel ihres Morgenmantels Zahnpastareste aus den Mundwinkeln. Kasim rannte sie beinahe über den Haufen und Flinn, die nicht mehr abbremsen konnte, riss sie alle zu Boden.

„Madame Florett“, stieß sie hervor, bevor Pegs fragen konnte, und rappelte sich wieder auf. Pegs zog den Gürtel ihres Morgenmantels fest, als wäre es der schwarze Gürtel beim Karate, und folgte ihnen wortlos zum Aussichtswaggon.

Die Nacht hier draußen war ungemütlich und wild. Der Sturm war so eisig wie der Winter, der in dieser Nacht den Herbst übers Land jagte.

Kasim stieg auf das wackelige Geländer und kurbelte quietschend eine Leiter zu ihnen herab. Flinn fragte erst gar nicht, woher er davon wusste. Sie beugte sich als Erste übers Geländer und kletterte die rostigen Metallsprossen hinauf.

Es säumten nur wenige Bäume den Rand der Gleise, trotzdem musste Flinn sich zweimal ducken, als Äste ihr entgegenschlugen. Raben saßen darauf und flatterten krächzend davon.

Je höher Flinn kam, desto mehr schwoll der Wind zu einem Tosen an – doch kaum hatte sie sich aufs Dach gezogen, verebbte er. Um sie herum wehte nun kaum mehr als ein laues Lüftchen. Flinn kniff überrascht die Augen zusammen. Ihr war, als hätte sie eine andere Dimension betreten. Sie fühlte sich wie unter Wasser und war sich ihres Atems überdeutlich bewusst. *Stephenson baute eine Art Schutzmechanismus, so wie eine Blase, die den Zug umgibt,* hatte Fedor gesagt. Offenbar hatte jemand diesen Schutzmechanismus angeschaltet.

Und wirklich: Es war kaum rutschig, Äste und Zweige neigten sich zur Seite und der Qualm war fein wie Spinnweben. Einen verrückten Moment lang fühlte Flinn sich in Sicherheit. Sturmböen schlugen über ihr zusammen, ohne dass sie etwas davon spürte. Sie hätte sich nicht gewundert, wenn der Wind die zahlreichen Sterne vom Himmel gefegt hätte. Sie erstreckten sich klar und endlos weit wie Lichter unter einer makellos blauen Kuppel.

„Nachtigall? Was willst du hier?"

Flinn wirbelte herum. Ganz am Ende des Zuges, kurz vor dem Abgrund, stand Garabina. Ihr Haar hatte sie im Nacken zusammengebunden und ihre Brille saß auf der Nasenspitze, als hätte sie eben noch an dem Teleskop gebastelt, das neben ihr aufgebaut war. Einen Moment lang war Flinn überrascht, sie zu sehen.

„Warum bist *du* hier und nicht Madame Florett?", fragte sie. Neben ihr zog Kasim sich elegant aufs Dach. Von Pegs war nichts zu sehen. War sie etwa abgehauen?

„Kschh!" Garabina machte eine wedelnde Handbewegung, als könnte sie Flinn und Kasim vom Dach scheuchen wie zwei Spatzen. „Das hier ist kein Spiel. Geht wieder ins Bett!"

„Sollen wir etwa schlafen, während du uns alle auslöschst?", rief Flinn aufgebracht. „Du bist nicht Madame Floretts Handlanger, Garabina. Lass dich zu nichts überreden, okay?"

„Ach Gottchen." Garabina machte eine Miene, als hätte sie mit Flinn und Kasim die zwei größten Trottel der Schule vor sich. „Ihr begreift auch gar nichts, oder? *Ich* habe Madame Florett vorgeschlagen zu forschen, *ich* wollte eine Magietechnologie bauen, *ich* will die Zeit zurückdrehen. Madame Florett", sie machte eine wegwerfende Handbewegung, „ist nur das Mittel zum Zweck. Sie brauchte jemanden, der ihr Hoffnung macht, und dafür war sie bereit, mir alles zu verschaffen, was ich wollte: Geld, Zeit, verbotene Aufzeichnungen und die Erlaubnis, nachts hier oben zu sein. Ohne mich hat sie keine Chance, ihre Schwester wiederzusehen."

Die Worte rauschten in Flinns Ohren wie das Rattern der Räder. Jetzt war ihr klar, wohin Garabina jede Nacht verschwunden war: Hier oben auf dem Dach hatte sie ihre Forschungen betrieben. Und Madame Florett hatte es ihr nicht nur erlaubt, sie war geradezu dankbar dafür gewesen.

„Ich hab's dir gesagt", murmelte Kasim. „Hanks sind keine netten Menschen."

Wut stieg in Flinn auf. „Ich versteh das nicht", sagte sie. „Warum das alles? Warum diese Forschungen, wenn dir Madame Florett egal ist?"

Garabina hob die Hand, als wollte sie sich durchs Haar fahren, wie immer, wenn sie sich selbst gefiel.

„Warum?", wiederholte sie und konterte: „Warum nicht? Die Frage nach dem Warum stellen wir uns in der Wissenschaft nicht. Es geht um schneller-höher-weiter, nicht um Zweifel und Bedenken. Wer immer nach einem Grund sucht, der wird nur hundert Gründe dagegen finden." Als sie Flinns verständnisloses Gesicht sah, rief sie wütend: „Ich habe alle Voraussetzungen, eines Tages die Welt zu verändern! Was hilft es mir, Tischmanieren zu lernen oder mit Daniel über das Briefeschreiben zu diskutieren?"

„Na", sagte Kasim und machte einen großen Schritt auf sie zu, „vielleicht hilft es dir, Verantwortung zu übernehmen. Wenn du so ein Genie bist, wie du tust, trägst du nämlich eine Menge davon."

Flinn schaute Kasim verblüfft an. Etwas so Erwachsenes hatte sie ihn noch nie sagen hören.

„*Ich* übernehme die Verantwortung", sagte da eine kalte Stimme hinter ihr.

Der Schreck zuckte durch Flinns Körper wie ein Stromschlag und machte sie bewegungsunfähig. Neben ihr erstarrte Kasim.

„Beenden Sie die Justierung", wies Madame Florett Garabina an, „solange die Konstellation der Sterne günstig ist." Ihre Stimme war zittrig, doch voll des nahenden Triumphgefühls.

Ohne zu zögern, begann Garabina, an den Knöpfen des Fernrohrs zu drehen und es hoch zu den Sternen auszurichten.

Die Sterne. Mit einem Mal begriff Flinn, warum es die Sternbilder im Wagen für *Heldentum* gewesen waren, die sie gewarnt hatten, und weshalb Stures Ufadz, der unter ebendiesen Sternbildern gebaut worden war, sie in die Vergangenheit hören ließ. Die Zeitumkehr funktionierte nur mithilfe der Sterne!

Und in diesem Moment schienen die Sterne dafür günstig zu stehen …

„Garabina, sei nicht dumm", sagte Flinn, Madame Florett im Rücken. „Wie willst du eine große Zukunft haben, wenn du *überhaupt keine* Zukunft hast? Vor fünfundzwanzig Jahren warst du noch nicht einmal geboren."

Garabina beachtete sie nicht. Flinn kniff die Augen zusammen, als sie zu brennen begannen. Sie würden alle vom Erdboden verschwinden, so, als hätte es sie nie gegeben – und zwar nur, weil sie selbst wie immer nicht die richtigen Worte fand.

„Okay!", rief sie, schäumend vor Wut. „Okay! Es kann dir niemand verbieten, dich selbst auszuradieren. Aber wie kannst du dir anmaßen, andere Opfer zu fordern?"

Zu ihrer großen Verblüffung hielt Garabina inne. Ihr kritischer Blick glitt an Flinn vorbei hinüber zu Madame Florett.

„Opfer?", fragte sie.

„Nun machen Sie schon!", rief Madame Florett aufgebracht.

Garabina reagierte nicht. Inmitten der Felsen und laubleeren Bäume, über ihnen die unzähligen Sterne und unter ihnen das Holpern des Zuges, kehrte ein merkwürdiger Moment der Stille ein. Es war Garabinas Entscheidung. Und das wusste sie.

„Was meinst du mit Opfer?", fragte sie noch einmal und hob den Blick an Flinn vorbei zu Madame Florett. „Haben Sie *ihn* etwa deshalb hergebracht?"

Ein Kribbeln wie tausend Nadelstiche schoss Flinn von den Füßen bis zur Kopfhaut und schüttelte sie. Sie ahnte, von wem Garabina sprach …

Neben ihr wandte Kasim sich um und gab ein erschrockenes Japsen von sich. Endlich schaffte Flinn es, sich umzudrehen.

Madame Florett hielt Fedor im Nacken gepackt, ihre Finger sahen aus wie Schraubstöcke. An seine Schläfe drückte sie Daniels magietechnologischen Bumerang. Flinn sah, wie das scharfe Holz in seine Haut schnitt.

Ihr Mund war so ausgetrocknet, dass es wehtat, als Flinn sagte: „Lassen Sie ihn los. Sofort!"

Fedor! Sie hatte so gehofft, er würde nicht übers Dach laufen. Sie hatte so gehofft, alles würde gut werden.

„Nun machen Sie schon, Garabina! Wird's bald?" Madame Floretts lederne Schutzbrille mit den riesigen, gewölbten Gläsern saß fest auf ihrer Nase, als wollte sie auf diese Weise jede Art von Zweifeln aussperren: kein Blick zur Seite. In den dicken Gläsern spiegelte sich der Nachthimmel so stark, dass er das Einzige sein musste, was sie sehen konnte.

Hier draußen in der Nacht, die so viel wilder und wahrhaftiger war als das Leben unten im Zug, bröckelte zum allerersten Mal Garabinas überhebliche Miene. Sie sagte laut: „Ich will nicht den Kohlenjungen auf dem Gewissen haben und dazu noch den gesamten Welten-Express. Davon haben Sie mir nichts gesagt!“ Ihre Stimme war so dünn wie der Wind.

Außer sich, weil Garabina ihr nicht Folge leistete, brüllte Madame Florett: „Vor vierundzwanzig Jahren verschlang der verdammte Welten-Express meine Schwester mit Haut und Haar! Sie war kaum ein Jahr an Bord und tauchte nie mehr auf. Dieser Zug hat sie auf dem Gewissen! Es gibt keinen Grund, ihn zu verschonen!“ Sie atmete schwer.

Der Express nahm eine steile Kurve zwischen den Steinformationen, durch die er sich wand, und Flinn geriet auf der glatten Dachoberfläche bedrohlich ins Wanken. Kasim griff nach ihrem Ellbogen und warf ihr einen vielsagenden Blick zu. Die Welt um sie herum fiel zurück hinter der Erkenntnis, dass Madame Florett ihre Schwester ebenso sehr suchte wie Flinn ihren Halbbruder.

Ich weiß, was sie fühlt, dachte sie. *Wir sind uns ähnlicher als alle anderen hier.* Es war nicht an Garabina, diese Sache zu beenden. Es war an Flinn.

„Vor zwei Jahren ist mein Halbbruder im Welten-Express verschwunden“, sagte sie laut. „Ich vermisse ihn jeden Tag. Es ist, als hätte ich nur noch ein halbes Leben.“

Ihre Stimme brach ab. Sie war sich nicht sicher, ob Madame Florett sie über das Rauschen der Räder hinweg überhaupt gehört hatte, doch dann fauchte die Lehrerin: „Ich weiß. Aber zwei läppische Jahre, was ist das schon, Nachtigall? Hat *Ihre* Mutter den Verstand verloren über dem Verlust ihres Kindes?“

„Nun ja“, setzte Flinn an, doch Madame Florett war an keiner Antwort interessiert. Sie rief: „Und hat *Ihr* Vater sich deshalb von ihr getrennt?“ Ihre Stimme wurde so laut, dass die Worte von der Schutzschicht zurückgeworfen wurden wie das tausendfache Echo eines Gewitters. „Unterrichten *Sie* deshalb seit siebzehn verfluchten Jahren nutzlose, verzogene Kinder, anstatt die glanzvolle Karriere als Magietechnologin zu führen, die man Ihnen einst prophezeite?“

Sie schüttelte den Kopf, als könnte sie das alles selbst nicht begreifen, und gestand: „Ich war nie ein Pfau. Nach meinem Abschluss im Kupferschloss bin ich nur wegen meiner Schwester hier Lehrerin geworden. Man hat mir leere Versprechungen über die Aufklärung ihres Verschwindens gemacht und dann nichts getan! Nichts getan, Nachtigall, vierundzwanzig Jahre meines Lebens lang!“

Flinn erwartete, Madame Florett würde zu weinen beginnen, doch stattdessen setzte sie eine eiserne Miene auf und drückte die scharfe Kante des Bumerangs stärker gegen Fedors Kopf. Flinn sah, wie er die Zähne zusammenbiss.

Die goldenen Zeichen in der Holzmaserung der Waffe begannen zu leuchten, bis Flinn die Augen vor der flackernden Helligkeit zusammenkneifen musste.

„Als Hinrich Hanks Maschine damals explodierte, schwor ich mir, nie mehr einen Pfau in die Suche nach Jetti einzubeziehen“, zischte Madame Florett. „Aber was hat es mir gebracht? Nichts!“

Am liebsten hätte Flinn sich die Ohren zugehalten. Madame Floretts Worte trafen sie so tief, dass es ihr Angst machte. Sie konnte verstehen, wie es so weit mit ihr gekommen war.

Flinn schwankte, als der Zug plötzlich beschleunigte. Erst jetzt bemerkte sie, dass der Welten-Express ein riesiges, altes Viadukt befuhr. Rechts und links von der steinernen Brücke, über die der Zug sich schlängelte, gähnte ein gewaltiger Abgrund, so dunkel wie die Nacht über ihnen.

Als Flinn nach vorn blickte, war da nicht mehr zu sehen als ein nachtschwarzer Tunnel in einem grauen Bergmassiv. Ein paar Meter davor, im schnaufenden Qualm der Lok, erschien ein weißer Haarschopf. Jemand schrie: „Duckt euch!“

Flinn spürte einen Sog, so schwindelerregend, als wäre die Schutzschicht über dem Zugdach mit einem Mal verschwunden. Sie taumelte, als der Nachtwind sie mit voller Wucht traf.

Madame Floretts Kiefer spannte sich an, als auch sie aus dem Gleichgewicht geriet. „Machen Sie schon, Garabina, schnell!“ Sie zuckte mit dem Bumerang, als wollte sie wie gewohnt in die Hände klatschen. Es war nur eine kurze Bewegung, doch Fedor reagierte sofort. Mit einer schnellen Drehung wand er sich aus Madame Floretts Griff.

Madame Florett kreischte: „Nein!“ Sie hechtete ihm nach, doch Fedor schlug ihr den Bumerang aus der Hand. Wie eine zischende, leuchtende Druckwelle sauste er knapp an Flinns Kopf vorbei.

Flinns Herz setzte einen Schlag aus. Wie in Zeitlupe sah sie Fedor auf sich zuhechten. Er riss sie von den Füßen. Und dann fühlte es sich an, als fielen sie beide stundenlang.

Ihr Kinn krachte schmerzhaft auf das Metalldach. Flinn rang nach Luft, ihr Herz hämmerte gegen ihren Brustkorb. Fedor lag schwer und staubig auf ihr und drückte sie fest auf das Dach.

Neben ihr fiel Kasim flach auf den Bauch. Dann, es dauerte kaum eine Sekunde, rauschte der Welten-Express vom Landwasserviadukt herunter und geradewegs in einen Tunnel.

Das Ende der Nacht

Sie hörten einen dumpfen Schlag, dann war Madame Florett verschwunden. Der Zug raste weiter durch den Tunnel. Flinn roch die muffigen Wände. Sie spürte Wassertropfen im Gesicht und feuchten Dampf, der ihr Haar benetzte. Sie kniff die Augen zusammen, während Fedor sie auf das kalte, glatte Dach drückte.

Sekundenlang waren um sie herum nur Dunkelheit und Fahrtwind. Flinn kam es vor, als verginge eine halbe Ewigkeit.

Dann endlich gab es ein flappendes Geräusch und neben dem Zug waren wieder Bäume und Felsen – und über ihnen die Sterne, so schrecklich lebendig, dass Flinn am liebsten geheult hätte. Sie spürte, wie ihre Augen vor Dampf und Entsetzen zu tränen begannen, als der Zug mit einem gewaltigen Ruck laut quietschend inmitten der Wildnis hielt.

Flinn schlitterte mit Fedor und Kasim einen guten Meter übers Dach, ehe sie sich am Rand festhalten konnten.

„Alles okay bei euch?“

Die Stimme kam vom Beginn des Zuges. Flinn hob mühsam

den Kopf. Knapp über der Lok ragte Pegs' Gesicht auf, eingehüllt vom Qualm, den das Stahlross in dichten dunklen Wolken ausstieß. Sie hustete.

„Du teuflisches Genie!", rief Kasim begeistert und sprang auf. Pegs zog sich auf das Zugdach hinauf und lief ihm über die unzähligen Wagen hinweg entgegen.

Da begriff Flinn, dass Pegs nicht abgehauen war, um sich in Sicherheit zu bringen, sondern um den Lokführer zu bitten, die Schutzschicht über dem Zugdach zu entfernen. Nicht auszudenken, was ohne diese Idee geschehen wäre.

Flinn rappelte sich auf und blickte zum Ende des Zuges. Neben dem Teleskop lag Garabina und rührte sich nicht.

„Was ist mit ihr?", fragte Fedor mit schmerzerfüllter Miene. Er hielt sich den Arm und kam nur mühevoll auf die Beine. „Sie ist doch nicht etwa ...?"

Er verstummte und Flinn war froh darüber. Langsam gingen sie über das Dach, das ohne das Rattern der Räder so harmlos wirkte, und knieten sich neben Garabina. Ihre Augen waren geschlossen, als träumte sie bloß.

Flinn befühlte vorsichtig ihr Handgelenk. *Padamm, padamm.* Sie spürte das Blut so deutlich unter ihrer Haut pulsieren wie die Angst unter ihrer eigenen.

„Ich glaube, Madame Florett hat sie mit dem Bumerang erwischt", vermutete Flinn und erinnerte sich an das Schild in Daniels Büro. „Sie ist nur betäubt. Der Bumerang ist eine Magietechnologie."

Darauf sagte zwei, drei Sekunden niemand von ihnen etwas.

Die Geschehnisse der letzten Minuten drangen pochend in ihr Bewusstsein. Flinn sah die Schrecken dieser Nacht in Fedors Augen, und ohne zu überlegen, legte sie die Arme um ihn. Er umarmte sie mit seinem rußigen rechten Arm, während er den linken offenbar vor Schmerzen nicht rühren konnte. So standen sie einen Moment lang da und genossen das Gefühl, am Leben zu sein.

Flinn atmete Fedors Duft nach Ruß und Pfirsichen ein, spürte seinen warmen Körper an ihrem und die Bewegung seiner Muskeln, als er sich über sie beugte. Sein Herz hämmerte so schnell wie ihres.

„Was ist mit … Madame Florett?“, fragte Fedor nach einer Weile. Sein Atem streifte Flinns Gesicht, als sie aufblickte. Sie spürte, wie er stockte, als traute er sich nicht, ihren Namen zu erwähnen.

Zögernd löste Flinn sich aus der Umarmung. Der Tunnel im Fels hinter ihnen war wie ein dunkles, gefräßiges Maul. Er war viel zu düster und viel zu beängstigend, um irgendetwas darin zu erkennen.

„Sollen wir nach ihr suchen?“, wagte Kasim zu fragen, der Hand in Hand mit Pegs neben sie trat.

Flinn schüttelte den Kopf. „Ich wecke Daniel“, sagte sie und stand auf. Die Vorstellung, dass unten im Zug Nachtruhe herrschte und alles seinen gewohnten Gang ging, war beklemmend und beruhigend zugleich. Ihr Leben war für eine Nacht aus den Fugen geraten. Aber nicht die Welt.

Die ganze Nacht über stand der Express still.

Während Curly Garabina untersuchte und Fedors schmerzenden Arm verband, informierte Daniel über den Bordfunk die Weltweite Expresszentrale. Dann drückte er Flinn kurz an sich, als wäre er äußerst froh, dass ihr nichts Schlimmes passiert war, und begab sich mit dem Sportlehrer Signore GuardaFiore und seinem Bruder Darsow jenseits des Tunnels auf die Suche nach Madame Florett.

In den Waggons herrschte bis in die frühen Morgenstunden helle Aufregung. Die Lehrer liefen völlig überfordert durch die Gänge und versuchten, die Pfauen zurück in ihre Abteile zu drängen, doch mittlerweile war die ganze Schule auf den Beinen.

Wie die meisten hielt Flinn es in den Gängen kaum aus und so beobachtete sie draußen vom Rand des Gleises, wie das Licht von Daniels Taschenlampe im Tunnel immer kleiner wurde. Sie war unruhig und fühlte sich wie eine Aufziehpuppe. In ihrem Kopf kreisten die Gedanken so schnell, dass ihr schwindelig wurde, und von den nachtdunklen Bäumen schrien Raben.

Sie bemerkte kaum, wie Curly sie zurück in den Zug führte, hinüber zum Speisewagen. Kasim, Pegs und Fedor saßen bereits an einem Tisch, die Gesichter über je eine dampfende Schale Kesselgulasch gebeugt. Fedor trug seinen linken Arm in einer Schlinge und sein Kopf war verbunden. Seine Schultern waren gebeugt, doch seine Miene strahlte Erleichterung aus. Pegs und Kasim ihm gegenüber sahen zerzaust und müde aus.

Es waren Gesichter von Helden, fand Flinn.

Sie setzte sich mit schweren Gliedern neben Pegs und blickte erst auf, als jemand ihr ebenfalls ein Schälchen Suppe vor die Nase stellte. Es war ein kleiner Mann mit zerzaustem blondem Haar und so viel Ruß im Gesicht, dass Flinn kaum seine natürliche Hautfarbe erkennen konnte. Er trug denselben grimmigen Ausdruck im Gesicht, der Fedor so eigen war. Dennoch benötigte Flinn einen Moment, um zu erraten, dass dieser Mann der zweite Lokführer war.

„Tut mir einen Gefallen und erspart mir in Zukunft solche Aufregung", sagte er und zwinkerte Pegs zu.

Als Flinn zu einer Entschuldigung ansetzte, schüttelte er den Kopf und tippte sich an seine petrolfarbene Mütze. „Dem Stephenson sei Dank ist unser Kohlenjunge noch heil. Ich wüsste nicht, was ich ohne ihn tun sollte."

Während er sich durch den Gang von ihnen entfernte, blickte Flinn in Fedors erstauntes Gesicht und in seinen warmen, schimmernden Blick. „Ich auch nicht", sagte sie leise. Sie war so froh, dass es ihm gut ging, dass es beinahe wehtat.

Fedor zögerte, dann erhellte ein Lächeln seine erschöpften Gesichtszüge. Sein dunkler Blick ruhte auf Flinn. Sie spürte, wie ihr heiß wurde. Schnell senkte sie den Kopf über ihre Suppenschale.

„Danke", nuschelte sie. „Euch allen."

„Gerne doch", sagte Kasim und tippte sich zum Gruß an den Kopf wie vorhin der Lokführer. „Bis ans Ende der Welt, Flinn Nachtigall."

Ein Lächeln zog über Flinns Gesicht. Und ohne aufblicken zu müssen, wusste sie, dass es den anderen ebenso ging.

Zum ersten Mal beschwerte Pegs sich nicht über das Essen. Sie aßen, als hätten sie seit Tagen nichts bekommen, dann rollten sie sich auf den Sitzbänken zusammen und schliefen ein, über sich die Sterne, die durch das Glasdach funkelten wie Diamanten.

Flinn erwachte vom leisen Klang getuschelter Worte und klirrenden Bestecks. Sie rieb sich über die Augen und richtete sich auf. Durch die breiten Fenster fiel helles Morgenlicht und beschien die verschlafenen Gesichter der Pfauen. Es waren ungefähr zehn, die im Waggon verteilt frühstückten.

Sie sog das Dahinplätschern ihrer alltäglichen Gespräche auf, das dumpfe Ploppen, als Oliver Stubbs ein Marmeladenglas öffnete, und das laute Lachen, als er sich die Marmelade wie Kriegsbemalung ins Gesicht schmierte. Sie hörte das metallene Klacken einer frühmorgendlichen Partie Backgammon und das Zischen, als jemand sein Wasser mit Rachensnaff-Brausepulver mischte.

Einen verrückt schönen Moment lang glaubte Flinn, hier vor anderthalb Wochen eingeschlafen zu sein, um jetzt aufzuwachen und festzustellen, wie normal und einfach das Leben an Bord sein konnte.

„Irgendwann vielleicht", sagte Kasim, als hätte er ihre Gedanken gelesen. „Irgendwann wird Ratefy auch zum Frühstück Suppen servieren. Mmmh!"

Er stellte zwei voll beladene Teller auf ihrem Tisch ab und blickte zu Pegs hinunter, die zusammengerollt neben ihnen lag und ein schläfriges Murren von sich gab. Die Klammern in ihrem Haar waren verrutscht und Flinn fragte sich, wie sie wohl reagieren würde, wenn sie sich später im Spiegel sah.

„Magst du kein Schinkenomelett?“, fragte Kasim, als Flinn in den Mittelgang trat. Er schob ihr einen der zwei Teller herüber.

Flinn zwinkerte. „Irgendwann vielleicht.“

Was sie jetzt brauchte, war kein Frühstück, sondern Antworten.

Auf dem Weg zum Direktorat durchquerte Flinn den Aufenthaltswagen des Personals. Die Tür zum Krankenzimmer stand offen. Neben Garabina, die immer noch bewusstlos auf dem Bett lag, unterhielten sich leise Sture Anoi und Curly. Als Sture Flinn bemerkte, öffnete er den Mund, um etwas zu sagen, geriet dann jedoch ins Stocken.

Flinn wartete einen Moment lang wortlos, dann wandte sie sich an Curly.

„Sie haben ein Foto von Jetti Florett in ihrem Wagen hängen.“

Curly sah unzufrieden und müde aus. „Ich wusste nicht, was Madame Florett vorhatte!“, brummte er laut. „Jetti war damals meine Brieffreundin. Mehr nicht.“

Fast schien es, als läge ihm viel daran, dass Flinn ihm glaubte. Doch sosehr sie sich auch bemühte, sie konnte nicht. Zu viele Fragen waren offen.

Bedeutete Curlys Aussage, dass er ebenfalls nicht im Welten-Express zur Schule gegangen war? War er wie Madame Florett vielleicht bloß an Bord gegangen, um Jetti zu suchen?

Flinn wollte Curly gern all das fragen, doch zwischen ihnen schien so viel ungesagt, dass ihr die Worte fehlten.

Aus dem Augenwinkel bemerkte sie, wie Sture sie eine kleine Ewigkeit lang musterte und sich dann mit starrer Miene abwandte.

Auch im Direktorat einen Wagen weiter stand die Abteiltür einen Spaltbreit offen.

„Ach, eins noch", erklang Daniels Stimme, gerade als Fedor aus dem Büro trat. „Warum warst du überhaupt dort oben auf dem Dach?"

Flinn riss alarmiert die Augen auf. Fedor schnitt eine Grimasse, halb, weil Daniel ihn ertappt hatte – und halb, weil es der beste Morgen seit Langem war.

„Wissen Sie, Daniel", sagte er, „als Kohlenjunge ist man überall gefragt. Einfach überall."

Er schloss die Tür und hob seinen Arm.

„Angeknackst", erklärte er Flinn und grinste schmerzverzerrt. „Es reicht für ein paar freie Tage."

Sein Blick ruhte auf ihrer unmädchenhaften, zerzausten Gestalt. „Was hältst du von einer Dose Ingwersnaff heute Abend im Lagerwagen?"

Flinn fühlte, wie ihr warm wurde vor Freude. Manchmal schien wirklich alles ganz normal und einfach. Als sie nicht sofort antwortete, schien Fedor jedoch unsicher zu werden.

„Oder vielleicht morgen? Oder … hm.“ Er verstummte und setzte dann hinzu: „Oder nicht?“

Flinn unterdrückte ein Grinsen. „Wäre das so etwas wie ein Date?“, traute sie sich zu fragen. Sie musste zugeben, dass ihr dieser Gedanke mittlerweile gefiel.

Fedor zog die rechte Schulter hoch. „So etwas wie“, wiederholte er zustimmend. „Wenn du willst.“

Flinn nickte. Selten war sie sich im Leben einer Sache so sicher gewesen.

„Bis heute Abend“, sagte sie und betrat Daniels Büro.

Es war merkwürdig, zum ersten Mal ganz offiziell hier zu sein. Flinn konnte sich ohne Hast umsehen, doch ihr Blick blieb an der leeren Stelle kleben, dort, wo zuvor der Bumerang gehangen hatte. Sie schluckte.

„Was ist mit Madame Florett?“, fragte sie. „Haben Sie sie gefunden?“

Daniel seufzte. „Nein“, sagte er und in diesem Wort lagen all die Erschöpfung und Sorgen der letzten Nacht. „Mitarbeiter der Expresszentrale sind jetzt vor Ort und untersuchen das Tal unterhalb des Landwasserviadukts.“ Er hob den Kopf und sah Flinn an. „Ich muss dir nicht sagen, was es bedeutet, wenn sie dort hinuntergestürzt ist.“

Flinn spürte, wie ihr Magen sich verknotete. *„Wenn?“*, wiederholte sie.

„Ja, *wenn*.“ Daniel schob einen Stapel Papiere beiseite und lehnte sich gegen seinen Schreibtisch. „Wir müssen abwarten, was die Zentrale herausfindet.“ Er holte tief Luft und fuhr sich durchs ungekämmte Haar. „Mein Gott, ich hätte nie gedacht, dass sie zu so etwas fähig ist. Und Garabina! Ich selbst habe ihr die Erlaubnis für astronomische Forschungen auf dem Zugdach erteilt. Ich ahnte ja nicht …“ Sein Gesicht war aschfahl und er wischte sich mit der Hand darüber, als könnte er auf diese Weise für ein, zwei Sekunden übersehen, dass der Bumerang nicht mehr an seinem Platz hing.

„Werden Sie Garabina von der Schule werfen?“, fragte Flinn vorsichtig. Garabina tat ihr nicht leid, aber irgendetwas an diesem Gedanken gefiel ihr trotzdem nicht.

Daniel vermied es, sie anzusehen. „Es wird eine Anhörung vor der Weltweiten Expresszentrale geben, sobald sie aufwacht“, sagte er. „Dort werden wir entscheiden, welche Strafe sie erwartet.“

Flinn kam der Verdacht, dass Daniel sich absichtlich so neutral zu dem Thema äußerte. Aber eigentlich war das sowieso nicht der Punkt, der sie beschäftigte. Sie betrachtete betreten ihre Boots, mit denen sie einen Brandfleck im Teppich nachzeichnete, dann sagte sie leise: „Garabina ist mir eigentlich völlig egal. Aber Madame Florett kann ich verstehen.“

Daniel fuhr zusammen. „Bitte?“

Unter seinem entsetzten Blick verspürte Flinn den Impuls, die Arme zu verschränken. Dann ließ sie sie lieber baumeln und wusste plötzlich nicht, wohin mit ihnen. Unsicher schob sie sie in die Hosentaschen, wo sie auf die weichen Ränder von Jontes Postkarte stieß.

„Ich verstehe ihre Methoden nicht“, lenkte Flinn ein. „Aber

ihre Sehnsucht." Tief in ihrem Innern versteckte sich ein kleiner, ängstlicher Teil ihrer Seele, der sich beklommen fragte, ob sie auch so enden würde wie Madame Florett. Vielleicht nicht heute. Aber vielleicht in zehn Jahren.

Sie drückte Jontes Postkarte zwischen Daumen und Zeigefinger, spürte die glatte und die raue Seite, und fragte: „Was ist mit ihrer Schwester Jetti geschehen? Sie wissen es, oder?"

Daniel seufzte tief und stieß sich vom Schreibtisch ab. „Nein, das weiß ich nicht."

Flinn starrte ihn entgeistert an. „Aber Sie haben Madame Florett doch Aufklärung versprochen, oder etwa nicht?"

„Nein, Flinn, auch das nicht."

Enttäuschung und Wut durchfluteten sie. Hielt Daniel sie für zu jung oder zu dumm, um ihr die Wahrheit zu erzählen? Bevor sie sich beherrschen konnte, platzte es aus ihr heraus: „Ich weiß von den Phantom-Pfauen, okay? Ich weiß von den grauen Tickets, die Sie verstecken!"

Sie zog Jontes verkohltes Ticket aus ihrer Hosentasche und knallte es auf Daniels Tisch. Eine Sekunde später bereute sie, so unvorsichtig damit umgegangen zu sein. Schwarze Flusen lösten sich vom Rand des verbrannten Papiers und segelten zu Boden.

Daniel schien nur milde überrascht über diese Offenbarung. Das machte Flinn noch wütender. „Sagen Sie mir, was mit Jonte geschehen ist!"

Ihr Herz tat einen schweren Schlag. Flinn fühlte sich seltsam befreit, so, als hätte sie einen Bann gebrochen.

Daniel machte ein Gesicht, als wäre er jetzt tausendmal lieber draußen auf den hellen, abgeernteten Feldern, an denen der Welten-Express vorbeizog. Flinn ging auf, dass er sie einfach aus seinem Büro hätte schmeißen können.

„Jonte Nachtigall …“, sagte er leise und fuhr sich mit einem Stöhnen über die Augen. „Dein Halbbruder verschwand, einige Nächte nachdem wir Uppsala durchquert hatten. Ich hatte nicht erwartet, dass so etwas passieren würde – ein Schüler, der nicht mehr auffindbar war, einfach so, von einem Tag auf den anderen, ohne dass der Zug gehalten hatte.“

Flinn runzelte die Stirn. „Sie *mussten* aber wissen, dass so etwas passieren kann. Jonte war schließlich nicht der Erste.“

„Aber der Erste während meiner Laufbahn“, entgegnete Daniel mit Blick aus dem Fenster. Er hob die Augenbrauen, als könnte er durch die staubige Scheibe hindurch die Schatten seiner Vergangenheit sehen.

„Fausto Marrar, mein Vorgänger, hatte mich natürlich davor gewarnt: Hinrich Hank, Rico Arrigos, Jetti Florett – alles Fälle aus seiner Zeit als Direktor. Aber ich war jung, als ich den Posten antrat, und dachte, er erlaube sich einen Scherz mit mir. Als mir dann Madame Florett ihre Geschichte erzählte und ich den Ernst der Lage begriff, war ich fest entschlossen, die Sache mit den Phantom-Pfauen schnell aufzuklären und damit Fausto Marrars Versprechen Madame Florett gegenüber einzulösen.“

„Und?“, fragte Flinn patzig. „Das hat wohl nicht geklappt?“

Daniel runzelte die Stirn. „Du hast recht“, sagte er. „Ich habe versagt. Es tut mir leid wegen deines Bruders. Ich weiß, wie es sich anfühlt, jemanden verloren zu haben."

„Ich habe niemanden verloren!", entgegnete Flinn heftig, obwohl es genau das war, was sie die letzten zwei Jahre über gefühlt hatte. „Sie müssen doch irgendetwas unternehmen können, um Jonte wiederzufinden."

Daniel blickte sie nicht an, als ohnmächtiges Schweigen sich über sie legte. Flinn überlegte fieberhaft und kam zu einer schrecklichen Erkenntnis.

„Jetzt verstehe ich. Sie müssen die Schule schließen", sagte sie langsam, „wenn sie den Grund dafür nicht finden. Sonst kann es jede Nacht wieder geschehen. Nicht wahr?"

Daniel presste die Lippen fest aufeinander, dann antwortete er: „Das habe ich der Expresszentrale auch gesagt. Aber es bleibt die Frage, wo dann all die Pfauen hinsollen. Die Hälfte von ihnen hat kein sicheres Zuhause." Er schüttelte entschieden den Kopf. „Nein, ich kann dir versichern, dass es keine weiteren Phantom-Pfauen geben wird. Der Zug steht permanent unter Schutz. Es wurden Maßnahmen getroffen. *Audentis fortuna iuvat*", fügte er hinzu. „Weißt du, was das bedeutet? *Das Glück hilft den Tapferen.* Es ist das Schulmotto des Welten-Expresses. Ich vertraue darauf."

Flinn unterdrückte ein Schniefen und fragte: „Und was ist mit Jonte?"

„Wir tun unser Möglichstes", versicherte Daniel ihr. „Glaub mir."

Doch sosehr Flinn es auch versuchte: Sie glaubte ihm nicht.

Mit einem Gefühl, als wäre sie allein auf der Welt, verließ sie Daniels Büro und ging in die Bibliothek. Sie brauchte jetzt jemanden, der Jonte ebenso vermisste wie sie. Und wenn es nur dessen Worte auf Papier waren.

Der sonderbare Brief

Die weitläufigen Felder vor den Fenstern des Bibliothekswagens beschworen ein beklemmendes Gefühl in Flinns Brust herauf. Sie erinnerten sie an ihr Zuhause, das keines war. Beinahe fühlte sie die Erschöpfung ihrer Mutter und schmeckte wieder das alte Brot auf der Zunge. Nicht mehr lange, dann würde sie zurück in Weidenborstel sein – wo es niemanden gab, der sie verstand, niemanden, der mit ihr zusammen nach Jonte suchte. Dort gab es keine Pegs und keinen Kasim. Und schon gar keinen Fedor.

Aber immerhin wusste ihre Mutter genauso gut wie sie, was es bedeutete, jemanden zu vermissen.

Flinn seufzte tief. Endlich zog sie den Brief ihrer Mutter aus der Hosentasche. Er war zerknittert von der vergangenen Nacht, weshalb die Schrift noch krakeliger aussah als ohnehin schon. Flinn strich den Bogen Papier glatt und las:

– verlassen, weißt du noch? Ich verstehe nicht, wie jetzt so etwas möglich ist! Was glaubst du eigentlich, wer du bist?

Der Direktor der ganzen Welt? Nur, weil du diesen lächerlichen Zug leitest? Flinn wird nicht mit diesem Zug fahren, da kannst du dich auf den Kopf stellen! Du hast ja nicht mal das Sorgerecht für sie!

Flinn hielt irritiert inne. Da fehlte der Anfang. Und der Brief war gar nicht an sie gerichtet, sondern an Daniel! Und er war irgendwie … merkwürdig. Sie überflog den ersten Absatz nochmals. Warum duzte ihre Mutter Daniel?

Ich verlasse mich darauf, dass Flinn am Dienstag wieder da ist! Und was ist mit Jonte? Ich dachte, du kümmerst dich darum?
Inga

Mit diesen Worten schloss der Brief, einfach so, ohne Abschiedsgruß. So, als würden die beiden sich gut genug kennen, um derartige Formalitäten zu überspringen. So, als wäre ihre Mutter *nicht überrascht.* Ein magischer Internatszug, der zwei ihrer Kinder mit sich genommen hatte, und ihre Mutter schrieb, als wüsste sie darüber Bescheid!

Unter den Brief hatte Flinns Mutter nur ihren Vornamen gesetzt. Kein Nachname. Minutenlang starrte Flinn auf das Blatt Papier in ihrer Hand. Sie hörte das Flattern der Anzeigentafel, als *Basel* angekündigt wurde, das Rauschen der Wellen und Dünen auf der Landkarte, das Rascheln der Bücher, wenn der Express in den Kurven schaukelte.

Verlassen ... Sorgerecht ... Und dann verstand Flinn plötzlich. Da war noch ein anderes Geheimnis. Eines, das nichts mit Jonte zu tun hatte.

Vor ihren Augen fügten sich alle Puzzleteile zusammen: ihre fehlende Ähnlichkeit zu ihren Geschwistern. Der Moment, als Daniel ihren Nachnamen hörte. Die Einladung zum Tee. Und dass Daniel ihr den Brief nicht hatte zeigen wollen.

Im Regal vor dem Fenster lag ein druckfrisches Exemplar des Express-Expresses. Die Schlagzeile lautete:

Flinn Nachtigall und warum sie
ohne Ticket zwei Wochen Bordzeit bekam.

Flinn musste den Artikel gar nicht erst lesen. Sie wusste jetzt, warum.

Der Unterricht fiel aus. Flinn verbrachte den Tag wie im Leerlauf. Erst nach dem Abendessen (es gab Speckknödelsuppe mit Weißbrot – außergewöhnliche Umstände bedeuteten leider nicht automatisch außergewöhnliches Essen) ging sie noch einmal zum Direktorat.

Draußen vor dem Waggon zögerte sie. Sie wollte schon umkehren, doch da erschien auf der Plattform gegenüber der Tiger. Wie der Herbst Sommerfäden über die Felder zog, so zupfte der Fahrtwind Nebeldunst aus seinem Fell. Er sah mit einem Mal so friedfertig aus, so wunderschön, dass Flinn sich zu fragen traute: „Was meinst du: Soll ich es tun?“

Der Tiger stieß ein Schnauben aus, als fände er die Frage überflüssig. Die Bewegung ließ seine Konturen noch verwaschener erscheinen.

„Dumme Frage, stimmt schon", sagte Flinn und blinzelte, als das Tier sich auflöste wie Gischt, die im Wind verweht. Sie atmete die kalte Luft ein, die hier, zwischen zwei Eisenbahnwagen, immer auch ein bisschen nach Öl und Dampf roch, und betrat den Waggon.

Daniel saß an seinem Schreibtisch und blätterte mit gerunzelter Stirn in einem Buch. Ehe er sie begrüßen konnte, hielt Flinn den Brief hoch.

„Ich habe die erste Seite vergessen, fürchte ich", sagte sie und schob die Tür hinter sich zu.

Daniel hob den Blick von seinem Buch und betrachtete den Brief in ihrer Hand.

„Aber außer Liebesgesülze habe ich da sicher nichts verpasst."

Es dauerte zwei, drei Sekunden, ehe Daniel überhaupt irgendeine Regung zeigte. Dann bot er Flinn seufzend den Platz ihm gegenüber an und sagte: „Das Liebesgesülze ist fast vierzehn Jahre her."

„Ich weiß", sagte Flinn und setzte sich widerwillig. Sie wäre lieber stehen geblieben, weil das dem Gespräch etwas Unverbindliches gegeben hätte, aber jetzt, da sie wusste, wer Daniel war, überkam sie der starke Drang, eine gute Figur zu machen. Sie setzte sich.

„Wir haben uns auf einem Bahnhof kennengelernt", sagte Daniel. „Deine Mum und ich. Inga arbeitete bei der Polizei und …"

„Sie tat *was?*" Flinn hatte sich nie Gedanken darüber gemacht, ob und als was ihre Mutter früher einmal gearbeitet hatte. Seit sie sich erinnern konnte, schien sie ihr gebeugt vom Leben, vergrämt und arbeitsunfähig.

Daniel lachte bei der Erinnerung daran. „Ja", sagte er, „bei der Polizei. Wir gerieten aneinander, weil sie mich nachts auf einer Bank am Bahnhof aufgabelte."

Das wurde ja immer besser. Als Daniel ihr erschrockenes Gesicht sah, wedelte er schnell mit der Hand. „Ich war … auf Wanderschaft. Mein Bruder, Darsow, brauchte meine Hilfe. Damals. Wir, also deine Mum und ich, wir …", er räusperte sich, „wir hatten unterschiedliche Vorstellungen vom Leben. – So war das", fügte er hinzu, als wäre damit alles gesagt.

„Wussten Sie von mir?", fragte Flinn.

Daniel schüttelte den Kopf. Das Thema schien ihm unangenehm zu sein.

„Und hat Jonte Sie erkannt, als er hier an Bord kam?", fragte sie weiter.

Wieder schüttelte Daniel den Kopf. „Ich hielt es für besser, nichts zu sagen. Ich bin nicht sein Vater. Und in der Zeit, in der ich mit deiner Mum zusammen war, habe ich ihn nur einmal gesehen", gab er zu. „Deine Großmutter hat sich damals um ihn gekümmert. Deine Mum hat ihn vergöttert, aber … sie hatte viel zu tun."

Meine Mum hat Jonte vergöttert? Seit Flinn sich erinnern konnte, war Jonte derjenige gewesen, der am meisten Ärger bekam, am meisten Hausarrest und am wenigsten Freiraum.

„Verstehe“, sagte sie, obwohl sie eher *erfasste* als wirklich *verstand*. Sie spielte an ihrem Hemd herum, bis aus ihr herausplatzte, was sie den ganzen Tag über durchdacht hatte: „Ich habe keinen Vater. Nicht einfach so, nach dreizehn Jahren. Und ich werde Sie nicht Dad nennen oder so was.“

Es war ihr egal, ob Daniel das verletzte – es war die Wahrheit.

Zu ihrer Verblüffung sagte er lediglich: „Gut“, und betrachtete sie, als erwartete er weitere Anweisungen.

„Gut?“, fragte Flinn. Sie sah, wie seine Hand Richtung Zigarettenschachtel zuckte, und war sich sicher, dass sie ihn gekränkt hatte, doch er nickte nur zustimmend.

„Das ist voll in Ordnung.“ Er beugte sich vor und blickte sie an. „Ich habe keinerlei Ansprüche dir gegenüber, Flinn, das ist mir bewusst. Aber du sollst wissen, dass ich stolz auf dich bin. Du hattest es bestimmt nicht immer leicht und trotzdem ist aus dir ein tapferer und wundervoller Mensch geworden.“

So etwas zu hören, war neu für Flinn. Sie biss sich auf die Lippen und schaute aus dem Fenster, weil sie nicht wusste, was sie darauf antworten sollte.

Daniel schien ihre Unsicherheit zu bemerken, denn er setzte schnell nach: „Außerdem …“

„Außerdem?“, fragte Flinn misstrauisch.

„Außerdem“, wiederholte Daniel und schmunzelte, „könntest du mich ruhig duzen, wenn wir unter uns sind.“

Tiderius

Das letzte Geheimnis, das gelüftet wurde, war das von Kasim. Er stand auf einer Plattform zwischen zwei Schlafwagen und kokelte ein Blatt Papier an. In der aufziehenden Dämmerung sah die kleine knisternde Flamme aus, als bestünde sie aus farbigem Transparentpapier.

Flinn, die auf dem Weg zu Fedor war, hielt inne. „Du weißt schon, dass das verboten ist, oder?", fragte sie und blieb auf dem Verbindungssteg stehen. Das Rumpeln und Rütteln passte zu dem Gefühl, das sie überkam, als ihr klar wurde, dass niemand mehr an Bord war, den das kümmerte.

„Ist das Daniels Feuerzeug?" Das Feuerzeug in Kasims Hand war aus angelaufenem Silber und mit dem Magiekreislaufzeichen graviert.

Endlich blickte Kasim auf. „Es ist manchmal ganz praktisch, eine Vergangenheit als Dieb zu haben", sagte er und zwinkerte. Dann machte er ein beklommenes Gesicht und fragte: „Glaubst du, er vermisst es?"

Flinn dachte an die Packung Zigaretten, nach der Daniel

gegriffen hatte. „Ja“, sagte sie, „aber behalte es noch eine Weile.“

Kasim lachte grunzend und konzentrierte sich wieder auf das Stück Papier, durch das sich das Feuer wie Insektenbefall fraß. Es war quadratisch und sah aus, als hätte jemand ein Spielfeld darauf gemalt.

„Was ist das?“, fragte Flinn, während der Wind die kleine Flamme in ihre Richtung flackern ließ. Vorsichtshalber machte sie einen Schritt zurück.

Kasim tat einen stillen Seufzer. „Die Liste“, sagte er und betonte: *„Die* Liste. *Florett-ärgere-dich.* Es war eine Wette gegen mich selbst, dass ich es in diesem Schuljahr schaffen würde, Madame Florett innerhalb von neunzig Sekunden zur Kündigung zu bringen. Natürlich nur als Kurzschlussreaktion.“ Seine Mundwinkel fielen in sich zusammen. „Ich war nah dran. Aber *so* hatte ich das nicht geplant.“

Flinn betrachtete die winzigen Glimmerreste, die wie Feenlichter durch die Luft schwebten.

„Nein“, stimmte sie ihm zu. „So war das alles nicht geplant.“ Madame Florett mochte eine grässliche Lehrerin gewesen sein. Aber sie hatte Besseres in ihrem Leben verdient. Nun war sie verschwunden. Niemand wusste, ob sie noch am Leben war. Zudem lag Garabina bewusstlos im Krankenzimmer.

Flinn beugte sich über das Geländer und blickte den Zug entlang, der sich wie eine riesige Stahlschlange durch die Landschaft wand.

„Wenn ich zurückmuss nach Hause, wird das nicht das Ende

sein“, flüsterte sie. „Ich habe keine Ahnung, wie, aber ich werde nicht nur Jonte finden, sondern auch Jetti. Ich verspreche es.“

Der letzte Morgen brach an. Ein letztes Mal Frühstück im Speisewagen, ein letztes Mal das Klirren der Teller mit Schulemblem.

In ihrem Abteil faltete Flinn das Karohemd, das sie bei ihrer Ankunft im Zug getragen hatte, und legte es sorgfältig in den leeren Kleiderschrank. Stattdessen trug sie den ganzen Morgen über schon Jontes Hemd, das gelbe, viel zu große. Sie hoffte, Curly würde den Tausch nicht bemerken.

Alles, was nach diesen merkwürdigen zwei Wochen wirklich ihr selbst gehörte, waren neben Jontes alter Postkarte nur sein verkohltes Ticket und die *heimelig*-Liste, die sie während ihrer Zugzeit angefertigt hatte:

heimelig, Standuhren, Magie, Operetten, Plejaden.

Wörter, die nunmehr ihr Leben bedeuteten. Weil sie für ein neues Leben standen, ein echtes, eines hier an Bord.

Auf Madame Floretts Bett, ihr gegenüber, saß Fedor im Schneidersitz und beobachtete sie so stumm, als wäre Flinn ein Fabelwesen, das er zu verschrecken fürchtete.

„Warum siehst du eigentlich aus wie ein Einhorn?“, fragte er. „Wolltest du deinen Punkfreund beeindrucken?“

Einen Augenblick lang fürchtete Flinn, Fedor würde ausgerechnet jetzt mit dem alten Streit zwischen den Pfauen und ihm anfangen. Dann wurde sie sich des lila-goldenen Leuchtens ihrer Haare bewusst.

„Oh“, seufzte sie erleichtert, „nein. Das ist eine lange Geschichte. Eine, ohne die wir jetzt nicht hier wären.“

Fedors Mundwinkel hoben sich, ganz leicht nur. „Dann ist es eine gute Geschichte“, sagte er und hob seinen unverletzten Arm. „Denn ich habe nicht gelogen, oder?“

Flinn verstand nicht, was er meinte, bis er eine weit ausholende Geste machte und seine Worte von vor über einer Woche wiederholte: „Dies ist der beste Ort der Welt, oder? Jedenfalls für uns beide.“ Die hell funkelnden Punkte in seinen Augen ließen Flinn an Magie denken, an große, alte Magie.

Sie nickte. „Der beste.“

Schülerin sein in diesem Zug, das war ein Leben, das sie nicht führen würde.

Schließlich, als der Zug durch das norddeutsche Niemandsland rollte, sagte Fedor das Einzige, was zu sagen weder peinlich noch sinnlos war: „Ich werde weiter nach Jonte suchen. Bis ans Ende der Welt. Dann bist du vielleicht irgendwann nicht mehr so einsam zu Hause.“

Flinn blickte ihn an und spürte bereits jetzt, wie sehr sie ihn vermissen würde.

Mit einer schnellen Bewegung fiel sie ihm um den Hals. Sein Körper fühlte sich kantig an und warm und sein Haar roch so rabenschwarz, wie es aussah: nach Ruß und Kohle und Öl. Flinn inhalierte den schweren Duft, dann riss sie sich mit einem Ruck von ihm los. Sie drückte ihm die *heimelig*-Liste in die Hand und trat auf den Gang, wo Pegs und Kasim standen und in die flache Landschaft hinausblickten.

Flinn grinste, als sie Pegs' grelle Version eines Karohemdes bemerkte, das sie heute über einem kurzen Plisseerock trug.

Es wurde Zeit für Flinn, sich von ihnen zu verabschieden. Daniel wartete auf der Außenplattform dieses Schlafwagens auf sie und Flinn wollte vermeiden, dass er hereinkam, um zu schauen, wo sie blieb.

„Schreibt mir bitte Postkarten von unterwegs", bat sie. „Schreibt mir, wenn Garabina wieder aufgewacht ist und wenn ihr etwas Neues über Madame Florett wisst und wenn …"

Pegs, die sich gegen das Fenster vor dem Abteil lehnte, beäugte die Rußflecken auf Flinns Wangen und unterbrach sie: „Ich bin wohl nicht die, die du am meisten vermissen wirst, was?"

„Pegs, du wirst immer *die* sein, die ich am meisten vermisse", sagte sie wahrheitsgemäß. „Nur nicht unbedingt *der*", fügte sie hinzu, als sie Pegs an sich drückte, deren stacheliges Haar nach Minze duftete.

Für diesen Kommentar bekam sie einen kleinen Stoß in die Seite.

„Klar", sagte Kasim und klopfte ihr auf die Schulter, „denn dieser *Der* bin ja ich."

In diesem Moment waren Flinns Sorgen weit weg. Hier und jetzt, mit Pegs, Kasim und Fedor um sich, war sie sich sehr sicher, dass sie niemals wie Madame Florett enden würde.

Die Wolken hingen so tief an diesem Tag, dass sie den dichten Qualm bis zu den Fenstern hinabdrückten. Als der Welten-Express mit einem Ruck hielt, war es Flinn, als hielte auch ihr

Leben. Sie sah die Gesichter der Pfauen hinter den Scheiben, als sie die Stufen hinunterstieg auf Bahnsteig Nummer 2.

Alles war still. Das Krächzen der Raben klang von weit her.

Flinn sah sich um. Der Kampf zwischen Herbst und Winter hatte den Beton an neuen Stellen aufplatzen lassen und den Gräsern alle Farbe genommen. Kalter Wind strich über die Felder. Und doch – das hier war unverkennbar Weidenborstel. Sogar die Luft roch wie immer, nach Heu und Dung und Einsamkeit.

„Inga ist gar nicht da", stellte Daniel fest, der sich auf halber Stufe zwischen der metallenen Plattform und dem Bahnsteig festhielt wie ein Kletterer über dem Abgrund. Er klang irritiert, aber auch erleichtert. Und irgendwie auch enttäuscht.

„Sie ist nicht gerade eine Super-Mum", sagte Flinn.

Plötzlich tat ihr Daniel mehr leid als sie sich selbst. Er blickte sich entgeistert auf dem alten Bahnsteig um, als dächte er darüber nach, dass dieser Ort sein Zuhause hätte werden können.

„Ja, aber", setzte er erneut an und seine Augen glitzerten, als hätten sie Regen und Sonne zugleich eingefangen, „ich habe ihr doch die Zeit geschrieben. Die Uhrzeit."

Flinn sah ihn bloß an und plötzlich übermannte sie die Überzeugung, dass Daniel und ihre Mutter füreinander bestimmt gewesen waren. Jetzt waren sie beide unglücklich. Aber vielleicht war das so, wenn die große Liebe etwas war, was aus sich selbst heraus nicht funktionierte. Denn, ganz ehrlich, wer konnte einem schon sagen, dass sie das tat?

„So ist das Leben", sagte Flinn nach einer Weile – es klang so endgültig wie Daniels *So war das*, als er von ihrer Mum gesprochen hatte.

„Aber so *muss* es nicht sein", sagte Daniel mit Nachdruck.

Flinn war sich da nicht so sicher.

Sie wusste nicht recht, was sie nun tun sollte. Einfach weggehen? Ihn umarmen? Vor all den Pfauen, die sie durch die Fenster hindurch beobachteten? Wollte sie das überhaupt? Um die Frage zu umgehen, schob Flinn ihre Hände in die Hosentaschen. Und dann, bevor die Stille unangenehm werden konnte – tauchte er wieder auf.

Groß. Weiß. Nebulös.

Der Tiger.

Wie vor zwei Wochen saß das Tier nur wenige Meter von Flinn entfernt am Gleis. Wieder musterte er sie ein paar Sekunden, dann blinzelte er ihr bedächtig zu. Ehe Flinn die Geste erwidern konnte, erhob er sich und trottete davon, den Bahnsteig entlang. Und so wie der Tiger erschienen war, so verschwand er auch: Vorn bei der Lok landete er mit einer geschmeidigen Bewegung zwischen den zerrupften Gräsern, und als wäre er ein Teil von ihnen, verwehte er im Wind.

Flinn starrte auf die Stelle, an der das Tier eben noch gesessen hatte. Im selben Moment stießen ihre Finger in den Tiefen ihrer Hosentasche auf etwas Festes, Glattes mit scharfen Kanten.

Es war nicht Jontes Postkarte. Flinn befühlte deren weiche Ränder, dann wieder die harten Kanten. Sie runzelte die Stirn und zog das Etwas hervor. Es war handtellergroß, rechteckig und petrolfarben.

In hellen Lettern, die sich wie Fäden über das Papier zogen, stand darauf:

WELTEN-EXPRESS

Fahrgast: Flinn Nachtigall

Flinn starrte auf das Ticket und alles um sie herum drehte sich. Es war so unscheinbar, ein kleines Stück Pappe – und doch: Es war ihr Ticket ins Glück. In den Zug und in die Welt. Ihr Ticket nach Hause. Nach *Wirklich-zu-Hause*.

„Ich fasse es nicht!“ Daniel nahm ihr das Ticket aus der Hand. Er folgte ihrem Blick, dann schien er zu begreifen.

„Wer war es?“, fragte er. „Wen hast du gesehen? Touft oder Navanau?“

Flinn begriff nicht. „Was?“

„War es eine Bekassine oder ein Feldhase?“

„Es war ein Tiger“, sagte Flinn, die sich fast nicht mehr sicher war, einen Hasen von einer Raubkatze unterscheiden zu können. Und was war eigentlich eine Bekassine?

Daniel fiel fast das Ticket aus der Hand. Zur Sicherheit gab er es ihr schnell zurück. „Wirklich? Ein Tiger?“

„Er war weiß“, meinte Flinn, als würde das alles sagen.

„Durchsichtig?“

„Ein bisschen.“

Daniel schmunzelte. „Das kommt davon, dass er ein Geist ist."

„*Was?*", fragte Flinn noch einmal.

„Er ist einer der drei Weltenstromer", erklärte Daniel. „Der seltenste. Tiderius. Die drei streifen über den Globus auf der Suche nach geeigneten Schülern: tapfer, talentiert, mit dem Drang, etwas zu tun. Und mit einem Grund, weshalb sie den Zug brauchen. Und der Zug sie. So werden die Pfauen ausgewählt."

Stephensons Porträt mit den drei Tieren im Hintergrund kam Flinn in den Sinn. Warum war sie nicht gleich darauf gekommen? Magie, begriff sie, gab es auf vielerlei Arten.

„Aber …" Sie stockte. „Ich habe ihn schon oft gesehen. Im Zug."

Daniel strich sich nachdenklich übers Kinn. „Jetzt begreife ich, warum die Zugroute vor zwei Wochen durch diesen einsamen Ort führte. Es scheint, als wollte Tiderius dir die Chance geben, den Glauben an dich selbst zu finden. Potenzial, Begabung – das hast du. Dir fehlte nur der Glauben daran. Und deine Zeit hier im Express hat ihn dir gegeben. *Flinn Nachtigall – vom Pfog zum Pfau*", sagte er, als deklamiere er einen Werbespruch. Mit einem leisen Lächeln reichte er ihr den Arm. „Na, da kann ich wohl nur sagen: Herzlich willkommen zurück!"

Flinn starrte ihn an, starrte auf das Ticket. Einem Fahrtantrittsdatum – dem aktuellen Tag – folgte ein Enddatum. Es lagen fast fünf Jahre dazwischen. Fünf Jahre, in denen sie herausfinden konnte, was in ihr steckte und was sie tun würde. Denn sie würde etwas tun, das war gar keine Frage mehr.

Flinn blinzelte in Richtung des verschwundenen Tigers.

„Das reicht mir", sagte sie leise. „Danke, Tiderius."

Und in dem Wind, der aufkam, sahen die rauschenden Gräser fast wie seine Streifen aus.

Mit dem überwältigenden Gefühl, *angekommen* zu sein, angekommen auf Reisen, angekommen auf der Suche, ergriff sie Daniels Hand und ließ sich wieder auf die Plattform hinaufziehen.

Daniel gab ihr zwanzig Minuten Zeit, bevor der Zug wieder weiterfuhr. So hinterließ Flinn einen langen Brief am Bahnsteig. Sie war sich sicher, ihre Mutter würde ihn finden. Er war voll von merkwürdigen Vorkommnissen, von Abenteuern und Geheimnissen. Sie berichtete von Besuchen auf fremdländischen Bahnhöfen, vom Töpfeschrubben, vereitelten Parkour-Duellen und von wispernden Sternbildern. Sie schrieb von Pegs, Kasim und Fedor, von Daniel, von den Phantom-Pfauen und ihrem Entschluss, dieses Rätsel zu lösen. Sie schrieb, dass es ihr leidtäte, dass sie jetzt nicht nach Hause kam, aber dass es sein musste, wie es war.

Als der Zug schließlich anfuhr, blickte Flinn zurück zur Bahnhofsuhr. Es war zwei Uhr zweiundzwanzig. Mittags. Und diesmal war es wirklich der letzte Blick zurück für lange Zeit.

Daniel hielt ihr die Tür zum Aufenthaltswagen der Pfauen auf und als Flinn eintrat, brandete tatsächlich Applaus auf.

Flinn grinste. Es stimmte wirklich: Das Leben war düster und unfair und fies. Aber es musste nicht so sein.

Manchmal war es auch ganz anders.

DIE REGELN DES WELTEN-EXPRESSES

geltend für Pfauen jeden Jahrgangs,
erstellt von George Stephenson

Regel 1: Kein Rennen in den Waggons oder auf den Verbindungsstegen, kein Springen oder Rempeln.

Regel 2: Kein Verlassen der Schlafwaggons während der Nachtruhe von zweiundzwanzig bis sechs Uhr.

Regel 3: Keine Weitergabe von zuginternen Informationen an Passanten.

Regel 4: Keine Nutzung von elektronisch betriebenen Geräten.

Regel 5: Kein Betreten der Räumlichkeiten im sogenannten Letzten Waggon.

Regel 6: Kein unbefugtes Basteln an magietechnologischen Erfindungen jedweder Art.

Regel 7: Ohne Ticket kein Betreten des Zuges.

Regel 8: Betreten des Daches nur mit Sondergenehmigung.

Regel 9: Kein unerlaubtes Betreten der
Küche und des Lagerraums.

Regel 10: Das Betreten der Lok ist verboten.

Regel 11: Fundsachen müssen beim
Hausmeister abgegeben werden.

Regel 12: Keine Störung des Unterrichts, kein Zuspätkommen oder Zurtoilettegehen. Kein Schlafen im Unterricht. Und wenn doch, dann zumindest kein Schnarchen.

Regel 13: Während der Studierzeit herrscht Schweigepflicht.

Regel 14: Schuluniformen werden getragen während
des Unterrichts, der Studierzeit, am Freitagabend sowie
zu besonderen Anlässen.

Regel 15: Über die Aufnahme in die Schülerclubs, insbesondere den Stephenson-Club, entscheidet der Schuldirektor.

Regel 16: Die Kommunikation mit Personen außerhalb des Zuges erfolgt ausschließlich über Funk und Briefpost.

Regel 17: Gute Manieren an Bord sind Pflicht.

Regel 18: Das Benehmen außerhalb des Zuges
hat dem im Zuge in nichts nachzustehen.

Regel 19: Arme, Köpfe oder Beine dürfen nicht aus Fenstern, Türen oder über das Geländer gestreckt werden. Auch nicht darunter hindurch.

Regel 20: Entscheidungen jedweder Art müssen zum Wohle aller Passagiere und zum Wohle der Welt getroffen werden.

Regel 21: Grobe Regelverstöße müssen vor der weltweiten Expresszentrale verantwortet werden.

DIE REGELN DES WELTEN-EXPRESSES

ergänzt von F. Florett:

Regel 22: Parkour-Duelle sind verboten.

Regel 23: Wettgeschäfte, insbesondere in Bezug auf Parkour-Duelle, sind ebenfalls verboten.

Regel 24: Kein Besitz von Taschenlampen oder sonstigen Dingen, die beim nächtlichen Herumschleichen nützlich sein könnten.

Regel 25: Während des Unterrichts und der Studierzeit sind Flüsterfüller oder andere Hilfsmittel, die das Denken ersparen, untersagt.

Regel 26: Keine Fanshirts irgendwelcher Rockbands.

Regel 27: Kein Pinkeln aus dem Fenster, vor allem nicht bei voller Fahrt.

Regel 28: Nach planmäßigen Haltepausen fährt der Welten-Express immer Punkt zwölf Uhr weiter. Schüler, die sich dann nicht an Bord befinden, übernehmen die volle Verantwortung für ihre Misere.

Regel 29: Getränke aus der Teebar müssen in der Teebar oder im Speisewagen getrunken werden.

Regel 30: Bibliotheksbücher müssen jeden Abend an ihren Platz im Regal des Bibliothekswagens zurückgebracht werden.

DIE REGELN DES WELTEN-EXPRESSES

erneut ergänzt von F. Florett:

Regel 31: Unnatürliche Haarfarben sind verboten. Insbesondere blau.

Regel 32: Kein Ingwersnaff nach Mitternacht.

DANK

Danke an alle, die an mich geglaubt, mich unterstützt und bestärkt haben: ehemalige Deutschlehrerinnen, Freunde, Bekannte, Verwandte, Testleser.

Ganz besonderer Dank an:

Tanya Stewner, die zuallererst an mich geglaubt hat und mich mit Herzensgüte und Weisheit unterstützt.

Anette Thumser, meine Agentin, die den Welten-Express mit fachmännischem Blick, Zielstrebigkeit und Begeisterung genau dorthin brachte, wo er hingehört.

All die wunderbaren Mitarbeiter beim Carlsen Verlag, insbesondere meine Lektorin Susanne Schürmann sowie Claudia Scharf und Frank Kühne, die es mit großer Begeisterung, Herzlichkeit und Engagement möglich machen, dass der Welten-Express Fahrt aufnimmt.

Und ich danke meiner Familie, insbesondere meinen Großeltern und Heike, die mit schier endloser Geduld, Liebe und Humor seit jeher all meine Macken ertragen und die sich durch mehr Versionen und Entwürfe des Welten-Expresses gelesen haben, als es vermutlich irgendein Mensch auf der Welt tun sollte.

Danke!

© Max Niemann

Anca Sturm, geboren 1991 in der Lutherstadt Eisleben, schreibt seit ihrem elften Lebensjahr. Nach dem Abitur und diversen Stationen in der Buchbranche entschied sie sich bewusst, ihr Leben dem Schreiben zu widmen. Seit fünf Jahren arbeitet sie am Welten-Express. Sie erschuf damit eine Schule, die sie selbst gern besucht hätte: einen Ort, an dem man zu Hause ist und dennoch immer unterwegs – einen Ort voller Abenteuer und Magie. Und ohne Matheunterricht.
Im Herbst 2019 erhielt Anca Sturm dafür einen Kinderliteraturpreis für Nachwuchsautorinnen und -autoren: „Der goldene Bücherpirat".
Die Autorin lebt in der Nähe von Berlin und verreist am liebsten per Bahn.

Flinns Abenteuer an Bord des Welten-Expresses geht weiter!
Hier eine kleine Leseprobe aus Band 2:

Mitten in der Nacht weckte Flinn ein Klopfen.
Das ist Jonte, dachte sie, noch halb im Traum. Sie hielt die Augen geschlossen und lauschte: Da waren der Regen, der rhythmisch aufs Dach trommelte und die Fensterscheibe hinunterlief, das Rasseln der Räder, das verwaschene Klickklack der Gleisnähte, jedes Mal, wenn der Zug dreihundert Meter passierte.
Dreihundert Meter, sechshundert, neunhundert … Klopfklopf! Flinn schlug die Augen auf. Da war er wieder: ein hölzerner Ton, weich und mit Widerhall, ganz anders als das metallene Regen- und Räderrauschen.
Mit pochendem Herzen stützte Flinn sich in ihrem Hochbett auf die Ellbogen. Ihr Kopf streifte die Decke über ihr. Helle Farbe rieselte auf ihre petrolfarbene Bettdecke wie Sternschnuppen. Da erst fiel Flinn auf, dass Pegs' Sternlichtprojektor den Geist aufgegeben hatte: Zitternd und flackernd wie die Lichter im Speisewagen, erstarben gerade die letzten silbernen Lichtpunkte. Im Abteil wurde es stockdunkel.
Klopfklopf!
Flinn hielt den Atem an. „Pegs?", flüsterte sie und rang nach Atem. „Hörst du das?"
Pegs antwortete ihr mit einem lauten Schnarcher und einem schläfrigen Schmatzen. Wahrscheinlich träumte sie von Beamtenkugeln und Schafssüße.

Flinns Herz trommelte einen schnelleren Rhythmus als die Gleisnähte. Was sollte sie tun?
Klopfklopf! Der Ton wurde immer dringlicher.
„Sei furchtlos und kühn!“, murmelte Flinn und diesmal funktionierte Jontes Spruch: Flinn erwachte aus ihrer Angst und schwang die Beine aus dem Bett. Einen Moment baumelten sie in der Luft, dann ließ Flinn sie auf den flauschigen Teppich gleiten. „Nachtwind kommt auf“, murmelte sie Jontes Postkartenworte und schob die Abteiltür beiseite. Zum Vorschein kam – ein Zwerg.
Flinn blinzelte. Die Nachtbeleuchtung war um diese Zeit bloß ein grünliches Notlicht und einen Moment lang glaubte Flinn, es tatsächlich mit einem Kobold zu tun zu haben. Dann bog der Welten-Express in einer Kurve aus einem Waldgebiet hinaus und wässriges, dünnes Mondlicht ergoss sich auf die Gestalt.
Es war Jakub.
Der achtjährige Waisenjunge mit der Koffergeige.
Flinn starrte verblüfft auf ihn hinab. „Was ist los?“, fragte sie.
Jakub rieb sich Schlaf und Tränen aus den Augen und sagte, ohne den Blick von ihr abzuwenden: „D-da i-ist ein Schr-schrank u-unter meinem Mo-Monster.“ Er sprach sehr schnell und abgehackt, sodass Flinn trotz der Universalübersetzung im Zug Probleme hatte, ihn zu verstehen.
„Was?“ Flinn kniff die Augen zusammen. Träumte sie etwa noch?
„Da i-ist ein Monster unter mei-meinem Bett“, versuchte Jakub es noch einmal. „U-unten drun-drunter.“
Flinn schlang die Arme um den Oberkörper. Die Müdigkeit ließ sie frösteln, doch die Enttäuschung über diesen belanglosen Besuch war noch kälter. Wie eine eisige Hand schloss ihr Kummer sich um ihren Magen.
„Was soll das heißen?“ Sie versuchte, sich zu konzentrieren.

Jakub blickte sie an, als wäre sie schwer von Begriff. „D-du musst nachsch-schauen!", erklärte er vorwurfsvoll und zeigte den Gang entlang, als erwartete er, dass sie ihm folgte.
Flinn benötigte zwei Sekunden, ehe sie begriff. „Warte mal!", wand sie ein. Sie fühlte sich unwohl. Nächte in Weidenborstel zogen vor ihrem inneren Auge vorbei, Geplärre und Gezanke und die eisigen Worte ihrer Mutter: „Du bist ein Mädchen, also kümmere dich gefälligst um deine Brüder!"
Das Problem war, dass es ihr nie jemand gedankt hatte, wenn sie Streit geschlichtet oder Albträume vertrieben hatte, die nackten Füße frierend auf den rauen Holzdielen. Niemanden hatte es interessiert, dass sie deshalb am nächsten Morgen in der Schule müde und unkonzentriert gewesen war.
„Warum sollte ich dir helfen?", fragte sie verzagt.
Jakub begann zu zittern und Flinn überlegte, ob er wirklich Angst hatte oder einfach nur fror. „W-weil ich dich da-darum bitte", sagte er.
Mist. Diese Antwort war gut. Flinn schloss für einen Moment frustriert die Augen, dann griff sie nach ihrem Morgenmantel, der neben der Tür an einem Haken hing. Seufzend trat sie auf den Gang hinaus und zog die Abteiltür hinter sich zu.
„Gehen wir", forderte sie Jakub auf, während sie in den petrolfarbenen, seidenen Mantel schlüpfte. Die Nachtkühle in den schmalen Gängen schmiegte sich an sie wie eine zweite Haut. In den Ecken, über den Türen und zwischen den unzähligen Absolventenfotos hingen Schatten wie klebrige Fetzen Nacht.
Flinn ertappte sich dabei, wie sie sich wünschte, Fedor wäre mit seiner Taschenlampe zur Stelle. Denn wieder flackerten die Lichter im Express. Von wegen Stromausfall! Diesmal war es die Nachtbeleuchtung, die an – aus – an – lang aus und wieder an – einen Schauder über Flinns Rücken ragte.

Es war, als ob die Lichter auf diese Art miteinander kommunizierten. Und Flinn war sich sicher: Sie sprachen nicht von guten Dingen.

Während sie Jakub an den unzähligen geschlossenen Abteiltüren vorbei folgte, fragte sie sich unwillkürlich, ob Madame Florett das früher auch getan hatte. Wenn ja, dachte Flinn und stemmte die Eisentür zu der windumtosten Plattform zwischen den Schlafwagen auf, warum dann jetzt ich?

Der Regen klatschte ihr ins Gesicht und lief ihr im Nacken in den Pyjama und in eisigen Rinnsalen den Rücken hinunter.

Die südöstliche Landschaft Polens breitete sich in schmalen Streifen Mondlicht neben den Gleisen aus. Im flackernden Licht der Außenbeleuchtung fühlte Flinn sich klein und kaum existent.

Dennoch – vielleicht war es, weil Mrs Steinman sie ein Tigerkind genannt hatte –, Jakub schaute sie an, als wäre sie wirklich eine Heldin, als er drei Plattformen weiter vor seiner Abteiltür stehen blieb. Flinn blickte auf das Emblem neben seiner Tür: ein großer Kreis mit zwei kurzen Flügelchen daran.

„Beeilen wir uns", sagte Flinn und betrat Jakubs Abteil. Es war so karg eingerichtet wie Flinn sich fühlte. Im grünen Schein der Notbeleuchtung entdeckte sie keine Plakate, keine Dekoration, kaum Fotos.

Bezogen war nur das rechte der zwei Hochbetten. Offenbar wohnte Jakub allein.

Flinn erinnerte sich an ihre ersten zwei Wochen an Bord, als sie als blinder Passagier das zweite Bett in Madame Floretts sterilem Abteil hatte bewohnen müssen. Plötzlich hatte sie Mitleid mit Jakub. Er war ein bisschen so wie Flinn selbst – nur, dass Flinn nun nicht mehr so war.

Sie straffte die Schultern. „Wo ist denn das Monster?", fragte sie und wandte sich dem Kleiderschrank unter Jakubs Hochbett zu.

In jedem der Schülerabteile stand solch ein Schrank unter dem Bett.

Oft waren die Flügeltüren verziert und vollgehängt wie bei Pegs. Jakubs jedoch war schlicht und in langweiligem Gleisbraun gestrichen. Er schüttelte den Kopf. „Der an-andere", flüsterte er.
Flinn verkniff sich den Kommentar, dass das Monster dann gar nicht unter Jakubs Bett hauste, und drehte sich um. Der Kleiderschrank unter dem leeren Bett war mit kleinen Tupfen verziert, die wie flügelschwingende Raben aussahen.
Als Flinn die knarrenden Türen öffnete, blätterte unter ihren Fingern die steingraue Farbe ab. Staub und abgestandene Luft schlugen ihr entgegen. Einen Moment lang wirkte das Innere des Schrankes dunkler, als es im verwaschenen Schein des Mondlichtes hätte sein dürfen. So als berge es eine unendliche Galaxie in sich und Flinn könnte den Kopf hineinstecken, immer weiter und weiter … „Autsch!" Sie stieß gegen Holz.
Sorgfältig betastete Flinn die feste Rückwand und den harten Holzboden des Kleiderschrankes, während um sie herum Flusen wie Sterne tanzten und der Geruch nach Schwefel und Mottenkugeln sie in der Nase kitzelte.
„Hier ist nichts", befand sie schließlich.
Natürlich war da nichts. Was hatte sie erwartet?
Flinn wusste um die Gefahr, die nachts über dem Zug lag: Sie machte den Express zu etwas Lebendigem, einem Wesen aus Licht und Schatten und Gängen, die sich ins Unendliche dehnten wie der Schlund eines Ungeheuers. Doch dies hier? Dies hier war bloß ein leerer Schrank, der Kindern Angst machen konnte wie überall auf der Welt.
„Du solltest jetzt schlafen", sagte Flinn und zwang sich zu einem müden Lächeln. Bevor Jakub ihr widersprechen konnte, schlüpfte sie aus seinem Abteil und machte sich auf den Rückweg durch den stillen Zug.

Den „Welten-Express“
gibt es überall im Buchhandel
und auf www.carlsen.de

Pegs hört das Lied „Wenn du mich sitzen lässt“
aus der „Zirkusprinzessin“ von 1926. Die Operette stammt von
Emmerich Kálmán, das Libretto von Julius Brammer und Alfred Grünwald.
Der Koch Ratefy hört das Lied „Chim Chim Cher-ee“ aus „Mary Poppins“
(geschrieben von Robert B. Sherman und Richard M. Sherman).

FSC
www.fsc.org
MIX
Papier aus verantwortungsvollen Quellen
FSC® C014496

Text: Anca Sturm
Lektorat: Susanne Schürmann
Umschlag, Kapitelvignetten und Vorsatz: Bente Schlick
Umschlaggrafik: formlabor
Herstellung: Constanze Hinz
Satz: Dörlemann Satz, Lemförde

Vermittelt durch Barbara Küper
Literarische Agentur und Medienservice,
Frankfurt a. M.

ISBN 978-3-551-65411-3